篁墩程先生文粹

（明）程敏政 著

明正德元年刊

鳳凰出版社

1

圖書在版編目（CIP）數據

篁墩程先生文粹 /（明）程敏政著. -- 南京 : 鳳凰出版社, 2019.4
ISBN 978-7-5506-2827-4

Ⅰ. ①篁… Ⅱ. ①程… Ⅲ. ①中國文學－古典文學－作品綜合集－明代 Ⅳ. ①I214.82

中國版本圖書館CIP數據核字(2018)第211386號

ISBN 978-7-5506-2827-4

篁墩程先生文粹

著　　者　(明)程敏政
責任編輯　崔廣洲
出版發行　鳳凰出版社(原江蘇古籍出版社)
發行部電話 025—83223462
出版社地址　南京市中央路165號，郵編：210009
出版社網址　http://www.fhcbs.com
印刷裝訂　三河友邦彩色印裝有限公司
三河市高樓鎮喬官屯村
開　　本　十六開
出版日期　二〇一九年四月第一版
二〇一九年四月第一次印刷
書　　號　ISBN 978-7-5506-2827-4
定　　價　貳仟陸佰肆拾圓整(全三册)

出版説明

人是一種會思想的動物，無論是要適應環境，克服生存的困難，抑或爲了生活得更有意義，思想皆不可或缺。在一般的中文習慣中，思想的涵義比『哲學』更寬泛，這種語用習慣的差異，也影響到學者對學術視野的選擇。一般而論，思想史的範圍也較哲學史爲廣闊，雖然很少得到清晰地界定，但它不失爲一種有效的學術視野。

在近代中國學術史上，思想史研究的興起與哲學史大約同時。一九〇二年三月，梁任公在其創辦的《新民叢報》連續發表了《論中國學術思想變遷之大勢》系列論文，這可能是最早由國人撰著發表的思想史論文。而第一本由國人撰寫的中国古代哲學通史，則爲一九一六年謝無量的《中國哲學史》。這兩種早期著述自有其學術史的意義，但其中對學科的性質與研究方法等多無明確的説明。事實上，無論是學者的闡述，還是其實際的操作，在思想史與哲學史之間都不易劃出清晰的界限，直到當代也仍然如此。拋開細節不論，就語用習慣及有關實踐而言，思想史表徵一種對歷史文化廣闊而深入的關照，其研究方法，關注的問題，都較哲學史爲多元，史料基礎也不可同日而語。尤其是在郭沫若、侯外廬等人建立起來的研究傳統中，思想史有明确的社會史取向，或因其與傳統的文史之學有親和性，以至在今天，這種思路仍然很有吸引力。

文獻發掘向來是思想史研究的基本環節。爲了促進有關研究，我們選輯多種文本編爲『中國古代思想史珍本文獻叢刊』，全編選目包括經典文本，如儒、道二家的經解，重要思想家作品的早期刻本，和某些并不廣泛受到關注的作家文集的舊刻本。本編中也選録了數種記録古代民俗信仰的文獻，如《關聖帝君聖跡圖志》等。此外，本編也著意收録了數種通常被視爲藝術史史料的文本，如《寶綸堂集》、《徐文長文集》等，我們認爲對思想史關注而言，範圍與深度同樣重要。

選集本編，也有文獻學上的意圖。中國古代有悠久的文獻學傳統，大量古籍文本的傳刻與整理造就了古代中國輝煌的文化。本編收録的這些刻本不僅是古代學術發生、衍變的物質證據，也是古代文化的重要部分。本編所收録的全部作品皆爲彩版影印，最大限度地保存了文獻的細節。其中有部分殘卷，視具體情況，或者補配，或者一仍其舊。本編的選目受制於編者的認識與底本資源，有不妥、不備之處，希望讀者不吝指正。

《篁墩程先生文粹》總目錄

（明）程敏政 著　明正德元年刊

第一册

第二册

第三册

第一册

篁墩程先生文粹序

大宗伯篁墩程公文無不粹者是集所選其粹之粹耶不然非也此耳公自童年侍襄毅先生宦游蜀藩即以奇才鳴于一時遂有

薦入翰林博覽中秘羣書
學日以大進文日以有名
天順壬午甫弱冠擢魁京
闈而所録程式之文粹矣
比成化丙戌舉進士及第
而

大廷獻策之文粹矣自濫歷
吉䈴苑修
國史進講
經筵典司鄉會闈試乃而
傳信稿
君華國之文無不粹君矣若

人嘗集漢文選唐文粹宋文鑑皆一代文之粹若篁墩斯集一人文粹也予閲其間若漢昭烈伐吳舊無告廟文也而公擬以一篇詞嚴誼正生氣凜然猶存

弦漢文一辨耳程都知碑
文唐人所書若而公考訂
數百載前人物事跡悉無
或遠於唐文一辨也明良
慶會參若宋理宗左輔臣
程元鳳賡歌詩章流傳于

程氏子孫若而公品題當時君臣相与之義罔不曲盡其意與雅莊重是又宋文之一辯耳特惜夫享年弗永而經天緯地若本濟盡用于時此則良可慨也

於所著舊稿甚富其細錦衣千兵燹亡公從子豐族予曾類編之襲藏于家無慮百餘卷紀壽諸梓未之繼適大庾張君天衢來尹休寧乃公春闈所取名士

顧盡刻卒難爲工復慮或
散逸也因屬曾摘其粹若
爲二十五卷而公門人戴
給事中璉之重加詮次既
成張君遂捐俸刻之以傳
識盛舉耳爰徵序於予 二

与公為同年進士嘗友其
德知其心推重其文舊矣
蓋公之文博贍精醇邃於
理而充乎氣視漢唐宋諸
大家所著可以並傳無愧
予不文奚足序公文之粹

哉弟慨念恩昔義不忘辭
以爲擧其大要如此公名
敏政字克勤以禮部侍郎
兼翰林學士致仕卒贈禮
部尚書篁墩其自號云
正德元年丙寅春正月上

元日

賜進士資政大夫南京吏部
尚書前國子祭酒
太子左諭德
經筵講官同修
國史三山林瀚序

誥命

奉

天承運

皇帝制曰職分清要侍郎佐邦禮之司地

切高華學士極儒臣之選兼茲二秩

獨長宮僚必望實之俱優斯責任爲

不負咨爾詹事府掌府事禮部右侍

郎兼翰林院學士程敏政乃故南京

兵部尚書兼大理寺卿贈太子少保

謚襄毅信之子學愽文精才高志遠
童年被薦蚤膺
先帝之知甲第蜚聲克纘前人之業首登
翰苑屢陟宮坊迄成金匱之書峻有
華階之擢載升卿寺仍綰院章肆儲
宮講學之初念國本彌諧之重釆諸
輿論畀以詹端秩亞春卿預有寅清
之責銜兼翰長式隆陪輔之資況乎
經筵素善於敷陳寶牒式勤於紀述

◎

宜示殊常之寵用徵歷試之能兹特
進爾階通議大夫錫之誥命於戲文
章關氣運丕揚治世之休風德義輔
皇儲勉副前脩之懿訓佇觀成效光
我命辭欽哉
初任翰林院編修
二任本院侍講
三任左春坊左諭德
四任詹事府少詹事兼翰林院

侍講學士

五　任翰林院掌院事太常寺卿

仍兼翰林院侍講學士

六　任詹事府詹事兼翰林院學

士

七　任今職

弘治十二年正月二十二日

故禮部右侍郎兼翰林院學士贈禮部尚書程公畫

像記

公以太常卿兼學士丁太夫人憂服闋再起進禮部
右侍郎仍兼學士掌詹事府事未幾考會試適有飛
語中傷事既白乃遽以疾卒弘治己未六月四日也
上篤念舊學特贈尚書賜葬祭如例其子壎將奉其喪
還葬于徽乃持其畫像請予記之惟公之父尚書襄
毅公與我尚書莊懿公為同官交契甚篤予於公實
有世講之義及予僭入翰林公即繼入自成化以及
于今同修
英廟實錄同考會試同侍

經筵同侍
東宫講讀
今上即祚同陞秩四品充　日講官又同修
憲廟實錄蓋三十餘年出入言動未嘗有異則知公者
宜莫如予公像之記豈可辭哉嗚呼言貌之難於儗
人也以言焉則留侯之智勇而貌不武以貌焉則絳
侯之木強而言不文若貌與言兼其偉學與才並其
雄如公者豈多見哉公天資頴異髫年即受知
英廟得讀中秘書既而擢巍科處清望為學益勤博極
群籍於是稽訂疑誤叙述古今日累歲積天下之士
莫不稱之然天下之事有見於其目有聞於其耳輙

與當事之人論其所處曰此其幾也此其形也若之
何而行則成若之何而行則敗卒莫不如其言嗚呼
使其佐再進焉則其有為可以想見惜乎其止於是
也然則予之忝知者寧不為之白使天下之人知公
之文而已者又當知公之才如此而觀公之像益有
以信其文也於是乎記
是歲秋九月朔旦
資政大夫太子少保戶部尚書前翰林院侍講左春
坊左中允直
文華殿講讀官兼修
國史太原周經撰

篁墩程學士傳

公諱敏政字克勤徽州休寧人徽之諸程皆出陳開
府儀同三司重安郡公靈洗至公曾祖杜壽始坐累
謫戍河間居三世至公之考諱信始以河間學官弟
子員舉進士官吏科給事中至南京兵部尚書兼大
理寺卿卒贈太子少保謚襄毅襄毅既貴復還休寧
公襄毅公長子也生而叅慧人方之孔文舉李長源
十餘歲隨襄毅公叅政蜀藩方鎮大臣以神童薦之
朝
英宗喜其應對拜起如老成人
命賜食　詔館閣試之即日賦

聖節及瑞雪詩并經義各一篇援筆立就文采燦然諸
閣老翰長皆嗟異之暨進呈
上喜甚　詔讀書翰林院官給廩餼時大學士南陽李
公賢安成彭公時學士嘉興呂公原中允壽光劉公
珝皆當世碩儒皆就之講授李公尤愛之因妻以女
踰冠舉進士中成化丙戌科第一甲第二人授翰林
院編修同修
英宗實錄己丑春同考禮部貢舉時欲刊布
大明一統志洪武正韻資治通鑑綱目皆同校勘正
韻先後出有二本一為承旨宋濂序一為待制吳沉
序公請以沉序者為定本議者欲除去新安汪氏綱

目考異事已施行公請于大學士彭公以汪氏考異
多本朱子不宜除去盡請
上稱制臨決就於綱之上隨條正其舛誤彭公從之尋
同修續資治通鑑綱目如宋石守信王審琦不預陳
橋之謀周韓通李筠李重進書死節開寶八年李煜
降始罷分注書正統張世傑死之下始書宋亡之類
皆公之書也書成遷左春坊左諭德且以宋藝祖太
宗授受大事也當時史臣不能詳記遂啓千古之疑
乃取宋李燾宋史長編元史臣歐陽玄等宋史本紀
以爲正而考訂發揮之深黜陳涇胡一桂之謬别著
宋紀受終考三卷乙未春

廷試進士充受卷官俄
詔侍講　經筵尋兼
皇太子講讀未幾丁襄毅公憂服闋入
朝丙午秋主考南京鄉試
今上踐阼敘進宮臣還詹事府少詹事兼翰林院侍講
學士
茂陵功將訖　詔議
憲宗皇帝升祔當定祧遷之制
孝穆皇后神主當有奉享之禮太傅英國公張懋等上
議以
德祖比周之后稷

太祖　[illegible]宗[illegible]之父[illegible]宜奉祧

懿祖一位[illegible]遷祧[illegible]奉[illegible]奉遷

神主祫祭于

太祖之廟

孝穆皇后比周之姜嫄[illegible]宗之章獻章懿二后皆別廟

奉享宜于

奉先殿旁近宮室堪改別廟太保襄城侯李瑾等復

上議以爲宜于

·奉先殿

憲宗神主几筵之右別設幄殿以安

神主勅內官監于宮中相度吉地俟明年春營建別

[illegible]

廟[illegible]

上皆從[illegible]發於公[illegible]悉其手所定也弘治戊申

同德

憲宗實[illegible]月[illegible]

詔公率其[illegible]

雍王講讀[illegible]

上將視學時[illegible]祀先農則三日齋戒奠

幣三獻[illegible]不稱

詔議儀注公倡議[illegible]齋一日加帛一段樂設不作

改分獻為[illegible]從之初[illegible]

經筵 詔公侍講仍日侍

文華殿講讀

上初即位雅重　講幄儒臣呼先生而不名嘗因講罷

賜講官冠服公得金織緋袍一襲金帶冠履各一

慰勞甚至儒者榮之徽州府儒學訓導周成進治安

備覽　詔公看詳公摘其中多竊宋趙善璙自警編

元張養浩牧民忠告或襲用其標目或全剽其語言

然此之猥不及彼之精況以治安為名而不及君德

心學謂秦商鞅有見於孔門立信之說則又踵王安

石之故智其息異端等說亦非拔本塞源之論鄙俚

而無雅馴之言迂妄而非經久之策

詔以成狂妄置不問責還其書時

詔議從祀孔子廟廷諸賢公上疏曰臣聞古聖王之
治天下皆以祀典為重所以崇德報功而埀世教淑
人心也故有功德于一時者一時祀之更代則已有
功德于一方者一方祀之踰境則已然猶欲以勸一
時範一方而不敢輕議焉況先師孔子有功德于天
下萬世則其廟廷侑食之人豈可苟焉而已必得文
與行無名與實副有功于聖門無疵于公議者庶足
以稱若非其人則豈唯先師之神不肯顧歆將使典
模範者莫知所教為弟子者莫知所學矣若戴聖身
蹈贓吏子為賊徒劉向喜誦神仙方術謂黃金可成
不驗下吏賈逵附會圖讖以致貴顯馬融為梁冀草

奏殺忠臣李固何休春秋解詁黜周王魯注風角等書班之孝經論語王弼與何晏倡為清談取老莊之言以為易注王肅女為司馬昭妻佐昭篡魏杜預所注止左氏集傳其守襄陽則掊尅以饋遺洛中諸貴破吳則盡殺江陵譏已之人為吏不廉為將不義凡此諸人其於名教得罪不小而議者謂其能守遺經轉相傳授不為無功臣竊以為不然夫守遺經者若左丘明公羊高穀梁赤之於春秋伏勝孔安國之於書毛萇之於詩高堂生之於儀禮后蒼之於禮記杜子春之於周禮可以當之若融等又不過訓詁此九人之所傳者爾夫所以祀之者非徒使學者誦其詩

讀其書亦將論其人而使之尚友也臣恐學者自昔
於效尤曰先賢亦若是爾其禍儒害道將有不可勝
言者矣請黜戴勝等八人褫爵罷祀而加后蒼封爵
與左丘明一體從祀及考孔門弟子見家語者顏回
而下七十六人家語出於孔氏當得其實而司馬遷
史記多公伯寮秦冉顏何三人文翁成都廟壁畫多
蘧瑗林放申棖三人邢昺論語注疏謂申棖在家語
作申續史記作申黨重複無稽一至于此況寮愬子
路以沮孔子而孔子嘗稱瑗爲夫子決非及門之士
放雖嘗問禮諸家皆不載之弟子之列秦冉顏何疑
於字畫訛誤臣請於棖黨位號宜存其一寮瑗冉何

放宜罷其祀請進隋王通宋胡瑗加以封爵列之從
祀且顏回曾參孔伋孟軻以傳道配享坐于堂上而
回之父無繇參之父蒧伋之父鯉皆坐食廡下恐諸
賢于冥冥之中未必安于心也宋太中大夫永年伯
程珦甞不附王安石新法而二子顥頤實接道統之
傳獻靖公朱松甞不附秦檜和議而其子熹實積道
學之大成今宜以祀國公顏無繇萊蕪侯曾蒧泗水
侯孔鯉邾國公孟孫氏及程珦朱松配享啓聖王叔
梁紇俾學者知道學之傳有開必先明倫之義不爲
虛文矣先是臺臣論奏請進賢退姦亂各有所指公
之名在所進中由是素忌者有逐公之意矣俄御史

魏璋以曖昧之言中公
詔公致仕有勸公自辯者公荅書謂歐陽公朱文公
當時各遭讒謗時歐公在執政故力可辯文公在庶
僚故不可辯恐反遭鍛鍊故耳況上有老母下有弱
子邪既歸讀書休寧南山中若將終其身焉郎中陸
容給事中揚廉進士夏𣜓錦衣千户葉通先後上書
訟公
上悟召還公將赴召有以書止公無起者公荅書以為
自古聖賢固不以不仕為高亦不以苟就為得故雖
伊川之嚴重剛毅至於復官之際無所辭焉誠以義
之所在擇之宜精而非顧一己之私者也可辭則辭

可無辭則無辭一出於誠心直道是乃聖賢爲己之學豈以流俗之譏爲之前却也若君實遠臣不得不辭晦叔世臣不得不起豈非當時亦有輕重於兩公者而伊川以義斷之若此乎至於文公被召必遜南軒被召必行者亦皆遠臣與世臣之義不同也僕雖不敢上擬中公南軒然世受

國恩宜無不同者僕之無似自知甚明向以妄庸大與世忤果若人言則雖投竄不足以塞責荷

主上大恩但俾歸田里今一旦復其舊官雪其幽枉若稍偃蹇則疑若出於怨懟不平之餘恐於大義有所不可入謝之後或驅策之不前或職業之難稱則如

伊川所謂受一月之俸然後隨吾所欲者是誠在我豈敢壓公議而自取再辱哉惟明著亮之既至職任如故

命教庶吉士於翰林院尋遷太常寺卿仍兼翰林院侍講學士掌院事兼修

玉牒時有上書請以宋儒楊時從祀孔廟者

詔下廷臣僉議公上疏曰臣竊考程氏遺書朱子伊洛淵源稱其造養深遠踐履純固温然無疾言遽色及其學成而歸程子目送之曰吾道南矣一傳而得豫章羅氏再傳而得延平李氏以授朱子號為正宗文定胡氏親承指授而春秋之傳作南軒上泝淵源

而太極之義闡心學所漸悉本伊洛使天下之士曉然知虛寂之非道訓詁之非學詞章之非義則龜山傳道之功不可誣矣當崇宣之世京黼柄國躋王安石于配享位次孟子而頒其新經以取士尊安石為聖人不復知有孔子誦新經為聖言不復知有古訓僭聖叛經凡數十年龜山入朝首請黜其配享廢其新經入請罷綱運以收人心斥和議以張國勢竄權臣以正邦憲培主德以崇治本則其衛道之功亦不可掩朱子謂龜山之出唯胡安定之言最公當時若能聽用央須救得一半然親講于龜山若文定私淑于龜山若朱張咸在侑食之列獨其師有傳道衛聖

之功反不預馬揆之人心誠為闕典今以龜山躋于
從祀列于東廡司馬光之下胡安國之上宜奚其應
封伯爵行移翰林院定擬仍行國子監及天下學校
一體從祀
從之尋丁母夫人林氏憂扶護歸鄉里與襄毅公合
葬
詔修大明會典　召公為副總裁公上疏乞終喪制
許之服闋入
朝未至轉詹事府詹事兼翰林院學士
陛見後遷禮部右侍郎會典副總裁餘如故仍掌詹
事府事侍

皇太子講讀己未春主考禮部貢舉未揭榜給事中華
昶劾公鬻題賣士有
旨付　詔獄覈昶公累疏請致仕且引咎自責乞釋
昶以全諫臣既而獄上亦以諫官一時風聞流言無
迹可指而同列有右昶者再疏劾公公聞之曰有識
者皆知昶爲妄吾所以不深辯者顧存大體爾今言
不置是豈欲但已耶乃請與
廷辯連拄昶語塞事方釋仍因公前請
詔致仕而盡斥言者未行卒年五十五贈禮部尚書
公秀眉長顧風神清茂於書無所不讀文章爲一代
宗匠天禀既高而又上泝伊洛淵源深探而精擇嘗

考合朱陸二家始之所以異而終之所以同為道一
編其造詣槩可見矣在
經筵久每進講篇終必有規諫諷切深至而一出於
至誠忠愛故
上每欣然聽納喜接士大夫不以貴自倨不以才自賢
升其堂者屬談不厭叩之者不能測其涯涘雖遭多
言至於逮繫言動如平日未嘗有幾微不平意其涵
養深粹如此況其設施百未一二尤不饜衆望云新
安之篁墩以其多竹故名且為開府舊賜第廟食處
迨唐廣明中巢賊嘗經凡地與已姓同者則不動民
懼其戕害乃遷就之改篁為黃公成化間嘗省襄毅

公歸考于圖牒詢于父老惡其以忠臣故第而爲逆
巢所汚乃復爲篁墩因以自號故所著有篁墩稿篁
墩續稿三稿新稿共百二十卷行素稿一卷編類
皇明文衡一百卷蘇氏檮杌若干卷道一編六卷瀛賢
奏對錄若干卷新安文獻志一百卷宋逸民錄十五
卷修定程氏統宗譜四十卷陪郭支譜三卷程氏貽
範集四十卷附注眞文忠公心經三卷大學有重定
本子壎以襄毅公功官錦衣副千戶
贊曰君子修身以俟命身修矣而禍患毀辱之來有
不可禦者豈非命歟若張欽夫之不壽呂伯恭之痼
疾蔡季通之竄死朱元晦之追奪豈眞自取之邪況

竊鈇妄意於鄰叟盜金見誣於同舍自昔然矣噫竟
勤而罹此悲夫

北海沈東之譔

篁墩先生才名滿天下九達少時已知慕之
弘治己未上禮闈又幸出先生門下而竟不
獲躬瞻先生丰采領教言蓋是時試事甫畢
先生疾作尋亦為古人矣徒抱恨焉兹刻先
生之文敢取其像與傳置于卷首使天下
後世之人慕先生而欲識其容考其行者於
此乎求焉若夫刻文之意序已悉矣不敢贅

休寧縣知縣門生大庾張九達拜識

篁墩程先生文粹目錄

卷一

卷二

卷三

祀神考

卷四

雜著

卷六
記

卷七

卷八

記

卷九

記

卷十
序

卷十二
序

心經附註序

送汪承之序

贈浙江按察使閻公赴任序

贈張君廷曙知孝豐縣序

贈貴州按察使汪公序

送學士曾君之任南京序

陸君廷玉哀詩序

澄江文集序

秋江別意圖詩序

水晶宮客詩引

鮑氏傳家録序

卷十四

序

卷十七

題跋

碑誌

卷二十

碑誌表碣

卷二十一

傳

卷二十三

書簡

敬養齋箴

蹇齋箴

濟菴箴

白石硯銘

止齋銘

敬德堂銘

羅太史明仲像贊

張駕部汝弼小像贊

婺源韶軒戴善美處士像贊

故元筠軒三峯二唐先生遺像

宣聖杏壇圖贊

吳郡李員外應禎像贊

俞德三山林先生像贊

小像自贊

通政趙先生小像贊

環谷先生汪公像贊

故宋汪古逸先生像贊

大畈汪希文隱君像贊

工部吳文盛主事瓊林醉歸圖贊

憲長汪公文燦爲侍御時小像贊

武昌令汪君贊

鵬源汪鳳英小像贊

卷二十五

致語 障詞

癸卯中秋節宴奉

皇太后致語

十一月二日慶

萬壽聖節致語

冬至節宴奉

皇上致語

甲辰元夕節宴奉

皇太后致語

元夕節宴奉

皇上致語

端午節宴奏

皇上致語

己酉歲迎經魁汪循亞魁方鑾陣語并詞

篁墩程先生文粹目錄終

篁墩程先生文粹卷之一

經筵講章

中庸一

故為政在人取人以身修身以道修道以仁

這是中庸第二十章子思引孔子答魯哀公問政的說話政是人君治國平天下的政事人是賢臣孔子說人君修政立事只在用賢臣且如三公三孤得其人則能調元賛代弼成君德六卿得其人則能使禮樂刑政紀綱法度件件修舉若不得其人如何望治所以說為政在人身是指君身說天下的人才識趣不同有存心守正的有隨時求進的全看人君所好

如何人君若好聲色貨利便有佞倖聚斂的人進用若人君自家大公至正則所用的必正人君子所以說取人以身修是修為道是道理人君一身舉動必須都從道理上行若稍有放肆則貌言視聽之間便有不公不正處身如何得修仁是指心說人君一心若能常存天理不使有一毫私意間隔便是仁心既仁了所行自然都合道理所以說修身以道修道以仁然道與仁不是兩件道是總說該行的事仁是指那用功親切處子思於前章歷引大舜文武周公的事了又引此段以見孔子若得位時其為政舉措也與大舜文武周公一般臣觀此章大旨要緊在修道

以仁一句蓋仁是本心之全德心乃致治之大本若心德全了以之修身以之用人以之為政無所處不當若心德上不曾用功則是大本虧了一身所行便多失道羣臣之中豈能辨得孰為君子孰為小人天下之事豈能見得孰為當行孰為當止這都繫於人君一心正如禹湯文武之君能全這心德所用的便有伯益伊尹太公周召一班賢臣相佐以道政無不舉故曰三代之得天下也以仁如桀紂幽厲之君不能全這心德所用的便是觸龍飛廉衛巫皇父一班邪臣相助為虐政日以衰故曰三代之失天下也以不仁降及漢唐宋時中間或有賢主然心學不明又

無格心之訓故其德之所就雖不至桀紂幽厲之暴亦豈能如禹湯文武之仁修諸身者純駁相半所用的人賢否相參所行的事治亂相雜考其所終皆不足論先儒周子有見於是嘗曰心純則賢才輔賢才輔則天下治方纔就本原上說出與此章意合仰惟

皇上受

列聖之心法得三代之正傳仁心仁聞布於四海允顧深體聖賢之言監歷代得失之故使

皇極茂建於上君子顧立於朝治效遠超於古

宗社幸甚生民幸甚

二

天下之達道五所以行之者三曰君臣也父子也夫婦也昆弟也朋友之交也五者天下之達道也知仁勇三者天下之達德也所以行之者一也

這是中庸第二十章子思引孔子答魯哀公問政的說話大意以為君臣父子夫婦兄弟朋友這五倫必有知仁勇三德然後能行故曰天下之達道五所以行之者三達是通共的意思君臣有義父子有親夫婦有別兄弟有叙朋友相交有信這五件乃天下古今人所共行的道理如大路一般故喚做達道若一人行得一人行不得古人行得今人行不得便不是達道了所以說君臣也父子也夫婦也昆弟也朋友

之交也五者天下之達道也知是說人的見識仁是說人心天理勇是說人敢做人於五倫上若沒見識如何曉得這道理雖是曉得了若不以天理為心如何能行若不敢做也行不到那去處這三件乃天下古今人所同得的道理故喚做達德若一箇人有一箇人無古人得此理今人不得此理便不是達德了所以說知仁勇三者天下之達德也一字解做誠字即眞實的心這三達德雖是人心所同得的若行時節不肯着實三心二意半上落下便是不誠人若不誠那原有的知也昏昧不明了原有的仁也被私欲間斷了原有的勇也懦弱不能振起了故曰所以行

之者一也孔子平日論政多指一事說惟此章答哀公之問極言治道如此為人上者最當注意臣觀從古以來治天下國家的必以明倫為本為何蓋中國所以別於夷狄人類所以異於禽獸惟在於此唐虞三代聖帝明王都能實有這三德故皇極建於上五教敷於下天下百姓每也都感化知道孝弟忠信共享太平降及後世為人上的全德者少有以愚弄臣民為智而溺於權詐的有以諂事佛老為仁而流於姑息的有以輕動大兵連興大獄為勇而果於強暴的故在當時上下離心親踈失序天下百姓也都傚效成風悖理亂倫靡所不至降及胡元世變極矣洪

惟我
太祖高皇帝仁明勇智受命於天迅掃胡風再立人紀
列聖相繼率由典常
宣宗章皇帝又御製五倫書嘉惠天下
英宗睿皇帝聖性高明於五倫大節上躬行心得度越
前古親總萬機延接臣下君臣之契最深追崇
太母纂述先猷父子之親益篤放幽閉之宗室以廣昆
弟之仁全恩禮於兩宮以盡夫婦之義優待元老召
起逸民思得賢友之臣以輔文明之治天下臣民仰
皇極之敷錫順　帝則於不知者二十餘年伏惟
皇上以睿哲之資嗣

祖宗之統凡事有關於五倫三德者固已常垂
聖慮思成治功臣愚尤願加意孔子之言近以
先帝爲法務臻實行無事虛文則唐虞三代之治可以
立致
宗社幸甚天下幸甚

三

知斯三者則知所以修身知所以修身則知所以治人
知所以治人則知所以治天下國家矣
這是中庸第二十章子思引孔子答魯哀公問政的
說話斯三者指上文好學近乎知力行近乎仁知耻
近乎勇三句說乃是求入三達德的工夫所以二字

是指道理說人若知道嗜好學問不肯間斷去講明道理又知道力行好事不肯徇私以累心德又知道自家不如人為可恥不肯懦弱務要勉力進修如此三事便知道這一身雖小可以參天地於那是非美惡上須要分曉於那視聽言動間須要檢束於那事理當行當止處須要剛果這等呵身豈有不修的故曰知斯三者則知所以修身既知修身的道理便知人與己同稟天地之氣同具天地之理若有一箇不得其所的便當體念他使之得其所有一箇不曉道理的便當訓誨他使之復其性故曰知所以修身則知所以治人既知治人的道理便知一家的人與那

一國人一般一國的人與那一家人一般天下的人
與那一國人一般務使舉世的人都得安生樂業無
一箇失所的都能好善惡惡無一箇拗性的故曰知
所以治人則知所以治天下國家矣臣謹按先儒說
中庸此章可以當一部大學蓋大學論齊家治國平
天下本於修身修身又從格物致知上來此章六箇
知字便是致知的意思三近之中以好學爲首便是
格物的意思蓋人心之靈都有箇知覺天下之事都
有箇道理若於道理上不能眞知便於那當行的事
或畏縮不肯去行不當行的事或鹵莽只管去行自
家一身尚不可治何況他人一人尚不可治何況一

家一國以至天下若能好學眞知得這道理久久成熟自家一身全了知仁勇三德將見視中國如一人視天下如一家都不難了考之三代盛時天子之元子初入大學便把這箇道理教他以培養根本所以後王皆享國長久多至七八百年降及後世學政不修人君多不知務此故孔子以大學授之曾子曾子授之子思觀此章後所引之言其惓惓為世道慮深矣仰惟

皇上德本生知聖由天縱　親視國學以禮先師常

御經筵以緝熙舊學於中庸大學之書固已知之明而見諸行矣伏願成之以勇始終無倦使

皇極之化行於四海至治之澤被於萬世三代享國有不足言者臣犬馬之誠不勝顒望俟惟

聖明留意

孟子

知者無不知也當務之為急仁者無不愛也急親賢之為務堯舜之知而不徧物急先務也堯舜之仁不徧愛人急親賢也

這是孟子盡心篇說仁知之理至大至博爲行卻有箇切要處知者是有知識的人當務是當行的事孟子說有知識的人心體光明於天下之事固無不知若所行不論緩急先後都一齊做去亦何以為知必

須將緊要的事先着力去行緊要的事既行其餘遍旋整理則事無有不治而其知也大矣所以說知者無不知也當務之為急仁者是有仁德的人賢是賢人君子孟子說有仁德的人存心廣大於天下之人固無不愛若不分别賢愚善否都一例相看亦何以為仁必須親信賢人君子而委任之賢人君子既用下人自然得所則恩無有不洽而其仁也愽矣所以說仁者無不愛也急親賢之為務孟子既說仁知之理又把堯舜所行來証說有知識的人莫如堯舜堯舜於天下之事非件件去理會他如曆象治水齊七政詢四門都是先把緊要的事行若件件去親自理

會則精神有所不逮豈得謂之仁又說有仁德的人莫如堯舜堯舜於天下之人非箇箇去撫摩他如訪問四岳大臣舉用八元八愷都是要親信賢人君子使之分理若箇箇去親自撫摩他這勢有所不周豈得謂之仁所以說堯舜之知而不偏物急先務也堯舜之仁不偏愛人急親賢也臣謹按孟子此章推明仁知之理皆本於孔門論語之言論語說務民之義敬鬼神而遠之可謂知矣此則曰當務之為急謂之當則必有箇不當處蓋人君所當務者人事所不當務者淫祀若專務淫祀則惑於鬼神而於人道當行的事反不暇為這便是不知如敬天勤民乃當務之

大者誠知天心之喜怒不測淫祀不可以享天惟務
謹身修德以盡敬天[illegible]事則上帝感格災變不生
民生之休戚不[illegible]以福民惟務省事節用
以盡勤民的[illegible]禍亂不作這便是人
君之大知論[illegible]於衆舉皋陶不仁者
遠矣此則曰[illegible]之親則必有當當疏
處蓋人君所[illegible]當疏者小人若親近小
人則蔽其聰明尊[illegible]的心也無所施這便
是不仁知任[illegible]隆儒乃親賢之大者誠知夫君德之
成乃在儒臣將那賢者置之左右則異端之流自疏
由是所聞的皆嘉言而仁之道愈明天下之安危在

大臣將那賢者委以腹心則邪佞之人自踈由是所行的皆善政而仁之用愈廣這便是人君之至仁然當務之爲急親賢之爲務急之一字貫於仁知二者之間則又見夫當務之外皆可緩的事在乎舉此措之耳親賢之外皆可緩的人在乎推恩及之耳孟子垂訓後世之意何其至哉仰惟

皇上居堯舜之位崇仁知之德致謹於云爲之際加察於用舍之間使敬天勤民所務者無不急之事任相隆儒所親者無不賢之人則治隆俗美上比唐虞臣等不勝顒望之至

克明俊德以親九族九族既睦平章百姓百姓昭明恊和萬邦黎民於變時雍

這是尚書堯典篇史臣紀帝堯放勲的實事克是能俊德是大德史臣說帝堯聖人能明自家所得于天的大德無一些昏昧其德之大與天一般故曰克明俊德親是愛九族是高祖至玄孫之親舉近以該遠五服異姓之親也在裏面史臣又說帝堯既能明了自家的大德又推此德以親愛九族之人使長幼都順其序親踈各得其所九族之人自然和睦無有一箇乖爭的故曰以親九族九族既睦平是均章是顯百姓是畿内之民昭即是明之至史臣又說帝堯既

使九族之人都相親睦了又推此德以均明那畿内
的百姓畿内百姓每都感化興起自明其所有之德
無有一箇昏昧的故曰平章百姓百姓昭明協和是
和之極萬邦是天下諸侯之國黎民是黑髮之民於
是嘆美詞雍也是和的意思史臣又說帝堯既使畿
内的百姓都能自明其德了又推此德以協和天下
諸侯之國那天下的黎民都變惡為善雍雍和順無
一人之不化無一俗之不美有莫知所以為之者史
臣必加以於之一字見帝堯有此大德能致天下之
人於春風和氣中其神化之妙有難以形容者故曰
協和萬邦黎民於變時雍蓋深嘆美之也先儒朱子

說這一節言堯推其德自身而家而國而天下即是放勳之實臣觀帝王之德有全體有大用方可以言治從古聖人全此德者莫盛于帝堯故孔子刪書把堯典做頭一篇論帝王之德亦無出于這一段蓋克明俊德即是全體九族既睦百姓昭明黎民於變時雍即是大用自帝堯以後如大舜禹湯文武之為君都能備此全體大用之德故其治效咸臻雍熙泰和之盛良有以也洪惟
皇上養德春宮帝王之學講之有素故
嗣登大寶以來隆大孝于
兩宮均教養于宗室賤貨貴德與正抑邪凡天下之所

欲者以次舉行所惡者多罷去所謂親九族而平章百姓協和萬邦者端已兆于斯矣伏願始終以堯為法恒加不息之功俾德之已明者新而又新澤之已敷者日甚一日則全體大用之學不專於堯而復見于今日臣民何幸躬逢其盛

二

列爵惟五分土惟三建官惟賢位事惟能重民五教惟食喪祭惇信明義崇德報功垂拱而天下治

這是周書武成篇史臣記武王政治之本末爵是封爵土是國土武王於克商之後定封爵為公侯伯子男列做五等定國土則公侯百里伯七十里子男五

十里分做三等故說道列爵惟五分土惟三賢是人之有德的能是人之有才的武王建立治官惟用有德之人不肖的不用他分職任事惟用有才之人無才的不用他故說道建官惟賢位事惟能五教是君臣父子夫婦長幼朋友五常之教食以養生喪以送死祭以追遠武王於這五教三事皆慎重之不敢輕忽所以立人紀厚風俗感發斯人的良心維持天下的教化故說道重民五教惟食喪祭理之實有者便是信事之合宜處便是義武王於凡事上務要篤守這信字使天下之人不趨於詐又務要顯明這義字使天下之人不徇於利德是有德能正君善俗的功

是有勞能治民禦侮的武王於有德者尊之以官使
人知道尚賢於有勞者報之以賞使人知道勸忠故
說道惇信明義崇德報功垂是垂衣拱是拱手武王
既分封有法官使有要五教修三事舉信義立官賞
行諸般政事都盡了於此之際復何所作為惟垂衣
拱手而天下自然化行俗美故說垂拱而天下治臣
觀有周史官叙武王政治之本末如此然考之孔子
稱道帝舜也以無為而治恭己南面為言乃知前聖
後聖所以措天下於至治者無二道也顧人知帝舜
之恭己武王之垂拱為可法而不知所以致恭己垂
拱之治者豈偶然哉蓋帝舜繼堯之後即齊七政去

四凶命九官十二牧敷言試功以察治官明目達聰以決壅蔽其制治憂勤可謂至矣功成理定而後無所爲故人但見其恭己南面而已若武王垂拱則又在克商之後其制治憂勤如前所云殆有甚焉豈眞無所作爲者哉後世人主不知聖人先憂勤而後佚樂徒徒以無爲藉口恣耳目之所娛窮心志之所欲高枕肆志委政非人以至於召變速戾可爲世鑒者矣仰惟

皇上以聖哲之資嗣

祖宗之統勵精圖治於玆六年重天工而汰冗官拯弊俗而申教化屢下恤民之

詔大新述職之規法先王之憲典則惇信明義之愈嚴
録
太祖之舊勲則崇德報功之益厚誠有志于帝舜武王
之治矣然邇年以來民歲之豐歉人才之邪正俗尚
之厚薄政令之弛張猶不能不有勤于
聖慮也伏望
皇上日新聖學以清治原恒納忠言以匡治道愼爵賞
勿容于叨冒用賢能勿間于憸讒革澆薄而忠厚以
勵士風憫旱蝗而節儉以蘇民困不遑暇豫惟日孜
孜遠希武王上法帝舜始不免于有作終可致于無
為本一人之憂勤普萬方于佚樂則恭己垂拱之治

不在虞周而在

聖明矣天下臣民不勝慶幸

三

亦惟純佑秉德迪知天威乃惟時昭文王迪見冒聞于

上帝惟時受有殷命哉

這是周書君奭篇說文王得臣以受天命的事迪知之迪是踐履的意思迪見之迪是開導的意思殷是商家後來改的國號當周成王時召公告老周公再三留他說朝廷不可無老成人比先商家有伊尹每六箇老成賢臣輔佐商之先王上天因此專一佑助商家多生與他賢才凡百官及王臣之微者都能秉

持其德所行的無一件不合天理文王之時也有號
叔每五箇老成賢臣輔佐上天因此也專一佑助文
王多生與他賢才便如助佑商家一般凡百官及王
臣之微者也都能秉持其德所行的也無一件不合
天理踐履工夫又都到至處着實曉得上天威命商
紂有必亡之勢文王有必興之理盡心竭力只要光
顯文王文王固是有聖德這賢臣猶恐文王有未到
處左右前後開導啓迪他務使文王之德著見于上
光明如日一般四方無一處不在他照臨之中覆冒
于下廣大如天一般四方無一物不在他福蔭之中
因此文王之德升聞于天昊天上帝知他是箇有聖

德之人將殷家原受的命改了付與文王然文王當時止為諸侯至武王方纔得天下如何說文王受有殷命蓋當時人心已歸文王三分天下有其二文王所用的老成人後來又輔佐武王伐紂武王不過繼成文王的功業而已夫以商之先王能用老成人則天命歸之人心向之紂之不用老成人則天命不歸人心不向文王能用老成人則天命轉來歸他人心轉來向他今日召公正當念創業守成之難相與輔佐後王豈可因祿位盛滿難居只要明哲保身而決于求退哉臣觀君奭一篇周公之意大槩以任用老成為主蓋老成之人秉心至公知道賢才是得天命

人心之本朝廷之上常恐無人贊助有賢臣求退便苦苦留他務要同心協力有賢臣求進便汲汲薦他務要各盡其才人君若用這等人天下自然太平國祚自然久遠那新進浮薄之人秉心不公不識天命興亡人心向背朝廷之上惟恐不得自專有賢臣求退豈止不肯留他還要擠排有賢臣求進豈止不肯薦他還要沮抑人君若用這等人天下如何得治國祚如何得安周公拳拳要留召公意蓋如此設使當時召公果于求去周公不肯勉留則成王之時分陝之寄誰可以任康王之初託孤之命誰可以當後世守成之君必以成康為首實皆召公輔相之力周公

勉留之功然則人君之治天下任用老成是第一件

事伏惟

皇上以睿聖之資膺天眷命嗣守

祖宗之業不肯輕棄老成之人尚于此篇反覆留意則

周之成康不得專美于前

宗社生民不勝大慶

四

六卿分職各率其屬以倡九牧阜成兆民六年五服一

朝又六年王乃時巡考制度于四岳諸侯各朝于方岳

大明黜陟

這是尚書周官篇史臣記成王總命六卿及定為朝

觀巡守的事六卿是冢宰司徒宗伯司馬司寇司空屬是六卿的屬官周時每卿有屬官六十九牧是九州之長因是職專養民故謂之牧成王說冢宰掌國家政治統率百官均平四海司徒掌國家敎化敷五常之敎馴治兆民宗伯掌國家禮典治神人以和上下尊卑等列司馬掌國家兵政統御六軍平天下禍亂司寇掌國家禁令窮詰奸慝鋤治強暴司空掌國家空土以居士農工商順天時興地利六卿守其職掌毋相侵越仍統率其所屬官加勸勉奬其勤作其怠自內而達之於外那有九牧的都有所觀法興起勸課農桑均平差役使百姓每衣食充足養生喪死

無憾因其富庶申明教化使百姓每興於禮讓不肯犯法所以說六卿分職各率其屬以倡九牧阜成兆民五服是王畿外侯甸男采衛五等諸侯之國五等諸侯各服其事於天子故謂之服制度是朝拜頒降的禮樂法度天子諸侯雖有尊卑一往一來禮無不答故每六年五服諸侯一次來朝京師各述其職又六年諸侯再朝通十二年天子乃巡守於諸侯所守之地考其國中制度如曆書上所定歲時月日有差則協而正之律度量衡不同則審而同之民間所行吉凶軍賓嘉之禮不一則修明之以正其風俗一年之間二月至東岳泰山則東方諸侯來朝五月至南

岳衡山則南方諸侯來朝八月至西岳華山十一月
至北岳恒山則西方北方諸侯來朝來朝之際考其
政績有勤政安民的或進以爵或增以地有怠職殃
民的或奪其爵或削其地所以說六年五服一朝又
六年王乃時巡考制度于四岳諸侯各朝于方岳大
明黜陟臣觀自古以來典章法度至周大備而周官
一書本之有虞命九官十二牧及五載一巡守羣后
四朝之制尤為可法秦漢唐宋以來乃設宰相之官
六卿反為所屬又有藩鎮之將州郡不過受成承流
之弊至於尾大不掉患深難除欲國無危豈可得乎
仰惟

太祖高皇帝平定天下之後斟酌虞周二代之制内罷
宰相設六部以准六卿外革藩鎮設十三布政司以
准十二牧凡内外之臣九年通考視其殿最外臣三
年一朝覲大行黜陟之典内外相承體統不紊貽謀
保治之具誠足以行之萬世而無弊矣伏惟
皇上以上智之資當守成之責宵旰憂勤講求治道思
欲使四海之民咸有阜成之效臣愚以為
皇祖之訓具在良法美意舉而措之其要則在大明黜
陟一語而已然明不徒明而謂之大明以見賞罰當
出於至公豈若後世之以察為明者哉必如舜之明
四目而不專任一己之見達四聰而不偏聽一人之

言夫然後公論以伸國是有定進一人而千萬人勸罰一人而千萬人懼政治何患於不隆敎化何患於不洽並美虞周增光
祖宗誠有在於今日矣臣等犬馬之誠不勝拳拳

五

旌別淑慝表厥宅里彰善癉惡樹之風聲弗率訓典殊厥井疆俾克畏慕申畫郊圻慎固封守以康四海

這是周書畢命篇康王命畢公治洛保釐殷民的意思淑是為善的人慝是為惡的人癉解做病字昔周康王命畢公說道殷之頑民已能感化依着教訓也不消用刑了如今去治洛只在勸戒上若衆人之中

有一箇爲善的人旌異他起來使人知道勸於爲善有一箇爲惡的人揀擇將出來使人知道戒於爲惡且如那十分孝順父母的便旌表他門閭說這箇是孝子之家這等光顯那爲善的人以疵病那爲惡的人使那善人的風節聲名赫然樹立起來不止當時人曉得後世人也都曉得長遠與人做箇樣子這便是旌善的事若有那不孝不弟之人他不依官長的教條不守朝廷的法度便斥遣他另在一邊去住井里疆界不得與善人之家相混使他知道畏懼這爲惡之禍仰慕那爲善之福這便是別惡的事故曰旌別淑慝表厥宅里彰善癉惡樹之風聲弗率訓典殊

厥井疆俾充畏慕圻宇與王畿的宇一般康王既命畢公區别所部的閭里以華般民舊俗就教化整齊王畿的地方以消般民反側説道邦圻千里比先周公召公經營的時節疆域遠近經界差等固已規畫有定制了還當申明約束不要廢弛封域四塞比先周公君陳保釐的時節山川險隘城池高深固已防守有定所了還當戒嚴儆飭不要怠忽況根本之地太平日久法制易隳人心易玩若能時時去修緝常常去巡視庶幾王畿尊嚴有備無患將見自西自東自南自北都環視内向震服威德安家樂業共享太平故曰申畫郊圻慎固封守以康四海臣常因是而

論之自古聖帝明王未嘗不以勸善懲惡修内攘外爲急務然四者中間又自有箇本末先後不可不察蓋勸善在懲惡之先修内是攘外之本若失了舉措則治無由成况王畿所在尤當以寛厚鎭靜爲要若是不從寛厚專用刑罰不事鎭靜妄起兵戎則人心危疑非求治之道矣周之君臣有見於此故其所以懲惡者不過殊厥井疆所以禦侮者不過愼固封守因此殷民終於華非周家長得尊國實其君臣忠厚之化保釐之功致得如此後世若秦隋之際徒〻嚴刑峻罰以虐内地窮兵黷武以事外夷遂至危亡史有明戒至於漢唐宋盛時能知以周爲法納或僅至

於小康不知以周為法的亦多至於不治考其首末
皆不足言仰惟我
太祖高皇帝立法定制以來
列聖嗣統恪守成規
皇上丕承愈篤前烈蓋天下享忠厚之化保釐之功亦
已久矣伏望
皇上於勸善懲惡之制益審先後之宜於修內攘外之
功益嚴本末之序奬賢能慎刑罰勸善即所以懲惡
謹邊備恤民隱修內即所以攘外善善長而惡惡短
朝廷正而天下治
皇上之心即有周聖王之心今日之治即有周春和之

治

宗社幸甚四海幸甚

春秋一

荆人來聘

這是魯莊公二十三年的事乃楚交中國之始諸侯互相往來通好謂之聘荆是地名即今荆州乃楚受封之國考楚之先世本有功于周家受封子爵當周之衰僭號稱王猾夏不恭孔子作春秋内夏外夷故貶他不書楚止書荆待之為夷狄之國又考春秋凡諸侯聘問于鄰國必先書其國號其所遣使臣或書名或書字或書官今楚子使人來聘問于魯春秋止

書荆人來聘雖不以中國待之却進而稱人何以進
之蓋聘問乃中國諸侯往來之禮楚以夷狄之國知
魯爲周公之後人望之國首先遣使來通聘問聖人
樂與人爲善故其書法如此臣觀春秋一書最謹華
夷之辨凡中國而變於夷狄者叛則懲其不恪而威
之以刑來則嘉其慕義而接之以禮故邇人安遠人
服聖人之心實與天地之心一般然夷狄之心則每
假禮以行其詐且如楚子當未聘魯之前四五年來
嘗破蔡而虜其君入其國横行淮漢浸及中原一旦
遣使來聘于魯其心豈眞重魯哉殆欲逞其遠交近
攻之術尒當旣聘魯之後以爲其心誠知慕王化以

交望國則宜畏義歛兵不敢萌犯順之舉可也曾未幾何而有伐鄭之師窺覘之謀蓋不能掩所幸莊公不顧一聘之私而會齊宋以攘之誠足與申内夏外夷之義矣故聖人雖進楚之聘尤善魯之救鄭夫以中國而變於夷狄春秋尚謹之如此况純於夷狄者乎由是觀之中國之於夷狄固不可無待之之誠尤不可無備之之策稽之楚事槩可見焉伏願

皇上念孔子作經之旨嚴裔戎猾夏之防雖

廟算有餘蓋當延攬羣策雖中國無事蓋當整飭六軍將見來格有苗德侔虞舜薄伐玁狁功邁宣王四民享安居樂業之天一代際雍熙泰和之治臣犬馬

之心不勝拳拳

二

楚屈完來盟于師盟于召陵

這是春秋魯僖公四年記齊桓公伐楚的事屈完是楚大夫師是軍旅住劄的去處召陵是地名楚之先受封子爵本周異姓諸侯世至春秋僭王猾夏比於夷俗中國諸侯無敢與之抗者齊桓公既相管仲乃以是年親會魯僖公曁宋陳衛鄭許曹八國諸侯之兵將討楚罪以蔡國本文王子孫反黨于楚先以奇兵侵蔡蔡人四散敗走遂以兵伐楚楚子使人問齊所以來伐之故管仲對說我先君太公受周天子命

得專征伐尒楚國貢包茅不入王祭不共又昭王南巡不還所以來問尒罪楚人對說包茅不貢是楚之罪昭王不還君其問諸水濱桓公以楚不服進兵次于陘於是楚子使其大夫屈完來盟于軍中桓公遂還次召陵大陳諸侯之兵與屈完說諸侯從齊非是為我乃尋我先君太公之好今楚能與我同好何如屈完對說此我楚君所願桓公又說以此諸侯之衆與戰何戰不服以此諸侯攻城何城不克屈完又對說君若以德懷諸侯誰敢不服若以力制之則我楚國方城漢水以為池雖衆無所用之於是桓公禮屈完俾與諸侯盟於召陵而還孔子作春秋書曰楚屈

完來盟于師楚大夫至此始書其名氏而曰來盟嘉
楚之能服義也又曰盟于召陵序桓公攘夷之功也
於此見齊兵雖強桓公能以律用之而不暴楚人已
服桓公能以禮下之而不驕庶幾王者之師故春秋
之盟於斯為盛臣嘗因是考之桓公所以讋楚之強
而不敢肆於中國者大抵皆管仲之功蓋管仲相齊
必先養民而使之富強訓兵而使之知義待其可動
然後佐桓公率諸侯正楚之罪而伐之果能使楚君
臣震懼請盟之不暇桓公乃退舍而許其成不肯黷
兵血刃以輕用民命如此孔子所謂一匡天下民到
于今受其賜者豈非桓公相管仲修內攘外之明效

歟惜乎管仲不知聖賢大學之道其相桓公僅能攘楚而正其不貢之罪終不能使桓公不擅太子征伐之權爲罪之魁故孔子又譏其器之小而曾西鄙其功烈之卑也然較之漢唐以來有相其君而虛内攻外以不恤人之家國者則又管仲之罪人矣伏惟

皇上聖學高明　廟謨宏遠味孔子作春秋之旨念外攘因内治之修愛養黔黎振揚威武則九土歸心樂

盛世熙熙之化四夷稽首仰

皇明赫赫之威天下臣民不勝慶幸

通鑑綱目一

以張釋之爲廷尉

這是通鑑綱目紀漢文帝命刑官得人的事張釋之
是文帝之臣廷尉是理刑之官所掌的事即是如今
三法司事古時法制簡畧止設廷尉一官專一理刑
初張釋之爲謁者僕射官隨侍文帝幸上林苑文帝
問上林尉所養的禽獸如何尉不能對有嗇夫小官
替上林尉荅應甚詳文帝喜他有口才命釋之傳旨
陞爲上林令釋之不肯因問帝說高祖時大臣有周
勃張相如這兩箇是何如人文帝說是有德行的長
者釋之說他兩人每奏事時全似不會說話的一般
何曾效嗇夫這等喋喋利口且秦用刀筆吏務刻薄
逞口辯專求人罪過無惻隱之實以致人君全不聞

自己的過惡遂受亡國之禍如今又以利口陞官臣
恐天下倣效成風不可不慎文帝以釋之說的是寢
旨不行命釋之為公車令又拜中大夫遂進拜廷尉
使平天下的刑獄一日文帝過中渭橋有一人橋下
走驚了文帝所乘的馬捕送廷尉問釋之奏犯駕者
當罰贖文帝怒不從欲重其罪釋之說法須要合天
下之公不可太過也不可不及廷尉之官專持天下
之平若不當重的擬他重罪是用法不信於民若用
法不信以喜怒為重輕則民將無所措手足如何使
得文帝思其言良久乃喜從其奏後又有賊偷了高
祖廟中玉環釋之奏當死罪文帝又大怒說賊偷了

先帝廟中之器吾欲誅他一族今尔所奏止誅一人非吾所以敬宗廟之意釋之免冠謝罪謂朝廷法度止當如此今偷了宗廟之器便誅一族假如愚民取長陵一抔土又把何等法去罪他文帝怒解也從其所奏蓋釋之為廷尉惟知朝廷之法當合公道不隨人主的喜怒故天下號稱無冤民可謂能盡刑官之職矣宋儒朱子特於綱目通鑑大舉其綱備書其事一以見文帝能任用忠厚之人為漢令主一以見釋之之能輔成寬仁之治為漢良臣故其書法褒美如此

臣謹按刑者輔治之具帝王不得已而用之然其用實皆出於天討有罪亦非帝王所得私者考之於書

虞舜命皋陶則云期于予治刑期于無刑武王用蘇
公則周公稱其式敬尒由獄以長我王國一君能委
任得人故下服民心上合天道虞周之治着雍熙泰
和之盛良以此耳洪惟我
朝
太祖高皇帝以仁易暴而有天下旣於大明律定一代
之制通人法兼用之宜又於
皇明祖訓禁法外之刑爲祈天永命之本誠可以垂諸
萬世而不易者仰惟
皇上嗣統以來並示恩威恪遵 成憲寬恤之語不以
疎遠而或遺赦殛之刑不以僥倖而獲免罷貪殘之

選雪正直之誣不必張釋之詳讞而有文帝之寬仁
不必張釋之拜諍而有文帝之明見民心悦服朝政
清明尙有非前代可及者矣尤願
皇上念民命之重戒司刑之官刑一人也必體上天好
生之心議一刑也必合天下至公之論繼虞周君臣
致治之美而陋文帝庶幾措刑之風
宗社幸甚天下幸甚

二

詔議貢舉法

這是通鑑綱目紀漢孝章皇帝詔百官計議薦舉人
才的事在元和元年夏六月當此時上書陳言的人

多說各處郡國薦舉人才都不考他功行優劣所以在任的官都懈怠不謹所理的事多廢弛不振於是孝章皇帝乃下詔百官會議時廷臣韋彪上書說國家以簡用賢才為務賢才當以孝行為首故求忠臣必於孝子之門且人的才行少能兼備孔子有言孟公綽為趙魏老則優不可以為滕薛大夫人才難得從古已然彼忠孝之人持心重厚嚴酷之人持心刻薄人君任官當揀擇有才有行的人不可專用勳舊子弟然其要尤在選任二千石的官凡郡守之類歲食祿二千石的皆得薦舉人才若二千石的官得其人則他所薦舉的無不得其人矣韋彪又上書說天

下的政務機要全在尚書之職近者歛人多於郎官
内擢用雖能撓習法律長於應對然不過以小聰明
為事多無眞才實德昔文帝聽張釋之言不用嗇夫
利口小人而深念周勃重厚少文有社稷之功宜以
為法孝章皇帝覽韋彪之言悉嘉納之宋儒朱子於
通鑑特書詔議貢舉法于綱詳著韋彪之言于目以
見章帝能納善以求才為重可謂知為治之本矣臣
惟自古人君莫不由于用賢才而致治亦莫不由于
用非才而致亂若唐虞三代盛時則有一輩致治之
臣專一引薦君子以匡不逮若三代以後衰世則有
一輩致亂之臣專一引薦小人以固寵禄蓋人才之

賢否繫國家之治亂考之經訓鑒戒昭然若漢章帝
下明詔以袪薦舉之弊聞讜言而得薦舉之要一時
願治之君亦可謂難得矣然臣嘗反覆韋彪之言其
說有三一則欲薦舉人才先德行而後才智一則欲
郡守稱職以清薦舉之流于外一則欲尚書得人以
正薦舉之本于內此三說者眞是名言蓋非獨可行
于一時雖萬世可也伏惟
皇上鑒帝王圖治之難體
祖宗傳緒之重用人之際或博採公論或簡在
聖心舉錯一行士風丕變倘有取於章帝納善求才之
事三復其說議貢舉之法杜倖進之門務求才行兼

備之人以成内外無疆之治則唐虞三代之盛在今
日矣伏乞
聖明留意

篁墩程先生文粹卷之一

篁墩程先生文粹卷之十一

奏議 表 策問

奏考正祀典

詹事府少詹事兼翰林院侍講學士臣程敏政謹奏為考正祀典事臣聞古聖王之治天下必以祀典為重所以崇德報功而垂世教淑人心也故有功德于一時者一時祀之更代則已有功德于一方者一方祀之踰境則已然猶欲以勸一時範一方而不敢輕議焉况先師孔子有功德于天下于萬世天下祀之萬世祀之則其廟庭之間侑食之人豈可苟焉而已必得文與行兼名與實副有功于聖門而無疵于公

議者庶足以稱崇德報功之意若侑食者非其人則
豈惟先師臨之神不碩歆將使與模範者莫知所教
為弟子者莫知所學世教不明人心不淑通于天下
而施及後世其為關繫豈特一時一方之可比哉邇
者言官欲出文廟從祀諸賢之有罪者
詔禮部集議臣愚亦在預議之列疑其所言尚有未
盡而議者相持憚于改作臣考之於書揆之於心不
敢妄為異同謹畫一條陳上瀆
聖覽伏乞
皇上丕顯文謨主張斯道仍下禮部通行集議采而行
之一洗前代相習之陋永為百世可遵之典使世教

有興起之益人心得趨向之公其於治道未為無補

謹具

奏聞

一唐貞觀二十一年始以左丘明等二十二人從祀孔子廟庭蓋當是時聖學不明議者無識拘于注疏謂釋奠先師如詩有毛公禮有高堂生書有伏生之類遂以專門訓詁之學為得聖道之傳而并及馬融等行之至今誠不可不考其行之得失與義之可否而釐正于大明有道之世也臣考歷代正史馬融初應鄧騭之召為秘書歷官南郡太守以貪濁免官髡徙朔方自刺

不殊又不拘儒者之節前授生徒後列女樂為梁冀草奏殺忠臣李固作西第頌以美冀為正直所羞即是觀之則衆醜備于一身五經為之掃地後世乃以其空言目為經師使侑坐孔子之庭臣不知其何說也劉向初以獻賦進喜誦神仙方術嘗上言黃金可成鑄作不驗下吏當死其兄陽城侯救之獲免所著洪範五行傳最為舛駮使箕子經世之微言流為陰陽術家之小枝賈逵以獻頌為郎不修小節專一附會圖讖以致貴顯盖左道亂政之人也王弼與何晏倡為清談所注易專祖老莊而范寗追究晋

室之亂以為王何之罪深于桀紂何休則止有春秋解詁一書黜周王魯又注風角等書班之于孝經論語蓋異端邪說之流也戴聖為九江太守治行多不法懼何武劾之而自免後為博士毀武于朝及子賓客為盜繫獄而武平心決之得不死則又造謝不慙先儒謂聖禮家之宗而身為贓吏子為賊徒可為世鑒王肅在魏以女適司馬昭當是時昭篡魏之勢已成肅為世臣封蘭陵侯官至中領軍乃坐觀成敗及母丘儉文欽起兵討賊肅又為司馬師畫策以濟其惡若好人佞已乃其過之小者杜預所著亦止

有左氏經傳集解其大節益無可稱如守襄陽
則數饋遺洛中貴要紿人曰懼其爲害耳非以
求益也伐吳之際因斫癭之譏盡殺江陵之人
以吏則不廉以將則不義凡此諸人其於名教
得罪非小而議者謂能守其遺經轉相授受以
待後之學者不爲無功臣竊以爲不然夫守其
遺經若左丘明公羊高穀梁赤之於春秋伏勝
孔安國之於書毛萇之於詩高堂生之於儀禮
后蒼之於禮記杜子春之於周禮可以當之蓋
秦火之後惟易以卜筮僅存而餘經非此九人
則幾乎熄矣此其功之不可泯者以之從祀可

也若融等又不過訓詁此九人所傳者耳況其書行于唐故唐姑以備經師之數祀之今當理學大明之後易用程朱詩用朱子書用蔡氏春秋用胡氏又何取於漢魏以來駁而不正之人使安享天下之祀哉夫所以祀之者非徒使學者誦其詩讀其書亦將識其人而使之尚友也臣恐學者習其訓詁之文於身心未必有補而考其奸諂滛邪貪墨惟妄之迹將自茸于效尤之地曰先賢亦若此哉其禍儒害道將有不可勝言者矣至於鄭衆盧植鄭玄服虔范甯五人雖若無過然其所行亦未能以窺聖門所著亦

未能以發聖學若五人者得預從祀則漢唐以來當預者尚多臣愚乞將戴聖劉向賈逵馬融何休王肅王弼杜預八人褫爵罷祀鄭衆盧植鄭玄服虔范甯五人各祀于其鄉后蒼在漢初說禮數萬言號后氏曲臺記戴聖等皆受其業蓋今禮記之書非后氏則不復傳于世矣乞加封爵與左丘明等一體從祀則僞儒免欺世之名賢者受專門之祀而情文兩得矣

一孔子弟子見于家語自顏回而下七十六人家語之書出于孔氏當得其實而司馬遷史記所載多公伯寮秦冉顏何三人文翁成都廟壁所

畫又多蘧瑗林放申棖三人先儒謂後人以所見增益殆未可據臣考宋邢昺論語注疏申棖孔子弟子在家語作申續史記作申黨其實一人也今廟庭從祀申棖封文登侯在東廡申黨封淄川侯在西廡重複無稽一至於此且公伯寮愬子路以沮孔子乃聖門之蟊賊而孔子稱瑗爲夫子決非及門之士林放雖嘗問禮然家語史記邢昺注疏朱子集註俱不載諸弟子之列秦冉顏何疑亦爲字畫相近之誤如申棖申黨者但不可考耳臣愚以爲申棖申黨位號宜存其一公伯寮秦冉顏何蘧瑗林放五人旣不

載于家語七十子之數宜罷其祀若瑗放二人不可無祀則乞祀瑗于衛祀放于魯或附祭于本處鄉賢祠仍其舊爵以見優崇賢者之意亦庶乎其名實相符而不舛于禮也

一洪武二十九年行人司司副楊砥建議請黜楊雄進董仲舒

太祖高皇帝嘉納其言而行之主張斯道以淑人心可謂大矣然荀況楊雄實相伯仲而況以性為惡以禮為僞以子思孟子為亂天下以子張子夏子游為賤儒故程子有荀卿過多楊雄過少之説今言者欲并黜況之祀宜也然臣竊以為漢

儒莫若董仲舒唐儒莫若韓愈而尚有可議者一人文中子王通是也通之言行先儒之語已多大約以爲僭經而不得比于董韓云爾臣請斷之以程朱之説程子曰王通隱德君子也論其粹處殆非荀楊所及若續經之類皆非其作然則程子豈私于通哉正因其言之粹者而知其非僭經之人耳朱子曰文中子論治體處高似仲舒而本領不及爽似仲舒而純不及又曰韓子原道諸篇若非通所及者然終不免文士之習利達之求若覽觀古今之變措諸事業恐未若通之精到懇惻而有條理也至於河汾師

道之立出于魏晉佛老之餘追今人以為盛則通固豪傑之士也今董韓並列從祀而通不預疑為闕典臣又按宋儒自周子以下九人同列從祀而尚有可議者一人安定胡瑗是也瑗之言行先儒之論已詳大約以為少述著而不得比于濂洛云爾臣亦請斷之以程朱之說程子看詳學制曰宜建尊賢堂以延天下道德之士如胡瑗張載邵雍使學者得以矜式朱子小學書亦備載瑗事以為百世之法臣以為自秦漢以來師道之立未有過瑗者矧程子於瑗之生也欲致其與張邵並居于尊賢之堂其没也乃

不得與張邵並侑于宣聖之廟其為闕典或有甚矣況宋端平二年議增十賢從祀以瑗為首若以謂瑗無著述之功則元之許衡亦無著述但其身教之懿與瑗相望誠有不可偏廢者臣考之禮有道有德于教于學者死則為樂祖祭于瞽宗鄉先生歿則祭于社若通瑗兩人之師道百世如新得加封爵使與衡同列祀于學宮最得禮意

一自唐宋以來以顏子曾子子思孟子配享坐堂上而顏子之父顏無繇曾子之父曾點子思之父孔鯉皆坐廡下臣考之禮子雖齊聖不先父

食而三代之學皆所以明人倫也夫孔子之所
以爲教與諸弟子之所以爲學者不過明此而
已今乃使子坐于上父坐于下豈禮也哉若以
爲此乃論傳道之功則自古及今未有外人倫
而言道者縱出于後世之尊崇非諸賢之本意
臣恐諸賢於冥冥之中必有不安于心而不敢
享非禮之祀者臣考之元至順三年嘗封顔無
繇爲杞國公諡文裕孟子之父孟孫氏亦嘗封
邾國公臣愚乞下有司於各處廟學如鄉賢祠
之制別立一祠中祀啓聖王以杞國公顔無繇
萊蕪侯曾點泗水侯孔鯉邾國公孟孫氏配享

庶不失以禮尊奉聖賢之意臣又竊觀聖學失傳千五百年至程朱出而後孟氏之統始續則程朱之先亦不可缺况程子之父大中大夫封永年伯程珦首識濂溪周子于屬掾之中薦以自代而又使二子從游朱子之父韋齋先生追謚獻靖公朱松臨没之時以朱子託其友籍溪胡氏而得程氏之學珦以不附王安石新法退居于洛松以不附秦檜和議奉祠于閩其歷官行已俱有稱述臣愚乞將永年伯程珦獻靖公朱松從祀啓聖王使學者知道學之傳有開必先明倫之義不為虛文矣

弘治元年八月初三日奉
聖旨這本禮部照例會官議欽此

龜山先生從祀議

翰林院爲崇祀典以重道學事該禮部手本開送國子監博士楊廷用奏前事要將宋儒龜山楊時定議從祀孔子廟庭查得成化元年浙江紹興府知府彭誼亦要將楊時從祀及福建將樂縣歲貢生員何昇亦奏前事内稱宋儒朱熹張栻元儒許衡吴澄俱以有功聖門得預從祀而楊時獨不得預近年南京國子監祭酒謝鐸亦以爲言可見後學之心皆有未安已經行移翰林院議擬定奪外合仍照例用手本行

請本院查照議擬徑自具奏等因謹按諸儒從祀于
孔門者非有功于斯道不可然道非後學所易知也
要必取證于大儒之說斯可以合人心之公竊考程
氏遺書及朱子伊洛淵源錄所載龜山楊氏行狀墓
誌等文俱稱其造養深遠踐履純固溫然無疾言遽
色與明道程子相似方其學成而歸程子目送之曰
吾道南矣然則是道也豈易言哉自兩程子嗣孔孟
不傳之統及門之士得以道見許者龜山一人而已
蓋龜山一傳為豫章羅氏再傳為延平李氏以授朱
子號為正宗文定胡氏親承指授而春秋之傳作南
軒張氏上泝淵源而太極之義闡心學所漸悉本伊

洛使天下之人曉然知虛寂之非道訓詁之非學詞華之非藝則龜山傳道之功不可誣矣崇宣之世京黼柄國躋王安石于配享位次孟子而頒其新經以取士士尊安石爲聖人不復知有孔子誦新經爲聖言不復知有古訓僭聖叛經凡數十年龜山入朝首請黜其配享不令廁宣聖之廟庭廢其新經不令蠹學者之心術又請罷綱運以收人心斥和議以張國勢竄權臣以正邪慝培主德以崇治本兹議讜言雖不盡用然使天下之人知邪說之當息詖行之當距淫詞之當放則龜山衛道之功亦不可掩或有疑其出處之際而少其著述之功則亦有可言者朱子謂

龜山之出惟胡文定公之言最公曰當時若聽用決須救得一半而文定亦曰蔡氏焉能浼之然則以出處見疑者未考之過也龜山值洛學黨禁之餘指示學者以大本所在體驗之功轉相授受而朱子得聞其指訣則見于何鎬之書朱子於理一分殊之論稱其年高德盛而所見益精則見于西銘之跋要之無龜山則無朱子而龜山之道非知德者殆未可輕議然則以著述見少者亦未考之過也又按元史至正二十一年因杭州路照磨胡瑜建言已將龜山與延平李氏文定胡氏九峯蔡氏西山真氏俱加封爵列於從祀以世變不及徧行天下此殆近于禮所謂有

其擧之莫敢廢者然則親講于龜山若文定私淑于龜山若宋張咸在侑食而近私淑于朱子若蔡眞遠私淑于朱子若許吳亦在侑食獨其師有傳道衛道之功可以繼往開來抑邪與正者反不預焉揆之人心誠為闕典考大儒之定論參前代之故實伸弟子從師之義慰後學向道之心以龜山躋于從祀宜合公言謹議

擬武成王廟配享名將議

臣竊觀先王制禮五而軍處其一置卿六而司馬掌邦政統六師平邦國不聞別有所謂將帥與六卿鈞禮者蓋當其時田以井授士有專業兵之出于農者

非孝弟力田之人則庠序教養之士也將之見于用者非里閭族黨之師則公卿大夫之選也文事武備實相為用豈有二道哉自周之衰諸侯暴横井田既廢兵農遂分著書者以權詐相矜謀國者以首功相尚所謂名將者大抵多從衡押闔之徒或盜賊裔戎之傑而先王之軍禮師制蕩然盡矣唐之中世詔立武成王廟用以尊禮太公取歷代之號名將者而侑食馬比于孔子宋元因之則既已失文武一道之義至其所取者又皆秦漢以來匹夫之勇一時之功比類觀之猥雜殊甚雖嘗一再更定而狃於世所習稱之人卒無以致去取之當也夫太公奮鷹揚之勇以

誅紂陳冊書之訓以戒君所謂經天緯地之文戡定禍亂之武實無有之誠聖王之上佐三代之仁人與周公召公相為伯仲者也顧其侑食一堂之上者乃如彼其猥雜尚父有靈其耻與之相處也審矣齋居暇日盡取歷代史傳考其人之出處別加訂定其大意則取其身兼將相才具文武内行淳備經術通明識君臣之義達去就之理有斡運佐王之勳有匡時贊治之畧有足兵裕國之能有危身徇主之節有靖亂復辟之功有綏遠攘外之績者共得若干人雖其所行未能盡合聖軌上比孔庭然亦足以範櫜鞬之士當俎豆之選凡秦漢以來沾沾以舞智為奇悻悻

以鬬力為勇乘時徼利不耻不忠生事取功不畏不義者悉加刋削庶幾為學者有以知親上死長之義為邦者可以施勝殘去殺之教先王之軍禮可復大司馬之職任可舉而仁義之將節制之師亦庶乎可以復見于盛世矣

代衍聖公謝修闕里廟庭表

孔子六十一代孫襲封衍聖公臣孔弘泰等荷蒙
先帝以闕里廟庭歲久傾圮特命有司重加修葺近告工完謹奉表稱謝者臣弘泰等誠懽誠忭頓首上言伏以文教誕敷離照普臨于海宇儒宗大慶鼎新復見于宮墻成千載之偉觀匪一家之私幸光覃鄒

魯遠陋金元茲盖伏遇
皇帝陛下體備中和志無謨烈乾綱獨運闢四
門以廣忠言渙號孔揚奉
兩宮以隆孝治登延耆俊屛斥異端講籍田之禮以厚
民生却貢獻之私而恢邦計加崇釋奠重師表百王
之功常
御法筵究刪述六經之旨當廟宇落成之日應治元
初紀之期載念
先皇舉斯盛典屢勤大吏督彼群工出官帑以佐經營
發役人以充輸作禮庳中起視昔有加寢殿相高於
文斯稱像設儼衣冠之肅歲時增俎豆之輝文星遠

應乎璧奎化雨再沾于洙泗總賴乾坤之力致玆輪奐之休臣爵與上公身叨主祀孔林無恙企聞詩聞禮之風闕里有嚴愧肯構肯堂之業侍虞庠而觀盛舉已被鴻恩瞻嵩岳以祝蕃釐載申微悃伏願配乎天配乎地慶無疆之治于一人作之君作之師享有道之長於萬世臣等無任瞻天仰聖激切屛營之至謹奉表稱謝以聞

應天府鄉試策問一

問古聖王必有謨訓以範来裔俾世守之故嗣君有道延祚無疆不可尚已漢唐之治雜覇雜夷而宋之治亦文浮于實雖聞有典章之存去古遠矣仰惟我

太祖高皇帝以武功定海内以文德開太平其所以貽謀垂憲者有皇明祖訓以著一代家法有諸司職掌以昭一代治典有大明集禮以備一代儀文有大明律以定一代刑制育才則有卧碑之條教民則有榜文之布恤軍士則有條例之頒嚴釋老則有清教之錄其慮周其說詳蓋自身而家而國而天下實與古聖王相傳心學之大要不約而同也嘗竊以為聖子神孫舉而措之可以興至治名臣碩輔遵而行之可以成駿功有不待更張而外求者矧諸士子出于南畿誦服

聖訓固宜其習且審也其節目次第良法美意願悉陳之以爲我

皇上繼志述事之一助焉

二

問願治之君輔治之臣必以敬天勤民爲首務三代而上無容議矣漢唐宋以來或不俟災變常畏上天之鑒臨或不待歲凶先議貧民之賑貸或四方災異郡未及上而輒以聞或諸路水旱無論巨細而悉以奏此皆能防患於未然者或因大水有減樂府省苑馬諸美事或因歲荒有決疑獄制常平諸惠政或力主捕蝗之令而民不至大飢或周盡救荒之策而民

多所全活此皆能彌患于已然者其君臣同德之詳
協恭之效可得聞乎山頹孛見天意何如其可回而
乃以天變為不足畏然勵精圖治之君方授之柄而
不疑何也夏霜秋螟民生何如其可遂而乃以湯旱
為桀之餘然雄才大畧之主方甘其諛而不悟何也
若是者其君臣之間當孰任其責乎我朝
列聖奉天子民思所以得萬國之歡心繼三代之聖軌
者誠非漢唐宋可及也邇者有修德彌災之
詔聞于 庭有振窮周乏之使屬于道然議臣建白
未足以當
聖心有司奉行未足以宣

聖澤茲欲使天下意復而民困蘇以副
皇上顧治之意必有說焉諸士子尚極陳之以觀明體
適用之學

三

問經史之微詞奥義至程朱出而後千百年之疑誤折之訂之無餘藴矣然天下之理有開必先固亦在生于程朱之前其精識卓見逈出一時豈理之根于人心者自不容泯乎如追復彖象之舊使不離附經後存古之義大矣而在魏甘露初有舉之以問大學者表章學庸之書使不雜置記中闡道之功深矣而在宋天聖間有筆之以賜進士者權之一字漢以來

儒者所不識也然唐人嘗見于易鎮之䟽敬之一言秦以下學者所未聞也然魏人嘗著于法象之篇談命者泥術數而莫知窮理之原相貞元者乃有造命之說求治者急功利而莫知格君之本相元和者乃有正心之對尊孟子性善之論曰此大功也然六條之奏出于馥周挈逝者如斯之言曰此絕學也然勵志之詩聞于西晉雜蜀繼漢所以正司馬氏也顧有以之著漢晉春秋者矣黜周存唐所以擿歐陽子也顧有以之改吳兢國史者矣凡此皆天下至理所在不容易視之也將其人偶見于此而餘不足論乎或程朱之說反出于此乎否也諸士子博學而反諸約

以待問者久矣願悉其人以對

四

問世之治亂常繫君子小人之進退而人君所患常在君子小人之難知盖大奸似忠大詐似信苟無灼見之明則或以君子為小人以小人為君子者衆矣此知人所以自古為難也昔四國流言人皆以為疑而金縢之啓卒彰于天威辨言亂政人皆以為賢而兩觀之誅莫逃于聖鑒使非天與聖人則二人之邪正終莫能辨矣乃若冲年嗣位之君宜其懵于此然能破上書者之詐而稱大將軍之忠至于左右皆驚何其明也果敢聰明之主宜不為人所欺然舉世皆

知其相之奸而獨信任之以為朕殊不覺何其蔽也烏乎人君孰不欲有治無亂進君子退小人然而往往如彼者豈不以知人為難無道以燭之邪欽惟我
皇上清明在躬宵旰圖治於執政之臣任之未嘗不專而於懷欺之縱去之未嘗不決蓋遠法堯舜之明而漢以下不足言矣茲欲使所進皆君子而在下無遺賢所遠必小人而在位無留慝以來保國家太平之治是必有道也諸君子學古入官於前代治亂之迹講之熟矣其為我明著其說將以獻于
上焉

五

問一代之興必有佐命世經與國咸休自殷周以來
則已然已顧其子孫不能無中微之日則為人上者
必振之以昭先烈示後勸若漢高帝功臣罷侯者至
宣帝而後復之光武功臣失爵者至安帝而復續之
汪濊之恩忠厚之澤見于史者可考也洪惟我
太祖高皇帝建萬世不拔之業雖出于天命然佐命有
功之臣疑亦萬世不可忘者考諸當時不特分茅錫
爵傳之子孫或陪葬
孝陵或配享
太廟或褒其忠勲于祀典報功之禮遠過前代而其子
孫在今日有祿食者蓋已無幾試以其大者言之有

才本王佐可方漢之留侯者有勇冠諸軍可比唐之
鄂公者有從起
帝鄉撫定八州有功無過者有責為
帝甥常將偏師有勝無敗者有收方氏而靖海上者有
縛明昇而下全蜀者有以禦僞吳前後伏節于浙東
者有以拒僞漢前後死忠于江漢者有手殪伏賊而
彌肘腋之變者有佯為諜書而波敵愾之功者有以
帷幄翼衛之勞兄弟封公者有以方面專征之績兄弟
封侯者其大功元勳校諸平時封拜何但霄壤哉然
陪葬之一坯尚存
配享之祔位不撤祀典之廟貌如生顧使其傳泯焉如

此疑非所以昭先烈示後勸豈有司未嘗舉兩漢故事以請而至于斯乎如有以興廢繼絕之説言之于
上亦庶幾可以慰
高廟在天之靈而報功盛典媲美殷周矣諸士子生長
南服必能記其運籌決勝之才與其攻城畧地斬將搴旗之勇請詳著于篇以助有司之守冊府典勳庸者

考教職策問

問邇歲河決張秋水溢姑蘇上勤
聖衷累遣詔使盖凡有一言一策可取者舉得自見而況農田水利之説亦學者所當究心者耶夫黄河之

水自汴趨淮以入海而黄陵岡乃河流東下之喉襟說者謂此岡廢而不築故有今日之决然乎姑蘇之水由太湖下松江以入海而白茅港乃三吳泄水之尾閭說者謂此港淤而不浚故有今日之患是乎黄陵岡苟未就緒則青滄之境徒駭馬頰諸處皆河之故委禹貢所謂九道者若聽其北徙而導之勢順而功易第不審於東南漕計可無礙乎否也白茅港既未即功則三吳之間劉家港鹽鐵塘諸處皆江之故委禹貢所謂三江既入者若隨其所在而浚之力分而利博第不審於遠近民田可無損乎否也夫修築之功鉅而

國用方匱疏浚之役勞而民食孔艱玆欲使功成而下不擾患除而民不飢何施而可諸士子將有教人之責計必取法安定而究心於此者請悉言之

私試策問

世之論士以為年少則浮薄年邁則老成故上之人於士卒待其遲暮而後用之然考諸傳記有年二十四中興漢室為雲臺之冠者有年二十四從定江東成赤壁之功者有年二十八定策隆中雖關張宿將皆安為之愧屈者有年三十五侍謀軍國雖李郭元勲皆陰受其建畫者有年二十九當建安之末為叅軍筭無遺策有年三十當建中之初為內相克濟多

難有年三十一而捫虱談當世之務者有年三十二而建節負戚金之志者有年三十一以學士本兵卒之舉澶淵之役有年三十三以侍郎出督遂能平苗劉之亂或年三十二為參謀卒之拜御史人為之膽落者或年三十六位樞府卒之任招討賊為之膽寒者凡若此皆所謂少年未更事之人也將上之人誤用之而偶中乎則考其平生皆綽有定見非僥倖嘗試者之為也如上之人必待其年邁而後用之乎則尚論其人而退計其事必有後時失機之悔豈古人所以惜老成者亦必自其少壯而用之使其更事愈多閱世愈熟雖衰老而不忍釋之乎抑少壯之時置

之散地直待其遲暮昏眊而後乃用之則史之所書又不誣如此諸士子幼學久矣亦必有壯行之志雖用舍存乎人然所以自處者亦不可不豫定也請悉著之

篁墩程先生文粹卷之二

考論辯說

詩考

按孔子删書凡百篇删詩凡三百五篇皆遭秦火而絶漢興罷挾書之律經生學士乃敢掇拾于煨燼之餘料理于記誦之末而書之所出者非一時所得者非一手參互致定為五十九篇亡者幾半而識者尚不能無真偽之别今古文之疑也詩也者與書同禍漢初傳者有齊魯韓毛四家而三百五篇完整如舊其藏之何所授之何人此固已不能不啓人之疑矣三家亡而毛氏獨行于朱子從而為之集傳其深闕

小序之非有功于學者甚大而愚者讀之猶有所不能領解者非立異也無當于心而不敢以自欺也劉歆傳云文帝時詩始萌芽皆諸子傳說至武帝然後鄒魯梁趙頗有詩禮春秋一人不能獨盡其經或為雅或為頌推此意也則知今詩乃出于漢儒之所綴輯而非孔子刪定之舊本矣詩之名始見于虞書曰詩言志歌永言聲依永律和聲大抵古詩皆樂也詩雖有風雅頌之分而皆主于樂亦猶易雖有辭變象之別而皆主于占也古者胄子之教過庭之訓皆於詩乎得之所謂養其良知良能者也而今之詩乃取夫狎邪淫蕩之詞襍乎清廟生民之列言之汙齒頰

書之纖簡牘師何以授之於徒父何以詔之於子而況聖經賢傳之首本以為治性養心之具曰非禮勿言非禮勿聽也曰口不道惡言耳不聽淫聲也其嚴如此詩也者心之聲而發乎性情者也孔子刪而定之放其鄭聲以為萬世之常經顧乃有取於斯則其所刪者為何詩而其所放者又何聲哉或曰古者太師陳詩以觀民風故美惡不嫌於兼取也是大不然陳詩觀風不過曰某地之詩其可傳者若干如二南之類則其風之美可知也某地之詩其可以示戒者若干如刺淫之類則其風之褻可知也至於某地之詩無可采者則其風之惡亦不言而喻矣豈必以其

狎邪淫蕩之詞而盡陳之哉且詩者求治之一端爾其他之可以觀民風者固多也施于政蕃于刑而見于官府之文法者何限謂參之詩可也而必求之詩可乎亦恐先王不為是之迂也大槩小序不當以淫者自作之詞為刺淫故朱子辭而闢之然刺淫一字則實古者講師授受之言得之孔門而不可誣者何哉漢儒徒見三百五篇之目散軼不存則遂取孔子所删所放之餘一切湊合以足其數而小序者不察亦一切以其得于師者槩之曰刺淫此其所由失也朱子闢之是也然集傳則又以孔子鄭聲淫之一語為主凡鄭風之中小序以為懼讒思賢刺廢學而閔

無臣者皆舉而歸之淫則亦未免于矯枉過直者矣夫諸詩既無指名又無証佐苟以善心逆之則淫可以為雅以不善之心逆之則雅可以為淫漢儒故有以二南為刺詩者矣說詩者豈可棄其已然之疑信者而以臆見懸斷之哉由是觀之刺淫之詩乃孔子之所必存者也淫者自作之詩則孔子之所必删者也古今人情不大相遠而理之在人心者無古今也如有以狎邪淫蕩之詞與伊川擊壤之集朱子感興之詩俱收而並録之日與學者講肄而誦習之曰此將以示勸也彼將以示儆也其不以為侮聖言者幾希又曰以之敷陳演說于講幃經幄之前曰此將以

示勸也彼將以示儆也則下流于不敬而蹈誨淫之轍上以為故常而啓効尤之心其賊經而害教有不可勝言者矣或曰春秋亦孔子之筆而所載者多篡弑淫亂之蹟以為不如是不足以垂法立戒云爾詩之所存亦此意也是尤不然詩之與史其體截然不同也故稱孔子者於春秋曰修修則有褒貶之義焉其法不容於不備也於詩曰刪刪則有放鄭聲之義焉其法不容於不嚴也集傳云深絶其聲於樂以為法而嚴立其詞於詩以為戒愚以謂詩與樂無二道也苟易詩之一字以為史則垂法立戒之義無舉而益明矣或曰胄子之教過庭之訓太師之陳亦取其

善者爾其不善者則姑置之以示戒而不以教不以
訓不以陳也如此則亘詩爾亦何煩于聖人之刪而
謂之經哉其不然矣詩之為教蓋無出溫柔惇厚思
無邪之兩言苟去淫者自作之詞而存刺淫之作則
其說可通也不然求其說而不得不失之過則失之
不及而聖人刪詩放鄭聲之意終不白於後世矣朱
子學孔者也以為此經實出聖人之所刪定故深闢
小序之非少袪學者之蔽而豈逆漢儒之欺哉漢儒
亂大學矣而朱子訂其章句漢儒亂周易矣而朱子
訂其經傳漢儒壞禮與樂而朱子編三禮不究其義
集詩傳僅止於此是漢儒之幸而後學之不幸也噫

取狎邪淫蕩之詞垂萬世而為經其罪大且久矣今故重加抉摘别為此編雖極僭踰不敢逃避者非立異也無當於心而不敢以自欺也亦果於非漢儒而篤于尊聖經云爾

聖裔考

先聖之後凡嗣爵奉祀者謂之大宗于宗法在禮不可不慎重而考諸史籍則因襲之間尚有可議蓋自先聖一傳為泗水侯再傳為沂國公沂國五傳生順仕魏以孔子後封魯國文信君蓋聖裔之受封始此順生三子長曰鮒秦封魯國文通君又為陳王博士次曰騰為漢長沙王太傅次曰樹而鮒騰之後分為

兩宗鮒六世生何齊成帝時梅福上書言孔子殷人
宜封其後以奉湯祀遂封何齊為殷紹嘉侯尋進爵
為公地滿百里此一宗也騰四世生霸元帝時賜號
褒成君奉孔子祀此一宗也然則紹嘉公乃大宗褒
成君乃小宗何齊生安光武時嗣爵又進封宋公為
漢賓位諸侯上霸三世生均平帝元始初進封褒成
侯均再世生損和帝永元中徙封褒尊侯至獻帝初
國絶蓋兩宗至於漢亡俱失傳矣魏文帝黄初中復
求先聖之後得議郎羡賜爵宗聖侯傳再世生震晉
武帝泰始初改封奉聖亭侯震再世生懿隨元帝南
渡居會稽孔氏自此復分南北兩宗懿生鮮宋文帝

元嘉八年以罪奪爵十九年以隱之嗣隱之復以子不道失爵二十八年以惠雲嗣又以重疾失爵孝武大明二年以邁嗣邁傳其子莽亦以罪失爵此南宗也後魏時求先聖之後得二十七世孫乘以爲崇聖大夫孝文太和中改封其子珍爲崇聖侯珍三世生渠北齊文宣帝改封恭聖侯入後周宣帝進封鄒國公渠再世生嗣哲隋煬帝時改封紹聖侯此北宗也然則從元帝南渡者爲大宗受北魏所封者爲小宗南北兩宗至于隋亡又并失傳矣唐太宗貞觀十一年始得先聖之後德倫賜爵褒聖侯德倫再世生燧之玄宗開元中進封文宣公傳七世生光遠五季之

亂失爵為泗水令有灑掃戶孔末欲冐襲封盡殺諸孔氏光妻生子仁玉方九月遂秘養之後周時乃得嗣爵入宋而卒至太平興國中復召仁玉之子宜嗣封宜再世生聖祐無子以弟宗願嗣仁宗嘉祐中以祖謚不可加後人改封衍聖公宗願傳若蒙哲宗元祐初改封奉聖公若蒙坐事廢以弟若愚嗣復為衍聖公若愚傳其子端友從高宗南渡居衢州孔氏自此又分南北兩宗端友傳四世生珠以宋亡失爵此南宗也偽齊劉豫自濟南僭位得先聖四十九代孫璠賜爵衍聖公豫廢今因之璠三傳生元措金末崔立作亂降元遂并得元措以去此北宗也然則從高

宗南渡者為大宗受劉豫所封者為小宗矣元措入
元而卒乃召洙俾嗣爵固讓歸衢州仁宗延祐四年
召中書定議先聖五十三世孫當嗣封者遂得元措
宗人思晦以聞思晦受爵以卒因子貴追封魯郡公
蓋今之為大宗子者皆思晦之後矣夫宗禮先王之
所制蓋以制天下之大倫而絶爭端者也先聖定禮
樂以為萬世法而況其後人奉世祀可不慎乎夫以
魏唐之初其所封者史記不載其世次而凡在北宗
者又皆出于一時之訪求乃以之當大宗子之貴亦
異乎先聖之禮矣必不得已則南宗猶為近之蓋南
宗出于當時嗣爵之人而北宗出其疎且遠者或乃

以去宗國為南宗之罪以守林廟為北宗之賢則又有大不然者焉以史考之凡出于北宗者實皆逃難四出流落民間非真有仗義守禮之心効死而不去者也然則取此去彼又豈大公至正之道哉矧北宗祖璠始受逆豫之命而終于胡元之朝所謂因襲之間尚有可議者凡以此而已作聖裔考

關羽爵謚考

關將軍羽仕漢封漢壽亭侯謚壯繆而今之祠者止題曰壽亭侯不書謚意以漢為國名故不書以繆為惡謚故削之為神諱也以予觀之書爵既已脫誤而諱書爵者尤非考之史漢壽本縣名在犍為史稱賁

禕遇害于漢壽而唐人詩亦曰漢壽城邊野草春是已夫漢壽者封邑而亭侯者爵也東漢之制有縣侯有鄉侯有亭侯皆以寓食入之多寡今去漢而以壽亭為封邑誤矣又昭烈勸進表其首列銜曰前將軍漢壽亭侯闕某若以漢為國名則不當以之錯置于職名之下至于謚法武功不成曰繆而繆穆古通用若秦穆公魯繆公在孟子漢穆生晉穆彤在史皆為繆蓋傷羽之死國故以壯繆節愍而宋岳飛謚武穆意與此同今乃諱之以為惡謚豈理也哉神之祝號在古為重而世俗踵弊積無知者故為訂之

祀神考

我先尚書少保襄毅公之捐館也治命作堂于先祠之東以奉五祀而附以張僊之神若漢壽亭侯若遠祖忠壯公若唐越國汪公中丞張公惟時走方遠仕京師不獲與聞充倫弟以先公之不忘於此也即以其年庀工而成之暨走歸奉襄事讀祭禮乃復考訂異同著其說於辟以示我後人

一論定司命竈中霤族厲門五祀

五祀之名見于禮之月令者曰門行户竈中霤凡曲禮及周官小祝之注無弗同者白虎通則有井而無行至於祭法則又以為天子七祀曰司命中霤門行户竈泰厲也諸侯五祀曰司命竈門行公厲也大夫

三祀曰族厲門行也此五說經不再見故先儒多是月令而非祭法然王制大夫祭五祀注曰司命中霤門行厲則又與祭法相乘凡此六說雖參互交錯而皆出于秦漢諸儒之所紀録疑有不可偏主者走故從王制之注而猶以竈易行焉夫自天子以至庶人其樂生宜無不同者此司命之祭也自天下以至一國一家雖其地有小大之不同然皆謂之有土可也此中霤之祭也人之動也不能無出入而其居也不能無飲食此門與竈之祭也鬼無所歸則為厲故自天子以至大夫皆有之但以差等而異其名先王之制仁之至義之盡也此族厲之祭也禮煩則亂事神

則難户之於門類也井行之於中霤亦類也而復祀之何居儀禮士疾病行禱五祀則司命旅厲之當與可知也故今定著司命之祭以春取生育之義也竈之祭以夏火得令也中霤之祭以季夏土王于中央也旅厲之祭以秋取萬物肅殺消彌災沴之義也門之祭以冬歲交之際有陰陽闢闔之道也夫司命所以主有家之生本乎天也中霤門竈所以資有家之用本乎地也旅厲所以督有家之過本乎人也三者備而祭義明矣

二論定禖氏之祀

古有高禖之祭乃天子祈嗣之禮行之於郊又謂之

郊禖疑非臣下所當僭然后稷實以祈高禖而生其事見于生民之詩則古之臣下亦有行之者矣孟子曰不孝有三無後為大祈嗣之禮古必通于上下而今亡其制也近世以土木為像而嚴事之者曰張僊莫知其所從起老泉贊之謂禱之而得二蘇亦不名其誰也其像張弓挾彈如貴游公子之狀或傳其為周之張仲事不經見而月令高禖之祭必禮御者帶以弓韣授以弓矢顯其有得子之祥也內則男子生射人以桑弧蓬矢六射天地四方期其有事於遠大也故竊疑此像即高禖之神其易矢為彈者取彈子之義也獨張仲之事求其說而不得又竊以謂古者

祭必用尸如夏郊以董伯為尸周公祭泰山以召公為尸取其德之相類也豈周之祀高禖者嘗以張仲為尸乎語曰仁者必有後又曰孝弟行仁之本也詩稱張仲孝友尹吉甫資之以成其德則祈子而祀張仲或禮之以義起者歟但禖氏之稱高涉於僭而禮有别稱禖氏者亦猶天子之社謂之后土皇地祇而庶人之社謂之后土氏也故今定著為禖氏之神庶於禮為弗畔也

三論漢壽亭侯及遠祖忠壯公唐越國汪公中丞張公之祀

漢壽亭侯忠義聞天下先公屢嘗夢之每出師則祀

于帳中而侯實爲漢死節于吳我徽郡故吳境也先忠壯公當侯景之亂越國汪公當隋末之亂皆有保捍州里功歷代著之祀典徽之人家尸户祝而忠壯公又程之大宗禮所謂先祖當有立春之祭者也中丞張公當安史之亂保江淮以遏強虜資中興則江淮以南不汙于腥羶不罹于荼毒者皆其力也江淮以南祀之宜也昔尹和靖先生每旦必誦光明經或問之曰母命也夫異端之說君子尚不忍廢先命而誦習之況一代忠勲之臣有先烈焉有先德焉我先公奉之實以致夫景慕感仰之意爾亦非欲祀之以徼福也而小子其何敢不嗣敬之哉

伍員論

父子之親君臣之義一也不幸而處其變則如之何曰君臣之合以人父子之合以天以人者可絶而以天者不可絶故舜禹不敢以非禮加諸瞽叟伯鯀而上有桀紂之君則下有湯武之臣不謂簒奪而謂之吊民伐罪上有太甲昌邑之君則下有伊霍之臣不謂之跋扈而謂之廢昏立明書曰撫我則后虐我則讎禮曰人臣之禮不顯諫三諫不聽則逃之子之於親三諫而不聽則號泣而隨之此可見以人者可絶而以天者不可絶之明驗矣夫以人者可絶而以天者不可絶固也然又當權其中使親義不至于偏廢

若曰以有過之父而見誅于有道之君則不敢以親賊義鯀廢而禹興是也以無過之父而見殺于無道之君則不敢以義掩親伍奢見殺而子員復讎是也處變之定理蓋不易此而蘇轍乃譏員逆天傷義是豈復有人心者哉且平王之為君也堯舜之君乎抑桀紂之君乎太甲昌邑之君乎此不待辯而明矣彼平王殺其子妻其婦奬奸回戮忠良有臣如湯武者吊民伐罪可也如伊霍者廢昏立明可也顧員上不能為湯武下不能為伊霍則以吳之師破楚入郢而鞭其墓以發至憤其志亦可悲矣為轍者但知夫平王前日為員之后而不知今日為員之讎豈惟不知

父子之親亦不知君臣之義矣夫君者天下之義主也君而至于使人讎之則孟子之所謂獨夫爾禮曰父母之讎弗與共戴天然則員之所鞭者非平王乃獨夫也而謂其逆天傷義是無父之人也昔王裒以父死非命終身未嘗西向而坐以示不臣于晉朱子取而載諸小學之書以實父子之倫則員固朱子所不棄者然予獨悲夫員之所為尤有可憾者焉昔張良以五世相韓憤秦之滅其宗也則佐漢高帝誅秦而立韓公子成及項羽殺成則又佐高帝戮羽於固陵讐復恥雪則遂謝病辟穀託從赤松子遊以明其心之在韓也使員當入郢之後投戈解甲翩然辭

吳之爵禄而遐處於深山長谷之中以示其所遭之不幸豈不可以盡全歸之孝哉惜乎其智不足及此而反以譏覓禍于他人之手也

陳平論

西漢之士其策事率以利而不以義若陳平則其尤者何以知其然以淮陰侯之事而知之夫呂氏之殺侯千古之所共憤而予以為平實啓之呂氏特成之爾方人之告侯反也高帝自意之不決問于群臣而不決其不決者豈帝真不知哉誠有以惡侯之罪而念侯之功故徘徊猶豫持兩端于心胷之間當此時也得好義者一言則生得好利者一言則死侯之死

生繫于人言蓋不容髮而帝乃取決于平爲平者宜對帝曰侯定列國取項羽擁重兵在外者十年顧不反今天下已定裂土而王其志願亦足矣且侯素號明智豈不知天命不可以僭逆此觀之則告者之妄不言可知陛下宜抵告者罪而取上變之書緘之付侯以示無他則侯必束身歸朝稽首請罪其戴漢之恩益深臣節益堅而爲國之藩籬益固此策之上也且告變者其眞僞未可知而叛逆大罪固不可以輕加亦不可以末減陛下宜使親信腹心之臣覘於楚之境上人惟不爲則已爲則自有不能掩者覘之而得其實則使使持節名侯名之不來然後六師移之

未晚也僞則宜速斬告者以安功臣之心仍以璽書慰侯此策之中也若從群臣之言不論事之眞僞遽興無名之師則侯之反形未具雖家置一喙以喻侯之當誅其孰聽之況陛下新一天下之初事多未遑而首戮元勳則人人自危雖左右服事之臣亦爲之凜凜懼矣使陛下果若人言則策之下也乎計不出此乃曰陛下精兵孰與楚諸將用兵孰與侯如此而兵之是趨之反也臣竊爲陛下危之豈非所謂人落陷穽不一引手救反擠之且下石焉者乎及帝問其策則曰古者天子有巡守會諸侯陛下第出僞遊雲夢會諸侯于陳陳楚之西界侯聞天子出遊其勢必

無事而郊謁謁而擒之此特一力士之事爾是果何等語哉正虞廷之所謂讒說孔子之所謂利口孟子之所謂逢君之惡者也烏乎平一言而使高帝為無恩之主元勳受無罪之誅平亦不義之甚矣或曰侯雖被擒至洛陽赦為侯固未死也而遽歸罪于平無乃甚乎曰人之禍福必有朕兆平之計一行而未央之事已兆于此王導所謂我雖不殺伯仁伯仁由我而死者也平蓋不足責矣予獨慨夫古之大聖行一不義殺一不辜得天下不為而高祖乃甘心于平以得侯為漢子孫無窮之利世降愈下而義利之辨愈乖蓋使人有不勝其感者矣

孔明論

或曰昭烈伐吳乃千古之失策而孔明畧無一字之諫當時武臣若趙雲者乃有國賊曹操非孫權之言然則孔明之智不足以及此乎曰非也伐吳之失策孔明諫之不聽而昭烈悔之不及人特未之知爾何以知孔明之諫孔明之初語昭烈曰孫權據有江東已歷三世國險而民附賢能為之用此可與為援而不可圖也孔明之初意如此後来之諫可知已何以知昭烈之悔永安之詔曰君才十倍曹丕必能安國終定大事且昭烈方敗於孫權其慚憤以圖再舉不言可知而託孤之際乃舍權稱丕意必孔明之諫有

如雲之為者故昭烈至是乃悟其言而深恨始謀之
不臧也曾是而為孔明之智不足以及此乎曰昭烈
之於孔明嘗有魚水之喻矣跡是觀之則孔明之言
昭烈固有不能盡用者哉曰豈特不能盡用而已蓋
所謂十不一試者也孔明之言曰荊州用武之國而
其主不能守此殆天所以資將軍也使孔明處此蓋
必有策而昭烈追景升之顧寧舍之以去反為遜操
之資亦辟之勝雖幸得其半而終不能守蓋非孔明
之初意矣又曰益州天府之土劉璋闇弱將軍既帝
室之胄若跨有荊益漢室可興矣使孔明處此亦必
有策而昭烈乃聽法正之詭謀襲取成都雖得璋而

理不直又非孔明之初意矣孔明所以興漢之策蓋已素定於草廬三顧坐談之頃其大者則取荆益撥孫權而昭烈曾無一之見從後世乃歸之天不祚漢豈不過乎曰孔明嘗自嘆法孝直在必能制主上東行然則孔明之智不逮正矣曰非也孔明嘗勸取益州昭烈不聽而聽於正伐吴之舉孔明亦必諫之不聽而思其人也正言難入詭謀易從雖大賢君子猶所不免而况昭烈乎

論董公徐洪客

所貴于天下士者謂其識見超出乎衆人之上也周末之諸侯務相併吞以自強大不復知有君臣之義

以項羽之弑君天下不能名其爲賊高祖之初意亦惟惡其分地不平故起怨兵以報私怨而新城三老董公乃獨説高祖曰仁不以勇義不以力項羽無道放弑義帝天下之賊也大王宜率三軍爲之素服告諸侯而伐之此三王之舉也其辭毅然不可犯高祖用之而漢業以成良平諸公曾無一人能知此義者六朝以來人安于篡竊不復知有弔伐之事以楊廣之無道天下不能聲其爲獨夫雖太宗之才畧亦且爲殊錫受禪之舉昧大計以就逆圖而泰山道士徐洪客乃獨勸李密曰將軍宜乘進取之機因士馬之鋭沿流東指直向江都執取獨夫號令天下密不能

用而其言至今讀者凜有生氣房杜諸公曾無一人能知此義者然則二君子之識見斯不可謂之天下士矣乎世未嘗乏才也顧多隱于抱關擊柝黃冠野服之流長往而不返者何限當多事之秋乃或僅出其長以見于世而奇偉卓絕已如此然則爲人上者豈可偃然自足以輕天下之士耶

論曹操

曹操之在漢人服其智而操亦以之自況曰吾豈四目哉但多智爾以予觀之操豈足以言智哉操之所以不即敗亡者天幸也夫操之圍張繡于穰城攻劉備于徐州也田豐嘗兩説袁紹以襲許矣其拒紹于

官渡也孫策又嘗定部署以襲許矣其追袁尚擊烏桓也備又嘗勸劉表以襲許矣使三子者之計一行則操之敗亡豈待旋踵而袁劉不能盡人之言孫有暴客之禍謂之非天幸可乎或曰操雖虛國遠征亦必有居守之臣留屯之兵以備非常之變則襲許之策烏能保其必勝哉是大不然方關羽之取襄攻樊也操固已相視無措惟議從許都以避其鋭然則明知敵來不能起為之所而况于出奇制勝者哉操之危蓋屢矣而猶以多智自詭吾誰欺乎古之智者必以誠為之主而動不失正無欲速之心而有萬全之道焉若操之幸勝苟免特所謂穿窬之雄爾烏足以

言智

狄仁傑論

先儒謂狄仁傑未及復中宗年七十以卒所薦張柬之等嗣而成之柬之亦年八十矣使天不假年則事幾一失國祚終傾仁傑之不早計於此有遺恨焉是大不然凡事之成雖出於人然其所以成者天也當武后末年中宗已還東宮而仁傑居相位其間豈無事幾可乘而遲回以至於死固不可以言智然中宗既還東宮則天下者東宮之天下不言可知智者於此正當持重以銷群慝而要其成固不可為萬一嘗試之舉此仁傑之心而柬之幸其功凡此皆天也就

使東之不幸亦死而唐命未改天下豈無狄張之徒執論者乃以其衰莫不早討為恨末矣文王三分天下有其二壽幾百年事紂終其身至武王年九十有三轉以太公亦年八十餘方始勝殷殺受大告武成由是觀之則文武太公之衰莫不早討甚矣傳曰天之所廢孰能興之天之所興孰能廢之論者烏足以及此

辯河間志程知節墓

按舊志唐虞國公程知節墓在滄州之將相鄉有土阜二南北相去不滿百武南一阜高三丈周廻二十丈故老相傳知節從征遼東道卒遂葬于此土人號

其地曰程家林鄉曰將相鄉北一阜頗低以爲山人
既卜葬知節亦卒因附葬之其說甚謬然卒無以審
其所從來予考之唐書知節亦陪葬昭陵昭陵在長
安距滄州盖風馬牛之不相及其謬一也太宗征遼
時知節爲瀘州都督實不在行其謬二也且知節卒
於高宗顯慶三年上距太宗征遼將十五年今謂從
征道卒其謬三也然則此二阜者果誰之墓乎盖唐
横海軍節度使程日華及其從子懷訊之墓而土人
傳訛以爲知節爾何以知其然以史考之德宗時立
横海軍節度置司滄州日華以興元元年爲節度使
兼御史大夫既卒子懷直繼之官至尚書右僕射嘗

入朝從兄懷訊因代為節度使既卒子執恭繼之官至司空封邠國公元和十三年改邠寧節度使盖程氏凡四世據有滄景之地則此阜為日華懷訊之墓無疑也且程氏世鎮滄州四十年史稱日華家人子弟列宿衛者三十餘人則在鎮留居者必衆故地曰程家林又日華父子兄弟皆建節鉞位兩府封上公故鄉曰將相鄉而土人但見有葬者其勲名爵位煇赫若是莫知其誰何直以稔聞知節之名遂謬為之說如此予恐無以解後來之惑故特為之置辯

宋太祖太宗授受辯

太祖太宗授受之際所以致後世之疑者誰乎曰李

燾刪潤湘山野錄而啓之陳桱附會涑水紀聞而成之不深考者以為實然爾夫燾之所以啓之者何也曰燾為長編以太祖顧命實錄正史不載而刪潤野錄之事附其下初意本以備闕文然野錄謂太祖太宗對飲燭影下時見太宗有不可勝之狀而燾改不可勝為遜避太祖下階戳雪顧太宗曰好做好做而燾改戳雪為戳地好做為好為之又加大聲二字野錄出於僧文瑩之傳聞固不足據就其中考之如所載太宗慟引群臣環瞻聖體玉色瑩然等語則亦初無毫髮可疑之隙而燾畧加刪潤遂不免有畫蛇添足之病夫燾既刪潤之為正文矣而又細辨其非者

何也曰實錄正史皆謂太祖有病命內侍就建隆觀設醮而野錄以為無疾方且登閣望氣下階戳雪紀聞謂癸丑帝崩王繼恩始召晉王入宮而野錄以為太祖壬子夜召晉王屬以後事遂宿禁中故燾反覆致詰於太祖之病否太宗之出入時日之先後本以為刪潤之地而不自知其刪潤之語未瑩反以啓後世之疑也夫經之所以成之者何也曰經止據燾所刪潤者書之又於好為之下妄以已意添俄而帝崩四字復以宋后母子託命之語繫之則遂駭人之聽聞矣母子託命之語本為王繼恩召德芳而發出於癸丑帝崩之後而經以屬之壬子且并去召德芳之

事而獨存此語則是不知紀聞野録兩書之文本相牴牾強合于一其附會比燾之删潤抑又甚焉近世保齋宋論復指桱所書者以為太祖事之首尾不過如此則其不考又出桱下矣然則宋后召德芳之事信乎曰正史實録載之紀聞又出温公事當不妄燾并疑德芳非宋后之子則過矣德芳在當時年最少育於宋后或為所鍾愛皆不可知但事出於兩人所記而不同者當視其人温公可據之人也温公可據則文瑩可黜召德芳之事有則留宿之事無矣或乃謂燾之删潤蓋有意著太宗之惡姑引野録以藉口而又自破其説以避禍則臆度之大過亦恐李燾復

生不肯自當爾史稱燾博極群書其為長編專務廣
采擇焉不精幾有所不免也或曰以宗之子孫繼立故
人無敢言者然南渡孝宗以後其事[illegible]無所諱亦無
一人言之者何也借曰高孝於[illegible]之讐可以蓋前人
之愆故其跡泯然元史成於歐陽玄諸人之手當[illegible]復何
所諱又無一語及之蓋必有定論矣[illegible]然[illegible]何寺之
事而不加之意歟或曰太宗於太祖[illegible][illegible]年改元
宋后崩不成服廷美德昭不得其死其[illegible]是[illegible]追燈[illegible]
影之疑是又不深考之故也不踰年[illegible]元[illegible]代[illegible]事
宋乃太祖第三后長編謂其崩太宗設[illegible][illegible][illegible]群臣
奉慰以后初立未嘗降詔故喪儀多所貶損[illegible]宮不

成服固當時禮官之過也就使因召德芳而忘之則其事亦在太祖崩後矣廷美之死趙普為之太宗固有不得辭其責者至於德昭之死非出於幽囚蹦逼之舉長編謂太宗育其子惟吉於禁中日侍中食凡八年始出閤詔邸第供億悉與親王等諸王子不得偕也況德昭因他人行賞一言之憤不惜一死乃恐其父為人所戕而噤不出一語哉就使不踰年改元宋后崩不成服德昭之死皆出太宗則亦未可以其後來之不善而遂逆探其有今將之心加之以無名之罪也胡一桂楊維禎梁寅之流銳欲以篡殺加之恐皆以不見李燾全書之故正猶獄官不據人原發

之案而深文巧詆鉤致其罪偶有刻吏見而喜之又從而和之此太宗之事所以不能自解於今日也或曰太祖既欲傳弟何不使太宗正太弟之名考之九朝通畧謂唐天祐以後建儲之禮不復講行至太宗立真宗方知討論故事又五代凡當次者多領開封尹故太宗廷美相繼為之則知太祖亦承唐末五代之習蕪以年歲之未邁爾是或將有待焉而遽自意其死乎夫傳疑史法也茍無疑可存則亦何必摭拾小說強為之辭以滋後世無窮之惑此燾桱之罪也或又引宋朝類要載陳摶對太祖大日之說終有可疑是不知摶於太宗初入朝終身未嘗見太祖其說

盖不攻而破矣夫千載不決之論其可以懸斷者理與事爾以事言之不過如此以理言之凡古之簒弑者多出深讐急變大不得已之謀又必假手他人然後如志未有親自操刃爲萬一僥倖之圖於大内者觀太祖於太宗如灼艾分痛與夫龍行虎步之語始終無纖芥之隙太宗何苦而爲此舍從容得位之樂而自處於危亡立至之地病狂喪心者所不肯爲凶殘絶世者所不忍爲而謂太宗爲之斷乎其不可信也剏類要野録皆託於佛老之徒之口縱使有之亦儒者所不道而况於無乎予之所篤信者温公紀聞之外一無取焉爾

予初爲此書以告同館之士然猶以考據未的且不能盡諸說異同之故因別爲家紀受終考三卷藏于家

士農說

天下之人無過士農兩途而後世每病其有遊手之農盜名之士者何哉曰業有所因以廢弊有所因以起故夫以牛墾田而後天下有遊手之農以書鋟梓而後天下有盜名之士且以牛墾田本所以利民而天下之農乃有遊手者何也蓋古者以兩人耦耕不知用牛之利而牛惟以服車故易曰服牛乘馬書肇牽車牛遠服賈詩曰睆彼牽牛不以服箱蓋當時

一夫不耕則不得食故農未有不從事於南畝者降
及後世以牛代人一牛之耕足以供數人之食而農
之業始廢於是從事于南畝者無幾而旁觀以待食
者過半矣夫民勞則不暇乎其他而逸則必至于生
事故盜起訟興而治化不能逮古故曰天下有遊手
之農則以牛墾田之弊也以書鋟梓本所以便士而
天下之士乃有盜名者何也盖士之為學不過知行
二者古之人知一事則行一事而竹簡韋編不為野
朴至于漢儒力行之力漸微而淹貫一經守其師說
致知之功猶為近古則亦以其手自傳錄之難勢不
能泛及故也曹操嘗問蔡琰家書琰所記四百餘篇

請給紙筆繕寫送上蘇軾亦謂宋初之人求史記漢書不可得幸而得之晝夜手抄蓋當時鋟梓之説未有也自夫後世鋟梓之説一行學者不知致書之難一切趨于苟簡而士之業始廢百家衆技與夫程子所謂有之無所補無之靡所闕者汗牛充棟又足以蠱學者之心志而六經語孟之書反以為科目之具既以得儁則不復容心其間而世所謂士者口耳之學爾其僅足以名世者則一以詞章高下為學之淺深夫行不逮古人知不逮漢儒而以詞章為業則是名為士而實則非故曰天下有盜名之士則以書鋟梓之弊也夫古之人其為計雖若甚拙而其利之也

深其立法雖若甚迂而其便之也久後世之巧捷雖
可以快一時而較其得失反出其下若二端是矣嗚
呼出古人之下者又何止于此哉

篁墩先生文粹卷之三

篁墩程先生文粹卷之四

雜著

讀荀子

荀卿曰天子無妻告人無匹也四海之內無客禮告無敵也甚哉卿言之不經其流至於開廢熱之禍後尊大之心將所謂一言而喪邦者乎夫五倫之在人其分不可以僭差而名稱不可以規避蓋不易之理而謂天子至尊無匹則何以建夫婦之極爲天下之則乎禮天子后立六宮三夫人九嬪二十七世婦八十一御妻所以正嫡庶之分謹淩犯之防審如卿說則后與嬪御可以無別矣夫今日爲天子之妻者將

後日爲天子之母也天子至尊可以無匹則亦可以無母乎禮謹大婚所以重人倫之始也卿不誦法于古而敢為無稽之論使後世昏庸之主以天下之母為不足重而輕於幽廢禁黜與嬪御無別者將不自卿言發之乎君臣上下之分固截然有定而貴貴尊賢亦當各致其極孟子曰舜上見帝帝館甥於貳室亦饗舜迭為賓主是天子而友匹夫也此二帝所以為人倫之至而謂天子無敵可乎仲虺曰能自得師者王故湯學於伊尹成王拜手稽首於周公之前不敢意其非分蓋直以師道尊之矣而況所謂客禮者哉卿號知禮而所見乃與公孫鞅無異使為人上者

妄自尊大堂陛之勢愈嚴而尊德樂道之義不復見於後世非卿之罪乎或曰卿之意本於禮之尊無二上及天子無客禮莫與為主之説蓋亦有據而云者是大不然凡讀書不可以辭害意彼尊無二上特以辨夫儀章度數之等威爾天子無客禮則又專指君適其臣升自阼階不敢有其室之一事也豈天下之通論邪以是為天下之通論則卿之所見亦淺矣

讀將鑑博議

凡為將者當觀其大節之何如而不當計其事功之成敗予嘗慨夫戴溪之論關羽也其言曰羽輕信寡謀貪前利而忘後患矜已傲物犯衆怒而失人心意

以羽常逐權之置吏罵權之請婚而乃受呂蒙之詐處內攻外至於敗亡為輕信寡謀之過又以為羽之攻樊也嘗以軍資不給將還治糜芳傅士仁之罪故吳兵一動二子皆降夫一介之士必有死友羽為主將不能以恩撫下使衆叛親離為矜己傲物之過嗚呼羽之在許也曹操察其無留意而使張遼問之羽嘆曰吾極知曹公待我厚然受劉將軍恩誓以共死當立效以報乃去爾其後解白馬之圍盡封其所賜而奔昭烈然則惇天下之大信者羽也昭烈嘗與曹操共獵羽欲殺操昭烈不從夫孔明以王佐之才至於操曰此誠不可與爭鋒使當時從羽之言則漢室

中興可以為有成之韓稚矣羽之下襄陽斬龐德降于禁也威震華夏操議徙許以避其鋭無謀而能若是哉然則負天下之大謀者羽也權與昭烈既分荊州則權乃漢臣方將戮力王事以圖犄角之功不可謂之虛內曹操脅天子以令諸侯不可謂之攻外至於荊州之分吳人以昭烈為無功不當得而溪亦以為然予獨以為曹操之東下也魯肅親謂權曰劉豫州天下梟雄與操有隙如使豫州撫劉表之衆同心治操天下可定也孔明請援於權權亦謂非劉豫州莫可以當操者夫豈以昭烈身之勇兵之強哉實江東之人欲藉重於王室之冑厥操為逆而我為正爾

蓋操逆我正則神必相其役而士思奮有必勝之理使赤壁之下非昭烈親在行間則權操均賊勝負不可以逆正決矣荆州分地昭烈豈無謂而得之者哉權撫傲欲幷之而置三郡長吏則直在漢曲在權羽之逐之宜爾恐辱而婚其讐春秋之所非也權既反覆小人羽烏得而婚之矧羽知春秋識禮義而權以妹妻昭烈之事又自可鑒羽之絕之亦宜爾軍資不給當以軍法從事使羽不加之意則失其所以爲將者矣知人之哲聖堯猶難羽亦烏能逆料芳與士仁龔漢之衣冠而甘爲臣虜者哉凡若此者謂之矜己傲物吾不知其可也羽之善待卒伍見稱於昭烈而

溪謂羽不能以恩撫下昭烈於羽情若兄弟其死也棄中原之讐為伐吳之舉千載之下得死友者莫如羽而溪以是譏之是皆近于誣矣乃至貪前利而忘後患可以詆孫權犯衆怒而失人心可以詆曹操皆不可以詆羽何也昭烈跨有益州漢中之地帶甲百萬而孔明為之臣權能保其必勝乎慮不及此而乃區區於襲羽使天尚祚漢昭烈不死兵連禍結何時而已乎故曰貪前利而忘後患者非羽也權也漢有天下四百餘年曹操一旦欲攘其位而柄其政君其人故昭烈起兵徐州則郡縣多叛操應漢耿紀韋晃之流位不過少府司直而伐操不克矢死無悔當時

扼腕於下者可知矣故曰犯衆怒而失人心者非羽也操也爲溪者何故以僭竊反逆之事務欲取而加諸忠義正直之臣乎至於篇末乃曰羽固非良將矣然古今稱之者以其忠義大節足以仰高於後代也嗟乎古所謂良將者豈獨以其勇而已哉伊尹去桀以就湯太公避紂而佐武王凡爲將者莫良焉以其識去就而以除殘去暴爲心爾漢末群雄鼎沸袁曹勢可以帝天下而羽委質於昭烈盡瘁乃已是豈有所顧望者哉所謂良將若羽是矣而溪曾不之識則是重羽之無成爲可惜而輕其大節爲可後也夫成敗出於天而大節存乎人古之仁人志士盡其在己

者爾豈能責成於天耶善乎蘇洵曰世多奇呂蒙之功以予所見乃小人辯智不足取也溪烏足以與此

先師介庵先生呂文懿公遺事

先師之葬太史陳先生爲狀以速銘間有逸事謹撫之以備採擇先生賦質渾厚偉姿容見者知爲大器未冠著書數百言號呂子考萬全府君異之語人曰昌吾族者在是兒矣萬全卒于景先生貧無以家有請徇俗火葬者先生時年十七潸然不從曰恐使先人遺體受此炮烙刑乃權厝景東景有浮圖先生嘗登題其上曰吾不能使先人首丘不復登此塔每至墓次號泣不逐景人悲之既奉母南家屢空學益力

郡守黃公懋廉知之召至取案上一卷書曰能誦此乎蓋洪範也先生暗誦之終篇黃公大驚異遂補學諸生先生内莊外和不少屈權貴天順初逆亨與官者吉祥怙勢獨嚴憚先生每遇朝會先生官五品當服青袍亨等見之輙曰吾輩行當爲先生易緋雖屢言之先生自若也修撰岳正常與先生共列亨與吉祥罪狀于

上未發亨等覺之乃共摘正與先生所草承天門詔語以激

上上怒坐便殿召近臣至厲聲曰正欺罔敢尒原素謹厚乃助之何也既退人危之先生曰死生天也懼何

爲性孝毋夫人有疾湯藥必手自調齊乃進疾革一
女死懼其知也强言笑不敢哭旣喪奉柩之景啓萬
全之窆並載以還或忌陰陽家說先生不可曰吾知
奉親遺體還鄉禍福非所恤也舟中猶寢苫枕塊因
得疾抵家遂不起先生痛兄早世撫教其孤志思若
已出皆底有官嘗曰吾荷先世蔭有此禄且耻獨膽
也悉分諸故鄉以周族人不妄取予奉使如蜀往反
閭篋中無長物性儉約身無紈綺所衣止于賜服喜
周貧匱故侍郎許公思溫雅善先生其孫瑶旅食京
師先生周之數年曰汝當還守丘隴瑶陽應曰諾先
生厚贐之瑶受而不歸居月餘復來謁先生不問又

周以粟布且勸之歸無倦意有鄉人丐于市先生識之呼至家衣食之終其身寡嗜欲徐夫人嘗鬻女侍命奉巾櫛十餘年語不及亂勤學至老不怠居秘閣圖書左右有得即識之手録口誦自晨至昃不輟暮歸少暇即爲門人講解書史退則吾伊聲復達于外盖寢不移時而起所修宋元通鑑續編義例精甚有先儒所未到者書成鬢髮殆白嘗考一事不獲不懌者累昕夕一日考得之顧謂政曰進我二階殊不若得此可喜其好學類此先生待人恕以誠然事不可者未嘗依阿取容閒 朝政有關邉徼有警憂見顔面居官二十年家無田宅爲學務實踐不事空

言故詩文亦不艱深靡麗如其爲人所著介庵集通
鑑綱目續編考正藏于家門下學者多取高第顯官
去若今南京太常少卿李本翰林檢討耿裕大理寺
丞田景暘監察御史邊鏞禮部主事李溫應天府通
判林春其他主考所取士尤多走從遊十年恒以無
似辱師門是懼深惟不朽之託在傳而先師平日同
道惟大人先生故輒具其所聞以備若其歷官行事
已載狀者兹不敢贅

對客言

客有問於鄒訢先生者曰天下之事有不可以理致
詰者請試與先生言之何如先生曰固所願也客曰

剡山有獸焉聲如嬰兒彘身而頳尾其名曰合窳見則其沴爲水獨山有蟲焉若黃虵而魚尾出入有光其名曰儵蟰見則其旹爲旱瑤厓之鳥曰欽鵶音如晨鵠赤喙而虎爪見則其祲爲兵硜山之鳥曰絜鉤狀如鳧而鼠尾善登木見則其厲爲疫餘峩之山獸肖菟而鴟目遇人則睹曰犰狳見則其烖爲蝗章莪之山鳥肖鶴而一足青質絳文曰畢方見則其祅爲火凡此諸孼者未嘗一至乎中國而辛壬之交大水于南向于浙中譌火于魯宮于京庚西師不解吏旱方殷而疫于京師蝗于內郡若是者夫子以爲何如抑載籍不可盡訊乎先生曰是非子所知也子以合

窳條蟰之必能致水旱欽䲹絜鉤之必能致兵疫而蝗非犰狳則不生火非畢方則不興殆惑矣且子之所知者物之孽也而不知有不物之孽焉請爲子言之凡古之居宕廊職宰輔者其責在于格君以福民也而或蠱帝聰快私忿媢嫉以自容使三辰失序百執反常而又不知所以調爕之寅亮之若是者豈非致水沴之合窳致旱青之條蟰乎古之秉節旄位將率者其責□□除□以衛民也而或擁師玩賊坐視夫赤子之□□寇戕于寇畧不究心又從而蠶食之使財竭力殫四圍靡寧若是者豈非致兵祲之欽䲹致疫癘之絜鉤乎古之剖符節長郡邑者其責在于

宣化以治民也而或事苞苴肆征歛使黚首横目之脂膏不正供于王而盡入于私帑流離困瘁無所控訴若是者豈非致蝗蛓之犰狳致火祅之畢方乎子不此之尤而取驗於物之孽吾故曰子惑矣客曰至哉夫子之言誠非不佞所與知然有說焉願畢教予左右切聞之春秋大水則鳴鼓而攻社周禮大旱則巫師帥群而舞雩三時之儺則方相氏磔禳以驅疫司烜掌火禁有事則祭于爟而戴記八蜡之祭其一曰昆蟲毋作星經周伯見則天下無兵凡今之水也旱也兵也疫也蝗也火也吾欲攻于社禬于雩弭于儺禖于爟蜡于蝗而禜于周伯或者轉孽爲祥夫子

以謂何如先生曰[illegible]吾子之惑甚矣應天以實不以文且不人事[illegible]于神未有能銷變者也請爲于極言之且子[illegible]之神而亦知夫在人之神乎夫天心仁愛人[illegible]者人之社也攻之辭則有罪己之詔后[illegible]則民者人之寶也禮之儀則有優恤之[illegible]之一心也禩之以敬人之周伯則國之[illegible]宗之以禮貪利之病民人之饑也則黜[illegible]之害正人之蝗也則辟以蜡之如是則[illegible]徼堯暵旱不足以憂湯願苗不足以病[illegible]境之風止火之政非徒見于一方而斯民[illegible]害恩之祈享泰和之業而自

無禾札之遺[illegible]謂攻與禬與弭與禖與蜡
與禜者文焉[illegible]以靖變哉吾則不犧牲不粢
盛不醴齊而[illegible]若遷之掌焉何也以實不以
文也客聞之[illegible]曰吾今乃見至人願終身爲
夫子執鞭矣

送疥文天順戊寅年作

程子卧凝曦之梢[illegible]曰疥有祟焉宜
禳之乃作送疥文

卧飧居士端居私室心鬱[illegible]若疾蕩發四肢
寔蕃且寐巨肖蜂屯細如蟻[illegible]分蒋經遍歷
瘵之愈熾治之益息肉[illegible]乃爲烏有

先生詢諸桼楚去糞解綃襍如古制變及十八遇屯
之萃其繇曰匪倪之殄匪耄之癩人而穫之罔有害
祛厥先怪疾良差烏有先生覩偶與奇投策攘袂俯
哂俛嘻曰是瘀鬼也為瘼為瘍有或罹焉侮詛可當
載祆載禳可以無殃居士曰唯請製告辭遣俾召走
祟羞薦卮束芻載糗餞而臚之其辭曰嗟尓瘀鬼兮
勿窺我廬窓明几淨有圖書壘在楹兮茶在榀尓宜
遠遁莫踰躙嗟尓瘀鬼兮勿棲我榻泉布斟兮銑錡
之蠡善戕仁帝汝罰尓宜遠遁莫我狎嗟尓瘀鬼兮
莫憑我身佩有常兮書有紳鬻福威極於惟神尓宜
遠遁莫我親嗟尓瘀鬼兮勿倈我腹經藏笥兮玉韞

匱中有齏鹽匪粱肉尒宜遠遁莫我逐嗟尒疥鬼兮
勿戕我手干將莫邪繫兩肘誓殲大憝斲群醜尒宜
遠遁莫我守嗟尒疥鬼兮莫殘我足遊有方兮出必
告履芳蹈烈踵前躅尒宜遠遁莫需促告畢乃爇楮
幣乃奠漿水有獰其鬼來自燈底倏隱忽顯西徙東
倚初遐漸邇可辨形體頫鬘紺顏含悲茹喜欲止載
趦將進復已鼓掌而歌曰悵夫子兮見尤我何之兮
廣陸修霾深嵐重兮山木摎別夫子兮我心憂載歌
曰緊夫子兮見疾我馬徃兮道路遯猘齗瘧嗥兮梟
夜泣去夫子兮渺何極言竟歌闋跳踉而前謂旣我
譴我復何言披裘瀝悃顙終白馬夫疥者介也聖哲

攸貴以鯁爲忝以清爲倅剛其合德廉其同類不取不于伊摯之疥也三公不易展喜之疥也臣忠子孝尼父之疥也出尔入尔子輿之疥也吾輩無虧于人有益夫子以臣以裨曾不見齒凡使夫子髮不暇櫛身不暇沐志專心一朝吟夜讀貫經穿史出腑入竺皆我之爲也其名曰輔學之疥凡使夫子庸衆絶交幽閒獨處足不他出身無妄與心寧慾窒循䂓蹈矩皆我之爲也其名曰翊身之疥凡使夫子寢必反側食不甘美衡慮困心空身乏體藏華斂[illegible]待時而起皆我之爲也其名曰逆榮之疥且夫子少艾遊巴暨渝吾輩相從敢離須臾思啓行翼然相隆扶致使夫

子譽實相符文藻渙發聲華孔敷從徵膺聘陵厲清都今既見疏敢不就途但懇夫子居索勢孤幸其肯諸毋失良圖居士曰噫予言之際無僭無惑吾與人同其詎敢別吾送之際為裁為尤人排物議吾不汝留吾頤二三子者相予于窅冥之野翊予于空同之區凶避吉趍利興害除私淑我身匪憂匪虞則我受貺尚何喋與於是三人者祗焉而逝欻然而休聲銷景滅欲見無由越及翊日居士疾瘳

原教一首贈程元英司訓青城

天下未有不資于教而能有成者中庸以教配性道而孔子以師配君父甚哉教之難也古之人自始生

至于長老無非教者故禮有胎教有能食之教有能言之教八歲入小學有洒掃應對進退之教十有五歲將責之成人則入大學而有修己治人之教受教而至于修己治人則爲教者亦難矣中古以來所以爲教者有二焉一曰人師一曰經師二教分而後人才之成不逮于古田何之易大小夏侯之書齊韓魯之詩大小戴之禮左氏公穀之春秋當時之爲教者非不行而受教者非不從也要其成則修己治人之道蔑如也此經師者之教也彼人師者亦何異於人哉亦固不能外六經者以爲教特能成人之性而已故受教者修己治人之道咸以足用若孔孟是已下

之若王通之教河汾胡瑗之教蘇湖其成就人才猶
有先王之遺意而未盡至周程張朱五賢者出而後
孔孟之教復興甚哉教之難也教之爲說備六經而
切于大學之書目孔氏者世守之而今之學校則古
之所以教修已治人者也且爲教與受教者亦孰不
以之爲首務要其成則皆以之資口耳釣利祿歛之
不足以修已推之不足以治人回視古之經師猶相
萬萬而況所謂人師者乎甚哉教之難也古者致教
合于一而責成于君其要使天下之人各復其性而
已降及後世輿圖既廣民僞滋興人主不能以獨理
故以政付之群有司而以教付之學官則今之爲學

官者雖祿之卑而責之重矣任是責者豈不甚可畏哉惜乎其知畏者鮮矣程元英新安歙西人與予同出梁將軍忠壯公後性敏而好修爲諸生邃于禮學成而試于鄉弗偶既入太學遂願領教事得濟南之青城然則元英亦庶幾知所謂教之難者乎食

天子之祿而師其人不知其所以爲教不可也教則多術矣而人師其上也經師其次也今之爲師者不足以爲訓矣元英能不知所畏哉知所畏而後有所謂大過人者矣古之人所以大過人者無他焉能盡人之性而已予與同鄉諸君子喜元英之教將大行于青齊之間也作原教以贈之

成齋解

海虞李先生構小齋爲燕居之所而揭諸兩楣之間曰成客有過而疑之者曰成之義何如先生曰是非可以喻諸人也是自得之者也子言之以誨我我將擇焉客曰始夫子之居於鄉也長困於不給令也玉帛充斥乎家庭膏腴聯亘於墟里賓筵窮水陸之珍甲第殫吳蜀之巧夫子豈以成家之故而因以志喜者乎先生曰家道之成在德不在產也惟吾子申言之客曰夫子棲遲于丘壑而種學績文者有年矣邇也操觚染翰有沛然風雨之勢而無斐然草野之辭蓋將錚然有聲於吳越中者夫子豈以成章之故而

欲以自名者乎先生曰有言者不必有德先聖之所戒也幸吾子更其端客曰蓬萊之山有仙人焉其術可以竊造化之玄功而不死今夫子以踰六望七之年顏舜而齒貝蓋將凌青霞而攀玉蚪者夫子豈慨然於仙之感而扁此以自覬乎先生曰逆理以求生非據德者所道也吾子請大之客曰千金之家猝起于旦暮而有子不肖多至於覆宗今夫子以詩禮之族有美一男翩然以布衣而致身於金馬玉堂之上矯矯如丹翎之鳳蒼角之麐夫子豈欣然於子之成而顏此以自樂乎先生曰子孫之立先德所致也而豈敢以涼薄君顧畢教於吾子客曰修飭之士有終

其身名字不達於　王朝者今夫子承
天子之寵光不煩以致而授之官封着錦袍鳴玉璫騎
從聯翩照耀于山林之間回視夫聲銷景滅者不侔
矣夫子豈倏然于名之成而寔此以自足乎先生曰
是所謂時名而非所謂德音也惟吾子以名實厲我
客起再拜曰噫名齋之意非走所敢知也幸夫子言
之於我心有合焉則成不獨成庶幾仁者之心歟先
生曰居吾語子子知夫天地人之所以成乎天健也
而後成其高明地順也而後成其博厚人也稟健順
之氣以成形具健順之理以成性者也然其所以無
愧於成人之名而參乎天地者踐形而盡性者也性

之德也五曰仁義禮智信五者廢其一則不足以成德矣全之於我爲成己成己則仁推之於人爲成物成物則知仁且知則成聖矣由是裁成乎天地曲成乎萬物小則建用以成功大則佐君以成化時而窮則修道以成法于後世有弗及焉則武仲之智公綽之不欲莊子之勇求之藝文之以禮樂猶足以成人下之則思義於干利之際授命於瀕危之朝不忘平生於久要之友亦不失於成人之次此子所以名齋之義也而未之有得也客聞之懼然以輿曰夫子之志大矣哉有志者事竟成吾見夫子之學安且成矣然切聞之刻鵠不成則類于鶩矣吾願夫子毋安於

小成以取諭于大方也先生曰唯唯願與子要其成

作成齋解

同壽堂對

或問程子曰壽可求乎曰不可壽之出于天也有數焉惡乎求曰踵息之説非乎曰非也踵息之説竊化機以爲能君子謂之逆天奚其壽然則君子之説壽也何居曰君子之説壽也異于子夫壽有二有適然之壽有自然之壽而踵息之説不與焉秦之跖魯之壞嗜不齒于賢聖而壽過乎淵是適然之壽也適然之壽君子幸之若有人焉其得于天者厚而克修諸已者豐而頤由是積其慶以裕其子孫而受其養是

自然之壽也自然之壽君子以為難夫自然之壽有三品焉有三慶焉三品者何曰上壽也中壽也下壽也上壽期頤中壽八十下壽六十一隨其積之所至為差雖有雕龍之辨扛鼎之勇莫之能易也三慶者何曰一身之慶謂之獨壽一室之慶謂之偕壽一家之慶謂之全壽〻及乎室家慶孰大焉曰若徐子者可以謂之自然之壽乎曰安知其非自然之壽也夫徐子處于姑蘇之野蓀和履貞以不戕其生年七十有七而莫之衰也其配亦且八十相與偕老焉其壽未艾也其慶之積雖由偕以至于全也孰禦曰子何以知之曰徐氏之子二人焉忭也舉于鄉博也第進

士為御史皆以孝聞夫孝善之長壽之基也吾是以知之曰然則徐子亦可謂之仁人矣乎曰仁則吾不知也孔子曰仁者壽徐子亦既壽矣傳曰仁者必有後徐子亦既有後矣壽且有後徐子將不得為仁人乎或乃矍然曰吾今而後知踵息之說陋不足以言壽矣吾與徐子也善請以夫子之言壽壽徐子

動靜問

離謂坎曰人之生也其壽年率以百二十歲為常而人不能以自全也則有戕閼之而已於是謂七十者為古稀然以七十年計之始十年之穉也無所知後十年之耄也無所樂其閒所得五十年爾以五十年

計之夜居晝之半焉則其所得者二十五年而已歟
曰不然吾之達者以爲無事此靜坐一日似兩日若
活七十年便是一百四十年由是觀之子戚ゝ然以
七十年縮之而爲二十五之短我予ゝ然以七十年
演之而爲百四十之長是固不可以執一論也乃相
與嘖之於震ゝ曰二子者之言皆是也夫離之以長
爲短者警夫動之無節者也坎之以短爲長者責夫
靜之有恒者也靜者壽而動者否其斯之謂歟袖日
二子者以語巽ゝ曰是何言之舛也子不見乎戶之
樞乎空屋之戶樞終歲不動而朽闌闐之戶樞無日
不動而存是動者壽而靜者否也二子者憮然曰噫

◎

言若是其不同也吾且何歸乎則又以語兌〻曰子
何況之深邪飈中之燭不旋踵而銷密室之燭則可
以通夕至人之所喻也孰謂壽者之一於動乎亦孰
謂不壽者之一於靜乎子毋泥於是而自得之可也
二子者忝之有得也復往就艮而問焉艮曰皆非也
子徒知夫動靜云爾動中之靜〻中之動子弗知也
終日擾〻而主人翁者凝然動之靜也心如死灰而
中有豆爆焉靜之動也知動之不可無靜〻之不可
無動則知壽之理矣語未畢而坤至撫掌曰此真人
之道非聖人之道聖人也者順天地法四時春萌而
夏茂者陽之動也秋斂而冬閉者陰之靜也當動而

動不逆之以數吾陽當體而體不虧之以乾吾陰陽常舒而寬壹春夏之溫且煥也陰當體而魄凝秋冬之涼且肅也一動一靜惟其時與其人而有不壽之壽焉世之人烏得窺之二子者曰至論哉受以歸上空同之山禮乾而告之故乾曰此聖人之道非所謂神人之道也神人者以太一為体以太虛為用其目瞢瞢其耳聵聵其心冥冥其体磊磊其居若尸其行若游其論若忘其寢若休混兮闢兮不可以象寞兮涬兮不可以執無動也亦無靜也先天而生莫知其所成後天而終莫知其所窮又何有於壽年之久近晝夜之短長動靜之相沿有無之相乘而為汝譊譊然

著之言語文字之末哉二子者相顧自失俯伏以謝曰此非所謂天人語邪何其淵哉幽眇而解倫昭曠而無垠使閱之者灑然若滌痾之去體恍然若大夢之得醒也

予在南山竹院與逸清高士閒坐逸清以人生易逝相警予因以長公息軒詩相讙逸清遂請書其章而鄙見有不可過者乃極論之如此逸清以爲何如弘治五年歲在壬子秋八月念一日

名字說

賤兄弟三人予長也名敏政字克勤其次也名敏德字克儉又其次名敏行字克寬或曰政非有官者不

得為而遽以之命名無乃以利祿誘人非也孔子以孝友為為政政非有官者得專也蓋有家政焉夫政成於勤而隳於怠周公作立政曰君子所其無逸而必以小人乃逸為戒周官論立政曰業廣惟勤故其字曰克勤傳曰為政以德善政未有不根于德者中庸論人道敏政而推極于仁義故次曰敏德德者善之得於心者也基于儉而敗于侈商訓曰以蕩陵德又曰慎乃儉德故其字曰克儉傳曰庸德之行有所不足不敢不勉德非力行弗成也周禮三德曰敏德以行為先故次曰敏行行者善之著於身者也得之寬而失之褊易曰君子以成德為行日可見之行也

而必繼之曰寬以居之故其字曰克寬夫政也德也行也善之總稱也而親命之望之遠也勤也儉也寬也善之一端也而賓字之訓之切也天下之義成於已周於用而後無愧於人名然亦未有不由積累而成者矧三名相因如鼎之峙我兄弟可不終身佩服之以圖名實之副哉服之何如先從事其切者則其遠者可企也或曰敏與克美辭也而無規是大不然敏猶汲汲也如孔子所謂敏求有進進不已之意克者能之也如禹所謂克艱有必如此而後庶幾之意敏不敏克不克而知愚賢不肖繫焉父師之警深矣

戴君名字說

浮梁戴君嘗過予南山精舍請曰不佞名晛字克進
考諸韻書晛讀如練而俗呼如顯又如憲為是不一
也家君易為顯而仍其字以友朋間稱之者習不可
驟變也古之人顧名思義而顯未之有聞敢以通家
子請于執事者予觀顯與幽對有陰陽明晦之義焉
陽明陰晦君子小人之所由分也人能循理去私則
其德明可進于君子而免于小人之歸矣此以在已
者言之也夫其德明又值陽明之時則與君子彙進
名足以顯親業足以顯君此以在人者言之也夫顯
於卦為離文明之象也進於卦為晉自昭明德之象
也處文明之世必先履錯之敬而後可以辟咎當柔

進上行之際必自昭明德而後可以致康侯錫馬晝
日三接之應然則顯與進之義實相叶非獨以其習
稱著姑云爾也君篤學負大志以鄉進士署祁門教
事方推其善以及人顯之始也居顯之始可弗敬乎
敬則為君子以柔漸進得臣道之美而取應于異時
也大矣君伯祖方伯公士章暨君父大叅公琫節世
父司封公琫美駕部公琫　大理公琫獻季父司冦
公琫珍並以經術顯不由他途以進所從遊又皆一
時顯人其得于父師深矣趾美于文明之朝而克副
其名與字也可期矣雖然非敬以持之使在己者克
明而進于道乃曰求顯其在人者以進取為務則豈

所望于君子哉

篁墩程先生文粹卷之四

篁墩程先生文粹卷之五

記

月河梵苑記

月河梵苑在朝陽關南苜蓿園之西苑之池亭景爲都城最苑後爲一粟軒軒名曾西墅學士題軒前峙以巨石西闢小門門隱花石屛屛北爲聚星亭亭四面爲欄檻以息遊者亭東石盆池高三尺強玄質白章中凸而坎其旁云夏用以沉李浮瓜者亭之前後皆盆石石多崑山太湖靈璧錦川之屬亭少西爲石橋橋西爲兩花臺臺上建石皷三臺北爲草舍一楹曰希古柴樞甕牖中設藤床石枕及古瓦塤箎之類草

舍東聚石為假山四峯曰雲根曰蒼雪峯曰小金山曰壁峯下為石池接竹以溜泉泉水涓涓自峯頂而下竟日不竭僧指為水戲臺南為石方池貯水養蓮池南入小牖為槐屋古樗一株枝柯四布蔭于階除俗呼龍爪槐中列鑾墩四槐屋南為小亭中庋鸚鵡石其重二百斤色淨綠蓋石之似玉者凡亭屋臺池四圍皆編竹為藩詰屈相通花樹多碧梧萬年松及海棠海榴之類自一粟折南以東為老圃圃之門曰曦先曦先北為窖春冬月以藏花卉窖春東為春意亭亭四周皆榆柱棗柳叢列密布遊者穿小逕偪仄以行亭東為板凳橋橋東為彈琴處中置石琴刻其

上曰蒼雪山人作西爲下碁處少北爲獨木橋折而
西曰蒼雪亭亭下爲擊壤處皆薙草除地爲坐石三
踰下碁處爲小石浮圖浮圖之東循坡陁而上凡十
餘弓爲灰堆山山上爲聚景亭上望北山及
宫闕歷歷可指亭東隙地植竹數挺曰竹塢下山少
南門曰看清入看清結松爲亭踰松亭爲觀瀾處自
聚景而南地勢轉斗如大堤遠望月河之水自城北
逶迤而來下觸斷岸有聲潺潺别爲短墻以障風雨
曰考槃榭出看清西渡小石橋行叢薄中回望二茅
亭環以葦樊隱映如畫盤旋而北未至曦先結老木
爲門曰野芳出曦先少南爲蝸居蝸居東爲北山晚

翠樓樓上望北山視聚景尤勝出樓後為石級乃至樓下蓋樓據高阜為之故下視若洞然樓下為北牕牕縣藤藍僧每坐其中以嬉盖畨物也樓閣出小墉為梅屋盆梅一株花時聚觀者甚盛梅屋東為蘭室室中蒔蘭前有千葉碧桃尤北方所未有者菴主道深深州人楊氏子性疏秀通儒書宣德中住西山蒼雪菴賜號圓融顯密宗師而自稱蒼雪山人後歸老乃營此自娛諧者頗寡而獨與予善故輙記之以示夫未遊者天順甲申春三月上巳日記

宋丞相程文清公墓祠記

歙之古城關有昭孝積慶寺宋丞相程文清公元鳳

之祠墓在焉初公之葬也建寺營墳皆出朝典一時哀榮之盛故老猶能道之盖于今二百年矣寺既燬于元季贍墳田亦為前住僧所私鬻公六世孫孟億兩人者大懼祠之寖廢乃捐己貲贖田歸寺又與今住僧常貴募財力鳩工寺為正堂三間左右掖室二間以舊祠湫隘歲時不能容子孫之展謁增葺五間門廡厨廩賓舍僧房次第告完繚以樊墻塗以丹堊始事于某年某月某日畢工于某年某月某日積久之弊一旦中興比之舊觀不替益隆矣億之子熈以予同姓之親求記其成將使後來者謹嗣之予待罪史官嘗考見文清公之平生矣公相理宗不二年適

丁大全逐董槐謀相傾奪公覺而去之度宗初再入
時賈似道為首相公與議不協凡三月而罷清名峻
節凜然為叔季全人而丁之南遷也自溺死于藤江
賈亦竄于漳以死其名不足道而一死不得正丘首
况祠墓乎况能保之於異代之後乎然則一寺之新
事雖微而世之鑒戒存焉豈直一家一鄉之觀美而
已哉孟雅有文學極力蒐訪先世遺事因類次文清
公所受宸翰及奏議為明良慶會錄以傳億勇于為
義嘗建樓以奉理宗御書功與祠等熙舉鄉進士同
知汀州府綽有政聲其從子儀從孫寬又先後舉于
鄉蓋文清之澤未斬也文清兩夫人别葬歙之禮莊

亦有昭孝景禪寺今廢矣寺之田存者六十畝與積
慶所行者共百畝云

河間府眞武廟記

我
太祖高皇帝定鼎之初大正祀典而金陵所存者十廟
眞武之神居其一我
太宗文皇帝潛龍于燕入正大統而眞武之祠在武當
者尤盛蓋燕之境北方而眞武北方之神所以陰翊
我
文皇者其功甚大宜眞武之顯有廟于今日也歟河間
故有眞武廟在城中北隅莫或知其所從起惟河間

有題名知為元大德中所建每郡有水旱疫癘則禱
禱輒應而[illegible]廟日就于圮太守賈侯忠暨郡寮諸
公力謀[illegible]俾道士王慶雲主祀事且鳩工重建
神宇門[illegible]樓若干楹為從臣十有四復以予故
邦人託[illegible]君隆求記其成予聞之青龍朱雀白
虎玄武之見于曲禮朱子以謂指四方之星形似
而言五師行則畫于旗旐之上以象天而示武非實
有四物若是其獰然可畏儼然可像也蓋以角為
角心為心尾為尾故謂之青龍以參有四足如虎故
謂之曰虎以翼如翼井如冠而軫如項下之咮故謂
之朱雀以虛危如龜而騰蛇在虛危度之下故謂之

玄武詩註所謂鳥準曰旟龜蛇曰旐楊子雲所謂龍虎鳥龜是已夫位在北方故曰玄身有鱗甲故曰武至宋眞宗始避聖祖諱改玄爲眞夫四方之星取其形似而畫于旟旐之上以象天而示武亦必有神主之矧其精之粲然列于上者定四時以前民用畫分野以正疆域示先徵以垂世戒自古聖王莫弗重之則隨其方之所在而祀之以爲祝釐之地亦禮之以義起者也或乃謂祀禮莫大于六宗而幽崇所以祭星辰其祀蓋天子所主而庶人不得僭者今廟于一郡掌于巫祝於禮顧弗悖乎是固一說然禮尊天而親地庶人得以祀后土而司命與爟之祭在古可通

于民間則斯廟之設亦弗愆于禮矣河間為北方大郡而眞武以其方之神廟食其土而福其人事蓋不可不書賈侯為郡而嚴于事神慶雲能任是役以不負郡侯為民祈報之意事皆得附書故輒記其始末而推本

二聖之意于首且繫之以詩使凡蔵事于斯者當益敬益共以致夫神而明之之義無褻焉詩曰

瀛城之北有祠穹窿誰其居之玄帝之宫帝時下臨火旗雲馬邪人具瞻拜舞驚詫有龜盤盤有蛇惋惋協贊代樞虚危之間欻火飛廉悉帝所部駕風鞭霆翊我 玄度備凶無凶瀛人告荒惟帝之賜時雨時暘

沴氣氤氳病我瀛土轉旣爲祥惟帝之嘏嚴嚴新祀
有寢有堂邦人來亨鍾聲鍠鍠時和歲豊惟帝攸賴
眷我邦人敬共無怠湯湯瀛水日夜趍東惠流無窮
惟帝之功

王朔州政績記

成化丙申知朔州王君上其九載之績于京師州之父老請留不獲相與詣朔之衛鎮撫前鄉進士章丘薛端請狀君之政求記于史氏用以繫民之思朔大同屬州古鄯陽郡地也西連東勝受降諸城南逾寧武鴈門兩關東隣宣府北控大漠適大同延綏之衝二邊有事兵即道此州有中貴人及將官守禦而大

同山西内外守臣撫按臺官皆在管内前後為州者多不克終蓋西北州號難治者溯為稱首君至首詣學學初罷于己巳之變既復而學田多為兵民所私有事遠人更無寘意者君慨然曰學校興則其餘可從而理也即究所嘗私有學地者令以差出材甓鳩工脩學學遂完美邊人改觀又預簡兵民子弟之俊秀者俾附學躬督教之舉于鄉者歲不乏至或以經魁省士取大科君嘗苦旱齋沐禱境内諸神及三塔嵬龍祠雨隨至民無大饑而州之貧民負官租者百餘人先有停徵之令成化癸巳部使者怱來發火牌于州縣惧罪不復恤民君方至自入覲有盧王林者

闌訴曰民父年八十妻哺兩歲兒皆在獄産已罄矣
頫鬻妻子以贖父君惻然縱之時吏目車玉被首木
監徼泣持不可君曰汝為民父母忍坐視其斃耶即
日規措二千餘石民出繫大讙遥望州門泣拜不能
起君一一厚撫之且免其徭役州洪武永樂中為里
凡四十景泰中併為八戶口耗而田尚在君以民艱
日召人佈種令畝出糲粱三升秋送預備倉餘地儘
民力墾官給種牛已而公無負租私有畜積鄰郡多
來就食者民避己巳之難走山南多不以□歸遺田為
戍卒所侵而責租于土著民力愈困君□□加詢訾遣
人四招之復業者千餘戶男婦及萬口□州二冊有著

令而胥吏秉機圂其間民日訴之君召前面詰其
戶寔上中下者別為手冊州與里各具一遇徵納
則量所定地里遠近租稅多寡均之給印帖具起存
撥留之數以諭民使里書不得私增損凡諸色悉准
是民甚便之俗健訟君受理無過三日者獄屢空上
官入境訟武官者尤甚率委君覆之而武官多橫人
惡攖之時戍卒走京師訟其參將虎噬地方十事事
及中貴人君一一上之由是武官為之斂迹上官益
因以是直君寄下守備將官宋澄失機事君具言澄
敗狀而澄預求為之地君厲色曰爾狐任使一方被
累尚可幸免邪澄卒以是伏辜丁亥春虜猝近邊時

都督張某駐朔以城外民衆軍寡咨君往撫之而令
將官張鼎嬰城君徑揖出民遮馬曰虜情叵測君曰
其如城外生靈何疾開城西門烽火夾道放入男女
數萬人畜産倍之達曙虜至無所掠而去揔戎者乃
大恣州兵民襍居而管兵者弗戢士多去為盜揄次
縣民部公帑赴大同道受刼君即時發徤兒窮搜之
方悉捕之管兵者弗之遺賊相聞散走境内肅然山
西藩司歲計芻粟十餘萬預峙于朔以應軍需而太
原平陽諸郡縣輦金來輸納者道鴈門輙為豪家所
要謂之包納來者不復預事惟俟咄取文書包納者
得金轉貰于媱酗陷輸納者或至死坊庾官貪墨被

挾或虛給文書事敗露獲重辟君廉其弊自監護之豪家以不得志騰謗君弗為動也久之事定後朝廷遣臺官鉤考諸路邊儲多虛折被繫惟朔姜餘以萬計每西師宿境上及虜使往来終其去民不告勞城禁歲久不復嚴整會有言此宜屬之有司正官者事下君凡易兵之老羸孱有疾者出官所私役者甚衆浚修塘隍撤新樓櫓虜自是亦不敢潛使諜者覘城中朔城遂為西路第一君寡嗜好廨西隙地構屋三楹植葵菊堦下榜曰官隱庚寅夏葵忽開並蒂者數十觀者嘆賞以為惠政所致君兩入覲皆

賜璽書還治而前後巡撫都憲若東安李公大名王

公三山林公漷陰董公雲間張公金臺殷公凡以奏
檄留之者再四吏部以君書上最請
誥以榮之而進同知懷慶府事噫古稱循吏自漢以
来可數也世降俗下人才益難爲守令者以集事爲
能而不復恤民知恤民矣而事廢不治人兩病之其
甚者虐黷以取敗行賂而求升儌倖一時受譏君子
孰有處難劇之地而獲去思如王君者哉事宜書之
以爲世勸君名用賔字汝弼華亭人其父墨菴先生
德新
國初徙寧夏君性廉介是是非非不婾婀善爲歌詩
景泰癸酉以書經魁鄉闈遊太學甚久既入吏部銓

試居首選筮仕于朔而後此顯擢未艾也若端之與人爲善州之父老能不忘其守之德皆良民事宜得

附書

遊九龍池記

成化戊戌春二月二十四日有事于西陵自昌平抵齋所日未午因約商懋衡李世賢兩太史尋九龍池跨馬迤西山而南絶小磵磵水騰沸石齒間馬爲之前却踰磵望前峯趍之失道徑茂林入灌莽中遇樵者指示乃並高阜東南行不五里忽聞鷄犬聲出谷中相顧異之俯瞰得委巷草舍隱然成村詢之乃陵卒所居池適在其南未至池石瀨淺

濺北流入溝塍稍寬處輒有蒲芷菰鸂鶒鶩泳游其間下馬自朱門入池方廣踰十丈重垣護之覆以黃甓石琢九龍首篏西垣下呀然張頦噴泉沫入池有聲泠然相應池上石壁千仞巉削如斧鑿痕泉脉出其中山脚為小石方井識泉源檜竹桃柳夾池東西一峯蒼然峙其南池中影沉沉緋寒門稍東為月闗洩水水淙淙出闗東為小渠過石梁乃營迴四入山下田即前所見者予與兩太史命從者下石磴以碗承龍口泉飲一勺味甘爽毛骨森然聽陵卒道

文廟駐蹕泉上事久之乃去馬上往反人得詩八章是月二十五日記

嵩縣重脩程氏兩夫子祠記

河南程氏兩夫子之故宅在嵩之陸渾勝國時嘗即其地以建廟貌比闕里焉更代而罷景泰乙亥有
詔復之且求兩夫子之後得十五世孫克仁授翰林五經博士世其官以奉祀著爲令蓋於今二十有四年矣祠因於舊而成之速庳隘弗稱日久寖弊河南左布政使祁門程泰參政時行部至嵩晉謁祠下退而嘆曰惟我兩夫子之道實上繼孔孟不傳之統而
神靈所奉乃爾弗虞其何以本政化厲來學副
先朝崇報之盛心乃議興脩且發廩爲之倡吏民聞風以爲盛舉也樂應之以成化戊戌八月壬寅啓工

拓其地弘其規中搆堂以奉兩夫子後增寢堂左右各為齋廬繚以周垣而闢重門以是歲十二月癸巳次第落成山川相輝過者改觀適監察御史祁門程

宏奉

命巡按河南嘉之遂相與行舍菜禮揭虔妥靈且具書京師請為之記走聞古者鄉先生沒而祭於社其事蓋以義起而歷代誦法之弗敢後也兩夫子中興絕學以幸萬世非經生學士與夫建功一時一方者比由宋以來雖定祀孔庭自國學以通于天下而專祠之在故鄉者宜益嚴也矧冠舄之藏不遠伊邇高山景行之思其孰無之而歷時滋久莫或任起廢之

責布政君乃以遠宗後學獨倡爲之使官于斯者政有所鄉方生于斯者學有所成式以仰成我列聖興道善俗之意其賢于世吏顧弗遠哉走考之家譜兩夫子之先實徽人出梁將軍忠壯公靈洗之後蓋自徽遷中山又自中山遷河南見于歐陽公所爲程文簡公先德之銘靖康末文簡及伊川兩房子孫從高宗渡江居池州一還居徽之休寧當時錄用之牒追爵之祠表墓之文具存可考也而明道之後無聞焉宋淳熙間金陵書院管取伊川五世孫繼明道奉祀事再朞而殤又以文簡之七世孫承之則明道之後疑有居金陵者矣然博士君乃近出于嵩産之

所推擇何與豈金之中世亂定來歸或南北既同之際有返桑梓而求不失其世守者與皆不可知矣走幸出伊川近族又與御史布政兩君同祖忠壯公皆竊誦兩夫子之遺書以求自立于世則於祠事可容力者其何敢不勉布政君起景泰甲戌進士歷戶部主事郎中佐廣西河南二藩以至方伯敬厚淳謹有聞于時而此舉益見其知本事宜書其歲月于石俾後人有徵焉以圖繼其志而弗隳也預事有司及諸嘗助義者悉附名其後乃若兩夫子之言行與學者求道之方則遺書具在炳如日星茲弗敢贅云

遊齊雲巖記

環休寧縣山皆平遠不足以當大觀出縣西三十里至白嶽嶺山始高峯始奇石路盤迴如線不能容馬遊者肩輿緣梯而升至以雙絙曳前後其甚處輙下行捫背或行不能成步自白嶽西南行五里至桃源嶺重巒夾峙上結小屋以臨風雨曰中和亭立亭心下視已數百仞野田茅屋秩秩如畫亭下二巨石蹲伏色黳黑中有白質成突睛曰石鱉塢塢旁大壑深不得其底但聞水聲濺濺出草樹間曰桃花磵循磵南行里餘至獨聳巖蒼然峭壁橫截一山近西乃有石罅方廣若門蓋天造以通遊者門首石楠一株其大數圍四顧門下諸石如伏犀馴象不可狎玩入石

門東南聯巖如城懸石四覆勢欲飛墜其第一曰彌陀巖巖屋不踰丈第二曰觀音巖視彌陀稍旁前一石色正綠昂喙而卑尾曰鸚鵡石第三曰羅漢洞稍加大焉二石龍循洞門旁出鱗骨隱隱蹴之疑為石予所砌譁視之石肉相黏復意其為眞龍也洞深二十餘里東炬東出可抵縣之藍渡溪然愈入愈狹莫敢為之導者第四曰龍王巖視觀音加旁巖上飛泉灑灑落崖下如雨四時不竭曰珍珠簾瀦水沸散于西磵曰龍池泉西巘有虎跡如泥淖所印者曰黑虎岑黑虎西行折南里餘至車棋嶺其峻視白嶽倍之車棋南二里餘至玄武觀觀後一山突起如屏倚天

正立所謂齊雲巖也古松數十夭矯如虬龍皆數百年物觀左一峯曰石皷右一峯曰石鍾夾屏兩峯曰輦輅皆以其形名觀前溪水如帶委蛇而東為石橋以渡南直觀門數百步一峯梃然拔出莽蒼中不與群山相屬曰香爐峯橋西數百步高崖中斷一小峯離立磵下曰捨身崖崖西二里餘五峯差列如群仙冠珮下天際以向齊雲曰五老峯峯西北闢有沉香洞人跡罕至草木蒙翳時有虵虎潛其中不能往也遊者始入率以白嶽為高至桃源則白嶽已在其下至車䡉則桃源又下至齊雲則車䡉益下蓋於此可以見天之高地之逈杳不知身之在何境也舊碑云

宋寶慶丁亥有道士天谷子自黟北来居彌陀巖一日見異人相語曰前山高空可移隱於彼天谷子許之如約訪其處已有塑像在焉土人驚異往觀以爲類玄武之神因剏道院已丑弗戒于火淳祐辛酉大雷雨裂石壞屋而神像巋然皆獨存香火日盛跡其事若不經然山靈所鍾亦疑其有不依形而立者予獨慨茲山之勝淪于窮鄉下邑而不當夫周原廣陸之間以名天下爰志其槩以貽好事者且以繫他日故山之思而又慨予文之不工不足爲茲山之幸也

休寧縣儒學先聖廟重修記

高皇帝初下江南嘗駐蹕徽郡分兵以靖屬邑極輯其

民人而教養之德意優渥在人心者猶一日也休寧
為徽劇縣其廟學則肇遷于宋中更為元入
國朝以来又百餘年興修不常勢漸以圮成化己亥
監察御史上饒婁公以提學至方以教之未洽為慮
視廟不治曰當有任其責者已而監察御史洧川黄
公以巡按至曰廟之不修士無所景行而民不知方
何以出治是誠不可但已乃屬之同知金城張英維
時兵部尚書兼左副都御史三原王公方受
詔巡撫南畿張君乃與推官舞陽楊宣圖上其事王
公是之曰政教之責
聖天子所以命我者宜亟為之勿怠張君受命規措不

逞而知府武邑王勤以朝事至自北京遹判南海婁琮以餉事至自南京議以克合張君乃親至休寧與知縣新昌俞深擇日祭告庀材鳩工重作大成殿弘麗高敞加于舊觀遠甚飾先聖先師之像更神座之木以石易宫墻之土以甓東西廡戟門神厨及儒學重門科名坊表次第撤而新之繕兩齋以居生徒復企德堂以祀鄉賢工出于募不徵諷于衆家材出于勸不支費于公帑始庚子夏六月訖是歲冬十一月舍菜禮成觀者如堵於是教諭莆田王原雍訓導定海陳泰安吉章泓具以白走曰願有記焉於戲孔子之道治化之所由出者也中古以來士不知道往々

判心迹而昧義利之辨故學流于異端治終于雜霸
下之則競葩藻任文法偃然以儒吏自當于世而不
知其去道遠矣至宋河南程氏考亭朱氏者出而後
斯道復明故三賢者悉得從祀而其先世皆出徽郡
見于載籍可考也今
天子日御經筵非聖賢之書不以進讀又加崇孔子之
祀比于郊社再修闕里廟廷而慎擇其宗子其隆師
重學有如此者宜觀風之臣有以體
上心率群牧加惠學宮以冀治化之大成也豈非一時
之盛哉雖然求孔子之道必自程朱始矧其故鄉
大聖人嘗辱臨之則凡學於斯者可弗敬乎誦其法言

仰其德容力以聖賢為師而勿變于流俗言學則本于經術言政則純于王道使天下之人稱其淵源為有所自慕其過化為有所先則庶幾無負于盛世君臣相與圖治興化之心不然廟學之修直觀美焉耳於道何有哉走本邑後學且程氏遠裔故竊誦其所聞以告來者王公名恕正統戊辰進士起翰林庶吉士至今官公忠體國為時名卿婁公名謙黄公名傑皆成化丙戌進士通敏直諒如一人焉其名與位蓋方進未已王君以下皆起科名歷郡縣淑慎有聲而張君舉此大役為之有道民不與聞其功益可推見云

休寧烏龍山越國汪公廟田記

唐歙州總管越國汪公有廟在歙之烏聊山始貞觀己亥著于令甲歷代因之號其廟曰忠烈屬邑之人走乞靈無虗日又各即其地為行祠其在休寧烏龍山者莫知所從起烏龍據汊川之上瑯水東出横水南出至北而合此流抵于淛溪山形蜿蜒泝流而上峭壁斷厓皆黒色不可正視山因以名而廟占其勝故其神益靈而人尊奉之者不懈益虔越公遠孫居汊川者曰求莊以祠出衆力之所成因時修葺而闕世守之規非便乃以成化丁酉於廟之左買地屋三楹置守居之又割田若干畝贍其用諏日告于廟下

以謚其族與其鄉之人有耆而儒者曰程君士儀嘉其志具以白請記之石以明示後俾來者謹嗣之子時方謁告南歸嘗伏拜烏聊之祠得忠烈紀實與前代之記讀之竊病其敘隋唐之際與越公之事舉有弗當於心者思有所紀述而未能也則為其言曰煬之不道古未有也弒其父而烝其御竭四海之力以事遠夷委棄其宗社而荒于禽色殺僇諫士逆不知返故朱子綱目於大業之盜悉以起兵書之而不曰反明人得而誅之也於煬之死書隋人弒其君廣而不曰帝非共主也識以天下未有無父之國故討賊之法不得不嚴如此越公生當其時蓋有西向問罪

之志而力弗逮乃以一旅之衆仗劍而興全有六州
以犄湯武之出其得民心如秦之吴芮非叛吏也罪
人斯得唐公入關天下之大勢已合不可以逞則奉
而歸諸有道使民免于戰鬭死亡之苦其如已達變
如漢之竇融非降虜也出處之正名節之完蓋有良
史如[illegible]范者必將列諸吳竇之間君子從而予之矣
顧新舊史皆不立傳遂使越公之績世莫得詳而記
廟者又不能於此是正爲公一昌言之乃獨規規於
禦災捍患之常與其生榮死哀之末紆其詞婉其意
有若爲公諱者誠不考之過也仰惟我
高皇帝以胡元竊據中夏起兵江淮復還舊物而即位

之初大正杞典淫昏之祠一切報罷徽之所存惟越公及梁將軍忠壯程公二廟忠壯當侯景之亂倡義舉兵肅清鄉郡湘東王繹傳檄四方則間道奉表請以兵從卒之賊平而民免于難蓋忠壯之拒景越公之貳隋同一討罪之義也忠壯之奉繹越公之與唐同一救民之心也

高皇帝考其事而並錄之所以扶天常立人極由一州而推之天下使人凜然知撥亂反正之為功其有關于世教大矣豈私于二公者哉二公之子孫半徽郡又蔓衍于四方此仆而彼興前屈而後伸他姓終莫之與抗亦有非人力所能為者豈忠勳之家神明之

冑天固有以黙相之歟求莊讀書好義宗鄙稱之此
舉尤見其知本非餘子可及七儀與予皆出忠壯公
後蓋於汪有世講之好云

寄寄亭記

戸部主事邵君文敬理餉事于清口得隙地于公署
之南偏中為高丘襍植桃柳引水環之而結亭其上
將以寄寄名之予方自謁告還
朝出清口文敬逆而致之亭中舉酒相屬曰吾亭適
成而先生辱臨之玆亦不可不謂之遇矣先生能恝
然無所寄意而去邪酒半請所以名之意文敬曰清
口之理餉事者率歲一更視公署若傳舍然以吾之

不能久於此也故以是名之亭一寄也我一寄也予曰予獨知夫寄寄云爾有不可寄寄者予知之乎人生天地間如海粟如風蓬如旦暮之蜉蝣回視夫身外之物將有不勝其寄者則雖如雍門之哀峴山之感且不暇矣而又何暇於名亭若君子則不然方其出也不敢以其身之如寄而付諸事于不問蓋隨其所寄之任而以能副為賢子之治清口也日坐公署之上簿書相仍吏卒內向固不可委而去之其必思上之人所以寄於我者何如於是竭心思費詞說日不暇給求所以副之退而少間悠然登亭命筆賦詩引觴獨酌以幸忘其終日之勞焉斯時也其又知夫

予之寄於亭乎亭之寄於予乎夫盡其所受寄者而後享此寄寄之樂固君子所不廢也文敬曰先生之言是已而建亭之初心則偶然耳必以此寄之意而文彼寄之亭何如予不覺舉白以浮文敬曰有是哉予輩享一歲之樂者得名其亭爲寄寄若我之北歸風帆在目役夫追呼徒得從予於此徇一日之樂則雖謂之寄寄亦可也遂撫掌而記之

齊山書舍記

金華王君允達世居義烏青巖山之下青巖有支山自東陽小龍門逶迤而來曰齊山君家食時嘗登而樂之曰是亦足以居我矣因即山構舍若干楹而藏

脩其中已而業成出應有司遂擢進士第且從政四方矣而不能忘情于是山乃上書

天子願得教官鄉里將畢其志而章下吏部弗果行凡與君厚善者多為齊山書舍之詩慰君之思而君復不鄙予言虛卷首以請焉噫諸君子之言學則詳矣而又何待於予哉雖然竊聞之道在邇而求諸遠事在易而求諸難則言者多而聽者厭非責善之道也昔者孔氏之子孫蓋得諸過庭詩禮之訓而漸漬之迨秦漢之間闕里之下乃猶事絃誦而不失其世守何哉見聞近而易為功也王君之曾大父待制忠文公嘗勝國時結屋讀書于縣之華川之上其後遂以

文章名天下
國朝龍興嘗使命以諭滇南不屈人到于今稱之盖
平生之所學成就其忠如此忠文之子博士公憤其
先人之死難也盖有繼志之齋日奉其遺書以求不
墜其業遂復以文章名一時而服韋茹素且有終身
之喪子孫相承食不重肉盖平生之所學成就其孝
如此夫忠孝士節之大者雖繫諸性分之本然而居
業之方致道之所亦豈得無助哉此華川繼志之所
為堂而齊山之所為搆焉者與君誠有故家文獻之
風言温而氣和其所養亦老矣矧
國家承平百餘年禮樂明備教化興行固無事乎危

身之忠憤世之孝然士君子平生誦法孔氏而欲其所成就於文章事業之間則縁忠孝以爲義者尚多也傳不云乎子歸而求之有餘師然則王君於此可不勉哉忠文博士之澤若此其近也取諸見聞若此其易也傳其心不泥其迹而又馴致乎遠且難焉則兹山兹人遂將與華川[illegible]志之名鼎峙而爲不朽也已

篁墩先生文粹卷之五

篁墩程先生文粹卷之六

記

績溪縣城隍廟記

明有禮樂以維民生幽有鬼神以司民命此亘古及今不易之理也我

太祖高皇帝一海内正疆域設官守即大正祀典而城隍之神著于令甲曰廟必視其郡邑之廳事高廣爲差郡守貳邑令佐必先誓于廟而後視篆有事于山川則載其主以合食于壇有事于厲則位其主于中押羣祀焉凡誓廟之語祀厲之文皆出

高皇帝所親定惓惓于禮樂幽明之間其大指則惟欲

神人合德以爲民福而戒夫人之不職者獲罪于神
爲民病也走嘗敬誦之而仰嘆曰嗚呼嚴武徽之績
溪故有城隍廟在邑之東北隅歲久而弊前令佐雖
以時加葺之然莫有任起廢之責者晉江江君復來
爲丞累攝令事約已惠人知祀典之重乃以新廟倡
其民民翕然應之富者樂助以貲貧者効以力會進
士臨海吴珏鄭維前後來爲令同寅協恭政以大洽
而典史江津程剛又克賛之遂作中堂五間以奉神
又作東西廊爲堂之翼作内外門嚴堂之限凡龕座
几案之設法所宜有者靡一不具經始于成化乙未
冬十二月訖工于壬寅春正月爲之以漸而人不勞

費不乏蕆事之日神用顧歆於是其士民因予族姪
鄉貢進士傅來徵文記其成建考之城隍之祀不經
見蓋萌于唐而漸盛于宋元先儒嘗疑其祀與社爲
複者然竊以謂穀本在木行之數爲並列之爲六府
所以重民之食也若城隍與社之祀隨所在而各致
其隆豈非重民之衞乎夫中霤門井之有功一家防
水庸郵表畷之有功一鄉禮尚祀之而況高城深池
之有功于一郡一邑者哉我
高皇帝以大聖之德爲神人主而嘗制作之任一令之
行一禁之止諸侯服釆百神効職首舉城隍之祀而
責之使與郡邑長吏分幽明之治禮以義起遂爲著

令則令有民社之寄者亦惟仰遵
聖訓求盡其職無愧于神而福其民人斯爲善乎雖然
古之善言治者其從事于禮樂幽明之間有本有文
嚴飾其廟貌整潔其豆登者其文也律民以公而滅
其私舉民以直而錯其枉者其本也本末兼盡神人
相孚而後可與遂民生立民命
大聖人制禮恤祀之意亦庶幾其弗畔也有事于廟者
可不敬歟江君爲績溪將九年嘗新其學宫凡興利
除害有裨于邑政者猶多以非與祠事茲不著

休寧汊口世忠行祠記

古忠臣烈士有儁功大惠于世有國者必崇祀之著

于今有家者常祀之外亦別有先祖一祀著于禮
法並行不可偏廢而况有偉功大惠于世者置弗祀
之可乎專祠矣而復祀于家則褻置弗祀則簡於是
中古以來有行祠之設卜地爲之其制視公祠則殺
視家禮則隆亦猶民間不敢僭稱社稷而曰義社也
我新安程氏之先世祖曰梁將軍忠壯公諱靈洗嘗
手殪夭蜃以脫居人于墊溺又嘗起義拒侯景以全
活其民人于僭亂其後事陳長握重兵居上游戮叛
將却戎虜其功益著而惠益弘其沒也鄉人思之相
與祀于故居篁墩有禱輒應自宋以來列之祀典號
曰世忠之廟

國朝因之公子孫最多散處郡之六邑蔓衍于旁郡每一聚處不下數十千指輙爲公行祠便祇謁由是公行祠布東南若休寧汊口者其一也初公子開府威悼公文季代領父衆死節于周十四世孫御史中丞都使公濡唐廣明中復起義拒黃巢世守東密巖事載郡志東密巖者距汊口最近中丞十四世孫端明殿學士贈少師珌宋嘉定中倡休歙族人捐田入筸墩每歲合鄉六社之人迎神至汊口祀焉入元以遠弗便端明三世孫中山府判頤學始倡族人作行祠于溪西幹龍山元季兵燹祠漸以弊

國朝宣德初中山從子賞延從孫安政作于武堂山

久之又以禱祈弗便仍葺舊祠妥神規制弗稱乃成化己亥冬賞延三世從孫隆明請於其從祖琇鳩工重作廟貌始嚴以備衣簡不褻隆毅得宜隆諸弟隱充又議以威悼都使兩公實能嗣忠壯之遺烈威悼嘗脩食篁墩都使又汊口始遷祖於是充作威悼公之像于左隱作都使公之像于右祠成以記來請敏政嘗以會族至汊口得服拜祠下諸而記之嗚呼古忠臣烈士祠于公者其家或無宗譜之可尋蕃有後者其名又非祭法之所載求其有儁功大惠進受國烝退享家之饋食至千有餘年之久如我公者世豈多見哉自茲以往合族于是則昭穆益明而宗祊不

塈有禱于是則雨暘益時而粢盛不乏肸蠁之所通流澤之所被靈一家而及乎一鄉福雲仍而及乎異姓則行祠之設不懈益虔遂將與篁墩之專祀相高而起廢之功嗣葺之歲月固不可無述也

休寧縣學二程夫子祠記

走少於程氏譜中得雲峯胡氏所為兩夫子祠記讀之則慨然有起廢之志而力未能也成化壬寅春既除先襄毅公之服因馳書以告巡按侍御上饒婁公婁公復書許之然切懼空言無益于事實乃考訂兩夫子家世南北遷徙之詳以授教諭莆田楊君元俾與諸生吳超孫兆輝等上之縣時安成歐陽君方受

命來爲令諸務未遑獨以此爲興道善俗首事即上
之府〻上之行臺遂以公移下郡縣修復之歐陽君
之得請也與走躬相地于大成殿東得鄉賢祠遺址
稍斥之廣五丈有畸長如廣之數而倍其半庀材召
工擇縣之嚴碩者四人曰金希傑閔士拱蘇文章汪
奉干俾與耆老夏文雅日監蒞之諸人者能嚮風承
德節縮浮費以畢力于公家中爲兩夫子專祠四楹
又別爲名宦堂列祀宋丞相呂公大防而下又別爲
鄉賢堂列祀唐御史中丞程公湮而下榜其門曰企
德像主之制龕座之飾既堅既好靡一不具肇工于
夏六月七日訖工于冬十二月二十四日歐陽君率

僚屬暨師生行釋菜禮告成衣冠父老遠近畢集以爲希闊盛事復見于今咸舉手相慶走惟兩夫子倡明斯道于河洛之間從游之士比隆鄒魯然獨龜山楊氏以江南諸生號稱高第兩夫子常送之歸而有道南之嘆蓋龜山三傳得文公朱子于吾郡之婺源則兩夫子道學淵源之盛在新安久矣據程氏家譜兩夫子之先本梁將軍忠壯公靈洗之裔見于歐陽文忠公碑至宋南渡而伊川先生子孫悉居池州一遷休寧休寧陪郭之程互嘗繼絶焉先祖守建康立明道書院又擇于池州旁使奉明道之祀當時録蔭之制牒繼絶之公移文公草廬諸賢之書劄題識具

存則兩夫子流裔承傳之眞在新安亦久矣夫爲士者誦遺書而不知其師爲後者奉墜緒而不知其祖是雖典籍滅裂于回祿之餘人物銷鑠于兵革之後而亦不考之過也今廟貌有嚴俎豆載興仰焉臨之以宣聖之尊俯焉重之以諸賢之侑凡生于斯學于斯宦于斯者可不以兩夫子之道敬自勉乎敬勉之而有得焉則庶幾新安之名重有聞于天下而此祠爲不徒立也已雖然是舉也非婁公心主于上非歐陽君力任于下則亦有不能相須而成者是不可不記之以告後來婁公名讜與走同舉丙戌進士最有志于正學奉

勅董學政于江南所至以表章先哲爲先足占其所養歐陽君名旦辛丑進士以春秋魁鄉試及禮闈蓋通經學古之士故爲政知所先務如此成化十九年龍集癸卯春正月望日休寧陪郭裔孫敏政記

婺源胡氏明經書院重修記

婺源縣北三十里地曰考川胡氏世居之胡之先曰昌翼者嘗讀書其所居西山之麓唐末舉明經遭亂不仕終其身鄉人號明經府君署其族曰明經胡氏習稱之至今元皇慶中府君十四世孫龍泉簿淀暨其弟承事郎澄即西山故址建屋捐田以教養其族與其鄉之人聘其從父雲峯先生炳文入主教事得

予額明經書院肄有司而草廬先生吴公實紀其成計一時弦誦之盛蓋甲于東南元季書院毁于兵經殘教弛者百二十年府君二十一世孫今鄉貢進士濬慨然思興復之族之人亦協謀捐貲以應之者既相與言於知縣丁君佑教諭陳君簡上于提調學事御史婁君謙巡按御史胡君漢咸嘉予之而亦樂出俸金以贊之者乃卜日鳩金集材中作堂爲講道之所左爲祠以奉雲峯先生右爲室以居諸生之肄業者前爲門屋繚以周垣經始于成化庚子九月朔日落成于丙午十月望日舍菜之辰衣冠畢集山川改觀草木增輝而明經書院一旦復焉不替益隆矣濬

與其族之人將圖所以永之者求續書之走嘗以事至發源見草廬先生之記刻尚存疑非後學所敢僭辭之再三弗獲則掇拾所聞於父師者以告曰嗚呼道原于天性于人具于聖人之六經經也者聖人修道之教而人所以爲窮理盡性明善誠身之學者也自性學既微六經常爲空言于天下凡師之所以授徒上之所以取士者亦徒曰明經而經反晦者千餘年至宋兩程夫子始得聖學于遺經紫陽夫子實嗣其傳其說經以詔來學於易於春秋於詩皆手筆也於書於禮於樂則指授其及門之士而學庸語孟四書所以爲治經之階梯者又皆燦乎炳如無復遺憾

夫然後天下後世之人知明經將以復性而足致夫
體用一原隱微無間之極功回視夫託空言以務口
耳釣聲利于一時者其倍聖叛經亦云甚矣嗟夫六
經明晦而世道之隆汚繫焉洪惟我
朝一以明經用人養士而不雜以他道末㩁中又表
彰六經及程朱之書嘉惠學者
列聖繼繼思得真儒以佐化理經之明固有日乎惟程
朱之先皆出新安而朱子又婺產也雲峯先生近私
淑之其家學淵源既有所從來而書院又昉於此乎
復之為師為弟子者其勿墮于俗學之陋為應世之
資必窮理明善以求經之明盡性誠身以求經之所

以明將見眞儒復出于程朱之鄉淑其身以及人躋斯世于唐虞三代爲天下先則明經書院之立爲大有功于世教也豈不盛哉走鄉之末學竊有慕于明經之風不敢不勉故輒書之以附草廬先生之後既以自愧亦以自幸云

西湖聯句詩卷後記

予自歙北上京師道淛淛之仕而顯者多故人或同年友生是爲湖山之遊無虛日憲副張公庭芳獨以行部吳興後至乃以三月三日復請予入湖而約大叅左君時翊憲副李君若虛僉憲江君拜緒與俱維時春雨未收湖光荏苒樓臺出沒于煙雲杳靄之間

魚鳥翔泳行歌相答蔚有殊意殆盤子所謂靜好而雨亦奇者非虛語也因請與四君子聯句用紀勝遊約人起一句次第爲之當五章而拜芳若虛玲與俱銳必以十爲期遂自蘇堤上孤山踰六橋問靈芝寺憩鶴花居抵淨慈寺而返城門灯火相望而吾詩十章無弗成者於是四君子請各書一通藏之俾予記其事於末簡惟古人以上巳修禊於水上而蘭亭之會風流至今莫有繼者今茲之會本以爲祖道而設適當其時景與心融言由趣發有不自知其所止者亦豈非一時之勝哉拜芳家山西時朝若虛家江右拜緒家蜀而予家歙其所居甚遠四君子者或佐予

藩或佐于臬典兵守司學政各有分地而予亦將有供奉之役于館閣之間官轍甚異乃得寧一日之樂於湖上其酬酢也無嫌其談笑也無忌情雖友朋親若弟昆則此遊誠不可無詩而此詩誠不可棄也他日宦成或分陝各方或進陟臺省而予乘竊祿散地時展卷讀之如即其景見其人雖不能無聚散離合之感而考切問學激礪功名之心隱然溢於言外則是詩也又不獨若留連光景者而已

遺愛亭記

成化丙午秋有　詔徵諸進士之爲郡縣有聲者知休寧縣事安成歐陽君在選中惟時縣之士民悵然

如失所依庇將請于
上攀留之有言于傍者曰
聖天子起衆賢以佐化理濡膏澤于天下君等進用則
吾人之幸方有大焉顧可以一邑之故而久勞賢者
于外哉於是相與拜送君于縣東門外即其地為亭
礱石其中最君之績走書京師請予記予縣人以憙
家居目君之政誠有大過人者不可以謏薄辭蓋君
之始至也麥秋未卜而雪下盈咫尺民大驩曰天其
或者以賢侯福吾人哉相與號曰隨車雪播之詠歌
而歲連熟野無荒萊民無流殍養老備凶咸以罔缺
君性明敏視篆才兩月而決訟百餘皆犂然愜人心

且主于厚風化崇禮讓雖素譁與强不義者亦退聽無後言賦册之上君所部獨親覈不以屬吏其等差雖有常制而君每稱停之不少徇曰民命所繫也徽治萬山中盜無從起即起無不獲而近世長民者務姑息盜以滋蔓無敢發者君毅然因其發根治之獲二十餘人惟黠者逸其二益嚴捕斬之令卒獲之乃巳離其居而隣境亦戢無夜警焉其他若行鄉約之禮防回祿之變禁息女之戕規條戒飭皆可爲法踰年政成乃重新學宫政餘坐公館進諸生相與講授而縣人知君用春秋魁兩試多遣子弟入學君益發灯火筆劄之費佐之二程夫子先世本休寧舊祠淪

廢君復作于孔殿之東考鄉賢自唐御史中丞程公
澐而下二十人名宦自宋丞相呂公大防而下十六
人為兩祠且言于 朝著之祀典又表章宋孝子查
待制及尚書金忠肅公之墓以風鄉人治益閒暇乃
更以餘力考訂縣志若干卷梓行甫成而君被
召不可留矣予每以古循吏之名見于史者不多得
而中世以來號能吏者多刻覈號儒吏者多迂踈去
古益遠若能者無刻覈之為儒者無迂踈之弊皆吏
之難也而况兼之若歐陽君者弍使世吏皆歐陽君
而民生有不遂士風有不興者鮮矣今君進于
朝將有臺憲之擢振華履亨自今伊始其功名與之

俱升則所謂吾人之幸有大焉者不有驗于異日哉
山川相望輿馬交道過而誦其事者將不慨然有感
於斯曰此百世之甘棠所在盍相與謹之則一亭雖
小而風示乎四方之爲令者大且遠矣君名旦字子
子相其先與文忠公同所自出即休寧之政可以得
其爲人作亭礱石皆縣人而任其役者耆老汪彥從
金希傑蘇文彰輩具其蹟者儒學生吳文蔭陳鼇事
得附書

棣萼聯輝樓記

婺源之北二舍許有地曰桃溪潘氏世居之潘之彥
曰瑛者克以力善聞其鄉凡弟四人子姪十有八人

族日以蕃而所居日隘以圮於是本其父兄存日之志與二弟祥珏協議相地于舊廬之西以薙以闢以築以構爰作樓居四面相環以楹計者六十諏日落成而入居之高敞靓深人與屋稱其鄉之長者相與燕賀而嘉嘆曰非篤友于之義僇力同心蓋不足臻此爲題其楣曰棣蕚聯輝而潘氏兄弟求所以發其義者於予予聞諸古人必有所足法而後有所名非直以賁美談示榮觀而已詩不云乎兄及弟矣式相好矣無相猶矣又不云乎棠棣之華蕚不韡韡凡今之人莫如兄弟夫其頌考室而首及于兄弟與問弟而取象于常棣則詩人之意可知矣若潘氏之樓名

之者得善頌之體當之者有求益之心豈不可尚也
哉於戲世之人備嘗辛苦以植門户者何限亦豈不
欲其後之昌且遠也至其子之凡弟則以和而興者
什一以戾而斁者什九予未始不三復經言而竊喜
潘氏之近出于吾鄉也雖然上焉有大衾長枕之樂
見于花萼之樓而弗克終下焉有攜詞繪句之工見
于花萼之集而不聞遺所謂美談榮觀者類如此無
其名而責之於義何有哉潘之父曰烱資君生朱子
之鄉而不高以求富隱以釣名獨以畊讀課其子啟
瑛祥濤樸質茂可以當孝弟力田之選珏以明經舉
進士通觀籍蓋潘氏之居一新而慶益弘名益著豈

非弟兄以和而興之明驗也哉予於進士君有一日之長故記而為之語曰上致味乎古訓中求副于紳評而下視儆乎不足法者則所以為斯樓之重當不止此承先烈啓後昆在潘氏昆弟烏可以不自力乎

溪山行樂記

婺源大畈有隱君子曰汪鼎實氏嘗往來于鱅溪山水之間行且歌曰鱅之水兮清且紆俯漪漣兮可竿而漁狎羣鷗以終日兮其樂只且又歌曰鱅之山兮秀而縈撫石田兮可耒而畊飯吾牛以卒歲兮樂誰與爭歌已或坐茂樹引壺觴以自適洋洋然有遺世獨立之意或見而異之曰吾子之遊樂乎然吾竊有

以語子者昔阿衡尚父之未遇而畊釣于莘渭之上也固將與田翁漁子相樂終其身其後卒應湯之聘與文王之載起而成尊主庇民之功中世以還仁人志士亦莫不然蓋非徒隱之云爾吾子喜問學負才識又出于簪纓詩禮之家年且逮莫奚不思所立于世而自放于溪山毋乃左乎汪君曰不然隱顯之跡雖殊而有不可泥者方今

聖天子在上薄海內外賢智奮庸彙進偕升不可勝用其何有于一夫且世方以捷逕為榮詭遇為巧猶知耻者有所不為而況迂散者哉然則逍遥容與嘯傲乎山之坳水之瀰專一丘一壑而有之以歌詠太平

為盛世之幸民其所得不亦侈乎而又何羨乎此樂之不能已也乃若窺鳶魚之趣適仁智之性以自得于溪雲山月之外則聖門至樂存焉末學烏足以知之問者莫能詰聞以告予予曰汪君鼎實蓋嘗聞其為人觀其顏名而以梅軒自揭是豈悠悠者哉殆賢而隱者因述其語以為記

臨城縣重修儒學記

臨城縣儒學在正統中嘗一再建聊具苟完歲久益弊雖數更其令而莫或究心者成化甲辰之歲鄉進士婺源張君清受命來知其縣事首謁夫子廟退即學宮延見師生顧而嘆曰是豈可以為故常而諉其

責于後人及此𢧐首劃其常祿以倡興修邑士夫暨
好義者聞之咸樂助以貲積歲餘而材力具足不以
勤吏民託部使者之聽乃建明倫堂崇二十八尺有
畸廣四十五尺有畸左右為兩齋各十有二楹齋之
末為門屋各六楹齋之後為諸生藏修之室五十六
楹堂之後別為寢室以備歲丁齋祓之制繚以垣牆
飾以丹堊煥乎炳如地若改闢經始于丁未春二月
訖工于秋八月張君又率師生舍菜告成觀者如堵
以為學宫一新而人才蔚興民俗美好伊始自今於
是敎諭鄧君寳具其事以請記予於張君雅獲有同鄉
之好竊喜其政之知所先也為之言曰近世之號吏

治者可知也。一切以文章從事而置風教乎，可緩稍有識者亦姑曰士責乎誦書業文耳，無甚足與弊也，何尤若是者尚可與論治？鄉泮宮作而采芹之頌出，學校廢而子衿之刺興，彼誠以爲學之隆替而世之治忽存焉爾。臨城爲畿內大邑，壤如古子男之國，而際夫重熙累洽之運，被

列聖之化最先且久，顧可使夫弦誦之堂有媿乎曩哉？然非張君之才之識出乎世吏之上，則亦不足致此。雖然，學校之所爲重者有本有末，興修者文也，其本則何如？在士之求復其性而已。蓋其議莫備於曾子之書，而學之不以爲常談者幾希也。曾子傳之子思

曰修道莫先於率性子思傳之孟氏曰謹庠序必申之以孝弟其說一也豈若後世徒事口耳以衆足于文辭利達之間為得哉復其性以基之備習文辭者足以明道所謂利達者是以匡時而天下之治可以復古矣豈不益有重于新學哉此郡人士之責也張君生朱子之鄉誦服其遺書不為苟簡之習其治臨城也律已之嚴接下之誠守之甚固而部使者及大府有難集之事難決之訟必讓之其於學校又不獨興修而已親課諸生為之講授諷諭士風益振臨城人以為百年來未有也鄧君嘗分教朱子之鄉友于張君甚稔斯舉也與典史馮君德訓導任君道實相

與其事而儒學生王璽趙琦鄉老侯玘陳明咸與有勞法得附書是爲記

瘦石野亭春集圖記

瘦石野亭春集集者十四人集之爲主人者鄉進士長洲徐中行取而圖之者其友杜身之圖之爲人物者其巾服或官或士或隱其起居或坐或立或行其情之所適或挺筆而書或展書而吟或隱几而思或袖手而觀或凭闌而顧或相携而語或聽歌而興其侍從之所職或釣魚或濡墨或隨步或執薰茗或捧壺矢或進卷册其林木則有碧松有緋桃有垂楊有叢竹幽花可擷豐草可藉其居止則有礀流環之有

磐石踞之有苔逕繞之有及肩之墻有容膝之軒有行厨以供有板橋以渡其器用則有石牀有甆墩有髹几有古罍爵有古彝鼎有囊琴有盆峯可憑可憇可觴可奕可撫可翫諦視之則溪雲之浩浩若可以盪自野水之瀲瀲若可以清耳又恍然若與諸君子在花香樹影之間而聞語笑之聲於溪雲野水之外雖蘭亭之勝西園之雅有不啻過者亦奇矣哉中行之為人介而癯如削玉如立鶴故以瘦石自名而其所抱負真有特立獨行之操其為詩又清新俊逸若可以腕塵鞅而飽風露者故身之為此圖寫其一時賓友之盛因以見中行之為人然予之所望于中行

者豈如此而已乎是集也予亦在數故輒為之記

碧雲深處記

丞狄道縣事洛陽周公之謝政而歸也嘗營別墅于洛之郊挹嵩翠于軒窗斷塵氛于庭戶竹樹晻靄連陰無際合而題之曰碧雲深處公樂居之甚久然未有為之記者於是公壽七十餘矣兩寄詩以為言顧後學小子不足以窺公而又念老成耆舊勤惓之意不可以終佛也則為之言曰古君子之連數取喻豈苟焉者哉殆必有所為矣彼雲之為物其始也出膚寸而雨天下以濟羣植君子之進而行其道也其終也藏乎巖穴舒卷自如而不言功君子之退而善其

身也公以賢良受薦而輿佐一邑之政有及民之惠可計日以進於通顯之列矣乃厭簿書之勞起尋壑經丘之志高風峻節出流輩甚遠其有取于雲以自輔豈不稱情也哉昔靖節君解彭澤印歸柴桑愛雲之無心出岫而見于詞陶弘景隱居句曲山私雲以自怡悅而不以贈人蓋雲之見遇于名流勝士如此以今觀之公歸自峽以詩酒自娛不復問世事思置其身于農夫漁父之間蓋有慕于靖節而年愈高氣愈健朱顏白髮嘯傲溪山又將有得於觀頤自養之誼如句曲外史者其壽未艾也此碧雲深處之所以得名也歟公名端儀故御史安慶太守公之子閣老

贈太師南陽李文達公之内弟有子璣選尚親藩貴主而文達公者予之外舅也璣嫂以　朝賀至京得聞公起居而莫獲奉几杖聽教言恒以爲歉文達公子尚寶卿璋錦衣百戶玠尤爲公請記甚力則書以畀璣用復于公因以致向仰之私云

懷鳳堂記

北海仇君東之以薦起爲訓導有年矣其所居在都城北甚僻往還甚寡然數辱過予凡經史所扣擊下至稗官小説無不立應發而爲古文詞力追秦漢及唐宋數大家不作近代語其論事後成敗若何悉有見識使出而用世必可觀然君性迂直廉故所如輙

不合坐以困亦終不自沮也其學益勇間以懷鳳名所居之堂或者疑之曰古聖賢之可以尚志者不有大哉乃獨以其姓之同位之下而於季智乎取之多見其庳且隘也予曰不然君子之為道也行遠登高必有所從始豈若世之偃然不慚驀自附于古人而卒無以副其實哉武侯王者之佐自比管樂予美詩人顧以稷卨自許天下後世之公論豈可誣也而况季智之未可易視哉羣璫柄國趨者瀾倒顯晦裕如而不以膺鸇自處獨王渙知之不敢以枳棘處之自處者世不以為矜處之者世不以為比季智固不可及而渙亦可謂難也然則安知大世之人有不如渙

之知君者，𢦏知君而以爲孔明管樂，不知君而以爲子美稷卨，其於君也何尤？然予獨有感焉。鳳之爲物不常有也，當虞周時僅一再見，顧後世史冊所書，或五見，或三十九見，何鳳之不憚煩而爲世之褻玩若此𢦏？殆有贋鳳焉，烏可不愳邪？予與君交厚善，蓋嘗坐君之堂，壯其志，必有所從始，以底于高遠。仇氏之眞鳳將未亡邪？矧今

天子嗣位，比德舜文，以幾于隆古之治，𥨊寐英賢，若飢渴然，則君子之顯晦不有時乎𢦏？其音足以中律呂，其文足以儀殿庭，其德足以昭

聖人而興吉士。若君輩者，行將見之，則君之堂且將名

于時誦于後而家世之祥葢大矣

篁墩程先生文粹卷之六

篁墩程先生文粹卷之七

記

廣對鷗閣記

吏部侍郎鏡川楊公為學士時嘗續其先志作對鷗之閣蓋摘唐人詩中語也然鷗之所以詠于詩者則皆本諸列子所謂海鷗忘機蓋習談之公自為記甚詳而又命予識之故竊有進于公者夫機心之所中也豈獨鷗哉狠鷙悍烈雖石虎之射可以没羽然有時而自中則盤迴隱伏雖弓蛇之飲可以戕身豈若無機心者可以優游委順付悲喜于身外之為樂哉此公之先所以有取于鷗而思以貽後者也今公出

領銓曹可以黜陟生者入總史事可以榮辱死者固當無所容心其間俾是非不昧賢否不淆為鉅儒為宗臣則天下後世蓋將知公之承其先者不徒取于對鷗之適而已予方被放去歸其鄉將漁釣以畢此生于江海之上計盟鷗以自輔而疎慵拙直鷗固不予棄也思公之閣撫公之卷輙廣公之意而識其後亦因以見予之志焉

瀛州行樂圖記

河間之為郡也據滹沱中堡二水之間故因以名城四面皆湖濼一望渺然魚鳥可食之物芡蒲菱茨可薦之食為民利甚厚其尤勝者菡萏花相屬六七里

遊者乘小艇絶流以入釃酒擊鮮使人竟日樂而忘
歸故在前代又名郡為瀛州蓋擬之若仙境然然為
郡者率怱于簿書送迎多不暇取而樂之陳州馬君
文奎自京師考成來判郡事佐其長以惠利其民人
治益閒暇遂得適其所謂樂者於是鄉進士竇應陶
君懋學為作行樂圖發其吏隱之趣值予被放南還
得觀馬其圖馬君作磐石以瞰清流不盈尺而妙得
其眞修篁古松交蔭其上荷芰在下蕩漾水雲翛翛
然若涼飈徐來飄人巾裾有不知六月之為暑也童
子治茶竈其旁或捧書挾琴各極其態一鶴遡風唳
其前長空泬寥有川鳴谷應之勢蓋河間郡誠佳勝

馬君政亦閒暇斯圖亦足以發之而予言則有不能盡其妙者矣予家江南中世徙河間有先隴在焉亦將受一廛事漁釣以終老顧出於病散淪落之餘方挾妻孥走南北而力未能也輙因馬君之請記其事君父憲僉公與先師南陽李文達公進士同年君以庭訓入官彙有聲跡後此名位當益進時一展卷指其所經遊所眺望將無忘于河間而心語曰此吾宦鄉與人同樂之地也哉則其情之所寄景之所觸將悠然自得于塵磕之外豈直感歲寒資玩好而已

淳安縣儒學重修記

予南歸抵淳安值江漲不能去乃取道入謁夫子廟

于學宮學宫皆經新飭煥然于江渚之上心甚異之教諭許君佺訓導黄君奎王君普揖而進曰初廟學久弗治而櫺星門泮池與戟門偏于西非制之宜今劉侯筦来知縣事之始即懼然曰是豈可汎焉不加之意哉乃卜吉鳩工遷正櫺星門俾泮池與戟門相值南向而池之方廣視昔倍之作泮池石表于西改廪饍倉于東建觀德亭于射圃至于殿廡齋舍或易其棟梁或加之丹堊或益以磚甓次第興修無弗完者皆劉侯之力也明日燕尊經閣又明日燕魁星樓坐客咸指其臨觀之美與其虔奉之嚴嘖嘖嘆曰非劉侯則日加敝壞而後来者益不可為矣三君子因

請記其成諸之而未暇也予歸兩月王君來休寧申其說為之檢舊誌及諸先正之記而言曰淳安本歙東鄉自隋唐以来隷新安其族足以畀睦而東西往来者猶憮然有眷眷桑梓之意况得賢侯以新茲學宮與有遼耀而可以無言哉淳安素稱佳山水生其間者秀而文自宋抵今士嘗一再魁天下其餘並芳趾美以出而建勳名于一時可以登史冊先仕籍為斯學之重者彬彬焉予獨念夫學以至聖人之道而道豈頓悟之可得鑽研之足盡耶蓋聞此邦有融堂錢氏實得慈湖之傳上宗陸子其言嫺以懿其行碩以顯眞可謂百世士矣然朱陸之辨學者持之至今

予嘗誦兩家之書而竊悲夫人之不深考也自艾于
粗浮之習而追病夫支離之過其言具在炳若日星
今弗究其晚年之同而取決于早歲之異其流至于
尊德性道問學爲兩途或淪于空虛或溺于訓詁卒
無以得眞是之歸此道所以不明不行而師之教弟
子之學淵源所承宜有據焉可也刻
今天子更化之初學宫鼎新適逢其會則先遊于斯者
豈可不敬以心學爲勉勉之何如以錢氏爲先容上
求聖門道一之説而致夫體用之極功以不負賢侯
祗承德意作興學者之盛舉豈非偉然烈丈夫之所
爲哉其所以重斯學者不亦大哉予不佞生朱子之

鄉敢竊書其所聞為記劉侯永新人文獻舊家知所先務而餘政及民尤多屬郡吏治可當首選廟學之修肇工于成化丁未十一月竣事于弘治己酉十一月相其事者縣丞黄福主簿朱智典吏李景董其役者耆宿周甲應乙邵丙皆能体侯之意有功斯學事得附書

休寧率口程氏世忠行祠記

世忠行祠者我率口程氏所建以奉先世祖梁將軍忠壯公而又上推其源以及晉新安太守府君下洎其流以逮其始遷祖三三宣議府君者也太守府君諱元譚當永嘉之亂來為郡實有安集還定功賜第

郡之篁墩子孫家焉十二傳至忠壯公諱靈洗值梁
侯景之變復以起鄉兵捍賊沒而為神歷代嚴祀之號
其廟曰世忠胤系蕃昌居他姓什九其別居率口則
自宣議府君諱敦臨者始宣議上距忠壯公二十有
四世自其先公葉嘗一遷新屯再遷兗山戾止靡常衆
心弗寧乃卜宅于率水之上居焉當宋之季業以復
振稅之以石計者三百餘爰立師以迪嗣人植產以
贍先墓蔚然碩宗與篁墩相高其卒也子孫相與割
田置守冢祠于里之齊祈僧舍盖宣議四傳有孫二
十有二人其為教諭者曰一夔舉鄉貢者曰夢麟曰
應龍號經畬者曰一麟中省元者曰一震夢麟嘗本

伊川家法立宗會鄉先生弘齋曹公實序之而祠事未啓也應龍子勝才勝國時起經術至玉山縣尹一麟四世孫重陽洪武初舉孝廉爲西安府判由是萃口之程益顯迺正統丁未春一夔五世孫道和一震五世孫玩遂倡族人立世忠行祠爲正堂四楹東西廡八楹門屋四楹前瞰石溪右臨水渠妥靈合族於是爲彌然子孫日多祠日隘成化丙午冬道和之弟春和玩之子錀復倡族人增創寢堂四楹廣廈迴廊虹貫鉤連周垣相繚扃鑰惟謹每月正元日奉三祖之像于堂奠獻禮成長幼叙拜飲福而罷又以元夕前二日爲忠壯始生之辰制花燈以樂神凡五日其

供祀也有田其受成也有次其散賑也有規行之四十年而祠亦再新矣春和從孫文傑與重陽玄孫祖瑗皆好學勇於義始相與具其事請書之予於率口之程實同所自出嘗伏拜祠下會其族人不下六千指蓋其處者多良士歸者多貞媛能不以貴富爲豐嗇而以禮義爲盛衰故其平居往往知敬先睦族亢宗起廢之爲功有如此者嗚乎世之人華其居室臺榭之奉以示觀美或罄力于老子佛氏之宫以徼冥福顧於其身之所從出者漫焉弗之省則吾於率口之族嘉羨太息爲之執筆不能已者豈獨水木本原之私哉繇自今始凡有事祠下者仰祖烈之如在撫

先業之盛克思以繩武為志而大振其世風俾有出
于輪奐豆登之外宗工鉅儒且將有不一之書擬其
後矣詩云豈無他人不如我同姓故記之而竊有告
焉

浙江湖州府新置孝豐縣記

湖州在前代號吳興郡廢置不一常領烏程歸安長
興安吉德清武康六縣元季地入張士誠我
高皇帝龍興拯生人于潰亂首命將伐取其安吉長興
二縣久之下士誠湖州歸職方復領縣六蓋百三十
年于今矣成化中王君珣受　簡命知府事數年令
行惠孚每行部輒進其縣之耆老以詢政焉耆老言

安吉縣轄十六鄉為里九十有五地險遠人習于不
靖嘗有弄潢池之兵者至勤 王師而太平金石廣
苕浮玉天目魚池孝豐零奕兹八鄉者為里四十餘
中有漢原鄉廢縣城巋然存焉長興縣轄十五鄉為
里二百六十有四而順零晏子荆溪兹三鄉者為里
二十有七去長興甚遠去安吉甚近如析安吉之八
鄉置一縣轄之而割長興之三鄉隸安吉則地之遠
近適宜民之群不逞者易漸以變殆永利哉王君聞
其言亟是之且博詢輿情考按國牒手疏以
聞 詔下戶部戶部請覈實上狀而布政使張公敷
華按察使毛公驥皆以王公所奏使狀上得

請因其鄉名于縣額曰孝豐降印除吏置令丞簿史各一人仍領天目松坑二巡檢司事下王君與分巡叅議李公昊躬往相地剏官府立城郭開衢巷分市壥營廟社儒宮畫一而定有若天啓業恢計宏落成之日歡聲被野力殫而不以勞財費而不以困蓋王君不貽艱于後人以一身任興利起廢之責藩臬之臣不以事非已出撓經野惠民之功故議克合而足以有為若此于是王君使來求記其成予嘗待罪史氏竊窺

高皇帝之疆理天下矣蓋自戊申改元洪武以來因革增損不遺餘力然於湖州屬邑猶或有不盡焉者何

哉豈有憫于長興安吉久武且勞故當僞吳之平也
即以内屬俾少遂其生養不忍再釐正之以勤其人
于瘡痍未復之秋與顧王君剏置一縣分隸三鄉之
請實在戊申
今天子改元弘治之歲歲律一再更矣分符治理之臣
乃能補其遺規而成此鉅美事豈偶然者哉春秋之
法凡城某方築某處皆謹識之爲民也而況肇永利
於制定之餘弭後艱于承平之日事可不書之使官
于斯學于斯生長于斯者相與心王君之心保兹成
蹟伊始自今以圖無替焉而爲望邑于天下哉王君
曹縣人成化己丑進士歷知太康信陽二縣有治行

召擢監察御史于南京至今官復以政蹟卓異被薦
得 賜誥進階而後此名與位崇實未艾云

定宇先生祠堂記

自徽國文公得河南兩夫子之傳斯道復明于天下及門之士厭飫其說蓋充然各有得焉顧未一再傳能不失眞者則已寡矣定宇陳先生生文公之鄉堀然起厭俗學之陋直以公為師其學之博蓋無理不窮卒歸于至約其行之篤蓋無事不格必底于大中然生當叔季未有能知其德美者先生亦遯世無悶日以著述為樂由是文公之言微者彰畧者備離之者一瀏之者瑩學者有所恃而不畔于聖人先生之

道雖不大顯于時然昭前啓後之功則有不可誣焉者矣先生家徽之休寧陳村故宅在焉族大以蕃至四世孫王甸居益貧始不能自存而爲里人所據族孫彦威毅然率王甸之子洪白有司請復之知府事福山孫遇及巡按御史莆田陳叔紹繼下令俾縣官出公帑歸地于陳而彦威又率族人性初等鳩材募工建祠其中每歲正月二日合族人行奠獻禮復本先生意以八月一日祭始祖禹山府君奉以配焉蓋於今三十年矣未有記之者彦威之孫縣學生榮具始末屬之敏政謝不敢當請益堅則懼然以告曰於戲道未始一日亡于天下而人之獲聞斯道則有説

爲自宣聖以博約之訓畀顔子以一貫之説告曾子而子思之明善誠身孟子之知言養氣後先之教如出一揆蓋知之眞則其行也達行之力則其知也深兩者並進如環之循然後作聖之功可圖而道可幾也去聖遠百家肆出爲世蠹至程朱氏而後絶學以傳從事其遺書者蓋多以聞道自詭所謂知之眞行之力者其孰可當其人邪是固有非末學所敢議而百世之下號文公世適則先生其人矣或乃以訓詁之儒疑先生是豈善論其世者哉彼訓詁者或誇多鬬靡而流于迂或强探力索而習于鑿或單詞隱語而入于怪間有一二之得亦所謂偶然之知爾先生

之書具在竊伏窺之其言約而義精其文贍而味永非有聞于斯道而究然其若此哉不以真知為學而指訓詁者為知不以達道為志而搆愿戀者為行是何足與論先生而究斯道體用之大全也哉因先生以求文公溯河洛上窺洙泗圖無愧于兩間固士之責亦先生所望于學者鄉邦小子尤不可不勉也詩云高山仰只景行行只吾人以之又云毋念爾祖聿修厥德陳氏以之祠成于景泰壬申之歲力多出彥威而榮能讀先生之書後當有聞于時者其追遠嚮道之誠出流俗遠甚法當書之性初以下與有勞費者悉附名石陰

桂巖書院記

戴氏居婺源之西桂巖里其先曰彥亨君當元之亂嘗糾義旅捍一鄉主將上其功畀鎮撫之秩于闈非其志也棄歸創書院于桂巖之東延師以誨子孫割田食之曰　國兵新戢而文治興我後人當世業此無廢也其子道謀孫希英奉訓唯謹然歲久而弊弦誦中輟希英之子善美當成化辛卯力修復之浮梁族人侍御君珊實紀其成而善美猶病其隘以陋也間與其子瑞珉瓚暨其孫銚之爲儒生者議希英君有廢宅在里之翁村境幽勝而材尚堅好養士居業於是爲宜乃募工撤而新之爲堂十有二楹爲門屋

十有二楹兩廡各六楹衡以畝計者四縱倍之中一
室祀彥亨君暨道謀希英兩君左爲書樓十有二楹
以庋書右爲私庾十有二楹以藏穀樹其隙地繚以
磚垣浮梁族人參政君琥爲作桂巖書院四大字刻
其上仍議割田供費以畝計者三十而私庾之材甓
則亦出于道謀君之嘗所遺者也書院之教一遵白
鹿洞規私庾之藏亦放社倉遺法至於四時之祭合
族序拜之儀則雜用家禮及鄭氏世範經始于丁未
秋八月落成于冬十二月以銑之從子游也請續書
之用詔來者久未之應而弘治壬子銑上南畿秋試
中尚書第三人書院之名益暴乃克記之曰君子之

學必本諸身心然後可推之一家以及一鄉而進施
於邦國顧其出於天而垂于模範者非養之有定所
居之有定榘則亦豈能自遂而達諸聖人之道哉我
兩夫子嗣聖傳于千四百年之後徽國文公繼焉盖
嘗有志復黨庠術序以還隆古之盛而厄于厲禁識
者憾之　國朝龍興學徧海宇
列聖嗣統率心于道化百餘年儒風丕振書院之作數
有聞士之出以用世而助成治理者不無其人焉若
戴氏此舉豈非興起于先正之風而然哉矧我文公
實出婺源膏馥所漸最先且邇求所以誦習其遺書
而服行之不知其要可乎居敬所以立本精義所以

達用盖聖學肯綮所宜交修而不可闕焉者也人誠志此則淵乎其有得于心學粲乎其有啓于身教享其先則孝乎萃其族則仁乎周其鄉則惠流推之邦國豈外是哉其有裨於興道善俗不亦大哉豈徒曰修復其先業侈觀聽之美于一鄉一時而已善美君嘗大發粟助官賑饑恩受承事郎有子六人孫曾十餘人而銑最秀頴淳碩所以顯其宗于異時者當不負其學云

保訓堂記

保訓堂者富溪程氏子太珍所建以奉其先世遺書者也程之先自晉新安太守府君十四傳至梁將軍

忠壯公忠壯又十四傳至唐御史中丞都使公值廣明之亂起鄉兵據東密巖以保族庇民其從孫炳始居富溪炳孫可思常列所居之景為八詠歌之而富溪之名始著可思玄孫卓仕為歙州學正始以儒倡其家而產亦克卓子汝礪孫思禮曾孫驥三世皆有聞于時而驥舉宋開慶進士歷官中書舍人其族益顯驥孫以忠曾孫存玄孫億三世皆有著述藏于家而以忠從弟克紹仕為遂安簿嘗表章太守府君之塋域存從弟嘗又編刻族譜建祠堂而收族貽後之制益備存季子僖生齊生三子尚德尚聚尚質皆能以亢宗起廢為志而尚德則太珍之大考也太珍

自以其先世多納交一時知名士在宋則有若宗老
端明公琰左史呂公午紫巖汪公宗臣在元則有若
虛谷方公回筠軒唐公元杏庭洪公焱祖萬户吳公
訥在　國朝則有若學士朱公升春坊汪公仲魯主
事范公準或師之或友之故於其生也有慶其沒也
有銘亭宇丘園有説有記編纂倡酬有序有跋有詩
有詞有賦太珍懼其散遺而無統也乃告尚質洎諸
父兄相與闢基別構一樓而藏之凡唐宋以來文書
別集與夫官牒公移之屬悉以類附縹囊位置錦軸
交輝百世之手澤宛然在目而富溪之山川改觀于
一日矣乃顏其上曰保訓俾其從父正思請予記以

詔其後人於戲訓者先世之所遺爲子孫者所當奉以周旋而不可斯須忽焉者也古之人固有爲天子之相乃以山石草木遺子孫而誓其勿鬻有爲諸侯之子受簡三年不能習而亡之然則先世之貽謀與後人之繩武若富溪程氏文獻之足徵者蓋非千百之十一哉雖然念其人必思踵其迹敬其言必思踐其行謹繼述之道於輪奐之外以求無忝其所生則太珍亦不可不自勉也予與富溪同出忠壯公後竭者屏居里中抱恙終歲一切文事謝遣巳久而太珍請之顓覼之確禮之壓往返十數而不自沮予敢嘉其志書以畀之然意荒詞譾其何足副其誠而爲斯

樓之重也哉

重修南山庵記

南山菴在休寧縣東南五里其來最遠其境最幽勝盖紋溪之水自斷石蜿蜒而来繞菴之西折南至古城巖迤邐而去芝山蔚然當其前一支壠虹亘洑行出菴之東其麓有塘冬夏不竭土人號南山塘菴據其上故因以名焉考舊牘菴始晉泰興二年釋天然者創建其後廢興不常今菴中所藏田砠刻唐咸通字又有小石表刻宋淳熈字皆不可得詳矣然老木大且數圍其高參天其陰蔽畝意非其來之遠則焉有此數百年之物哉 國初菴燬于兵燹景泰癸酉

釋誠閭者来住里人張萬山助其材力菴以復新既又得石佛于塘之中丁歲旱奉以禱雨得雨而熟里人益神之凡有事則禱而香火益嚴非地之靈有以陰主之歟成化庚子先尚書襄毅公賜葬南山之原距菴百餘步而菴地多程氏業捐之菴者賜葬之制當有祠堂三間因起于菴之東會菴亦漸弊矣闔與其徒惠靖復加葺焉郡縣及鄉之尚義者爭捐金濟之菴以再新菴中爲大雄之殿以事佛左爲伽藍堂以奉漢壽亭侯關將軍右爲眞君堂以奉唐睢陽太守張中丞後爲方丈兩傍各爲僧寮法所宜有者次第以完惟先公之神實棲于是而斯菴出于古蹟而

令甲所宜存者修廢起墜之功固不可無紀也闔號性空鮑氏子僧行刻苦人所弗堪蓋非其力弗食非其類弗友用能一再新其佛宫而積其所得捨田爲常住若干畝從之遊者服粗茹澹亦相與共之無外慕紛華中歲矯僞之弊年幾七十體癯而氣堅若蒼藤瘦竹疑其爲有道者予以是敬禮之思異日得請而歸占溪山之勝結社以終老焉而闔也遂將爲淨土之遠師草堂之湊公矣惜予之迂左不能如淵明樂天之曠達而徒想其人于異代可愧也哉闔所捨田其畝數及嘗有所施于此菴者其主名悉附著于石陰

治績亭記

聖朝求賢與圖中外之治非一途然莫重進士甲科士之出此者自元臣碩輔至百執事之列大抵多自好以有立于功名之場視他途盛焉我

憲宗皇帝成化初注意守令以天下治忽繫此而令於民益親詔吏部擇進士爲縣數十年來實號得人省臺之選相屬于道若吾休寧則已四更其人矣蓋自陳君以庚寅歲至至五年 召入授南京刑部主事俞君以乙未歲至至六年 召入授監察御史歐陽君以辛丑歲至至五年復以監察御史 召張君以丙午歲至至四年有奇亦以監察御史 召每召命

之下山川草木與有榮耀父老童稚聚觀歌呼以為
聖天子不遺遠外而從大臣之請垂念民牧子惠有勞
故湛恩稠疊賁茲下邑如此於是耆老金希傑等合
長厚之民鳩泉布市材甓構亭邑治之東伐石請文
以上修
天子之明命下昭令君之治績不鄙見屬于不佞顧當
孱斥之餘病伏山間才氣孱耗不足以發揮盛舉而
畎畝微忠實私以為　聖朝得人慶莫能終辭焉因
序其事而紀其下方曰陳君名寓字時安寧德人故
大司寇林莊敏公之甥起己丑進士俞君名深字濬
之新昌人故少宗伯欽之從子起乙未進士歐陽君

名旦字子相安福人故宋少師文忠公之族孫起辛
丑進士張君名錞字汝器定州人近貳文水令鵬之
子起[illegible]辰進士凡其宅心端其律已嚴其涖事勤恪
其[illegible]訟明審其賦均平與夫優崇儒學敬共祀典
延訪耆艾約束公人恤鰥寡弭盜賊諸善政雖不必
盡同而要其歸則無不同者一出於保護名節求不
失所以為士者而已於戲窮經將以致用用不本于
經則或師心而入於不情或任術而流於不誠其弊
至於政外而身躓者寡矣烏在其為士哉四君子者
皆起經術學優而仕類能以古之循良自期許故十
餘年間顯有成績後先相望以不負進士之科與

先皇所以愼簡民牧丕圖治理之意是誠不可不記之俾賢者因之而益勸不及者聞之而有警也陳俞歐陽三君已別有紀述茲不贅張君承三君之後其政甚勤其心恒以不得民是懼巡按御史趙君英上疏乞旌異之事下未及報而　召命來盖君之薦乎上者如此君筮仕休寧每有似續之憂居無何得四男議者又以為其政之平心之恕殆於是有可徵焉爾乎希傑等請附書之是為記

篁墩程先生文粹卷之七

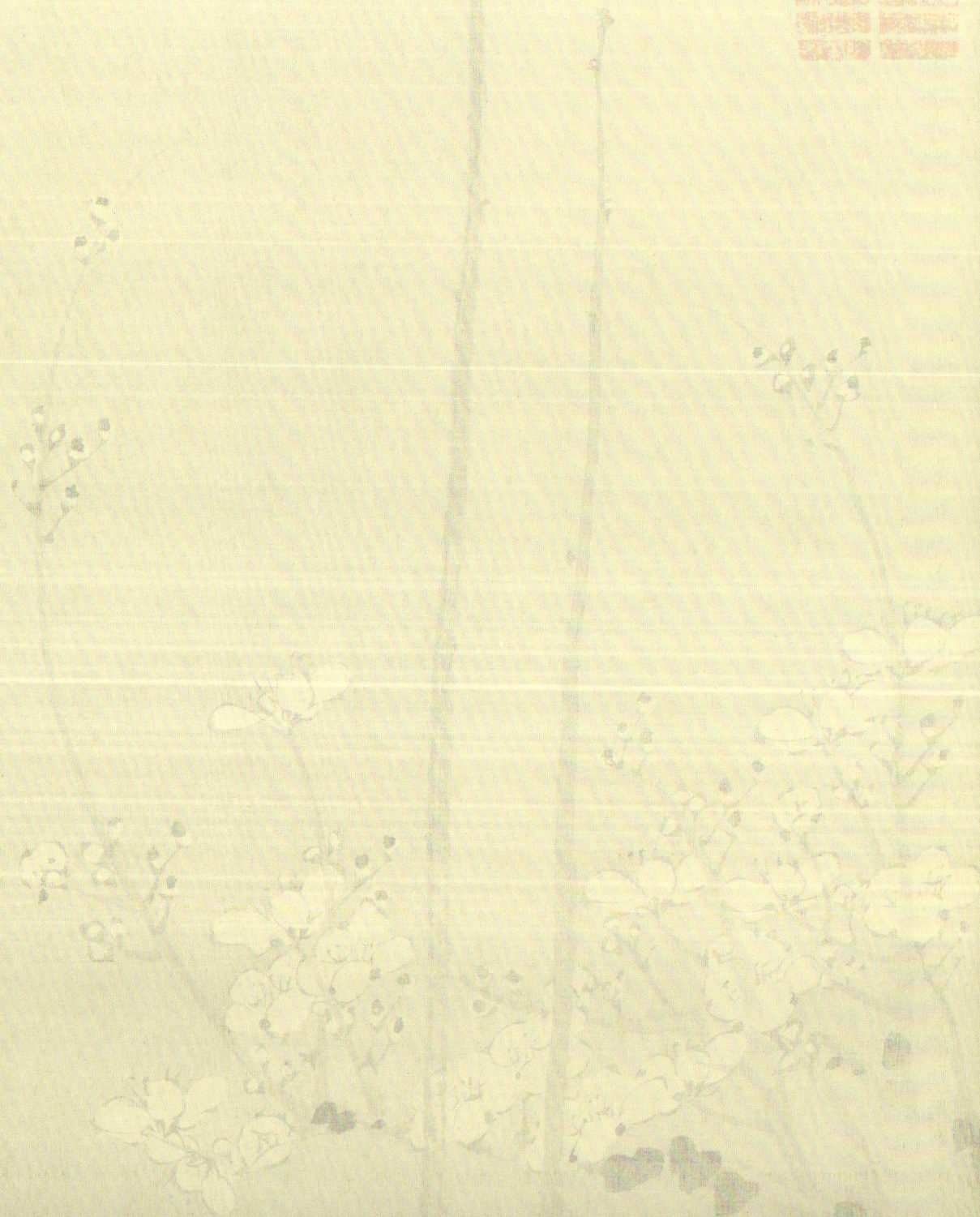

篁墩程先生文粹

（明）程敏政 著

明正德元年刊

鳳凰出版社

2

第二册

記

夜渡兩關記

予謁告南歸以成化戊戌冬十月十六日過大鎗嶺抵大柳樹驛時日過午矣不欲但已問驛吏吏給言須晚尚可及滁州也上馬行三十里稍稍聞從者言前有清流關頗險惡多虎心識之抵關已昏黑退無所止即遣人驅山下郵卒挾銅鉦束燎以行山口兩峯夾峙高數百尋仰視不極石棧嶇崟悉下馬累肩而上仍相約有警即前後呼譟為應適有大星光煜煜自東西流寒風暴起束燎皆滅四山草木蕭颯有

聲由是人人自危相呼譟不已銅鉦鬨發山谷響動行六七里及山頂忽見月出如爛銀盤照耀無際始舉手相慶然下山猶心悸不能定者久之予計此關乃趙點檢破南唐擒其二將處兹遊雖險而奇當為平生絶冠夜二鼓抵滁陽十七日午過全椒趍和州自幸脫險即更無復置慮行四十里渡後河見面山隱隱問從者云當陟此乃至和州香淋院已而日冉冉過峯後馬入山啃巒岫迴合桑田秩秩凡數村儼若武陵仇池方以為喜既暮入益深山益多草木塞道杳不知其所窮始大駭汗過野廟遇老叟問此為何山曰古昭關也去香淋尚三十餘里宜急行前山

有火起者乃烈原以驅虎也時銅鉦柬燎皆不及備傍山涉磵怪石如林馬為之辟易衆以為伏虎却顧反走顛仆梳籍呼聲甚微雖強之大譟不能进良久乃起循嶺以行諦視崖塹深不可測澗水潺潺與風疾徐仰見星斗滿天自分恐不可免且念伍員昔嘗厄于此關豈惡地固應尔邪盡二鼓抵齋淋燈下怳然自失如更生者噫予以離親之久諸商弟討冒險夜行渡二關犯虎穴雖瀕危而幸免焉其亦可謂不審也已謹志之以為後戒

婺源縣重建廟學記

徽之婺源儒學重建廟學成學之師生相與走不佞

請記以詔來者謝不敢當請益堅則歛袵複曰虞周建學逮今餘三千年矣學記一篇尚見戴氏後世之總學事者孰加此哉徒見贊尒自堯舜以至孔顔又至周程而文公朱子生婺源道化所漸比於鄒魯後世之課學本者孰加此哉徒取備爾雖然生朱子之鄉而服其遺規亦不敢不竭所聞為吾人誦之夫上之育才與士群居而受之師者何學焉程子有言言學便以道為志言人便以聖為志今之人有志于學聖者孰不謂之妄乎然亦弗思爾云之希聖猶射之向的其中否存乎人惡有舍的而從事于射者哉太極肇而兩儀分五氣布人蔚然得之以生諸兩經人

者獨可以參天地何也盡其性也人失其性而後視
所謂聖者不啻天淵然然則上之育才與士之所自
養者舍性何以哉夫性之德具于心心之爲物也易
放而其要括之一言曰學學之爲術也易外而其要
括之一言曰敬心非若異端之掃幻即空者也必具
乎寂感學非若俗儒之泊物守陋者也必兼乎博約
敬非若異端之一于攝念俗儒之工于稽貆者也必
貫乎動靜凡此皆以復吾之性而敬也者聖學始終
之樞紐乎推而極之積而不已則其體天德其用王
道用有小大而吾之所養者殆無施不可也自堯舜
以至孔顔又至于周子其所謂學者蓋如此乃若窮

聖性之原究心學之妙而歸宿于一敬則程子發之
朱子闡焉實有功于聖門而有大惠于来學者也生
朱子之鄉而為師者以教為弟子者以學其志之所
存亦將有出于斯焉否乎執所業以應
上之求者無關也反躬踐實加之意而得失利害不撓
焉庶乎此道之不孤而學校之興為有益哉避贊之
嫌而不告人以老生之常談懼僭之罪而不勉人以
希聖之大志自暴自棄者也儒宮鼎新共學伊始竊
願與吾黨之士樂成而究心焉若其學之興仆自宋
以逮皇明具有記其仆則多以回禄之變莫甚今
茲今茲所建者大成殿十二楹戟門二十八楹兩廡

五十楹神廚宰牲房二十四楹在西明倫堂十二楹
門屋二十八楹兩齋四十楹在東三賢堂會饌堂藏
書閣射圃亭師生廨舍及諸庖廩祭器次第繕繚
以高墉悉用磚石以備不虞肇工于弘治辛亥某月
某日訖工于是歲某月某日主茲役者提調學政監
察御史王公鑑之知府李公延壽承委者同知甘公
昭而通判王公惟節推官李公珍皆協力焉府檢校
楊君忠績溪知縣高君梁繼署婺源咸樂有勞令知
縣事常君濟亦作興是念而前丞李君應鍾今丞石
君俊主簿曹君亮則受分委者也獎勵相成者清理
戎務監察御史吕公璋縣人按察司副使汪公進知

府汪公奎通判孫公冠暨義民陳原方等五人而鄉
貢進士汪嵩王壽暨耆民汪立恩等七人典其出納
尤謹用底于成請記者教諭姚君志任訓導潘君紹
朱君貞貞蓋文公九世孫次特　奏來職教事兼奉
祠云

竹南書舍記

流塘去予南山不一二里而近予每行溪上見西南
山蔚然深秀有竹林高出若一島然人輙相指曰此
詹氏世居也恒欲一徑造看竹不果邑而識其彥曰
貫存中存中喜問學尤喜為古近體詩因相還往佳
時良日命車出遊若斷石村古城巖嶺勝濠霽在流

塘上下必存中與俱倦則必望流塘抵宿酒酣論詩意甚樂也一日存中指其屋後山上竹曰此植嘗經燹而益茂僕於衆卉中獨愛之近爲屋數椽山麓謂其在竹之南也以竹南書舍名之僕樂遊建陽每瞻禮考亭遺趾窅然有高山景行之思而建陽書産也益購古今圖籍以歸置斯舍中展卷而長吟則此君之聲戛然不巳者若我和焉掩卷而沉思則此君之心洞然中虛者若我契焉蓋僕之有得于竹者如此幸夫子記之一言予曰不能也惟我先世發跡篁墩而南山竹院予熟憩者近復得北山別墅竹益蕃而吾曾不能吐一詞以重此君乃欲爲予記竹南之居

乎存中曰是有説焉盖聞之人情多不暇于故常而
有得于新見夫子無蘄也則告之曰古之人有取于
物者豈徒究玩而已哉將藉以為輔爾夫竹節勁而
不屈色青而不艷故比德于君子若其用之可貴則
亦足以備器物大足以供簡書調律吕非他草木可
比子之隱于此也讀書求志而不思其用之在將来
者當何如是未為有得于竹者存中曰不然人之所
為有立于世者亦各循其分而已僕生於斯長於斯
其見諸用者孝弟之外何所事其行耕漁之外何所
事其業哉若吾竹之不生于市朝而生于山林與山
林士結歲寒之好而不渝者其迹一也夫子謂之何

哉予不覺撫掌曰姑試子爾雖然予喜爲詩者也他日當結詩壘于竹南剏新籜之粉臨風擊節與諸君子爲存中賦之

李源書院記

李源書院在祁門邑東五十里令徽郡儒學生李汎彥夫之所剏置也李氏世居李源因姓其地源之人多業儒至彥夫尤力學有聲場屋其志蓋不止此也乃於所居之西百舉武闢地爲樓十二楹購古今圖籍其上東西兩廡各八楹廳事十二楹花卉之屬咸以位置前鑿小渠引活水其間種竹數百竿又前爲碧照亭亭下隨其地鑿兩半月池蒲柳交翠墻外引

水環之爲橋以通往來者澗上曰鏡山萬木森然下照水中蔚有殊意亭因以名亭右有圃〻中爲蓮池結草亭以供吟眺此書院之大凡也彥夫以其父景瞻君嘗給田二十畝資其學不敢私作倉二儲粟以贍其族子弟之可教者同志往還亦取給焉彥夫以嘗學於予也來請記其事予觀天地間無適非道亦無適非學〻者徒溺于常駭于所不可及其去道遠矣水哉之嘆鳶魚之察庭草川花之樂夫豈遠於事而有所謂道哉誦說之與弦歌藏修之與息游一也動靜交養顯微不二知道體之流行者無一不備于已而大倫大法初不外是豈非善學者哉事佔畢假講

竺而曰我學在是斯胡子之所謂非襟即陋者也或曰無適非學固也然必有所從入敬者入道之樞也今驟語夫道之大者而遺敬豈初學事邪此大不然敬者主一之謂非終日危坐之恭而力不得自安者也當弦歌而弦歌當息游而息游取足以制吾情養吾氣縝密而不拘優柔而不疎夫然後見諸誦說藏修者可以精義焉可以育德焉積之恒而居之深理既窮而詞亦達其於道也幾矣此善於持敬者也彼以冥晦入息爲非敬者非也敬何適而可離哉彦夫之書院美矣所以廣其考君尚學之心而爲族人子弟計遠矣予恐來者疑其多臨觀之樂而歉于專心

壹志之功故語之以此他日以所學起而取大科躋顯仕未足侈也知道在天地間無一不切已而不敢溺于常駭于所不可及俾其學足以淑身而用世使人稱曰是真紫陽夫子之鄉人其始無負于斯院也夫其亦無忘于斯言也夫

靜軒記

婺源汪君坤字文厚以靜名其藏修之軒蓋顧名思義而求副其父師之教也不鄙予授簡俾發其意將揭之以自警焉予聞聖人於易之乾明聖人之學於坤示賢人之學其義廣且大矣然坤道可一言而盡曰靜焉爾履霜而不忽含章而不露括囊而不言內

直而外自方美中而文自見戒其亢爭而利在永貞大祇多靜之義宜文厚之有取乎此而奉以周旋也蹶雖然坤至柔而動也剛至靜而德方疑靜不足以盡坤之義而學之偏勝也奈何是大不然動靜不可相無而靜者動之基也靜有所養而不昧然後見于動也有所恃而不舛焉有置其心于糾紛膠葛之中而可以酬酢事變者哉故周子曰主靜程子以性靜為善學學者烏可不首事于靜邪靜之何如必從事于中庸之戒謹恐懼大學之誠意愼獨體之以柔而濟之以剛方至于德成而業修則所謂賢人之學而其積之者厚矣由是其行可以不疑其出可以有終

其處可以無斜其舍弘可以成物其餘慶可以裕其後之人謂其非靜乎得之而克有是哉文厚勉之汪世居婺源浯溪本越公之後至文厚之高大父春坊司直貞一先生為　國初名臣蓋有志于聖賢之學者文厚之父贈監察御史宗熅府君生四子其長子成都太守文燦公復以忠言直道有聲于時蓋文厚於父兄間得相師友靖重簡默思淑其身以世其家如此予于壎實太守之倩故於文厚親且稔而記不以辭

時習齋記

國學鄭君萬里自以其名鵬因號二溟東人間諗于

子予曰不可是莊生之寓言爾非吾黨所宜自命也君請更爲時習習者鳥數飛也其義於鵬亦近則又諗于予予曰善哉是可居子矣君因名其齋而以記屬夫魯論二十篇首學之一言然必繼之時習者豈伸其佔畢而已乎蓋朱子之所以釋此學者炳如而人莫之省也夫學以復性性者受之天具于人之心心苟放焉則雖效于人而妙似之亦何益于我哉出入無時而操存舍亡于瞬息反手間可畏如此此學所以貴時習而中庸之戒慎孟子之收放心其說一也故善學者必首事于言動加謹于念慮内外交養而窮理以輔之力行以終之則天之所以相畀者向

雖不能不殺于外誘一旦炯然来復于我善益充學益熟其中心之喜何啻楚弓之獲趙璧之完而已哉朋来而樂世不我與而不慍斯為君子人矣積而進之體備用弘而純亦不已之妙亦可馴致焉豈非時習之極功也哉或曰時習者窮理事也在大學為格物致知于何得反之嗚呼是心學之晦而誦朱傳之不審也古者小學之教嚴人生而為治性養心之地者蓋什八九矣故大學以格致為始敎俾因其已知者而益明之以求至乎其極云爾小學既廢則人之為性早已鑿矣而遽先之格致是猶水之源未浚而汲其流木之本未培而擷其實未有不涸而瘁焉者

也然則後世之學豈不勤勤于時習之訓自以爲勞
且得哉高者墮于訓詁卑者梏于詞章而古人之所
謂性學者微矣老佛之説爲得不橫流于世而幽闇
高明者胥爲之陷溺哉鄭君以予家同郡元師山先
生之裔孫其學有原質氣節恒思以聖賢爲師故因
其請而畢其所聞願相與共勉焉

香山永安禪寺觀音閣重修記

西山之刹以數百計香山號獨勝層樓疊屋翬飛岌
立于林巒紫翠中若畫圖然觀音閣據寺東隅視諸
閣尤峻憑闌四顧令人毛骨森聳如將脫塵氛而與
造物者游真天下之奇觀也閣久漸圮寺主左善世

定瞻東白嘗語中貴諸公擬募修之計茲役之不易
舉也太監李公興陳公晃為之上 聞 詔賜內帑
白金彩幣倡之遠邇聞者咸樂為助乃以弘治四年
七月二十六日肇工以明年某月某日竣事觀音之
閣巍然復完財力所餘不敢私有凡所居之狹者闢
缺者葺敝者新由是香山之剎視昔益勝東白以是
役之本于
上賜與衆力不可泯也具其始末請記予觀浮屠氏與諸
公貴人生太平之世受 國異恩往往能捐重貲以
舉大役思以祝
上釐造民福事雖邈乎不可致詰其心則亦出于愛君

之常無事乎記獨其巫人奉觀音大士旋久無發之者恐其徒亦未有見解則不可無一言矣佛之為說弘肆演迤莫之可竟也惟觀音號圓通其法以為身之圓者弗通通者弗圓獨耳根圓通可以普濟非若目之所極有限而不足以盡弘慈至願也佛之說如此然西山先生真氏則直以為寓言作壹轉語以利慾熾然為火坑貪愛湛溺為苦海壹清淨烈燄可以成池壹警省覺舡可以抵岸災患纏縛隨處而安無怖畏將如械自脫惡人侵凌待以橫逆無怨嫉將如獸自奔西山之言如此則發之登是閣保是役者即寓境而思寓言所以視

上釐造民福將不有得于堂構輪奐之外而悅然自失者乎是殆不可無記東白常熟人弘慈禪師王禰清公弗傳之弟子也季方曇公與講經古儀縉公皆主是寺古儀以傳東白東白以傳左覺義宗鉎咸以興教瞻徒爲己責而東白讀儒書習詞翰

憲廟時嘗被選入内拜舉衆書佛經受　春賞獨優蓋一時纔流號有材局者必曰東白云

筠谷幽居記

朱君彥榮所居休寧城北松蘿門下折南以西草逕盤廻樹林陰翳而竹尤盛蓋雖邇闤闠而不聞喧當蘊隆而不知暑因題其屋之楣曰筠谷幽居予時訪

石軒坐語終日曰此非逸人隱士之所樂以終老者
君一日過山中請記予謝不能不可曰予之先世
篁墩子之所常居曰南山竹院又近得竹林清溪
善居竹者宜莫如子矣請必無辭則告之曰竹之
物所以排風雲傲雪霜比節君子為昔賢之所愛
而詠嘆者不容贊矣贅之徒見其贅爾亦何足以軒
輕君竹哉君之先出宋侍郎子淵之族嘗獲觀其所
受誥牒及賜葬處規制巋然更代猶存蓋徽國文公
實同所出而侍郎顯高宗朝與韋齋相後先今所居
猶宋第也閥閱相承不替益隆過之者尤相指曰此
侍郎家也顧君不以此相矜詡歆然若不及亭園林

之勝而名之筠處城郭之中而號之谷生軒冕故家有軫輿之美而於所居命之幽其高情遠識蕭然有逸人隱士之風而不與馳騖者競是誠宜記載昔文公所居有雲谷〻〻之中有竹塢皆杖屨所經爲藏修息游之地其見于記于詩者可徵也然則所謂谷與筠者君家固有之有之而不副其實焉可乎視筠之節以勵己視谷之虚以受人視居之幽以習静而遠俗若是者以勗君何如君起謝曰可矣予從子壇委禽朱氏故予得與君游嘉其志而記之又從而歌之歌曰有緑者筠蔭斯谷兮彼居之人媚幽獨兮又歌曰有深者谷蔽之筠兮孰與之居彼幽人兮君闇之

噫而擊節和之三終遂命侍史書寘之壁

義塚記

山東按察副使太原陳公奉　璽書飭兵備于臨清一再朞境內輯寧盜訟衰鮮政益精明而有餘力乃令于州曰臨清南北之衝也兵民雜居商估大集四方之人就食日滋不幸而死無主者有漏澤園以葬其有主而無地或客死無所歸者往往寄櫬釋老之居歲久若忘甚之有畀水火者暴骼露骴行道嗟憫究識所蒸上干時和自吾之來蒞于茲也得罪人所上公楮甚富既以之糴粟賑吾人之生者餘八萬有畸其令知州事張璔易亢爽地河東西岸各畝二十

繚以崇垣井畫之井方廣以丈其隅對樹所宜木四面中葬其一櫛比碁布使無相亂置籍以記死者歲月竪石以識其姓名州邑族遷改焉各刱屋八楹召僧二以守立坊表之曰義塚亦庶幾足安吾人之死者乎其為之毋怠張君聞命奉行惟謹悉本公志不日告成居者與感聞者加額謂公之固存恤云雖古仁人何以踰此於是張君使來請記惟周六典大司寇之屬曰蜡氏掌國之骴禁有死于道路則令埋而置楬書其日月縣其衣服任器于有地之官以待其人蓋先王仁政必窮民是先故死遠外者主維周悉若此其至恒思一夫之或失所也而後世缺焉治不

逮古豈一日之積哉陳公起名進士歷監察御史司
刑外臺能職思其憂修復周公之遺法廣
聖天子仁政于一州其賢于人遠矣古之君子觀人也
由一事而占之得其大焉夫公楮不留以自殖而捐
之人俾生有養死有藏廉也死者且矜恤之而況其
生有不獲焉者予明法訓兵以刺貪刻戢奸盜俾枉
者平危者安勇也廉以基之勇以出之非志仁者惡
足語此而陳公有焉是可無書以告後之人而爲受
詔分司者之義倡哉公嘗以是楮費重建州學宣聖
廟葺偉又造公宇六十四楹養壯士五十配以名馬
授之甲胄弓矢日肄其間而亭之曰畜鋭浚鹵井得

芹泉而亭之曰漱玉士馬沾足旁可及家食者殆惠
澤之徵也以非與塚事不詳著公名璧字瑞卿慎操
履言問學屢有正論聞于 朝更踐所至不爲勢怵
懋勳碩畫在異時有丞轄之望焉張君河陰舉子自
知新樂來爲州能副公記以成茲舉亦一時良有司
法得附書

董子祠堂記

周衰道否極于秦至漢中葉乃有董子董子生孔孟
之隣封自其少時力學至三年不窺園遂究極斯道
獲有聞于坑焚之餘西京諸儒不及也蓋其論道之
大原出于思分義利佰王合孟子對天人三策又有

得于孔門體立用宏微顯不二之義致君三代比跡
伊呂誠有其具焉顧武帝方喜征伐求神仙相公孫
弘等而樂詼俳詞賦之士有道如董子者惡能舍所
好而致之用哉斥之以相王國于下邑俾不得妨吾
之有事豈運使然亦斯民之不幸邪尚論其人雖兩
程朱子未始不推尊之以為度越諸子秉其緒言為
法于學者可考也至元道否甚秦我
高廟龍興文運復盛洪武乙亥即從行人司副楊砥請
以董子侑食宣聖廟廷
憲宗又用輔臣言追爵廣川伯董子之道益顯而廣川
實其故鄉舊屬平原平原今德州也有書院在儒學

東又廢正統辛酉知州事韋景元得石碣于廟廷東
廡下大書深刻董子讀書臺五字急詢其故址復焉
繼知州事王縉及分督庚事戶部主事畢孝翔祠堂
八楹于臺後合鄉賢以祀名之曰聚賢則成化癸巳
也今山東叅政林君按察僉事鈕君行部德州以舊
宇圯陋且位大儒于叢祠非便請于巡撫都憲熊公
以命濟南府同知王從鼎俾為專祠八楹寢堂十有
二楹門樓八楹前後廂屋十有二楹仍築臺樹故碣
于寢堂下作亭覆之肇工于弘治乙卯孟夏踰兩月
落成凡工料所需皆出規措不以煩官舍菜之日士
民大悅以為盛舉不可無記於是兩君入 賀京師

詣走以請走以謝學辭不獲謹書之俾生于斯學于
斯者慨鄉邦之先哲當暴秦絕學之後獨爲其難者
我乃優游暇豫弦誦之區可致力斯道而忍自負于
盛世邪勗哉其未達如董子之志毋燕游廢業其既
達如董子之策毋曲學阿世又因以進于程朱上窺
鄒魯以副我
列聖主張斯道之盛心庶斯祠之成不止于潔豆登美
輪奐而已道泰之徵由一州而占海内可知焉兩君
之功顧不大歟林君名元甫戊戌進士歷吏科左給
事中紐君名清辛丑進士歷監察御史並以才行推
擇起爲方岳觀此舉可知其政而得其人是爲記

祿養堂記

翰林編修蔣君敬之將請假于
上省其母太孺人于湘源迺前期告予曰晃不佞官史
局侍講帷三年獲推 恩老母受顯封而
聖製有永綏祿養之言拜稽奉誦感激無已敬摘以名
我奉母之堂幸執事為記之將歸壽以獻固讓再三
踰歲矣而請益力則嘉嘆曰祿
天子所以養士士資以養親恒典也敬之迺獨以之名
堂何哉豈非侈
上恩昭母德而不敢以恒典例視之哉敬之於是知所
重矣太孺人出鎮南陳氏歸河西令蔣公壹内之行

號稱賢明不幸中歲而寡殫力茹苦以成諸孤教之其中子也年十四舉領右鄉試第一人擢進士入翰林爲庶吉士授今官以文名四方其有兹禄也無歉太孺人壽幾六十親教子而享其成其有兹養也無媿若是者誠君子之所予也而以之名堂示不忘宜哉雖然編修今從官所受者古中士之禄也君子予之非謂其子職之稱而親享之足樂哉士實與名盭才不副其官則上之人雖加以殊禮禄之萬鍾徒足以貽其親之不韙爾綸綍在堂湛恩汪濊敬之時奉一觴拜起爲壽曰此太孺人之教也太孺人亦將釂然盡觴而喜曰吾誠安汝之養哉登蔣氏之堂者企

敬之之孝而仰太孺人之慈行賢者益興不及者益勉則一堂雖小而繫風教于一鄉亦大豈直歸榮而已哉敬之才器清粹志識冲遠其功名日新祿日榮則其母壽日臻養日豐誠有如

聖制之所期者矣鄙文惡足以重斯堂獨念敬之相與深不可無紀太孺人長子昪與弟同年舉進士爲南海令以循良被旌異當 召季氏㝷治經儒學亦有聲場屋間堂構之業蓋未艾云

篁墩程先生文粹卷之八

篁墩程先生文粹卷之九

記

客星亭記

嚴先生祠之東故有客星閣久廢弘治丙辰夏五月巡按監察御史吳公至嚴州進謁祠下詢閣之故址所在不獲乃步度于祠之西得地焉秀爽殊勝以語分守參議吳公及知府李公曰懿哉客星之名惡可泯乎宜易閣爲亭以還舊觀咸應曰諾遂集材繕工以是月經始又一月亭成丹堊斵然上出雲際下臨江漵而境益勝於是吳李二公專書來以記屬惟先生祠事有范記與諸先正之論備矣獨客星之説裁

范史或者疑先生於光武交布衣一夕共卧以足加腹無大異事天至爲之動星文以表異無乃褻乎予以爲不然天人之際甚邇也道德勲庸風節材藝非常之人天實生之代不數公況百世之士哉先生當西漢末避莽亂棲此待天下之一遇光武之主猶以爲未慊而去之非其君不事也侯覇亦先生故人位三公矣仁義阿順之語凜然下飭若浼焉非其友不友也先生之學雖莫知所從來殆必有揆之中而安放之遠而準將與伯夷相望而興者所謂非常人也故一起居之間天必示重焉而或疑其爲褻豈善觀天者哉開東漢之風節大有功于名教孰謂其無徵

哉予既嘉諸君子起廢之功記之且著鄙見如此後之有事祠下者退而登亭指釣遊之處輿桐江之水致高山景行之思尚相與嗣葺之而無替焉可也御史公名瀚歙人奉 命按浙一年公恪有聲思以廉貪立懦為己責故於先生祠亭注意如此予家休寧每道祠下必瞻禮乃行而釣臺孤峻山路蹺蹦恒不克一登為快近吳李二公爰先亭事規措刻拓去險即夷凡四里餘費鉅且勞事得附書吳公名紀衢山人李公名德恢東安人皆勤政宜民故能副觀風者之志表先賢以興士習清治原非世吏可及是為記

重造休寧縣廳事記

休寧縣廳事肇造于丁酉之歲後十二年戊申始建
元洪武迨弘治壬子則一百三十有六年其獘甚矣
乃請于 朝而復作〻未完而三山李公以丙辰秋
至踰歲而完焉以予縣人屬記其成初李公之未見
廳事起而未之飾也廳後之正已堂欹未整也儀門
未修也門之外有東廊而西獨闕堂後之東北有秋
水亭故址荒塞不治也則喟然曰以是壯縣而舉諸
後何有乃若未遑焉者弗為爾爰注于心日規措之
几所需丹堊鉛黃以暨木石甎甓之屬不兩月而川
委雲集度可舉事則召匠氏傭度工繪廳事豎正己
堂各八楹葺廳事之東西廂若庫各十有六楹儀門

屋八楹西廊踵興與東相媲三十四楹作亭故址畚土濬池仍宋額曰秋水以虞政暇而休焉由是環其治所敧者正闕者增高者翬飛窪者鱗次蔚然而彩張岌然而鼎峙勞不及民費不勤官百年之廢復乎一旦非李公之才充惠孚誠不足致此予考縣志休寧境餘二百里户口十七萬有畸殆與古子男之國相埒也而堂宇頽焉弗之理豈所以齊出政蒞民之重哉惟丁酉首事為六安徐公弼丞也門之葺為山陰杜公貫道正己之扁為雷陽鄺公德成秋水亭之立為宋丹陽葛公勝仲而壬子之 請為清苑高公忠皆令也以肇以繼雖出前令而李公實成其終底

丕績焉後之人可弗思乎登堂則因已之享而思民之失業退食則因已之佚而思民之作勞憩亭則因已之樂而思古遺愛之在民者求與之齊焉如此則斯役之成庶於政乎有益非徒以準時制備職守而已李公名燁字文輝成化壬辰進士歷知秀水錢塘二縣以績最

召拜監察御史賢聲翕然乃坐事謫武平衛幕未始以夷險介意其治休寧靖慎廉平視民如子規措所成乃緒餘之一二非能盡其所展布也起而司專城佐藩臬入臺省蓋有日焉而愛尤在乎休寧不可以無紀公垂意學宮嘗升僧地規為講堂及鄉賢祠而

下紋溪橋收不易木工費尨鉅皆力任之不沮予每稱其仁者之勇事當各有述兹不贅凡僚吏及耆民之與有勞者附名石陰

竹窓記

凡人情景之所適不在于瓌麗偉大之觀而恒得于卒爾偶然之頃賭逸態之駿發聆天機之自鳴躍然于心囅然于面而嗒然于口覩所謂瓌麗偉大之觀直若枝栂贅疣無所用之而人亦莫能與知也柴桑處士把蘜于東籬康樂公得句于池塘之春草是二物者何地無之竹籬野塘又非有臺榭位置之巧而兩翁得之卒爾偶然之頃喜極忘言謂終身不可復

置而畢天下之情景不足加之也高情遠韻翛然出
塵千載之下惡能識之哉吾邑孫君以德所居汶川
有竹二三百本一日獨坐窓下見竹之清陰幕窓間
微風徐来金摐玉鏘其直節挺然又若介士元夫相
峙于前顧而樂之曰有是哉天下之情景莫踰此矣
乃顏其所曰竹窓聞者多為之賦詠又之君出遊金
陵諸勝處隨所寓而揭斯名盖不能忘情也從予儒
學生茂請予記之夫君之居汶川也堂堦庭戺之間
嘉花異卉之植瓌麗偉大可以娛四時勝一鄉者固
足以樂之不厭乃獨有取于竹而又有取于窓之下
何哉其情景之所適殆冥會于東籬之菊池塘之春

草而君亦莫能以語人也乎陶謝之事尚矣然竊有感焉乎家塋墩中歲居南山有竹一園適與窓對方竹之未盛也啓窓閱之惟恐其不猗然也邇歲以來竹日以盛陰日以繁翳我踈櫺恒不見日且老目昏矣展書而不能讀伸卷而不能書每至窓下索然而返昔竹之蔽也君窓以竹而樂予窓以竹而戚則天下之情景其有所適不適又繫其逢焉不可以一律也他日策筇訪君汊川上一坐此窓下擊琅玕之節從諸君子賦詠取新籜而出之以爲君壽雖不敢與陶謝爭能然情景所適得之卒爾偶然者留以備一時故事獨不可乎

同知寧國府事姜公去思記

弘治十年秋八月同知寧國府事姜公用吏部言擢知廣西之慶遠府事行有日寧國諸生暨厥耆民群起議曰公佐郡三四年嘗攝守事殫力勞心日不暇給其所食者宛陵之水爾今　除命下臨進服金緋差少慰中朝士望不可復請留以私大夫之澤于吾人也宜列治行伐石勒文著吾人之不敢忘公為來者勸則以告宣城諸邑之為令者同然一詞而李君夢龍張君瀚發使與書來請于新安予素則聞姜公名有學識能其官家居三年得其政甚偉矧宣徽隣也而予方受　命入與史事惡可得辭邪蓋公之治

寧國也以摧豪右惠小民為己責杜請謁守官常而
不以利害自沮剔政蠹屏吏奸以清庶務而振舉其
廢弛待同列胥所部俔俔忠告不隱怨坐視以為賢
會不踰時而民安于里士興于學百度釐然上承下
御有緒而不外隣境之民訟不決者必言上官願屬
姜同知而上官亦曰非姜同知莫能辨此由是受委
叢沓走旁郡無虛月所在歡呼有寧國別駕姜老愈
棘之謠致禱雨賜叶應官屬受成無後事之愆生徒
請益有致道之所衆善萃止孚于上下而公歛然如
有所不及政暇手一編披諷不輟或以行部覽觀山
川發為篇章道其所適怡然忘其身之在遠外也巡

撫大臣奏治狀于　朝請加旌擢巡按憲臣相繼論
薦乃有慶遠之　命而公論猶未滿焉公名綰字玉
卿江西弋陽人舉成化戊戌進士知廣東之景陵縣
六年以治最　召授監察御史蒞兩京屢有所建白
尋與同列奏劾柄臣中貴人被謫公得判桂陽州六
部及兩京臺諫請還公等疏十餘上不果其議論風
裁談者至今壯之而公尤不以夷險為感欣
恩詔量移遂有寧國之政如此相昔董宣之采于鋤
奸吳隱之之堅于勵行張允濟之敏于斷獄光照史
冊不可尚已有若姜公英毅廉介而加以周練明決
充其所至有不幾如古人者哉今被

命領郡符于嶺表職守所在專行獨濟又非佐郡之比政益精澤益廣功名當益新而寧國者去思在焉不可無紀也立石者儒學生王彥耆民楊玘等若干人

訥菴記

訥非不言之謂謂不敢盡其所有餘爾古之人必有取于訥者非行不副之為懼苟言顧行則慥慥君子矣行不掩其言則嘐嘐狂人矣鄒魯之遺訓如此訥誠學之首事而終身不可忽焉者與祁門汪君叔王以訥菴名久矣門人子弟與予還徃者為衆發其義予不及識汪君聞其人端恪情慎寡訾笑凡事一于

禮法不苟止而妄隨殆其質之近訥也父疾亟欲多畀之田資其學君頓首固辭白瑨兄弟四業宜均不可以獨厚兄璘仲琦沒無嗣以琦以中子亦不私其所宜得者舉以均其季瑞君早以春秋嗚邑庠從講授者多取捷科名顧君廼屢舉弗第以貢授訓導定海升教諭新安所至本經訓立條約以身先之學者多服從而君以親老在洛兩年即請致其事上官留之弗獲也迹是觀之君豈一于不言者哉春秋聖人之律書也王伯之分夷夏之別正譎功罪褒貶得失之際衆論蝟興不一也而君於是經考諧問難不厎于犁然不已成教于一鄉又成教于兩邑曾謂訥者

能之乎當義利之辯則力辭田于父再郄資于弟毅
然不貪非訥也行宦達之途則急親之爲養雖挽留
之不可翩然請罷非訥也蓋君之爲學必有所見于
行而後言〻之必可覆其行者也非不識訥之爲義
如釋子之瘖老氏之嘿而後爲得也君年七十矣力
其學不衰視其家皆治其配程與君齊年有靜專之
德二子洋溢皆執業守禮不敢譁焉殆習君之教而
然乎昔師尚父年八十陳丹書于武王爲銘其几曰
皇〻惟敬而繼之口生呞口戕口衛武公年九十猶
箴儆于國中其抑戒之詩曰愼爾出話而白圭之玷
之喻至使人三復不能已然則古之人年彌高德彌

邵者其要亦不出此君由七十以底八十而九十固將心尚父武公而以一訥為歸宿之地乎鄉之人歟君之廬而誦鄒魯之書者宜知所擇矣予不佞嘗以言獲咎于時誠有愧訥者今踰知非矣故不辭而為記諗于君且以自儆焉

靜定山居記

靜定山居者浮梁戴公廷節之別墅而因以為壽藏者也公嘗讀書青峰山莊自署曰青峰生年尚少也而其志已恬然若有不浼于世故者矣既而舉進士為監察御史進知紹興府事再進叅廣西布政事中嘗受　詔巡視江防職思其憂以致疾黽勉在公久

之出守浙東凡九年政成譽孚而勞益甚有歸志焉
又自署曰静翁然以受　恩公朝求所以稱其報者
未敢遽請遂其私也屬在嶺右理邊務于安南日走
瘴鄉疾益侵遂上疏懇辭得請歸老營此以居蓋距
其邑南二十里居之後爲壽藏樹石表曰明戴叅政
宅而書其陰曰希安居前鑿石塘廣袤可二畝形若
半月塘之中架木爲亭闢四牖各因其泉之来止名
之而取以自況曰出蒙本其學之始也曰盈科志其
成也曰朝宗不忘　君也曰臨深示歸全之意也居
之外山逕委蛇蔭以竹木越三百步許樹石表曰静
定山居猶云静翁之居定于此也噫若戴公其真有

得于靜定者歟世之人行乎利害之途日惶惑而不知止或至于顛躓乃去既去汲汲焉為後計撓其心而不自苦孰知靜定之為樂哉公之處也能以靜為學其出也守而不躁仕方亨而遽歸力方健而營一丘以自適曠懷雅度豈常情之可及哉然予竊有進于公者定而后靜曾子之所受于孔門也定而主靜周子之說太極也靜定而動亦定程子之荅横渠也盖必究心程子之說而後至善之地中正仁義之指可窺也夫靜定之義大矣公之從事于斯也久矣以是自名又以是名其所棲止將守其道終其身而弗變者歟豈徒曰適山水之趣姑賢于世之喜動者而

己公之先居新安婺源視予同鄉公兄廷獻舉進士與予同榜公子顯以鄉進士來署祁門教事恒過予請益執禮甚恭且獲見其上春官乞終養之跡二庶有庭闈于静定者祁門諸生王臣葦樂其教仰其尊君子山居之勝不獲一造以考德問業爲憾也請予記以壽公是爲記

瑞蓮記

三山李公自侍御謫令休寧之明年得秋水亭故址重作之浚其池種荷其中乃七月既望蓮盛開有一蔕三花者數本雲錦爛然照映池渌如鼎之峙如台之躔父老聚觀而加額曰異哉蓮也耦而花者尚不

可得況其三乎非令君之德政烏足致此僚屬師儒張宴于亭為公慶而邑之人遂播之詠歌予在倚廬不及聞也子壎實預宴末爰裒衆作為卷以贈公卷成而予禫久矣間日造之徘徊池上以語客曰昔葛令君為祠部郎官以議禮不合謫兹邑而構兹亭後起入朝位至大司成子立方知制誥而其孫邲遂相光宗流澤之有自也如此今去宋遠矣亭荒水寒過者興嘆李公至而亭一新境益勝草木為之開祥雅度高風相望異代而後此名位之升胤系之昌將不兆于斯乎諸君之詠歌殆去思之張本也歟客曰然遂書之以備圖經盛事

鄭氏四節堂記

先王之治必自内始而其事見于國風備于太學之書矣中古以來士畧于自治而詳于人於是有位尊朝著而名不齒于鄉里威加兵民而道不行于妻妾者烈女貞媛世豈無之而吾於歙鄭氏之四節有感焉鄭氏世居歙西之雙橋曰昌齡之妻洪氏夫亡無子孀居六十四年〻九十一而終元至順初旌其壽節昌齡之姪曰國英曰子美子美之妻程氏以夫死忠亦死于義見録元史次室何氏能守志撫孫而底于成國英之亡也次室王氏行與何同而又不汚于暴寇洪武末並加旌表嗚呼何鄭氏之節萃于一門

若是其烈考之郡乘史傳鄭之先有諱安者宋季之亂以布衣止屠城之師因授歙令廟食其鄉號令君祠有事必禱令君之子千齡以儒起家歷休寧尹所至有氷蘗之操其沒也鄉人私謚貞白先生號所居為貞白里而昌齡其兄也子美諱玉貞白之子元季大儒嘗被徵為翰林待制不赴有著述在學者學者築室事之號師山先生　國初下新安被執不屈自經死程氏殉之而國英諱璿其從兄也夫以令君貞白師山三世相承百餘年間位不尊于朝著威不加于兵民而推其所學為仁人為廉吏為忠臣其自治可謂詳矣幽貞女婦得諸觀感而閨門之化成焉

主閫者非獨有子矣志而已或子然無所覬于後而抱節以老副室者非獨能惠順以安其分而已乃毅然不辱其身以力存其宗祀後先相望如蹈一轍雖其資禀之美本乎天而出于身教之懿者豈少哉上之人從而旌之為世勸豈獨鄭氏一族之光而已哉世遠人亡里門傾圮追説故事行道傷嗟於是師山五世孫曰鵬者以國學生需次于家奮當起廢之責言于巡按侍御廣陽方公方公慨然以付歙令豊城熊君爰諏吉旦立坊故處榜曰四節鄉人流聞士女駢集傾竦嘉嘆不能已已而鵬復以之名堂謁予記予承乏史臣且獲觀鄭氏家乘稔矣樂觀節義之家

有賢後人而行臺之臣與邑令君又能發揚幽潛以奉宣我
列聖躬化成俗之意比于先王士興起于自治將由身而家以圖治平之效于異時如詩書所紀皆事之大者故謹書界之而不以譾陋辭焉

復真軒記

休寧吳君廷順搆一軒于所居之商山而榜曰復真予族子師魯與君有子女之好也來為之請記復真靖節詩語也讀者不審疑其有剖斗折衡之意豈其然乎真當謂性之本然者故其詩以遑遑魯叟彌縫使淳繼之蓋天真鑿而人偽滋工詞華者習口耳慕

清談者判心迹靖節之意以為非聖人删述垂憲則不可以復此真而使之淳矣淳殆性善之云也今讀其言冲遠古澹可以嗣風雅之逸響考其行則大之彝典小之起居皆不為無見而恒發于高懷曠度之餘使人視之邈乎其寡儔也然則復真之語誠孔門之緒論悉可置議哉吴君以是名軒其有得于此乎亦徒愛其言而以之重其居室也予聞之吴君性孝友樂交一時名流且集圖史知從事于簡策有白社之風紙筆之好長區賦聽鄉訟人稱其賢而君不久即謝去獨以其先出宋廣南安撫文肅公之後輯家譜編世美錄以暴其先烈若贈長沙公之為者然則

吳君之所景行取法得之靖節為多此軒之所由名而以之自警者歟雖然復真之義大矣君年六十而進德尚友之心若此可謂徤矣羲皇上人不可致也樂琴書理丘壑釀山中之秫餐東籬之英寄傲于南窓課農于西疇世歎無所嬰其中督郵無所致其傲坐閱高壽于盛世而怡老于斯軒較之靖節其所得不既多乎

杭州府儒學科目題名記

浙江左布政使陝右閻公仲宇按察使西蜀劉公福既相與新其杭州府學宮舍菜禮成乃合僚屬進其師生而語之曰惟我朝自洪武己酉

詔郡縣立學養士百三十年俊秀卓逵而山林之下無逸才自庚戌　詔開科取士凡四十餘試賢能足用而雜進者無所容于　朝著蓋科目之得人盛且久矣而茲學之題名闕焉將何以修前聞示承式于後學其稽故典考名氏及里出分年彙次而刻之爲來者勸亦作新之一始乎衆曰善乃命工礱吳石從事而未有記值予被　召入朝過焉則具以請辭不可爲之言曰甚哉士得名之難而副之之不易乎古之人知其然故因其得之難也有所迪之則謂之名教因其副之不易也有所礪之則謂之名節迪之而成礪之而與其名炳然與實符者士所貴也迪之而

無與成礪之而無與興則為無聞為虛譽究其所至
卒與鄉人等而重得罪焉豈所望于士哉杭東南大
郡三司之所治也山川之佳勝物產之豐饒甲天下
士生其間多秀且文而以材藝德履勳猷義烈聞四
方豈一日之積哉逮我 朝而士習益變崇雅黜浮
名與之俱方岳之臣悉取而列之貞珉示表異焉則
凡學于斯者指其名責其實思其得之難而副之不
易也將不知所敬乎憂其為鄉人而求達之家邦其
必念 累朝養士之厚取士之公得士之多肅行檢
慎官常而勉于仕優之學俾令聞令望如卷阿之所
奏無惡無斁而永終譽如振鷺之所美以無負于名

教無玷于名節斯亦無廢于諸公作新之盛心矣乎然則號稱名臣以致主而澤民于一時將有本焉以嗣書之其爲杭學之重又寧有既乎

佘氏義宅記

佘氏自宋南渡時居歙巖鎮迨今三百年傳十有七世族益蕃〻則不能無親疏〻亦不能無享也矣於是佘氏之彦曰養浩者義宅之舉君子取焉其法爲屋二若干楹凡族之疏而乏者聽入居之其地已産[illegible]具所費已貲也其事在弘治甲寅之歲義宅成[illegible]之乏者得所疏者不至于途人義聲流聞[illegible]以頌之者養浩慼然弗敢當曰不佞[illegible]人[illegible]

先人之書獲聞賢者之緒論其初意[illegible]
其首末以請記予得而讙然曰賢哉[illegible]
世之人同氣且不相恤況疏族乎[illegible]
則處亨而訟者比比況捐所有以施[illegible]
乎養浩於是賢于人遠矣嗚呼義創之[illegible]不[illegible]而政
益駁俗益偷究心于孟氏董子之論者寡矣若范之
義莊鄭之義門世可多見乎況出于一屋之下布衣
之士能居其族而不使之淪沒可不[illegible]義乎宜君子
之有取于斯也雖然由身而家而族以及州里此古
之人善推其所為者之漸也余氏後人其尚心養浩
之心相勗以義[illegible]知不有旌其門見錄于

史冊如范鄭之炳然者予與人言而不以遠大望之非厚之之道也是為記

宜興徐氏義塾記

少師兼太子太師吏部尚書華蓋殿大學士徐公世居常之宜興族甚鉅而收教之法則自其先大夫啓之未成也公既貴乃撥己田千畝以贍其昏喪服食之費曰義莊又以為養之不可無教也爰置學一區曰義塾歲延有學行者一人為師凡族之來學者束修食用咸取給義莊且具條約以聞

聖天子嘉予之而下有司加維護焉公以義塾者風教攸繫不可無紀屬筆于不佞弗敢辭則述所聞以復

曰古君子之學必家始而後可推之天下其教有章其施有等然其學也豈俟他求而後得哉尊吾之德性而輔之問學使智長心成行與言副薰然禮義之域而悖親儆長之風無自生焉於是徵之百聖而合放之四海而準此三代之遺法也秦漢以來去古遠矣學不足于自修士非出于里選求治之隆安所得乎公歷事　四朝及今

青宮凡三任輔導為師臣其所以沃

上心正　王度而式是百辟表儀當世者天下誦之矣又本先志捐所有以贍族推孝之始以永淑其後人其心公矣其善之所被廣矣昔文正范公之置義田

也百世尚之而義學無所聞何哉蓋嘗考之當宋盛
時學校之在郡邑者 有定議况其家鄉我
高廟章敎孔之陋而建學育才取法殷周
列聖相承講求益備餘百年矣故公得以論道之暇經
畫家政而為文正公之族未遑者豈非 文運亨嘉
之盛亦有所際會而然哉凡為公之子弟族人者誦
詩習禮于斯體公之心而服其訓盡其學力之所及
處為良士出為忠臣以古君子自勵使安于豢養之
人蹐其身僨其家者聞風而慙撫事而悔求自列于
義塾不可得其有繫風教豈獨一家之重輕而已義
塋事當別有書茲弗贅

篁墩程先生文粹卷之九

皇敎程先生文粹卷十

序

蘇[illegible]序

人皆知宋有王安石者大學者皆知[illegible]云人之國而不知有眉山蘇洵[illegible]二子軾轍之罪浮於安石倍蓰也夫其罪之所以浮于安石者[illegible]石尚知三代為可法而蘇氏以漢武為[illegible]知夫莽操為可罪而蘇氏以荀彧為聖人之[illegible]尚[illegible]以道為忠信而蘇氏以伊川為姦邪必欲去之而後已諸如此類皆儒者所不敢言亦不忍言而蘇氏毅然自聖不復顧忌其絕天理禁人心罪不可勝誅矣蓋安石

之禍〻一時蘇氏之禍〻[illegible]世子朱子生蘇氏之後
其知之特深故凡見于言語文字之間者斷〻乎辭
而闢之不少假借其言比于抑洪水驅猛獸却戎狄
蓋好惡之正出于天理之公為後學者所當世守也
今去于朱子之後益遠而為蘇學者益盛切不自揆
謹取子朱子平日所論蘇氏之言萃為一編凡近世
諸賢[illegible]有合于此者悉附其後題曰蘇氏檮杌
以寓[illegible]之義嗚呼後孔子而生者若孟子之
距[illegible]之一辭老朱子之[illegible]蘇以其功蓋同而
世[illegible]之知[illegible]之禍顯而易見蘇氏之禍
深[illegible]安之別[illegible]人之道者也然嘗以謂楊

墨佛老之學如劇盜蘇氏之學如美色其禍皆足以殺人然劇盜之禍人得而避之美色之禍則陷其術中而不悟者也繕寫成帙僭為之序以告學者而首以安石為言非怨安石也所以甚蘇氏之惡云爾天順五年龍集辛巳長至日書

皇明文衡序

文之來尚矣而後世詞華之習蠹之故近有為道學之談者曰必去而文然後可以入道夫文載道之器也惟作者有精粗故論道有純駁使於其精純者取之粗駁者去之則文固不害於道矣而必以焚楮絕筆為道豈非惡稗而并剪其禾惡莠而并揠其苗者

哉漢唐宋之文皆有編纂精粗相雜我
朝迅掃積弊文軌大同作者繼繼有人而散出不紀
無以成一代之言走因取諸大家之梓行者仍加博
采得若干卷其間妄有所擇悉以前說爲準以類相
次郁乎粲然可以備史氏之收錄清廟之詠歌著述
者之考證繕寫成帙以俟後人或曰朱子嘗譏文自
文而道自道者其語甚力然則近世道學之談未易
非也子之是舉無乃勞乎走曰不然考朱子之云盖
爲蘇氏之文駁故耳至于楚詞韓文註釋校訂不遺
餘力則我先正固嘗以文爲意矣必如子說則是釋
家不立文字之教走豈敢以爲是乎

送張彥質赴南京户部主事序

予童子時從家君宦蜀時華陽人張君彥質王君良輔輩讀書武侯廟中予間往遊焉聞吾伊聲琅然出牕間退竊嘆曰諸君子勵志亦良苦使他日出有位寧肯負今日哉厥後予被召去蜀遂不知諸君子出處者十有三載成化丙戌予第進士時榜中蜀人頗班班焉雖彥質良輔於廣衆中有一面之雅然亦漫不省其誰何蓋予去蜀也久又不及與諸君子叙乎生懽故相昧如此今年彥質得户部主事分司南京又始與良輔相晤語方愕然知二君子者曩時廟中讀書人也俯仰今昔若有感焉則告之曰夫蜀彥質

之所家也夫武侯故嘗仕彥質之鄉彥質之所景行者也矧寓其棲神之所誦詩讀書于斯其得于歆豔者必深故請以武侯之事為彥質告夫武侯之學世莫得其師傳之所自然靜學之言實洙泗之緒餘大儒君子每有取焉蓋靜則志不分而學有以足乎已學則術不疏而才可以周於用循是而為之則上焉為人之官長而有所涖下焉為人之幕屬而有所承殆無施而不宜矣此非彥質之所當志者耶夫以予見彥質求志於十載之前思彥質達道於十載之後則彥質之往也緬懷舊遊景行先哲將不愧人曰斯人也今有位矣寧肯負往日哉

送醴陵縣令汪世行序

天下之治惡乎繫曰繫于相與令曰相至尊也令至卑也其勢邈然不相侔矣顧使之均天下之責毋乃非人情乎曰不民也者天下之本也相雖尊其于民也疏令雖卑其于民也親疏者難為功而親者情易孚政易達令之賢否民之休戚以之令豈可以易視哉故太師楊文貞公嘗恨不為令蓋君子之思得民如此休寧汪世行令于長沙之醴陵吾黨之士或榮之或惜之榮之者以世行故家子起布衣為令得善地以奔走百里之人惜之者以世行之才當舉進士通朝籍不則倅一郡長一州顧乃屈之為縣二者皆

非也夫天下之責令與相均吾知世行于此求盡其責之不暇而以為榮且惜者過矣董子曰守令者民之師帥夫師所以治民師所以教民也治之遂其生教之敦其彝治教兼舉而令之責始盡且令之于民有事造于庭相告語若父子然豈若相之據高亭大其通以閽其見以刺于人扞然不相能也然則令之令惠不為耳苟有為焉民豈有不蒙治教之澤者哉迹是觀之情孚政達其易易如此而已無賢稱民無休聲不可以言令矣今

天子臨御法古畏民上圖任于輔臣下責成于守令誠以之二者天下之治繫焉然則世行今日之所勉副

者亦為之而已矣進士吳肅清上舍汪汝溫約鄉人
以餞世行而走僣為之言且以諭夫世之不足于令
者

河間府誌後序

河間郡守太原賈君忠及其倅寧夏諸君廷儀取郡
誌梓行而走書京師請敏政序其後敏政鄉人也不
可以辭則為之言曰河間為郡在前代廢置不一至
唐宋為邊州當河北三鎮及五代宋遼金元戎馬蹂
躪之間兵燹交馳文獻殲裂杞宋之徵蓋使人有不
勝其追惜者焉迨我
文廟定都北京而河間為畿郡承平既久文物日滋於

是二君子始得修復故事為誌以傳夫周官小史掌
郡國之誌則郡之有誌尚矣蓋為人上者於凡所部
之山川道里民風土俗與夫人材物產有所不知則
無以考求其跡施於有政而成治功此河間郡誌所
為梓行者也或乃謂
英廟嘗命儒臣修大明一統誌分賜在廷書坊既以摹
本翻刻則列郡之誌可廢是大不然夫一統誌天下
之書也其法畧列郡誌一方之書也其法詳畧者非
簡詳者非贅可相有而不可相無者也然則斯誌之
行豈徒以飾吏事誇美觀而已將使夫行部之臣筮
仕之士不煩於詢訪咨諏而一郡二州十六縣之事

舉目可以盡得之由是而出治無難焉則二君子有功于斯郡大矣賈君守河間八年威行惠流治益閒暇而諸君贊成此舉之力尤多其同寅者亦皆淑慎自持故議以克合使數百年之闕典於是而備其視世之汲汲于簿書案牘之間者其相去顧不遠哉誌凡二十卷本多挂漏譌舛敏政不佞為之博采群蒐重加是正凡古蹟山川人物詩文之類彪分胪列頗詳整于舊云

送内兄林文秀之官淮陰序

内兄林文秀與予同學詩于家君晴洲先生時先生叅政于蜀予與文秀侍行道荆江浙巴峽以達成都

凡途中山川古蹟先生必命題以試吾二人吾二人
者亦思盡天下之大觀以昌其詩故在峽中毎毎攀
蘿葛上峻峯題名峭壁之上或跳石弄水于奔川激
流處相與為不經人道語嘗記作巫山十二峯詩予
語不能奇因竊見者以為已有相與爭[illegible]不已時雖
未知詩之工拙然自以為有足樂者其後予被
召來京師文秀亦東書歸耕瀛城之南不相見者數
載天順末予謁告歸省晴洲先生于金沙嶺之別墅
文秀乃復相予行馬上時時說舊事數日不了時深
秋曠野天長木落頗快人意既出九[illegible]遊[illegible]縣予
與文秀同馳馬遊鄭州古城上有[illegible]而[illegible]數人群

僧荷殳擁其後文秀以為暴客心甚恐予時獨挾三矢躍而出適有乔犬起叢薄間客與僧相謂曰公子能追殪之乎予控弦應聲一發而斃客與僧相顧愕眙散去文秀偉予因口占一詩後予毋忘壯遊蓋未始不往来于懷也予舅氏既棄官安東而文秀家益落數益奇乃欲就升斗之祿以為養親計時太守賈侯召試之案牘文秀曰僕安能事此願試一詩賈大驚異試以冬無冰之詩文秀舉筆立就乃得為宣使大寧都司大寧多武臣不識好惡獨見文秀能詩乃禮之不敢後用是文秀安為之下者三年始得上吏部為驛令淮陰夫以文秀偉然長身生北方兵革之

地人識字以爲難而獨以詩出其群則其通名

天朝以躍馬食肉于此豈曰幸哉文秀既介行李出都門予因與之約曰弟他日復得謁告南歸予當市柳魚豆酒坐我皇華館上呼取伶人作韓王孫受辱戲劇相與大醉十日然後放巨艦入清河下長淮問古戰場及騷人釣遊處相從賦詠以尋舊盟慎勿以謂予方奔走舟車之下求盡其職寧克從予嘲咏風月留連光景作少年郎邪酒盡告行書以爲贈

贈廣東按察副使張君詩序

廣東凡十郡七瀕于海一居海中環其境諸番相望而傜人最僄黠難制　朝廷爲設按察分司于海上

副使一人奉璽書以巡視海道為名一方安危隱然繫焉用失其人必且僨事故擢任之際維徃慎之吾友華亭張君汝欽之赴茲役也同年友十一人約賦詩道其行退予為之序廣東大藩水陸之交警備甚嚴三司皆治廣州而撫察又分五道各署印以糾諸郡獨海道上下數千里責之一人然比年以來倭人出沒最少而猺賊弄刃于谿峒之間無虛歲至于焚縣治逐長吏俘戮其子女屢勤大將出兵攻之稍靖矣而復熾此其故何哉危者平易者傾理之常也汝欽長身玉立性敏而志銳自翰林庶吉士為監察御史出按滄濟荊湖之地不縱不刻所至燁然有聲焉

海道一事固優爲之雖然巨浸排空戰艦如芥以孑
然之身日虞寇至而圖其成此水道之所以長安也
谿峒不險于海獠賊之慓黠不勝于倭人然事未至
而議之甲可乙否有事相顧莫可與當者此陸道之
所以多危也夫廣東偏師屯境上至今不解其勢殆
有可平之漸而海道之無虞也久矣易曰無平不陂
無往不復艱貞無咎勿恤其孚于食有福汝欽往哉
服金紫食大夫之祿日坐行臺兵民環立以聽乎教
令豈可一日而忘艱貞耶謹自治勿恃其安而驟于
盈事之涉利害者亟罷行之使海波不揚戎備閒暇
島夷闚之不敢乘其隙素餐者望之有儆焉則豈惟

無負其平生與今日之慎選哉福祿日臻誠有如易之所云者矣諸君子詩多致愛助之意而無留連光景之詞固將有可傳者不待序也

贈兵科都給事中章君序

給事中非言官也唐宋之制給事中治門下省佐侍中詳命令封駁章奏別有拾遺補闕司諫正言謂之言官其治曰諫院我

太祖高皇帝罷言官而每著之令曰凡朝政缺失軍民利病許諸人直言無隱大哉

王言其視唐宋之淺謀狹制蓋萬萬矣

國朝給事中設科六有長有佐其責愈分而職愈專

然令之人見給事中猶曰言官其自諉亦曰言官予恐責之者非其罪而自諉者無當也鄭之章君元益天順中與予同領　京闈鄉薦成化初同舉進士同教養于翰林元益長予四歲磊落踈闊予兄事之予承乏史官而元益擢兵科給事中朝夕敬共以求盡其職而讜論崇議見于設施者士論徃徃以爲得體旣進都給事中凡同年者又皆喜以爲吾榜得人而鄭士之喜尤甚於是刑科給事中盧欽玉刑部主事楊志仁來請予重之以辭予於元益交久語熟盖無可爲辭然予所以敬厚元益者寧有已乎夫内科外部實相對峙雖禄有崇卑而其責常均矧兵國之大

事固難乎其為長矣今之仕者為寮佐遇事則曰有官長在吾何能為至於為官長將何所逭其責哉

上嗣位以來屢勤兵于四方雖不旋踵怗然無虞意所以彌之之術尚有所未盡也元益嘗佐兵科有聲矣今為官長焉其必有以審處乎此語曰有官守者盡其職有言責者盡其忠今之給事中固非若古之言官有專責然令許諸人直言無隱則夫職之所在法無不得言者合群議而告諸 朝布之天下偃兵息民以輔成

今上垂拱之治予寧不有望於元益也哉

贈三氏學錄孔君序

成化丁酉春衍聖孔公上疏言三氏學官闕員族人
公璜有行有文請注爲學録上京師吏部以聞
詔可公璜字輔文宣聖五十八代孫也治任東歸凡
媚于孔氏者釀而餞之又過予請贈之言謝不敏不
獲則告之曰聖人之言具在方策學者所共習也雖
得之有淺深小大皆足爲教養之資顧予之蕪陋縱
強之有辭亦輔文之所前知者矣將何言仰惟我
列聖於宣聖之宗子世祚爲公開府置官屬得自辟三
氏學其一焉學之爲師者不考績爲諸生者不貢試
優游卒歲視　諸王府近世始更著令考績貢試比
于郡縣學提學按察官得臨之蓋因時制宜勢不得

不然則今之為學錄者視昔加難矣且郡縣學之師
徒誦法孔氏云爾非其後之人諸生亦雜出于兵民
子弟不必皆聖賢之裔或一不副其職人尚得訾議
之曰非孔氏之徒也而况輔文乎如使聖賢之裔有
一之違越禮法學行後于庸衆人即人責備其師矣
又况主邑者聞其賢而舉之則夫酧酢事變周旋禮
文固將挾之自輔以求立于無過之地不思其難可
乎輔文之考經伯正統中為學錄曾祖克堅仕元遂
祖頴達仕唐俱為祭酒而安國仕漢為博士皆師儒
之官其聲光播于史牒家乘者炳如也輔文淳行篤
學雖漸漬乎其先世者有素職之舉無難焉然未可

以自足也踵芳邁烈由考而祖又上之以闖于頴達
安國之堂奥使禮庭之訓勃然一新于鄒魯之間斯
下無負聖孫之推薦上無負
明天子崇儒右文之優渥矣經不云乎惟斅學半此贈
言者之意也輔文勉哉

山川鍾秀圖詩序

新安山川甲于東南而婺源又一郡之勝晦庵先生
文公朱子之闕里在焉初文公父子生時有紫白二
氣出家之井中宋號曰虹井建亭其上其後韋齋因
仕而家于閩迨元至正暨
國朝洪武有司皆請還其子孫一人于婺源俾奉祠

墓曰湛者距文公八世矣用長子穏貴封戶部主事穏起進士歷浙江都轉運使景泰中　詔錄朱子後於是居閩者曰梴世為翰林五經博士居婺源者曰楙世為國子生楙於穏梴兄弟也歷餘杭永年丞兩派並顯于時而推其慶之所繇來則婺源其祖也考之朱氏家集韋齋嘗以紫陽書堂鍥其印章紫陽蓋新安之名山又聞之長老淳熙中文公歸展祖墓慨然思返其故廬因挾西山蔡氏與俱蔡氏雖精于堪輿之說而實則閩產力勸文公還閩則二先生平日眷眷于新安之山水可知已噫大賢君子之生其身繫天下後世斯道之絕續其後之昌否皆天也豈悉

假于一郡縣之山川哉然尼山禱而得宣聖有賢嗣人世不失爵則地之靈或相之亦理之所有者吾以是信井虹之謊焉雖然陟降于廟庭行視其丘壟使觀者指其父子兄弟紆金拖綬相望于松楸俎豆之間而曰斯山也斯川也其秀之所鍾如此則未也賢者之後固有在彼而不在此者夫朱氏之言著于書而其行傳于史天下後世人知誦習之而况其子孫也哉紹簿尉茶鹽之職二先生皆嘗為之迹其舉措無非道之所在苟為子孫者言行不失其世守則豈惟名位之進足以榮一時將赫然增輝于故鄉山水而大賢君子流澤之長所以出乎天者愈可徵矣湖

廣按察僉事汪君希顔於朱爲姻家既作山川鍾秀之圖以贈永年又託諸公賦詠之而以走新安諸生也請爲之序

無逸子詩序

句容有淩永澄先生者躬孝弟之行而旁力於衆善至乎老弗衰因自號無逸子其鄉之人無問旄倪亦合口一辭稱之曰無逸子翰林學士丘璦山方職太史采其事爲之立傳好事者聞江南之有是人也多爲無逸子詩由是無逸子之名益暴無逸子之子鄉貢進士傳上禮部以其所得編次成卷奉以見予予讀之竟則爲之憮然良久曰世降俗偷人之去道也

益遠故有逸於其身而勞其心者有勞於其身而逸其心者身心之勞逸相乘而人之德僞繫之矣若無逸子則固勞其身以逸其心者與予竊恠夫世之頌無逸子者皆徒知其無逸而不知其有逸存焉爾周武王受冊書之戒退而銘諸几席諄諄乎敬怠義欲之間衛武公作抑戒之詩以自箴而尤致力於慎出話敬威儀考之當時二武皆年九十餘而不自暇逸者如此其卒皆以聖而記禮編詩者謹取之以垂訓後世者也無逸子少而為士喜誦法詩禮今年且八十其有得於斯乎否耶夫既以施諸身又以成其子而不失其令名其心休休焉其資固近於道矣宜乎

聞之者有取於其人而詠歌之也彼利趨而欲征以求逸其身而勞其心者讀無逸子之詩考無逸子之行其不慨然有感於是編者幾希

慶通政使司右叅議王君序

靈壁王君必照與予同舉丙戌進士第出知江西樂安者三年其政有成吏部請于
上而召之還授監察御史一日奏事
奉天門下音吐鴻暢舉止不愆
上為之動容既退　朝薦紳大譁輒相與問奏事者為誰蓋王君之名一日播諸
朝而聞四方久之鴻臚以少卿缺聞

上注意焉不果成化戊戌通政以參議缺聞
上復注意而吏部適以君名上遂拜命焉 廷謝之日
薦紳又相與嘖嘖曰宜哉王君當是時吾榜之士為
御史者最盛於是楊君維禎屠君朝宗合諸同官之
意請予言致其私予不得辭則告之曰虞廷九官龍
為納言中古以來置門下省與中書尚書分宰相之
責蓋即今之通政也夫中外百司章奏文移叢至山
委一一審之以告于
上而下之所司又受其成一一審之而後行天下嚴矯
偽之防謹功緒之稽固非一二人所能理者故有參
議兩人分日涖事以副其長貳其出入謀議進退

恩禮率與六部均苟非其人則固不足以當
上心協士論而王君通經學古爲名進士律己愛民爲
良吏守法盡職爲才御史其聲稱在人非一日也蒙
知遇而被顯擢固所宜有豈獨以其言語之暴于外
者哉然竊聞之舜命龍之詞蓋深懼夫讒說殄行震
驚朕師而望其出納之允則其責任之難可知已今
之通政古之納言其職雖稍不同而士君子抱體用
之學懷致澤之志則固無所往而不究心焉矧於食
大夫之祿日對揚于
天子之庭者哉王君勉之崇階　懋焉所以待成績于
異時者蓋未艾也

西巡紀行詩序

詩有六義而風居其首焉故先王五年一巡守命太師陳詩以觀民風因其聲之正變以求俗之澆淳而國之治忽從可知已中古以来巡守之禮不行乃有繡衣直指採訪觀察諸名猶號觀風之使

國朝歲命監察御史十有五人巡按四方所以酌古今之宜廣求治之端也我外舅御史公志德先生以成化丁酉出巡山西盖自其始至黜吏之不法者若干人破獄之不决者若干事恤民之隱興俗之善所以罷行之者不遺餘力盖山西之仕者服其公而行者歌其化居者恐其去而幸其復来也先生既受代

東歸走伏拜于邸第得其紀行詩一帙于橐中而讀之則仰而嘆曰此先生之所為有得于西人者與記節候之過續道山川之險易與其閭閻畎畝之苦樂豐歉蓋凡耳之所聞目之所擊口之所咨諏者一寓之詩雖近代之聲不能不互出于正變而忠君體國之念藹然詞意之表可以觀民風察吏治不必工而自工者也彼世之言詩者率不過流連光景嘲咏風月其弊至於蠱善人而壞雅俗則先王陳詩之制如之何其可廢哉有編

皇明正音者擇此卷之詩而附入之以備六義之一體當必有識者為之監賞小子烏足以知之謹為序以

授公子珍俾什襲而藏焉

篁墩十二詠序

凡我程氏在新安者其先出梁將軍忠壯公公之生也甚異嘗手殪妖蜃以奠民居起鄉兵以拒侯景遂爲大將屢破魏周之師而卒于軍其卒也尤異鄉人感其全郡活民之功相與祠焉水旱疾疫靈應如響自宋以來遂奉以王爵而神事之今千餘年矣子孫益盛鄉人之祈報益嚴禮所稱以勞定國以死勤事而兼有禦菑捍患之義者殆公之謂乎公本居休寧篁墩後割其地以畀歙凡冢穸壇壝之所奉與一臺池之所遺一木石之所峙居人過客尚能歷歷指其

處于山之椒水之滋類有川靈河伯爲之呵守禁衛而莫敢褻焉其盛烈在人如此走不佞迺者獲請于朝来展墓于故鄉始克伏拜祠下顧瞻徘徊得遺蹟十二處病其散出無統也各爲一詩而繫之事奉以質諸大人大人甚喜俯而和之諸昆弟子姓與鄉人寓公聞之亦群起而有作焉遂成巨編人書一通藏之家以示来者嗚呼公之盛烈豈待小子有所稱述而後燁然于世哉特其存歿之間所以獲乎天而藹然炳靈獨異乎庸衆人者或逸于史氏而未書或登于郡乘而弗備或相傳于故老而失眞者取是詩以訂之將有裨于故實之萬一云爾成化十四年歲次

戊戌冬十有二月三十四世孫敏政拜手書

贈朱克紹處士序

徽歙大夫以成化己亥春正月望日舉鄉飲之禮于學中而歙之人有朱克紹處士者與焉屬酒之際介僎相與遜其坐郡縣大夫相與嘉其來學官弟子相與樂其食禮成又將相率而致敬于其廬則使伻來請曰願有辭焉以勸于故鄉之老者時予方以賜假省親南還蓋未及識處士而得之人曰朱氏世居環溪之上有希生君者以文行稱于時號止足構亭以居而佚老焉故大司寇楊公實銘之處士其孫也性淑慎喜問學嘗出遊西京以及吳楚齊魯之邦浩然

求歸却掃一軒以事琴號友桐聞之者曰雅哉朱君治親之喪盡禮斥浮屠法不用結廬墓側號慕菴見之者曰孝哉朱君輿甃黄茆嶺及徐潭諸邑途以濟往來割汪村林地以瘞貧者號義塚過之者曰義哉朱君由是處士之賢隱然蓋諸乎一鄉故鄉飲之行也郡縣大夫禮之莫敢後焉夫鄉飲之禮所以示敬讓而明教化者也敬一人而民不偷讓一人而民不爭不偷不爭教行化成其繫于王政也甚大使夫齒德之奕者一或位其上當其人則幾何其不為虛文也哉觴豆之間可敬可讓若朱處士者其無愧矣學官弟子從而張之是固君子與人為善之意與孔子

曰吾觀於鄉而知王道之易易也由一郡以占海内

則我　朝

列聖涵煦滋久教化聿興當不有大老者含哺擊壤以歌太平于春風土屋之下者乎輙因處士而置思焉

處士凡九男其為郡學弟子員者兩人曰棋祐皆淳謹好修當顯其家于異日云

篁墩程先生文粹卷之十一

序

志雲先生集序

志雲詩集若干卷錢唐方先生之所著也先生名晃字元服別號志雲雖家錢唐而居金陵最久少嘗有志為世用中弗利于塲屋乃盡棄其所習太肆力為古文辭有聲縉紳間正統中翰林侍讀學士石溪周公以其文行薦于　朝不報先生益潛心六籍以及百氏之書闔門授徒無復用世之志時周公分院南京職務清簡約先生數人者為詩社日尚羊乎白下山水之間故先生雖諸制作皆擅所長而尤莫如詩

也平江侯陳莊敏公受　詔留守南京雅知先生復
薦之俾授諸子經於是始有訓導之　命莊敏既沒
先生亦且秩滿其嗣子平江伯陳公懼先生一旦去
已失所師資上書請留於是再有教諭之　命成化
初公視師二廣既又以漕運之節駐淮陽凡易兩鎮
先生皆在行由是南涉湘踰五嶺下蒼梧以盡百粵
之地北渡大江歷重湖往來徐邳以極楚之故疆所
與皆名公碩儒所聞既廣所見益壯而詩益昌足與
鳴一時之盛矣公於治戎之暇取先生之稿各以類
從輯為是編將刻梓以傳屬予序予閱之累日而得
其大端其詞豐其語邕其格調皆有所繼非苟作

者然竊聞之三百篇而後若楚之騷若漢魏之選邈乎不可及矣叔世以來詩愈變而格愈卑惟唐杜子美力追古作號為正宗其次則楊伯謙所輯唐音詮擇精審成一家之言談者尚之先生風神清峻性資淵穎而又加以學問之功固自以唐為師法思有以薄騷選上求風雅之遺極其才力所到遂超作者之域有如此者良可傳已然子美夙與嚴挺之善挺之子武為劍南節度使子美在館武厚遇之而未嘗事以執友公世勳之胄貴為大將於先生執弟子禮益恭過武遠甚觀其分閫于外懋著聲猷凡入

朝有所論建一皆剴切可舉而行退坐幕府徃徃進

其遺老講求民瘼或從賓客雅歌投壺以適其所適居然古儒將之風考其淵源所自其有得于父兄師友者深矣跡是觀之先生之所為可傳者豈獨詩哉雖然詩心聲也讀其詩逆其志可知其人此公所為拳拳于是編者與昔有評子美者謂其入蜀晚年之詩尤精盖涉歷之多也今先生年七十矣平生足跡不為不遠精力方健應酬不衰異日詩之所成于惡可得而窺之哉

贈都昌令吳君廷端考績南還序

吾友吳君廷端治都昌六年上其績于京師而歸也諸鄉人之在官者率相過予以請曰疇昔之歳吏部

閲官籍考薦書而得起鄉進士爲縣之賢者若干人將請于朝而徵之用備臺臣之選廷端與焉已而事中格不果行今茲之來也政成而名孚矣宜有異旌以勸四方之爲縣者顧乃書一再最而歸之與常吏等於廷端固無所預而吾人若有所不足豈長銓司者固將有大意於廷端乎哉吾子以爲何如予曰是固有說焉夫群庶官而彙次之豈無求知向往之人顧進之太亟則或僨於中途或隳於晚節故長銓司者慎之若廷端之不克就徵非銓部之故爲此遲遲者也養之也久則其成之也鉅在萃之六二曰引吉無咎吏部以之夫仕者之初心亦孰不銳於功名哉

然一得之則或矜持以弃其平生一失之則或銷沮以遂至於無聊而不能自立者蓋多也是故必有慨然自許之人若廷端者知敬正以盡其職而進之遲遠弗計焉是雖若泰然無求於人而功成譽與有人將求我之不暇者矣在晉之初六曰晉如摧如貞吉罔孚裕無咎廷端以之執此以觀則吏部之不亟於處賢者謂無大意乎不可也諸鄉人以為何如則皆撫然相應曰諾哉以予與廷端有世契之雅也請紬繹其語以授行人洪君朝宗鄉進士方居良爾使書以為祖道之贈廷端之吳出徽歙之新墟少司馬致政先生之季子其識廣其才充其志弘後今所建立

者予蓋弗及也而廷端弟廷章及從子瀚又相繼舉於鄉其世澤亦未艾云

詩壇叢韻序

滁陽吳君孟章雖世將家而博雅好文喜為歌詩與學士大夫相游處嘗以韻之類書詳于平而畧于仄乃為詩壇叢韻若干卷四聲咸備捴若干萬言予得而觀之叙事纂言有倫有要誠有益于近世之為詩者蓋其蒐輯之多已數十百家而志猶未滿其筆札之費已一再易稿而鉛槧未釋其工力之勤則積之十有餘歲而後克成之茲亦可謂難矣聲詩之說始于虞廷而備于孔子之所刪定其義大而能博散出

而莫可窮也於是乎有類書之編以便學者蓋不徒
以為詩之話而弁為學詩之地考七畧之凡崇文之
目可見矣然其間聲之偏正不倫事之去取失當觀
者病之我
高廟當南北混一之初首命儒臣為洪武正韻以一五
方之音袪舊習之陋嘉惠天下以求復乎虞廷詩歌
聲律之制致萬世之功也我
文廟入繼大統亦首召天下儒生為永樂大典其法以
韻統字以字繫事凡有涉于興觀群怨之旨可以為
博聞洽物之助者囊括幾盡亦近古所未有也然藏
之秘省世不獲見若吳君之為書本其獨任之力加

以能擇之功其弗畔于
二聖之製而有得于多識之教者與方今同文之治洽宇內百年矣竊意有能言之士當出其間著爲雅頌以鳴一代之盛以馴致乎古之作者吳君之書必有合焉蓋夫舍繙閱之勞而圖簡便之樂者固人情之常也予又聞之康節邵子之爲學也起聲音律呂以盡天下之詞括天下之象極天下之變統天下之占與易聖人之道相表裏蓋儒者先天之正學也而其傳已泯世之學者不得其說往往訾之以爲異予竊娓之思學之而未能也吳君究心於聲詩之學也久進而求之觸類而長之儒者正學庶幾其有聞焉又

非特乎詩而已吳君名授舉孝廉歷贊荆湖諸軍入典詔獄僉錦衣指揮事別號藻軒孟章其字也是爲序

太守孫侯政蹟録序

予嘗觀前史謂何武爲郡無赫赫之名而有去思竊以謂史臣之溢美爾世豈有實不副而名乃過之者哉厥後得吾郡孫侯乃知史臣之書何武誠有未易非者孫侯爲徽郡幾二十年去徽郡亦餘二十年然人之思之無間遠近無間知愚無間小兒婦女無間武夫悍卒思之不置則言之于行臺于朝省立生祠而烝嘗之猶以爲未愜問之至有泣下者曰孫侯良

我父母者世豈復有如孫侯之惠我者執問其政啗
然莫知所對予然後知何武之不可及而史臣爲不
誣已嗚呼人情不大相遠治之者往往怫其所性此
循良之書于史者常少也詩曰豈弟君子民之父母
孟子曰所欲與之聚之所惡勿施爾也若孫侯者其
知此乎歙漁梁姚浩宗輯侯之行事爲一編題曰孫
侯政蹟錄予得而駭之曰孫侯之政誠幾于古人矣
然蹟之所著有未易窺者予烏得而書之閲之累日
不覺嘆曰史法不傳久矣古之仁主莫盛文景賢相
莫盛房杜循吏莫盛西京之世然編史者於文景無
可紀之德於房杜無可傳之功於何武輩無可蹟之

政何哉功德政化之盛如慈母之煦子如春雨之潤物發于至誠泯于無迹而受惠者莫能為之辭也姚君慕孫侯懼其政之不傳乃為此集然所書者多簿書期會之常舉措禁戒之末夫人能之而欲以是為孫侯去思之地亦異乎前史之書何武者哉雖然古有善觀人者舉其一可以槩其餘善言德行者因其所常然而得其所以然姚君此集雖不足以盡侯然觀者因是以得侯政蹟于言外其亦不為無補于世矣因叙而歸之孫侯名遇福山人起進士始以户部主事知徽州終以河南左布政使致仕姚君讀書好義能不忘于故守而惓惓于是又捐金刻梓為不朽

之圖其忠厚之至亦賢于衆人遠矣

唐氏三先生集序

監察御史歙唐君希愷嘗奉其先世三先生之集請校而刻之予蓋素慕鄉先達之爲人謹爲之校正且定著爲若干卷而序其出處之大畧以告觀者大唐先生諱元字長孺少喜誦鶴山魏文靖公之書因有所悟入同時若雲峯胡文通公定宇陳先生師山鄭侍制黟南程禮部皆相友善既老矣始以文學起家爲平江路學錄尋調分水教諭遷南軒書院山長以徽州路教授致仕學者稱筠軒先生筠軒之文紆徐而典雅有沵宋前輩之風故元名公張起巖王士熙

吳師道諸君子皆盛稱之詩則含畜而雋永不作近
代人語虛谷方公爲之序羡其格高世以爲知言筠
軒第五子曰桂芳字仲寔少從學鄉先生杏庭洪公
潜夫筠軒在平江再遣從龔公子敬學成受聘而起
爲明道書院山長調崇安教諭清碧杜待制稱其清
才懿德爲儒官第一陞南雄路學正以母喪不赴會
元末兵起避亂山中不復仕龍鳳丁酉秋我
高廟將兵下江南駐新安延訪耆舊而衛國鄧公愈以
先生及風林朱學士允升二人名上
召對稱旨有尊酒束帛之賜會附馬王公克恭來鎮
新安强起爲紫陽書院山長未幾以疾喪明學者稱

三峯先生三峯制作雖本之父師而精采呈露有脫
穎出奇之意三峯長子曰文鳳字子儀以字行其學
得之家庭以薦起爲歙學訓導再用薦知贑之興國
縣有惠政及民永樂初
文廟封建諸王妙簡府僚被親擢爲　趙府紀善以終
學者稱梧岡先生梧岡制作專以上世爲法而克肖
之不復以高視闊步爲能梧岡曾孫三人曰佐希元
成化辛卯貢士同知寧波府事曰相希愷乙未進士
今御史君也曰弼希説丁未進士皆有文學世其家
嗚呼筠軒生于叔季私淑考亭仕不大顯而三峯適
際興運其對

高廟率皆應天順人不嗜殺人之語今其集中每稱大
丞相吳國公乃
高廟渡江時事考之實錄皆合
宣廟之下樂安也趙簡王亦在危難之地其後卒以恭
順孝友坐銷其變則當時輔導之臣若梧岡者容有
力焉不可誣也然則三先生秉德蹈義以勸其身陰
利人之家國而不食其報天必大昌其後矣矧帝元
兄弟方繩其武以發軔于功名之場異日所至必將
增光前烈而三先生之志益以伸澤益以長名益以
顯豈徒託之空言而已哉

重訂丹溪心法序

醫之先謂出于神農黃帝儒者多不以為然予嘗考醫之與卜並見周禮曰醫師隷冢宰筮人隷宗伯並稱于孔子曰人而無恒不可以作巫醫巫筮字蓋古通也然卜之先實出于羲文周孔則醫之先謂出于神農黃帝亦必有所從来大約羲文周孔之書存故卜之道尊神農黃帝之書亡故醫之道卑然其書雖亡而緒餘之出于先秦者殆亦有之若今本草素問難經脉經此四書者其察草木鳥獸金石之性論陰陽風寒暑濕燥火之宜標其穴以施鍼焫診其脉以究表裏測諸秋毫之末而活之危亡之餘類非神人異士不足以啓其機緘而發其肓縈則此四書誠有

至理不可謂非出于聖筆而遂少之也然則醫之與卜皆聖人之一事必儒者乃能知之其不以為然者不能通其説者也醫之方書皆祖漢張仲景仲景之言與前四書相出入亦百世不能易者自漢而後代不乏賢中古以来予所取五人曰孫思邈氏其言嘗見録于程子曰張元素氏曰劉守真氏曰李杲氏皆見稱于魯齋許文正公曰朱震亨氏實白雲許文懿公高第弟子斯五人皆儒者也而朱氏實淵源于張劉李三君子尤號集其大成朱氏每病世之醫者專讀宋之局方執一定之法以應無窮之疾譬之儒者專誦時文以徼一第而於聖經賢傳反不究心乃作

局方發揮格致餘論等書深有補于醫道而方書所傳則有丹溪心法若干卷推脈以求病因病而致藥皆已試之方也朱氏沒而其傳泯焉近世儒者始知好之積〻行世然業醫者樂檢方之易而憚讀書之難於素難諸書蓋皆不能以句而於五人者之著述則亦視為迂闊之論其茫然不知所用力無足怪者其以藥試人之疾間一獲效則亦如村𣫍牧豎望正鵠而射之偶爾中焉或從其旁問之射法瞠目相視不知所對彼老成者日從事乎內志外體之間雖或小有所失而失之所向終無大遠此觀射之法也審醫之能何以異此予宗人用光世業儒而好醫其讀

素難之書甚稔最喜朱氏之說嘗以丹溪心法有川陜二本妄為世醫所增附深懼上有累于朱氏乃為之彪分臚列釐其誤而去其複以還其舊凡朱氏之方有別見者則以類入之書成將刻梓以傳請予序予故以多病好醫而未能也輒以醫卜並言予編首使業醫者知其道本出于聖人其書本足以比易而非可以自卑則日勉焉以致力乎本草素難脉經之書以及五君子之說而尤以朱氏為入道之門則庶幾乎上可以輔

聖主拯世之心下可以見儒者仁民之効而醫不失職矣用光名充休寧汊口人與予同出梁將軍忠壯公

後

麻衣相法序

近世相人之法多宗麻衣麻衣者初不知其姓字亦若鬼谷鶡冠之流蓋隱者也或又傳其嘗以易授陳希夷希夷之後有康節邵子意麻衣之學殆不止于相人相人豈其一事邪相人書有石室賦金鎖賦銀匙歌諸篇相傳以爲麻衣所著也好事者從而習之試之多中由是益相與喜其術誦其說而師其人焉昔荀卿子著非相之篇相若可非也然予考之世未有無理之器亦未有無器之理日月星辰之象乎天山川草木之形乎地耳目口鼻之貌乎人器也而有

理存焉不可以弗察也班固藝文志占天為一類相地與人為一類其知此夫蓋占天之災祥與相地之吉凶相人之死生窮達據其所已然而得其所未然使人慎修弭審趨避而安義命豈非窮理格物之學哉非相非非也吾友楊州同守鮑君栗之以明經登上第而兼通諸家以麻衣之書散出無統集而刊之凡他說之有涉于相人者又取附之其有意于窮理格物之學者與惜漢以來古相人之書多亡而世獨知所謂麻衣者吾固不能無感焉宋季傳麻衣心易朱子以為出于南康簿戴師愈至著論以決其真贗若此編者又安得起朱子于九京而一訂其說哉

雪心賦句解序

相地之書蓋無出郭氏葬經者矣然班固藝文志已有形法家相地與相人書並列疑葬經雖出郭氏而郭氏實不足以與此豈先秦之緒餘乎今考其文精深雅奥誠有至理而不出于乘生氣之一言唐曾楊諸君子蓋得其説而行之驗矣後之陋於術者心目不逮古人乃相與鬬合爲天星卦例諸説舍形勢而論方位其義淺其詞俚故其學之易入而其行之易售也夫執羅經而以卦例格地以天星論水合則吉否則凶如是則人可以爲曾楊而何取于生氣之乘使孝子慈孫陷其親之遺體于水泉虫蟻之患而不

自覺甚可憫也孔子曰人而無恒不可以作巫醫甚矣術之不可不愼而擇之不可不審也聽于庸醫而闕其親之生年與聽于陋術而危其親之遺體其為不慈不孝均也先少保襄毅公之喪

朝廷特遣使者賜葬南山之原四方術者川湧雲集言人人殊大約多以天星卦例為說其誦葬經者蓋不能以句而何望其踵曾楊之故步哉獨吾郡謝昌子期專以葬經為主旁通儒書尤究心于文公及蔡西山父子之說於天星卦例則深絕之其為人扞穴率有證佐非出於揣摩臆度之為庶幾如妙於醫者之用鍼巧於射者之中鵠也然陋於術者反從其後

甞且懷之孝子慈孫亦從而惑之蓋世之眞贋不分往往數此非至明者不能用其人非至律者不能聽其次也予期以唐卜則魏雪心賦專祖郭氏註者亂其彙次而失其肯綮因句爲之解諭者以正晦者以明誠足以袪積習之謬說而大有益于世之慈孝者矣予竊因之有感焉世之號儒者舍聖經賢傳而從事乎詞章比之庸醫舍素難而執方書陋於術者舍葬經而瀾倒乎天星卦例之說其失一道也然則使予期而服儒之服專致力乎儒者之學吾黨之士或當愧之此予所以三復其書而不能已於言也

諫議遺芳序

謝氏得姓始於周申伯以王舅受封汝南謝城其後子孫之顯莫如江左江左謝氏之顯又莫如太傅文靖公安石其家世人物見于史者居他姓什九可謂盛矣而新安亦江左輔郡蓋有謝氏焉在宋曰諫議大夫泌葬歙東問政山主人號諫議塢按宋史傳稱泌爲安石二十七世孫意史之言當無不實則新安之謝亦誠有出于文靖公者歟歙巖鎮文達氏嘗取諫議公遺像一幅史傳一通奏議二通墓記一通萃爲一帙題曰諫議遺芳屬予序予考新安先達最多郡志所載事實最畧蓋拳拳焉訪錄其遺文尋視其丘域存問其後昆而於諫議公風節之偉文學之優

德業之盛尤所注意然卒無以副之者成化初受
命脩宋元綱目以續朱子之書盡閲秘府所藏得諫
議公之行事與其奏議則誦而嘆曰其人雖亡言不
可泯也歲壬寅家居之暇又親至問政山訪其瘞處
或謂與南唐聶眞人之塚相隣或以爲諫議塢者別
在山外豐草茂林不可復識則望而嘆之曰其骨雖
朽名不可滅也孰意此帙乃出于文達而予獲見之
也歟巖鎮爲歙休孔道謝氏實居其間文達凡四昆
弟有子四人孫七人其長子廷樾又與吾槐塘丞相
文清公之裔聯姻故予往來其間謝氏昆仲必要致
其家盡款曲之情焉文固不可靳也嗚呼諫議公立

言初不計其名之有無而得名亦不繫其後之存否
予獨喜文達知先烈之可宗而敬述之由是覩其儀
而思有以繼其躅數其行而思有以踐其實誦其言
而思有以咀其華率其弟兄訓其子孫推孝恭之心
篤本原之義以為今謝之倡俾後來者嗣而守之其
誰不健羨曰此諫議公之後也哉

新安程氏統宗世譜序

封建之制不行大小宗之法不立天下無世家久矣
然小宗之法有非令甲之所禁者衣冠之冑詩禮之
族往往忽而不之講焉何哉今有人焉訂千百年之
異同于一書合千百人之昭穆于一家見者必駭聞

者必疑彼誠以為事有所不可詰勢有所不可齊而
安于久俗之不可驟變也惟我程氏自周大司馬休
父佐宣王中興封程伯子孫因以國氏望安定其後
國除有適晉者曰嬰立趙孤封忠誠君再望廣平忠
誠之後在漢初起趙將從滅秦者曰歷簡侯黑傳其
子孝侯釐再世失爵歷侯之後在漢末從孫氏定江
東破曹操賜第建業者曰都亭侯普子咨襲封至晉
初失爵都亭之後曰元譚當永嘉之亂佐瑯琊王起
建業為新安太守有惠政為民所請留賜第郡之篁
墩家焉大守之後曰梁將軍忠壯公靈洗當侯景之
亂起兵保鄉州受封重安縣公子文季孫嚮世其爵

而文季為將死節于周是為重安威悼公胤嗣蕃昌世族彌著乃更望新安鄉之後分南北兩宗曰大辨者始北徙廣宗孫皓為定州刺史又别居中山博野皓生日華當安史之亂戰河北有功為横海軍節度使日華卒子懷直代之入朝封歸誠郡王從兄懷信代之懷信卒從子權代之封國公盖程氏凡四世有滄景二州至權不欲自同諸藩鎮再請入朝而程氏之兵始解此北宗也當隋之亂曰富者與汪華起兵定六州賜廟食宋追號輔烈侯當黄巢之亂曰宗楚者以涇原節度使會兵討賊戰沒贈司徒而其子念紫公勛亦以鄉兵守德興銀山鎮捍衢饒信三州傳

其子彦光彦光以御史大夫兼領白沙鎮傳其子克柔盖程氏凡三世守徳興曰澐者起兵休寧守東密巖以拒巢副陶雅爲歙州兵馬統帥兼捍開化而其弟湘以工部尚書守婺源子仲以户部尚書守祁門浮梁仲節以兵馬先鋒守歙南節以領軍大將軍守休寧澐傳其弟淘淘傳其繼子旭旭廟食開化龍山賜額顯祐傳其從子杭杭傳其從孫淮沅盖程氏凡五世守東密巖湘傳其子全禮全禮以御史中丞兼領婺源至宋下江南而程氏之兵始解此南宗也入宋以來忠誠忠壯皆受王封賜廟食而族益華雲仍益多且賢其大者若文明殿學士羽太師中書令文

簡公琳既以勳德重一時而明道伊川兩夫子遂以道學嗣聖傳覺來世迨我　朝特錄其後為翰林五經博士世其官以奉祀其盛于北方者如此宋顯謨閣學士適華文閣學士莊節公叔達吏部尚書文簡公大昌樞密正惠公卓丞相文清公元鳳工部侍郎元岳端明殿學士珌起于新安刑部侍郎剛愍公振徽猷閣待制俱參知政事章靖公克俊龍圖閣學士璘起于鄱衢之間兩夫子之孫亦從南渡居池州再遷新安而程氏女適朱氏者一傳得韋齋再傳得文公正思登庸前村月巖徽菴林隱六先生者又皆宗朱氏以上求兩夫子之學為鄉碩儒稍後則學士承

旨文憲公鉅夫太史以文顯于元我先高祖萬户安
定忠愍侯國勝暨先人太子少保襄毅公顯于
國朝其盛于江南又如此不有譜諜則亦何以正其
本聯其支而為子孫無窮之計也我漢晉隋唐以門
地用人有古封建遺法而程氏率居大姓之一自江
以南稍經變故則程氏必有保障之功故譜諜不惟
于兵燹子孫之世爵世官者後先相望而宗法未始
不行乎其間也宋紹聖中鄱陽都官祁著總譜歷世
因之分合本其族繁簡繫其人卒未有會之者我
朝正統中歙處士文實嘗會之而未盡敏政不揆盖
嘗有志於是積之二十年頗盡得諸譜異同之故因

定著為譜辯三十七條凡例十條猶未敢自足也成化壬寅春先公之服既除乃發書以告諸宗人諸宗人是之各以其譜來會理淆伐舛將六踰月始克成編為卷凡二十有畸會者四十四支名之登于譜者踰萬人先墓之可以共業者五十三世相與告諸先廟而命之曰新安程氏統宗世譜鳩金刻之俾敏政言其故于編首嗚呼是豈徒以閥閱之盛驕四方夸後代而已惟先世有大功以得姓于其始有大忠以保姓于其間有大惠烈于鄉邦以著姓于今日故以敏政之不肖而得衆族之賢者輔之遂使統宗之志可克而譜可成豈非幸歟凡我宗人其困是而毋忘

水木本原之思篤尊祖敬宗睦族之義守其世業誦其遺書保其體魄之藏而不失謹其名分之稱而不紊宗法既立則彝倫益明風教益興可詰者雖多而弗悔也可齊者雖多而弗離也若然又豈獨一宗之幸而已駭者安疑者釋天下後世之有家者將不取法于程氏也哉奉斯譜者其共勗之

詠史絕句序

詩美刺與春秋褒貶同一扶世立教之意後世詞人遂有以詩詠史者唐杜少陵之作妙絕古今號詩史第其所識者皆唐事且多長篇讀者未能遽了胡江東有詠史絕句則自上古以至南朝分題紀要殆庶

幾矣顧其詞意併弱作者未有取焉予家居見塾師以小詞訓童子乃首以市本無稽韻語意甚不樂因以所記古七言絶句詠及史者手書稯之上自三代下及宋元凡二千餘年以時比次得數百篇又以其猥雜而不便于一覽也加汰之存者二百篇其閒世之治亂政之得失人才之邪正賢否大抵畧備然以其不出於一人一時之手也故或婉詞以寓意或正言以示警蓋有一事而史更數十百言記之不足詩以二十八字發之有餘者徐攷之亦不獨可教童子也觀者諷詠而有得于美刺襃貶之間感于善創于惡其於經學世教豈不小有所益哉

送翰林五經博士朱君南歸序

封建之法壞而上古聖賢之胄鮮不降為輿臺矣惟孔子之孫歷代受封至上公以守闕里之祀孔子明王道以師萬世其功大故其受報也獨遠我　朝景帝嗣位文化寖洽乃復求顏孟周程朱子之孫一人俾為翰林五經博士世其官以奉祠著為令蓋六君子傳孔子之道皆與有功于萬世者也博士上公秩有崇卑而承　恩綸被命服率其族之人以時從事乎籩豆陟降之間則皆有封建之遺意徽國文公朱子九世孫益齡父景森乙亥實應是　詔成化癸巳捐館子孔輝君服闋上京師吏部以聞

詔如令於是中書舍人楊敬夫合鄉之大夫士請予
言以榮君之歸君初為郡學諸生治春秋屢上有司
弗利退而好修不懈益勤性恂恂如不勝衣而發言
中理望之可知為賢者之後茲之榮雖令所宜有然
非君之克家則亦不足以迓承之也嘗觀商周以來
賢聖子孫之有國有家者不一再傳或侵或削以遂
失其宗祧雖不能繩武之過亦上之人無以維護之
故爾今君生有道之世借文學侍從之官優游奕葉
而不知有督責之苦奉祠之暇所不可廢者繩武之
道爾夫繩武莫切于經史我
文廟嘗取諸經傳及性理書班海内今

上又以通鑑綱目嗣傳之海內之上皆知誦法朱氏久矣而况其世適者乎君勉之毋籍先澤以自榮而克世其學如孔子子孫在漢有安國在唐有頴達垂芳史册增光廟庭顧不偉歟予家新安與君之先為同鄉承乏詞林為同官而韋齋獻靖公又程氏之甥見于譜書者可考也故於敬夫之請匪直不敢辭且重言之以致區區之意云

贈錢揮使序

成化十九年冬五軍大將伏

闕言天下武臣子集京師者請大閱之如令

詔遣中外文武近臣往監蒞之得雋者若干人大同

中屯衛指揮錢鐸警時預焉凡與警時有親好者相率請予贈之一言警時之内子之從弟也愛莫助之亦烏能靳不一言惟　國朝之制武臣得世官然自諸衛以上都司都府官雖尊而不克世衛自使以下諸部屬雖克世而非崇階若服金紫食萬户之禄而世不失尊者惟衛使為然官及衛使官亦美矣世官之功在洪武為開國在永樂為靖難其出于近代非一途惟開國者上佐
高廟郄戎虜以清中原萬世之功也功預開國功亦儁矣世官之傳或一再或止其身至於削秩投荒者比比也有傳其子若孫五世世其官若禄百餘年非其

祖考積慶何以致之慶至累世慶亦弘矣官之美功
之儁慶之弘斯三者皆世之所難也而錢氏則庶幾
手錢之先鳳陽臨淮人自永寧府君以鄉人子仗劍
從
高廟渡江起虎賁幢主累官明威將軍僉指揮事南牧
吳楚閩粵北戰山西遼東畧地摧堅所向有功而卒
于閩 懿文園特祿其長子于錦衣親軍未幾繼逝
而弟代之改大同中屯永樂初移戍河間從
文廟北狩卒于軍而子代之子老而孫代之即諲時之
父也諲時年未三十而襲先世之美官承先世之儁
功享先世之弘慶又襲然得儁于

天子閱武之場如此宜諸君子歆豔之而思有以張大之也雖然今之號武臣子者坐有先祿爲著令其弊多驕人恃其先勞可自逭其弊多庸下斯二者皆有家之大忌也而武臣子恒甘心焉寡學故也古者文武無二道俎豆橐鞬動必相資非若後世之判然兩途不相能也譬時爲人外和易而内廉隅喜讀書嚴于奉法無紈綺之習弊從賢士夫游伈伈若諸生先少保尚書襄毅公暨仲父瀋陽使君咸愛重之茲之還倅也振祖烈報　國恩知三難之不易獲而二忌之不可少狥也益進修于問學而不與凡子伍以無負館甥之心與諸君子之厚望語位語功必有大焉

者矣謦欬晶抃以無忘于斯言

呂母太夫人壽序

走少以童子執灑掃之役于嘉禾呂文懿公先生之門先生以清德正學輔

英宗退而執經以授

今天子蓋凳莫汲汲畢力於公而弗顧其私凡區畫家政一出於太夫人徐氏太夫人淑慎之資貞静之德賢明之行可方古人蓋一時卿大夫家率自以為弗如也走獲與及門之士從公子今主客郎中秉之以歲時升堂拜舞為壽太夫人推愛子之心以及諸生由是諸生自卒為得所依庇率事先生如父事太夫

人如毋追今幾三十年而先生不可作久矣太夫人居嘉禾故第無恙在堂而春秋亦六十餘矣及門之士或顯或隱多以星散而走於秉之得侍同朝篤世講焉雖無復向時展敬脩謁之勤而此心蓋未始一日忘慈煦之齎也成化己亥春走自新安省覲還朝過澗始獲拜太夫人于堂癸卯夏復自新安起復而來又獲拜焉凡再見而太夫人體益彊德益邵內政益脩而明僮僕益恪而嚴蓋不以老而怠其家者如此然獨念秉之不置曰庶幾 王事有間乎其遂迎我〻將從之撫諸孫以為樂乎人以是知太夫人之慈走之至三月秉之果以太夫人故力請檄而南

將便道舉柩與北上遂天倫之私而不廢乃公人以
是又知秉之之孝夫慈與孝皆出于天而性于人順
之則爲福斁之則爲盭若太夫人之慈歆其子之孝
而有不獲福焉者寡矣吾知其心之廓如身之胖如
將壽之隆如不可以言贊也走之先尚書襄毅公於
先生爲同年母夫人於太夫人有娣姒之義方迎養
於京聞秉之之行喜不可遏知二母之相見有日而
獲伸其私也輙先序其事以貽之請爲歸壽之獻

贈監察御史汪君序

御史秩雖下而實有天下之責天下事無巨細御史
鮮不預者大朝會則糾儀大祭祀則監禮大征伐則

督軍學校選舉行河决獄一切禁戒之政與夫稽考積弊糾察非常必參用御史一人出按于外則自羣有司以及文武大吏悉聽約束視其言爲進退其立
朝也自　宫闈以及將相勲戚有過大政令有闕必
廷論之一歸于禮法乃已御史之責重如此而
祖宗以來亦重其官其理刑也必試可而後與其竣事也必覈稱而後復一不如令則外補甚則逺竄其出處與諸曹絶異蓋慎之也予嘗以謂御史皆其人得其職則天下無不集之事無不避之臣
明天子可垂拱而治矣汪君從仁舉進士爲行人試監察御史一年都憲報可以實授請于

上從之從仁起江南諸生如不勝衣而所居事理不以難易爲戚欣胷中涇渭確然私謁凛不可犯殆知其責之難副而不取足于聲勢者歟其尤難者性敏而力學有求益嚮往孳孳不足之心視彼發無當之言以規大利樂不覊之行以取大辱者誠不可同日語矣餙羣工僎庶績以上副

明天子責備風憲之盛心固不繫一從仁而從仁克當慎選以倡其同寅以比迹于古司直之臣不在兹乎從仁世居徽之婺源其從伯監察御史文燦從叔按察副使希顔兄大理評事守貞皆起進士驟歷中外爲時聞人故從仁有得于父兄師友之間而加策以

自進于高明光大之域有可必者如此予不使於誔弍最厚輒與諸鄉人舉酒相慶而又緝為之說以致萬一愛助之意焉

北觀序

寶應陶成懋學早負大志以經術取南畿鄉貢如拾地芥其天才横發如天馬之不可羈識者疑其所出或難中繩矩而懋學當作意處反側側類處子拂士一點畫不苟蓋士之所負有不可知者如此懋學以其暇日隨筆作山水花鳥人物往往逼宋人不説近代五七言古律詩究有思致篆隷書亦高古不逐時好予心異之曰世乃有才子若斯人者邪惜力不足

以振之而懋學亦崛然必思有以自振雖居當路強有力者恒藐之不恤也一日告予曰成嘗登金山眺吳門縱舟西湖觀潮浙江思起古豪傑而上下之呼酒放歌以盡東南之勝不知者或目成為俠令成數益奇諧益寡矣然氣則益振自分非師成者不可以屈成也聞自京師出居庸踰上谷入雲中其山雄拔其水悲壯其人勇而尚義將往遊馬歷訪古戰場及虜所出沒勝敗或得其詳于退校散卒之口其必有可喜可愕可頌可罵者豈惟足以昌吾言進吾之所能成異日不棄獲進南宮奉大對當以紆胸中之奇以自効于

聖天子然不知者又將俠成矣成豈愊是哉予奉使南京既歸則有見之于上谷者矣久之云已在雲中凡文武鉅公開閫建牙其地者爭延致之恒恐其去然懋學性疏爽不可拘縶雖甚相好者得其字什五得其詩什三得其畫什一亦卒有不得者其性然非固閟以求售者也間一還京師久之又將北行曰成志未愜將極登覽以盡西北之勝且告于其所還往維時仲秋關塞早寒禾黍既登草木漸變吾知懋學撫流光而飫大觀其所蘊蓄充所發益工清曠之懷益浩乎其不窮豈以一世之榮悴為戚欣者哉昔宋陳亮負才卓犖俯視一世雖過考亭亦不為窘其後卒

魁天下而論者以亮經濟之策迄未得施為深惜士固不可知也矧懋學近更其字為敬學蓋將歛華就實而慕為處于拂士不獨其製作然也其所至殆將有予不及知者乎於是西涯學士為作北觀二字于卷首予特序之而匏菴諭德諸君子繼聲其後焉

篁墩程先生文粹卷之十一

篁墩程先生文粹卷之十二

序

贈中書舍人楊君序

中書舍人楊君應寧官九載上其績于　朝其同寅樂君之宦成而君乃請　賜假歸展其先壟又不能無惜別之意焉以予辱交于君請言為之贈於戲仕必九載而後課其功者虞周聖王之制而秦漢以來未之能行也或一歲或間歲不數其殿最而遷陟隨之故士習奔競治趍苟簡日甚我
高廟有見于此慨然復虞周之制為著令今百餘年矣而久則勢不能盡然於是才足以達變力足以受知

者往〻不俟考績而進〻且不次焉惟侍從之臣無事功得自見而又慎靖謹恪恥于自達故九載考績之格守之甚堅罷常禄以俟後　命有至三四載者勢固爾邪楊君與予少受　國恩最厚前後教養于翰林又前後舉進士為侍從之臣而君學問宏碩可以當師儒之尊議論嚴正可以受臺諫之託才術優裕可以備藩府之長予蓋不及也而君伈〻自守夙夜在公退與諸生講習不輟洎然有足樂于其中歆然無所慕乎其外與布衣無異而有識者固策其為端人良士也豈終于人下者哉雖然枉尺直尋大賢所戒行義達道君子欲之君既上其績于

朝矣和詢貢而升以晉于大夫之列重其祿而賁其成

君之所安也有知君者因其官成相與昌言于

上而有不次之擢焉君亦將安所辭哉傳曰本之大者其實茂膏之沃者其光燁君之為從官也久矣閱歷之多持守之確為士類之所拭目也深矣操松之後式遄其歸推所養以自樹立于　聖明之時不可失也振士風而賛治功固不繫君一人脫君有為使人稱曰此　朝廷涵煦作育而得之者宜其過人如此豈不偉哉諸君子亦寧不有望于楊君也哉

賀禮部侍郎康公序

於戲天人之際微矣其職沿于羲和之命重黎之司

其理出于禹箕之疇羲孔之易非聖賢之士類不足與此迨秦漢以來設專官而付之星工卜史則僅傳其曆法象器之遺天人之理知者盖鮮矣惟漢廣川董子對天人策以闡道原宋文靖李公陳災異章以匡君德魯齋許氏定律曆志以成大典庶幾先王之世體用一原顯微無間之學惜乎當時不究其用或用之而不能久也乃若熒惑守心災亦大矣而進三可移之說山摧孛見天下旱蝗災已極矣而倡三不足之言有道之世願治之君將焉取于斯人而用之也哉吾郡靡公用和自其少時受學家庭即熟于春秋災異兼通易皇極兩家學筮仕而爲監察御史遂以

經學才術見重士林未幾被詿誤出宰閩中久之
聖天子經筵之暇留意鑑法有以公名上者驛召至京
累授欽天監正力辭還江南適有先大夫之喪服闋
再被　召進太常少卿一年特旨進禮部右侍郎皆
仍掌監事蓋公平素有志于廣川魯齋之學思上窺
易疇之旨以究天人之蘊辯愽之餘自不可掩宜
聖天子知之深眷之異而畀以羲和重黎之舊任如此
豈輕也哉夫天下之治忽繫君與相而庬繫欽天之
臣天有災祥君相不即知或知之而不以懼則治忽
從之矣使如文靖李公者日陳無所諱而疾視兩宋
之臣由是上思正體元之職下思盡調元之事六沴

不與天清地寧兵可戢歲可登民無夭閼而躋于仁壽之鄉欽天之臣之功豈不大哉反是而求天下之治未之有也或曰康公誠有志于廣川魯齋之學歟人莫得窺也若文靖則相也公烏得擬之予曰不然國朝以六卿行相事今康公進位卿佐矣

聖天子用公之心不言可知矣天下之治忽殆繫公言公言之而使天下蒙其福且知儒者之效至于天人交乎曆象可徵非星工卜史可比豈惟同鄉之光天下之光也走將與鄉人舉酒為天下慶而此特發其兆云

陝西河東都轉運鹽使雷君贈行序

國朝以鹽法之重置專官理之秩三品在列郡守之上亞方伯一等厚其祿以養廉重其權以彈壓四方之富民與中朝貴人之骫法者得其人則可以收天下之公利救歲凶實邊廩故鹽法清而國計充舍是而欲歛一切無名之小利以為裕國足食之良謀可謂放飯流歠而問無齒決者矣故都轉運之官常難其人焉邇者户部郎中江陵雷君大亨以推擇為陝西河東輿論宜之而同官者益以喜曰吾黨之光也欲相與致古者贈言之義託汪君克容趙君夢麟來屬之予予聞鹽之權也不見于三代之世疑非令法然後世事與古異井田廢而兼并之家與車乘亡而

府兵之制出則壚於軍國實有賴焉故其法最密且嚴善守之則國裕而民紓不善守之則國匱而民困盖壚之有繫于國計民命若此其甚也承平既久法玩而不行將決其隄防而聽之出乃責成于都轉運之一身豈不岌岌乎難矣哉則諸君子以為君喜者吾將以為君之戚焉雖然君起經術擢進士不出戶曹者十五六年嘗奉使于淮東于北邊處錢穀嫌疑之中而行足昭其潔當簿書倥傯之交而才足剸其繁殆非無所試焉而倖以得之者是固不足以戚君矣謹之乎蒞政之初振之乎積弊之後倡其同官相與守法而不為有力者所撓奪則國用可以漸裕民

力可以稍紓雖有凶年不必驚天下之爵而尊者以
生雖有邊警不必出内帑之金而成者以飽塩法得
人之明效不至此乎使他時課塩最者曰陝西河東
稱良計臣者曰雷君則庶乎　朝家三品之禄秩所
以畀君與君之所以圖報者爲兩得扎此贈言之意
也亦君之素心所欲勉焉者也

思遠詩序

宮保尚書大學士壽光先生之謝政而東也門下士
與鄉人後進仕京師者賦詩若干篇將寄壽先生而
翰林編修敖君山題曰思遠俾走爲之説走竊觀先
生起進士爲文學近侍之臣歷　四朝位元老又實

傳

今天子于春宮堯舜君民之心殆未始一日忘者乃忽

然上疏解組以去又竊觀

聖天子于先生資其啓沃置諸宥密將有太平之責焉

殆不可一日無者乃居然從其請而去何哉走以謂

天下之大美必相胥而成古之人蓋有迫于衰莫貪

進不止至於斥逐而後行者先生年甫六十去志堅

決且久覘古賢不少讓而

聖天子於先生之去則有　璽書之褒有内帑之賜有

給驛之禁有歲祿之贍有公人之役　恩禮稠疊度

越前古蓋去之者振廉恥之風從之者篤始終之義

也君臣之間相尚以道而天下之美於是為大矣翊

先生有父焉年踰八十無恙在堂得歸而養之有諸子焉競爽並秀而又多納禄以從先生之後玉帶朱衣照映門閥杖屨所至溪壑增輝適慈孝之樂而並進于期頤之壽使後来者仰前輩之高風以為遠乎不可及則先生之歸在我 朝一代爾雖然先生齒髮未衰精力方健天下之屬望在焉而古之賢相亦固有再入三入者矣

聖天子重遣舊學之臣而優遂其雅志于一時然賜環之召在前代以為盛典者有故事也講而行之非天下之福哉若然則醉白之堂耆英之會將不能久魏

公于鄴都終司馬于洛社也可知矣頌　盛世君臣之美而致門生後進之思此詩之所由賦也

應天府鄉試録後序

應天府臣以成化丙午南畿鄉試前期　請官主考惟臣諧臣敏政適皆承乏被　命而行以七月望前一日陛辭八月朔濟江七日鎖院廿七日撤棘蓋其在行也兼程其在公也通夕得士百三十五人取其氏名邑里進而傳焉臣敏政竊書其後曰應天古金陵也我

太祖高皇帝起而都之遂定中原掃胡孽啓一代文明之運于萬億載而無疆所謂清談之俗浮艶之詞浸

滛于輔郡而樸出于偏安叔季之所尚者蕩無餘矣
太宗文皇帝閔幽冀爲元之舊邑雖訓化之未孚也思
以南濟北又徙都焉所以建大中制諸夏而南畿
帝業所由興比周豐鎬士之應期而出者固宜其盛哉
自洪武庚戌試畿甸之士于京府迨甲子而養材取
士之制益嚴以備制純于經術而不襍故士習正而
儒效昌非漢唐可及者百年于兹夫以
聖化之所薰陶　命吏之所甄拔名登　天府而程
文行四方則凡有在録者固一時之選哉角海内之
賢奉廷對而服官序寔昉乎此然則宜何如其圖以
副之篤問學而以矜己媿人爲大戒慎名節而以貪

得躁進為大恥安職分所當為而以矯情立異植孝
扇俗為大戾使文與行兼名與實符則庶幾乎天下
士咸豈直南畿之秀益加勉焉則雖進而為聖賢之
徒也孰禦豈直科目之榮臣愚獲奉　經幃及侍學
春宮也久仰見
聖天子求賢圖治克纘先猷稽古右文聿修　家法陰
太平之業以上躋于唐虞三代之盛非士則孰與副
之士之出畿甸者宜思其職以取先天下誠不可苟
于一得負
列聖作育之恩而為掄材者欲且懇也樂斯錄之亟成
也僭為之說用相告焉

雲中寄興詩序

户部郎中瀛海戈君勉學之督軍餉于大同也鄉進
士寶應陶君勉學作雲中寄興之圖餽之圖既精絶
而又重以詞林諸君子之詩金春而玉應疑不可措
手矣而勉學以予有同鄉之好復請一言惟大同西
北重鎮古雲中地歷代宿重兵以備虜而我
朝益嚴常遣宿將建牙于斯而軍實所需必付
中朝才諝之臣總之俾以　璽書從事文武大吏不
得干其間爲法之嚴在吾勉學者蓋遴選也夫塞垣
非佳麗之地計臣非逸豫之官亦何與之足寄乎而
陶君圖之諸君子歌之何居是不可以槩論也方今

聖天子在位屢以偏師出塞虜益北徙而諸將亦屢以捷告烽燧稍閒牛羊被野而邊人之晏然足食也久矣勉學職事之餘輕騎徐出以按行其山川考覈其營田下馬而坐展卷而賦四顧悠然景與情會而忘其一日之勞固君子所不廢也雖然予則有進于是者夫以吾勉學長身豐頎氣度軒豁有封侯萬里之相而又當盛年立要津顧可以小就邪昔張魏公幹辦公事于熙河徧行邊壘而進其老校退卒于頹垣廢堠之下相與覽觀形勢指授方略以詢夫戰守之宜與其前人成敗利鈍之故後起蹶遠而位將相受鉞專閫于四方區畫邊事如指諸掌卒以成攘夷之

功而名後世盖古人之所謂寄興者如此非徒流連光景以相慰勞而已勉學其尚毋苟于自棄而以為非我所及也哉此贈言之意也

贈應天府學教授黃君序

三山黃君思賢以鄉進士教諭河南陳留九年其門人若户部主事馬輅輩則皆已先顯矣於是吏部考其績書上最第其文居首選言于 朝進其秩與禄俾教授南京應天府學其友人太僕少卿王政夫輩又皆喜其進而惜其去也請予言為之贈惟士起儒生而至于教授亦可以為難矣夫治莫大于政教而教授與郡守分其責是不難乎而又況于京府哉

然教授九品秩如彼其小也食下士之祿祿如彼其薄也而責均于京尹教施于都人其終歲所瞻望而致禮者非留後之臣則均逸之老也　寢廟之美宮闕之壯江山之佳麗足以發才氣而充見聞非一藩方遠外可比又與大司成同處乎都城之中其師道可仰而教條可規也夫如是則非上最首選之士吾未見其責之足勝也黃君少學于家庭有明經之譽長官于庠序有育才之功試可而進擢之以補京教之闕員誠莫宜于君者然得于前或有所缺于後長于彼或有所短于此則夫秩小祿薄而求與京尹大臣均政教之責思足以勝之疑又莫難于君者君可

不勉與昔宋起歸德建南京亦號應天府而范文正
公嘗職教事于學官其率以身其所造就多名士而
其奮志苦節見于傳記者可考也又況其平生以中
庸之說啓大賢以先憂後樂之心佐世主誠有得于
聖賢政教之大端則今之以後學而領教事于舊京
所當企德而景行者其不在茲與雖然文正公百世
士孰不願立下風而求躡其後塵者中世之所難也
與人言而不尚論古人以振厲之者薄乎人者也不
自力以跂望其一二焉乃至于自沮以為不敢當者
薄乎己者也

侍衛承　恩詩序

國朝禁衛之制凡諸將軍魁幹有勇者別簡勳戚一人統之入侍 殿陛出邑 乘輿率佩櫜鞬御劍以從其職號最親且重不輕以畀人焉適者闕員詔遴選以充而得駙馬都尉洹溪樊公大根受命之日大夫士與公有文字之雅者相慶于其第且爲之詩而以序屬予竊聞有周盛時在王左右者自三事而下莫要于虎賁綴衣之臣故周公慎焉必以庶常吉士處之誠以君德所繫必自近始也

今天子嗣世守文比隆成康凡一材一藝之人務盡其用恒恐或遺而况於侍衛之臣受 簡知之素若樊公者哉公雖以少年居戚里然偉容脩幹有老成風

將之風勁書績文有經生學子之志知時達變有謀臣策士之能閱諸搢紳蓋亦久矣一旦而起驂乘之親膺　殿巖之選當心膂之託宜其播之聲詩更倡迭和以紀一時之盛為　邦家之光也古之聯姻帝室者蓋更僕不可盡矣吾於唐得一人焉曰杜中立嘗一居衛尉再領金吾三進常侍皆奉宸宿衛之任史稱其居官精明屢進忠藎大為上之人所禮重於宋得一人焉曰王晉卿以詞翰妙一時而與蘇黃諸名勝相友善風流文雅談者尚之今樊公所任則中立之官所負則晉卿之業顧豈可居其有而安其常之為得哉必於其所任乎益恢於其所負乎益崇思

上幾于成周吉士之列以無負
今天子簡任之隆則諸君子之詩誦而傳之亦不徒以
重交游修恩禮而已

郤金詩序

故諸暨馮君履吉以鄉進士知沛縣有介特之操嘗
跡便民十餘事于 朝多報可遇疾痛死亡水火盜
賊饑餓於其境者未始不捐貲給之雖傾橐弗惜有
俞繪者落魄江湖人也君廉其貧以鎰金貸之不質
券去未幾而君卒俞亦登科典教湖湘不相聞者十
五年成化乙未繪遣其子以金倍息來歸君之子朋
玉朋玉不知也亟辭不受曰先人未嘗以語我且無

券君豈誒邪其子不獲命則奠置君墓下而行朋玉不獲辭則以予鄉人之貧者當是時太平恒齋李君分教諸曁其二子惟誠惟敬與朋玉實同硯席盖未嘗不嘆異其所為有古人之難者然朋玉未嘗以自多而人亦鮮克知之於是惟誠兄弟相與謀曰使吾友之行不白于世無以勵世之貪者乃繪為圖請搢紳士詠歌之而以序見屬於戲自義利之說不明世固有緣利而鬪且訟以至于離親悖交者矣有偽相質券而誑人之有以自殖為得計者矣烏有拳義之所在有可受之理而毅然固拒揮利而去之如瓦礫者哉充其心而民風有不厚官守有不廉者寡矣朋

玉之所為與宋開封人讓寄金適相類蓋去今四百年而事一再見則士明于義利之說者誠難也抑朋玉豈故為是矯然不情之行要譽一時哉見義勇而獨理明求不失其本心而已惟誠兄弟篤友誼而汲汲乎張之有相觀而善之益諸君子之言本六義之旨渢渢乎有挽頹波振末俗之風是誠不可無傳焉雖然開封人史不著其名得包孝肅呂滎公表章之而事始白若朋玉則何患乎名之不著予獨以為官愈顯則責愈備而義利之辨愈嚴其所以副友朋之望而取徵是詩當有大者若予言則豈足為士之重輕也哉朋玉名珏今刑部員外郎分司南京惟誠名

賛今吏部主事惟敬名貢今户部主事皆起進士方
將以功名競爽于時云

贈豐潤伯曹公奉　勑總南京操江兵序

自六朝五季與宋之南皆畫江以守而江防重于諸
鎮我
高廟自淮西渡江定鼎金陵遂一中原而江防視前代
益嚴每操江之日舳艫相銜旌旗蔽空所以懾姦宄
奠南服者甚盛故置總操江兵者一人非世勳宿將
莫預茲選或難其人則　勑南京守臣兼領其慎之
如此弘治紀元之歲
今天子始朝羣臣以南京

帝業所基而操江之帥闕用廷臣公議命豐潤伯曹公
賜璽書以行々之日諸與公舊者相率餞于郊且俾
予贈之言盖聞都南者莫利于舟師都北者莫先于
騎戰我　國家自
文廟徙都北京置三營為居重馭輕之策而南京操江
之備廼習故常戰具弛焉莫之振有識者恒以為憂
先帝時用南寧伯毛公始克修復舊規績用有成遂副
居守之任而曹公代之公議所歸殆不誣哉昔漢穿
昆明池以習水戰魏作玄武池以肄舟師勤遠畧圖
非常皆不足齒惟我
高廟櫛風沐雨以手儕亂作生民主為

聖子神孫立萬世之業率用舟師其遺蹟尚可考也然
則操江之任重矣矧
今天子嗣大歷服之初首以慎選而用公當不求所以
副之者邪惟公之考莊武侯在　先朝顯有雋功蔵
在冊府為中興名將而公以元孫敦尚詩書克繩其
武居宿衛典京營積有年勞非建功一時者比吾知
其往也士心豫附軍政修明上足以答
聖天子授鉞之心下足以顯其先元戎登壇之教使江
防得人過前代遠甚斯亦無負于故人之所以期公
者哉先少保襄毅公在遼東督鎮時與莊武侯同事
交好公嘗受學館中故予於公有世講之雅獲預離

觴之末因序其事以贈

贈刑科給事中呂君使安南序

聖天子既嗣統改元遣使班恩四方而安南素稱文物不與諸夷等詔禮部上文學侍從之臣可使者於是刑科給事中新昌呂君丕文實副翰林侍講安成劉君景元　賜一品服以行陛辭之日或諗于予曰安南境越裳古南交之地雖世有文采足飾其國之遠陋而其人實狡焉弗恭阻海為險每偵中國之政為向背當周之盛也重譯獻白雉而宋之中葉則大入作露布以聲青苗助役之罪其所以為向背者類如此使其國者不亦難乎予曰不然偵之而為向背者

雖出于狡馬之戎心然以德則服以虐則叛固夫人所同也安南之爲國在我　朝最先内附至
文考
章聖以義滅之而以仁復之今百年矣懷德畏威之餘雖有戎心無自而啓矧今
天子初政拔去讒衺登崇俊良誅異端屛婦寺而放斥貨利之臣虛心聽納以圖治功不底于堯舜之盛不已也　慶澤之敷刑書之布如風行雷厲不浹旬而遍天下天下之人無不舉手加額思自放于太平之域而況交人之善于偵事者哉吾知其有仰于
聖德也深矣計天使之下臨也有日拜跽頫伏思傾其

忠順之心以籍達于　九重之聽也審矣然則呂君於使事之成也何有君通經學古舉進士而官瑣闥之間以端謹直諒聞更化之際數與同列進讜言以定國是固有大於此者將屬之君而况宣

命下國哉予獨聞之詩曰載馳載驅周爰咨諏言為使者非詢訪不足以副上命也君自北而南跋涉萬里所過郡縣不下數十百民情苦樂吏治緩急與其人之賢不肖皆目擊而非耳聞者北歸而告于

上弛張之進黜之豈不益有裨于新政而為使華之重也哉於是君同寅長洲陳君玉汝廣陽趙君良度醵以餞君而請予序其事以贈

奉贈南京吏部尚書王公序

聖天子嗣統未兩月首從廷議進户部侍郎毘陵王公

爲尚書蒞任南京去未三月復有　詔進吏部皆異

恩也然猶有嘖嘖于旁者曰王公當

景帝初舉第一甲進士入翰林歷

英宗

憲考爲太史爲宫僚爲學士祭酒卿佐于兩京幾四十

年負衆望而簡

列聖之心久矣被　召入朝柄用漸隆士方以爲慰乃

今一再有南京之命何居予曰不然我

高廟定鼎于南

文皇徙都于北皆據形勝臨四方爲萬世計勢鈞體敵
不可以重輕而南京　王業所基也自
高廟準周制升六卿罷丞相之官而尚書政本所自出
也矧吏部六卿之首在周爲太宰掌六典以佐王治
邦國周公之職也而周公則嘗分陝矣
聖天子所以用公之意不出于此乎人固嘖嘖于公而
公未始不亹亹焉求所以稱
上之眷任者矣
上之嗣統也登耆俊放憸衺而聽納忠言斥玩好屏異
端嚴宮府之禁者不少假求治之心若飢渴然懷憂
國致　主之誠者無不感説思自効而公碩學高文

卓乎不苟必思起古人而與之上下其論議赫然儒
宗也諳練當世之務而宏才遠識足以濟其用非嘗
試以取倖一朝者比隱然吏師也則所以幹政本振
士風以比迹周公而仰成
聖天子弘治之意公能不中分其責哉公豈若唐東都
宋西京之諸老以自暇自逸為得者哉户部尚書襄
城李公侍郎南海李公淮陽葉公惜公之南不得共
政而又以首任畀　恩為公之榮請所以贈者予不
佞承乏詞林實從公後辱公之愛也深輙以是為説
若夫
聖天子念均勞之義徵夢卜之祥而引之以自輔且有

日矣然不敢以之瀆公也

半山亭後序

廬江丁君繼仁嘗卜居其縣治之西北一舍許黃銅山下又自其山之西南循麓而升二里許得平石一區兩山環其旁嘉木蔭其上雖盛夏亭午無暑氣磵水潺潺出堰中其聲鏘然若金石君顧而異之為亭焉據其勝又上而抵其巔攢峯列巘爭奇競秀于遠近者應接不暇以至于漁舟樵彴之往來叢祠古刹鍾磬之隱響互答轉盼之間率有殊意蓋攬之不能飫其清圖之不能盡其妙也君與客尚羊于亭或觴或詠往往抵日之夕而忘歸焉因題其楣曰半山志

其地也又副題之曰盛世逸樂志其游之所從得也
君之子鈇嘗官京師以告搢紳士搢紳士聞而嘉予
之得半山詩若干篇俾予序其後或疑宋丞相王臨
川自號半山老人後世習稱之而丁君之亭適與之
同者予以為不然古幽人韻士之所以自喜者或觸
景而得或會心而名是何必同也而又何必其不同
邪彼臨川之學術相業固在所不論獨其罷歸築第
蔣山卒無嗣以守至棄之為寺蓋顯而為人之所訾
議者是一半山也丁君生國家全盛之時以布衣而
享山林之福無簪組之累有子如鈇足承其後而養
其志蓋隱而為人之所稱詡者是一半山也亦何同

之為嬿亦何必其不同之為隘又安知夫諸君子之詩不遂傳于後世使此之或勝于彼者是誠有不可懸斷者矣予往歲奉　詔歸省夜抵濠梁問前途所如往或請道滁陽以趍江浦曉入定遠山中甚愛其有臨觀之美然非孔道無以給傳寓一宿逕趍滁陽而定遠之山固往來于心也今觀丁君之為亭與鈇之所自叙則廬江之林壑誠佳勝矣安得一往登君之亭從其山中人坐磐石酌磵水而和小山叢桂之篇之為快乎于不及識丁君因吳地官彥華以識鈇知君蓋幽貞博雅之士而鈇亦俊頴稱其為子且又與予同出南畿有鄉好焉故序之不辭

瓜祝倡和詩序

西涯李學士賓之家有蔬圃種絲瓜歲結實甚盛偶分以餽友人之未有子者取緜之義而祝以詩適友人得男以瓜祝為驗自是凡未有子者必俟其餽石城李學士世賢適未有子西涯餽而祝之一乳兩男由是益自神其瓜與詩〻出必要人和不肯但已士友間相傳為嘉話而石城之卷自西涯倡之和者數十其事在成化己亥庚子之間時予方抱憂居新安山中不與聞也癸卯之夏予還京師石城以序見屬未幾其兩男者失其一予每撫卷為戚然久之石城復得男亦終未有以應者又踰年予獲歸田屏居暇

日乃盡讀諸君子之詩而撫掌曰有是哉然瓜蔬族之賤者倏然品題而使之貴則如獲拱璧人有于否何與于瓜而視之孰不謂妄邪闃然附和而使之真則如合左契其初本出善謔推之世事則夫貴賤真妄之不常可以愕然驚覞然喜者何限然烏特此哉蓮之為君子槿之為小人其於世教何與顧談者不敢廢則又何嘖嘖于瓜視之有刿三百篇出比興者過半瓜瓞緜詩所從出事固貴乎有徵云爾然則斯卷之傳連類引喻雖擬諸古風人比興之遺響將不可乎哉西涯才名滿天下經史之餘時出善謔最醞藉一時名流多樂從之瓜視其最雅者因序而歸之

石城

金坡稿序

昔者朱子謂歐陽公知政教出于一而不知道德文章之不可二因筆之以詔學者真不易之論哉夫天下之理一而已矣蘊之為道德發之為文章皆是物也而岐之則為異端為小技學非其學而不得罪孔子之門者幾希我

高廟以聖武起南服滅胡元還中國古帝王之政教于一旦

列聖相承道化益隆士習益純以備自洪武以來鴻生碩儒後先相望而鏡川楊先生起近代文名滿天下

而尤以道德爲志功名富貴未嘗縈其心盖先生世
家四明自其大父樓芸先生得慈湖心學之傳至先
生益大發之遂取高科入翰林三十餘年凡
朝廷稽古代言之事必與執筆有諷有規不爲諱世
取寵之作侍　經幄則正言不諱總史事則直言無
隱典文衡則因言考行收士最多而羣從子弟得于
家庭以經術發身擢魁元官侍從服金紫者六七人
先生退食自公恬澹怡愉日以品題風月爲樂不自
知其身之在嚴地迫晚境也遇
今天子登極恩始自學士進拜吏部侍郎於是年六十
餘矣感

上之知首進讜言屢騰辭牘
上眷留之再三人以是知先生之文誠有志于道德而
不苟為空言者哉先生不鄙棄走每有所得輒以見
示走實不足副先生之知而先生以其所著金坡稿
若干卷俾序其首走得而讀之曰休哉是所謂文焉
者乎其體裁不一一主于理不求合於時好盖嘗偕
評之其論政也首格君則可以位丞弼其論財也究
民瘼則可以為計相其論兵也悉邊防則可以督元
戎其論刑也務洗冤則可以當士師其論法也先去
譏則可以摠憲度誦其文而未識其人者必以為有
魁梧不可狎之姿有懸幹不可窮之辯有横逸不可

羈之才而先生素多疾鶴立蒼髯山澤之臞若不勝衣靖默之性若不能言擇足而動務合繩矩若處子若韋布之士蓋惟德之飽而以道為腴故其所蘊者深而粹所發者正而昌視世之規規于求干以為伎者固霄壤之異哉

今天子日勤聖學益明習天下事計當崇王道黜霸功使政教出于一如古帝王之盛而先生年益高德益邵位益尊其文之所發必蔚乎炳然乎大制作大政令之間所謂道德文章之不可二者行當見之又不但如茲稿所存者而已頋走方以庸猥見屏于時其言不足為世重輕而先生命序不已然使異時讀者

開卷之際謂走以無似而知頌先生之文若此聰明才辯之士鄉仰歆慕從可知焉則雖不慭而序之可也先生所著别有諸經私鈔皆擴前賢所未發使及朱子之門必有起予之嘆後此亦必將輔朱傳行世不在集中

篁墩程先生文粹卷之十二

篁墩程先生文粹卷之十三

序

道一編序

朱陸二氏之學始異而終同見于書者可考也不知者往往尊朱而斥陸豈非以其早年未定之論而致夫終身不同之決惑于門人記錄之手而不取正于朱子親筆之書邪以今考之志同道合之語著于奠文反身入德之言見于義跋又屢自咎夫支離之失而盛稱其為己之功於其高第弟子楊簡沈煥舒璘袁燮之流拳拳敬服俾學者往資之鄭大公無我之心而未嘗有芥蔕異同之嫌茲其為朱子而後學所

不能測識者與齊居之暇過不自揆取無極七書鵝湖三詩鈔為二卷用著其異同之始所謂早年未定之論也別取朱子書札有及于陸子者釐為三卷而陸子之說附焉其初則誠若氷炭之相反其中則覺夫疑信之相半至於終則有若輔車之相倚且深有取于孟子道性善收放心之兩言讀至此而後知朱子晚年所以推重陸子之學殆出于南軒東萊之右顧不孜猪斥之為異是固不知陸子而亦豈知朱子者哉此予編之不容已也編後附以虞氏鄭氏趙氏之說以為於朱陸之學蓋得其真若其餘之紛紛者殆不足錄亦不暇錄也因總命之曰道一編序而藏

之

新安文獻誌序

新安在　國朝為畿輔踞大鄣山之麓地勢斗絶視他郡獨高昔人測之謂其地平視天目尖而水之出婺源者西下為鄱湖出休寧者東下為浙江其山川雄深若此秦漢以来多列仙意猶不足當之於是我開府忠壯公及越國汪公前後以布衣起義旅坐全其土地民人于禍亂没而為神千餘年不替益靈迨中世則休寧之程北徙洛而得兩夫子婺源之朱南徙閩而得文公嗣孔孟之統而開絶學于無窮其人物卓偉若此一時名公碩儒與夫節孝材武遺老貞

媛之屬文煥乎簡編行播乎州里而紀載之書散岀無統有志于稽古尚賢者盖屢屬意焉然或自秘而失于兵燹或據所見而為之詳畧讀者不能無憾也齋居之暇竊不自揆發先世之所藏搜别集之所錄而友人汪英黄甫王宗植暨宗姪隱克亦各以其所有者來餽參伍相乘詮繹考訂為甲集六十卷以載其言乙集四十卷以列其行盖積之三十年始克成也嗚呼宣子聘魯而嘉周公典籍之大備孔子説二代之禮而嘆杞宋之難徵則生于其地而弗究心于一鄉之文獻非大闕與凡吾黨之士撫先正之嘉言懿行萃于此發高山景行之思而日從事乎身心由

一家以達四海使言與行符華與實稱文章德業無愧前聞又進而誦法程朱氏以上窺鄒魯庶幾新安之山川所以炳靈毓秀者不徒重一鄉將可以名天下不徒榮一時或可以垂後世而此編亦不為無用之空言也哉

梁園賞花詩引

京師養花人聯住小城南古遼城之麓其中最盛曰梁氏園園之牡丹芍藥幾十畝每花時雲錦布地香苒苒聞里餘論者疑與古洛中無異成化戊子春夏交予以詩約同寅汪伯諧彭敷五倪舜咨李賓之宋爾章五太史及同年張汝弼駕部倡為茲遊是日諸

君子以予詩分韻各當四章而飲宴歌呼相與競日故詩或成或不成或半成既歸久之而詩藁卒不能了也癸巳之夏再往遊焉會者同年商懋衡陸廉伯李世賢三太史章元鑑張天瑞二給事復以向所零韻各分四章而詩之所得畧如戊子蓋更兩會卷帙克成豈景物之都未易以盡而亦出於休沐之隙奪於匆遽之餘將為樂不暇故莫能役志於斯邪弘治戊申冬予被放還江南東萊而得是卷念當時遊者惟伯諧舜咨賓之廉伯世賢五人者在而天瑞出佐外藩數五汝弼爾章懋衡元鑑皆已作上中人感歎久之輒請五人者或重書或補作而向之卷始成蓋

自戊子至戊申俯仰二十一年矣辛亥之夏山居病起因命童子曬書冊繙閱之際此卷在焉追想帝都風物之美與一時朋游之盛不可復得而予之去國又三年矣撫流光之易邁嘆佳會之不常序而藏之姑紀歲月云爾是歲五月二十有二日留煖道人程敏政克勤父書于水南山房

竹洲文集序

昔我兩夫子倡此道于河洛間門墻之士比于鄒魯蓋自龜山三傳得文公朱子自上蔡三傳得南軒張子而東萊呂氏自滎公以來世受程學一時及門者與河洛相望若吾邑竹洲先生吳文肅公其一人焉

先生初在太學即有志當世而於俗學之陋蔑如也龍川陳公稼軒辛公咸奇其人而友之先生蓋不以自足又與止齋陳公水心葉公石湖范公上下其議論而參請于東萊為歸宿遂舉紹興二十七年進士第歷官知邕州時南軒方經畧嶺右而先生獲受教焉既終更南軒薦之朝手書論語之剛中庸之強孟子之勇三章為贈又以胡子知言相付曰此程氏正脉也先生之當對也即上論天下大計在恢復朝廷大事在近習不當與政其言甚壯南軒書報文公稱其忠義果斷而文公亦曰閱其對語不苟真不易得然獨恨世之不能盡所長而用之也晚見知孝宗寖

鄉用矣先生以親老固請爲崇道祠官以歸築室縣
南竹洲上學者雲集先生一以所聞于南軒東萊及
文公者轉相授受蓋自南渡以來號多士必曰乾淳
而左右私淑若先生輩實與有力焉先生既沒曾孫
資深始裒其遺文爲二十卷上之得易名之典兵燹
數更板刻亡矣今十世孫亨始取家藏本嗣刻之其
從子俊來屬爲之序走觀其間彙次欠審恐不足以
盡先生之大致因重加校訂以授俊而序之曰嗚呼
是豈可以才人韻士之作例視之哉本之嚴正之資
濟之明碩之學故其見于言者皆民彝物則之餘而
無枉己徇人之意蓋其所得于先正者粹且深矣先

生之道既不獲行于時地遠位下又不獲登名史冊獨其往返之札稱詡之詞見于考亭諸書者昭如日星不可掩也四方之士取而讀之因其言語文字之所存考其師友淵源之所自使河洛之墜緒可尋而斯道不為空言于天下則如先生之文亦何可少哉雖然今去宋遠矣文章道德之士與先生相後先者計多有之而不得如先生有賢嗣人引其遺響于無窮不又可慨也哉走程氏遠裔幸與先生皆出文公之邦而於斯文獲與討論之役不揣蕪陋僭書其事以諗觀者如此先生初名循字益恭以避國諱更名儆世居休寧上山其兄俯字益章仕至國學錄亦有

文一卷附其後云

丘先生文集序

文之說何昉乎蓋嘗考諸古矣凡物之粲然可指者謂之文文者道之所在也故見于上曰天文見于下曰人文見于世煥乎其有迹者曰文治曰文教非若中古以来指操觚染翰者謂之文也夫文固非操觚染翰者可盡然詩書所載詞命之作雅頌之篇類非偶然卒爾者可辨而孔門亦有文學之科蓋道術未裂言與行俱本厚而末茂詞出而文成正大光明數卷條達見于治則民格著于教則民孚所謂吐詞為經而文之盛不可及也漢毛公董子之徒始以經術

名而鄱陽枚乘之流乃專以文顯遷固亦岐而稱之
蓋以操觚染翰為文而別於經術昉此日寖以盛而
瀾倒乎隋唐之間雖一二名世鉅公知文不止乎是
亦畧見道之彷彿矣顧一時談經者專訓詁為文者
尚聲律而上之人又以經義詞賦更迭取士其遠于
道一也至宋而程朱大儒者出斯道復明曉然示人
以徒文之不足濟物然不得任道撥之重于斯世則
亦安能盡刋其故習而卒反之一旦哉蓋經術文章
之流弊甚矣不得已而為說以通則若之何亦獨曰
為毛董而不為鄒枚為韓李而不為燕許為歐曾而
不為楊劉為陶杜而不為徐庾溫李則亦庶幾可以

廣道術求不倍于孔門而後可乎走不佞嘗以此質之瓊山丘公先生先生是其言以為知道然走實不足與于斯也先生門人翰林吉士蔣君冕及其嗣子太學生敦輯先生平日詩文為若干卷間奉以視走請序其首簡走讀之累日得其大端而嘆曰何其養之深而出之霈然一至此哉先生嘗為走言世之作文者類喜煅煉為奇不究孔子詞達之旨咸剽竊以為工不識周子文以載道之說雖有言無補于世無補于世徒工奚益故予平日不欲以詩文語學者其言如此蓋先生惧學者之無本也則有學的之編惧學者之不知變也則有世史正綱之作惧學者之明

體而不適于用也則有大學衍義之補其言鑿鑿乎
必可見之于行行之必可以興文治洽文教而致吾
君于堯舜三代之上流聲實于兩間作楷模于來世
使道不為空言蓋先生之志如此而文亦足以發之
不可誣也顧此集雖出於所學之緒餘然閎肆而精
醇明潤而雅潔究本之論扶世立教之意郁乎粲然
將上班于毛董韓李歐曾陶杜之間視世所謂訓詁
之陋聲律之卑殆將揮遠之而以為羞道者矣所謂
一代之豪傑若先生豈多得哉先生名濬字仲深世
居瓊山起進士甲科歷官翰林學士國子祭酒累進
禮部尚書掌詹事府事名位之崇聲華之美固不可

謂之不遇而士望尤未滿焉然則天下後世未以知先生者著述具在而此編輯行亦不可少也走辱知先生也深又同事經筵史局獲副詹事府與僚寀之末故因晁與敦之請序先生之集而極論文之所以為文者如此

湖上青山詩序

近世以來大道隱而人慾滋士之高者或汲汲乎貪失其平者乃戚戚于身後死生之際蓋不足齒於是有幽貞之士出其間服韋茹素終其身不褻其所有于己者視死生為旦暮全而歸之不私其所受于天者若晉陶淵明自為輓詞唐司空表聖預作塚壙歌

飲其中而宋林君復亦有湖上青山之句其迹若奇
其人若逵然高風遠韻流傳至今殆庶乎古之所謂
逸民者豈常情之可識哉越之山陰有隱君王晋菴
和甫當正統甲子之歲放遊鑑湖上得佳境于亭山
朱家墺之原布席而偃卧其地曰樂哉斯丘命其子
鑌之曰死必葬于是仍用和靖詩語題諸墓曰湖上
青山小子識之明年隱君卒奉以窆焉鄉人士多詠
歌之者後四十餘年中子侍御君明仲舉進士入官
于　朝得貤　恩贈隱君文林郎監察御史所謂湖
上青山者燁然有光矣既又請于縉紳續書其事凡
得若干篇而吾友定山莊君孔陽序之侍御君恐久

而散軼因刻梓以傳值方奉　詔董學政于南畿行部至新安復以序見屬焉烏乎聖賢遠矣其學百出而有所成以自見者蓋不能盡同要之其生也不以外物動其心而死不失正焉固士之難得者與隱君之少也以父疾而輟舉子業存致養沒致禮斷鄉曲之訟而斥餽金不孝者見之改行而餘慶足以成其子其所學固善而所養不亦克乎原其始而不貪生以自愚要其終而不畏死以自訹有以哉淵明表聖之節偉矣君復生侈靡之鄉操可以富貴之具乃退然與寒梅野鶴自放于湖山而求和答于樵人牧子以為樂其人品高潔宜為一時諸公所敬屈而況學

聖賢之學者哉隱君系出侍郎凝之書得求和家法更喜吟詠而獨愛君復之詩其所成者討將由是而與表聖淵明神交百代之上用以愧夫沈酣世網詩道以濟其慾者則夫幽貞之士世豈可少而此詩豈可以無傳哉雖然湖上青山固隱君之身所託以存者侍御君清才積學歷官有聲不愧瑯琊世胄而後此所立益遠且大是又隱君之心所託以傳者故誦其詩尚論其世為群玉之先驅焉

松蘿山遊詩序

松蘿山在吾休寧縣北十五里號幽勝予十年前嘗一遊焉每以為未愜暨南還值抱病連歲不克往弘

治壬子春銳作一行而雨連月亦不敢必也莫春廿
一日忽霽天氣清和人意甚適乃以詩約縣庠司訓
黃倫汝彞鄉進士張旭廷曙而同遊者五人陳榮天
爵詹貴存中胡昭靜夫及族人正思用禮天錫敬之
侍行者三人弟敏亨及子壎姪塏也或馬或輿聯翩
出松蘿門而東折北過石羊干崇岡複壠麥香襲人
桐花盛開如雪而紅紫則不可得見矣行七八里松
蘿水一脉演迤兩山夾峙盤廻斗折入益深境益奇
每一折即古松盤踞恠石錯立飛泉淙淙水禽交交
蔚有殊意疑所謂蘭亭武夷者正復如此而已行又
七八里抵山麓古佛菴在焉與客小憩解衣登山引

矚四望聯峯屬巘杳莫知其所窮第聞樵斧聲丁丁與礀谷相應而眀者漁者隱顯出沒于煙雲虛落間相顧恍然疑與世隔乃據松下盤石而坐呼童子掘筍作茶供聯句一章還飲小閣心曠神怡如有所得而忘其登陟之勞酒半限韻各一章興發而別有所出者不禁巳而夕陽冉冉過山背汪氏亭子適當路中復邀飲數行日益下乃出山途中有作或和或否亦各取適而已惟汝彛遊最勇詩最工予輩不及也昔羊太傅鎮襄陽病不得謝每至峴山至於泣下然有所如往賓佐皆從茄鼓載道貴而好遊者也柳柳州在謫籍搜抉巖藪幾無遺勝其序所會者謂皆太

半不過之人困而好遊者也予不佞按冊入官所典者冷局得早休自適無擧公之顯且絀更議荷天子恩不加竄殛而遊不出其鄕所與遊多一時寓公里族之賢者子弟相從爲樂孔嘉無柳州之困則斯遊也亦不可不自幸也雖然予朱子平生好佳山水嘗請納官于朝願爲白鹿洞主領泉石是豈直遊而已哉遠眺望以玩心于高明法仁知以適情于詩樂皆自山水發之則吾之遊也方自此始觀者無誚其荒于嬉而不足與進于聖門也哉遊之明日書倡和詩爲一卷序而藏之

心經附註序

西山先生眞氏文忠公嘗摭取聖賢格言爲心經一卷首危微精一十有六言而以子朱子尊德性之銘終焉走每發誦之盖儼乎若上帝之下臨聖師之在目也然猶疑其注中或稱西山讀書記而凡經朱大儒闡示警切之言多不在卷意此經本出先生而註則後人攙入之故邪齋居之暇謹爲之叅校且附註其下而識其首曰嗚呼人之得名爲人可以參三才而出萬化者以能不失其本心而已顧其操縱得失于一念俄頃之間聖狂舜蹠於是焉分其可畏如此古之人所以爲涵養檢防之計者至不敢撤琴瑟而廢箴儆于左右使體立用宏顯微不二用底于希聖

希天之極功有以也性學不明人心陷溺背命于耳目騰理于口舌狂瀾莫回變怪百出將有淪于異類而不自覺者此先生之所深悲而心經所由述也然則學者宜何所用力而後無忝于人之名哉蓋嘗反復紬繹得程子之說曰天德王道其要只在謹獨又曰學者須是將敬以直內涵養直內是本朱子亦曰程先生有功于後學最是敬之一字敬者聖學始終之要也然則是經所訓不出敬之一言故附註之中特加詳焉豈敢以是求多于先生之書哉圖贊心學聖經賢傳之中爲研窮熟複之地云爾追惟先生生宋之季時方以心學爲僞乃獨與鶴山先生魏文靖

公慨然以程朱為師直探此心于千載之上得之深居之安嘗為大學衍義上之講筵思格君心復隆古之治志弗克遂而前此論者至有眞小人僞君子之目蓋道之不幸如此雖然先生之心雖不白于當時實有企于後世若此編者豈非障川之柱指南之車燭幽之鑑大有功于斯道而造次顛沛不可忽焉者哉晚生末學何所知識輒手錄成帙以告同志者願相與畢力于斯

送汪承之序

新安郡學生汪祚承之從予講學南山精舍其資蓋可進于道者將赴秋試南京壎子與之聯研席相好

請一言道其行予因取案上一卷書謂之曰此予所輯道一之編也子嘗誦習之矣然則吾之告子庸能出乎是哉夫尊德性而道問學二者入道之方也譬之人焉非有基宇則無所容其身終之為佃傭而已德性者人之基宇乎基宇完矣器用弗備則雖日租于人而不能給且非已有也問學者人之器用乎蓋尊德性者居敬之事道問學者窮理之功交養而互發廢一不可也然有緩急先後之序焉故朱子曰學者當以尊德性為本然道問學亦不可不力其立言示法可當審矣中世以來學者動以象山藉口置尊德性不論而汲汲乎道問學亦不知古之人所謂問

學之道者何也或事文藝而流于襍或專訓詁而入
于陋曰我之道問學如此孰知紫陽文公之所謂問
學者哉尊德性而不以問學輔之則空虛之談道問
學而不以德性主之則口耳之習玆二者皆非也噫
其弊也久矣此吾所以拳拳于學者而犯不韙之罪
于天下不得而辭者歟子輩勉之庶幾吾紫陽文公
之道所望于後學者將不論胥以斁而莫之振也壎
子曰祚也將上其藝于有司大人以是發之何如予
曰小子烏足以知之道固無徃而不在也象山於白
鹿洞開講之言曰名儒巨公多出科舉要之其志之
所向則有與聖賢背馳者矣誠能深思利欲之習怛

焉痛心而專志乎義因是而進于場屋之文必能道其平日之學胷中之蘊而不詭于聖人由是而仕必皆共其職勤其事心乎國而不為身計豈得不謂之君子乎我紫陽文公深取其義刻之書院以示來者斯豈非今之學子所當從事者哉於是祚起謝曰先正所謂道問學而發其所蘊不詭于聖人者正惟尊德性為之本耳謹受教而行於是乎叙

贈浙江按察使闞公赴任序

弘治六年當天下藩臬郡邑官入覲之歲

聖天子慨然思復

祖宗舊規公黜陟之典蓋自大吏以及庶僚或既黜而

留或既留而黜一惟公論是從海内小大之臣竦然退聽知上之不徇于一偏以建大中而興治功咸思激昂以副 德意千載一時也既而吏部以藩臬之長員闕 聞有 詔揀任務出至公蓋有一再進擬而未當

上心者惟山東按察副使關西閻公首被 旨進浙江按察使方是時閻公奉 勑督兵備于臨清詔臨之日其吏士相與慶于官其商農相與忭于下曰 朝廷用人公道若此我新安之客臨清者視他郡為多又聚謀曰公不遠外四方之人矜其羈孤戒飭其弗率為惠甚公而不敢以私瀆盍贈之言值予

䘏　召北上尾舟以請予不得辭焉惟浙東西地數千里財賦之殷士民之秀兵甲之富爲天下第一按察分五道以覈其政之仁暴民之枉直與其吏之廉貪勤怠然必總于使而後決使之責重矣而近者歲大侵

主上不能無南顧憂至臨遣大臣出内帑以惠待哺之民則令之爲使者不加難于往日哉或以爲歲侵救荒有司職也非憲司所得預是大不然夫刑以輔治也袪政之暴雪民之枉而律其吏怠且貪者然後惠政可施而瘡痍之患可復孰謂憲司之一于刑而不關于民命哉閩公起進士爲侍御數年直道正言無

所比見稱士夫間甚久臨清當南北之衝公治之又數年操愈勵而盜弭訟平有成績焉茲之徃也仰聖政之公于用人而喜念　聖情之軫于恤民而憂益將以大公倡其屬弘其施拓其所素蘊而求以副上下之厚望也必矣不腆之言其何足為公之重哉獨念予於公之兄大叅公有一日之長公不棄而禮予良厚公之從子侍御君又嘗同處詞林契誼之深殆非一日之雅者比故於公之行而不能已於言若此亦豈特以鄉人之嘗徼惠而已哉鄉人之請予文者為吳恕而下若干人

贈張君珄曙知孝豐縣序

成化甲午秋應天府鄉試報至京云有徽之人魁一經者詞林諸君子笑顧予曰是必春秋魁耶意我郡人素多以春秋名者予笑應之曰安知非他經也已而張君廷曙以易經魁多士由是君之名一日聞四方論者以為當復魁南宫而君數竒凡屢上不第弘治癸丑夏始自吏部銓
選授知浙之湖州孝豐縣云君平日慎操履有識見遇事可否人誠偽即以言或規之其為學博而知要古文詩賦皆能亦恒有竒語予被放里居與君家相近每好天日必出尋勝處相邀嬉嘯詠山水間不復問世事或數日不見必相招致傾倒乃已既而君入京師予亦被
召北上追

惟曩時遊從之樂有不勝其惘然者矣君將赴孝豐過予曰先生獨無一言以教我邪予不覺憮然曰是誠無可以益君者君家世易學則凡所以居官事上處己蒞人豈有出於予之易者哉湖州古吳興郡有佳山水可樂而孝豐實新創縣民未孚事未集亦大有可虞者取予易之一二引而伸之使暴者馴棼者理困者紓則庶乎予易之不爲空言而儒吏之效可幾也夫易聖人之所以決民用而謹幾微其大要主於中正而已如以中正而治一邑則將無往而不吉其何有于新故哉雖進而一郡又進而一藩入佐
天子而澤萬民亦何加焉此吾之所望于君亦君之所

自貧者餘不足道也予家中世自休寧播遷河間君父教授公舉正統辛酉鄉試嘗以河氷登陸過焉先曾大父尚書喜相語由吾家一孫亦新舉于時使禮賓叙鄉誼即先少保襄毅公也其後君弟復聯姻程氏而予獲友君情好孔篤今一旦遂遠去作縣其能不槩于中邪雖然士之所志者遠大而不安于近小蓋其上道德其次功名緬仰古人烱然在目君能不勉焉求無負其所學而增光于桑梓也哉是爲序

贈貴州按察使汪公序

弘治六年秋七月三日實

今上皇帝聖誕之辰凡方岳大吏悉表上京師以慶而

山東按察副使新安汪公希顏實預在行公抵東昌而得報云有　旨已進公貴州按察使矣至京師陛見之明日始入謝慶禮成而後入辭徃赴焉監察御史謝君廷獻請予言曰前此七年吏部嘗進擬汪公山東按察使不果乃今以副憲有今　命焉凡知公者孰不以喜而况有棠棣之義者哉是宜有言為祖道之贈敢以請而予於公有姻好不獲辭則告之曰凡吾人之所以為公喜者豈不以其滯之久而亨之難哉古之典銓者任資格若裴光庭或失之固不執例若寇萊公或失之通仕途譊譊非一日矣而中世以来益又不然意在資格則同是豈可以參令甲

哉否則曰是其人之才智宜擢之不次也蓋一切以造命自任故滯之久近與亨之易難誠有非輿論之可預料者矣雖然士豈以是易其平日之所操者哉其滯也不以戚取安吾分而已其亨也不以喜愳吾職之弗勝也夫如是則君子人矣滯之久亨之難若吾希顔亦何有所加損於其人哉希顔自舉進士入刑部為主事員外郎出僉憲事以副以長歷閩楚山西東及今貴州前後三十年足跡半天下凡難決之獄難集之事經希顔者決之明集之勇蓋不知幾何髮雖亦漸變而志愈健識愈精政體愈熟矧當一道提刑之首任可以專行獨濟者哉吾見其職之克舉

無難也貴州去京師西南萬里所轄皆羈縻州郡近方　詔邊帥出兵伐夷其地弗靖者數歲希顏往哉展布其才猷以佐軍實振風紀綏遠人用副
上之寵命而答公議之少伸者名位鼎来將自茲始士為公喜且有甚焉大抵久滯而大亨者數之常也人固莫如之何也亦求為君子而已矣

送學士曾君之任南京序

弘治六年冬吏部以南京翰林闕官長署事聞
詔下内閣大臣大臣以左春坊左諭德泰和曾君士美上凡一再乃得　旨進侍讀學士仍加禄一秩以行盖

聖天子垂意儒臣首選不輕畀人故特示重于庶官蓋此曾君卜日　陛辭故事自元老以下皆有言贈而以次授之序敏政不佞適承之不可辭惟世之持議者謂翰林之臣有簡逸而無繁勞恒竊以為未然夫翰林之臣日從事簡編考求聖賢成法以為學而無吏事則疑其為簡逸者然其學將歛之一心而安散之萬彙而合放諸四海而準非極繁勞莫之有獲而况所典者上之為講筵為記注為貢舉所以輔

聖學裁一代之紀而招俊乂于天下類非可以責人而代之理下之為文章為歌頌雖其用非大禁所關然以之宣人情而達政宜養之不豫亦不足以酬物

行遠然則官翰林者誠日不暇給而謂之簡且逸哉彼徒見吏治之冗弗勝而疑此之有宴安之適則云爾然士有弗用用之斯其操有要其出有本亦烏冗之足虞哉曾君當成化戊戌舉進士第一人入翰林為修撰時年已加長在館中退巽如後學嘗連考禮闈號得人而遇菑沴即扣閣論事更化初自南京侍讀 召還與修

先帝實錄成始進官春坊侍 講筵以有茲命然君之生也甚健其才力精敏雖英妙或有所弗及故衆論猶惜君不亟見于用者是亦不然君子之學為己而已將何所見而後為得哉從事簡編考求聖賢成法

以為學而幸免于吏事所謂日不暇給者計曾君之心豈以老壯而異耶學之愈邃則操之愈約出之愈卷亦何簡繁逸勞之有古之人蓋有收效于遲莫而其聲實華茂炳然至今者矣前此南院為張君廷祥以親老得請歸南昌曾君實代之張君之門生為祭酒謝君鳴治其年加張兩歲謝君之門生為侍郎董君尚矩其年加謝君四歲董君之門生為曾君其年又加董君六歲蓋老生奇士閟而不克自見非具眼者亦莫之識也曾君行哉所以答

聖天子慎簡儒臣之意而副贈行者之言亦惟有不負此學而已敏政在翰林最迂鈍無所與齒輙因曾君

而道其職務之所得為者共加勉焉

陸君廷玉哀詩序

金陵陸庠仁甫之以貢升太學也亟奉其考君哀輓之什若干篇請予為之序仁甫往歲嘗寓書京師請詩壽其考及相聞矣歲丙午予考秋試南畿仁甫弗克薦乃辱相過甚恭予因以諗其考君之賢而善教故能不以得失介心若此距今則九易寒暑矣於是其考君之葬已久哀輓之什繼繼不已而況於仁甫有素者烏能辭其序之請哉人之處世也生樂而死哀本出人情非有所強而然者故樂有頌哀有辭亦緣情而生足以致備物之芬而世往往厭其數譏其

繁豈不過乎夫禮始乎脫成乎文終乎隆隆則仁人孝子之厚其親者盖無或不用其情也獨哀輓一事哉頌其生者予弗暇論若哀其死而為之辭則蓼莪黃鳥之篇薤露蒿里之作班班見乎經著于傳記其數與繁固隆之意也古者不葬而後以漸為之欑衾卜其窆兆置之祠饗所以安其體者甚備銘其玄堂之山外而又奠之文哀之詩則固將以暴其行也夫人孰不欲其體之安行之㬥為子者本其心而為之殆出于備物致隆之不能已者烏訃其繁且數哉孔子曰君子疾沒世而名不稱謂其無為善之實也况有其實哉陸君之葬也太常莆田陳公師召銘之稱

其尚禮秉義有儉樸靖慎之行殆不誣者至於斥黜金之妄卻龜蒙之譜則尤卓卓可幾古人然未躋上壽而不及見其子之成是眞有可哀者已君有孫鳳愿而文能刲脤以愈母疾今學士長沙李公賓之為書其事而傳焉殆君身教之懿所及君諱璦字廷玉嘗以輸粟賑飢為義官今不書而字之者榮不遠德且以俟其後之昌也

澄江文集序

太子少保兵部尚書兼翰林學士泰和尹公先生既還政退居其里之澄江之上門生子弟相與詮次其文號澄江集為二十有五卷以進士吳君谷顯亦門

下士方知縣事界而刻之刻已值考績上京師因取
視走請序之以傳走誦之終卷而竊嘆曰盛矣哉
皇明啓運百二十年于兹文化大行作者輩出其篇章
所存誠足以飭治功而廣道術若尹公先生固其一
人焉然非其才識之高師資之美際會之亨則固未
有能卓然名世者矣公生有異質而濟之以問學舉
會試第二人擢進士高第識敏而才克恒思以身任
天下事而不為淟涊之態其得諸天者甚厚泰和前
輩若楊文貞公王文端公及梁泊菴陳芳洲諸老先
生公及事之或私淑之又以庶吉士得盡閱中秘之
藏所與游必一時材傑而視迂左者為不足與也其

得諸人者其博公在景泰天順中為編修即有名先
師南陽李文達公首器遇之既而事
憲宗為侍讀進學士再進侍郎官兩京歷三部遂入内
閣贊機務加宫保尚書迨
今上訪治之初而公有所引避獲請矣其得諸
上者甚隆蓋公之文始見塲屋者已足名一時式後進
其侍　講筵職史館直筆昌言無所顧忌以至於考
多士議邦禮司
帝之制命則甄收善類援據古典懾四夷而惠黎元天
下之人固有因事考言而惜其未盡者矣然則本之
才識博以師資而又值寧泰之會卓然得見于用如

此刻而傳之使人知天之生材也不偶其篇章所存將與前輩相下上而

皇明文化之盛可考見焉吴君之功豈直不負于門墻之舊而已憶當成化丙戌故永新劉文安公眉山萬文康公並主考會試公與今吏部尚書鉅鹿耿公故禮部尚書南昌謝公分閲尚書卷而走獲在選中今三十年矣章句之陋不足以辱奬拔而公所以期不肖者尤非他士可比顧淪落之餘疾疢之久學益荒見益陋實不足以知公之文而況敢以不腆之詞冠其首哉南望西江不勝傾注序而歸之以少寓起居之敬萬一云爾

秋江別意圖詩序

太平黃君汝彝爲休寧學司訓九年將上其績于京師縣人胡靜夫汪克成詹存中取休寧之景分十二題爲秋江別意圖各賦一詩以餞書來請予爲之序予往歲被放南歸得汝彝而與之還往三四年汝彝性高曠殆不可以苟合然獨心善予酷嗜詩凡居閒撫景寫懷酬物一寓于是休寧佳山水縣北松蘿山其勝處不減蘭亭武夷縣西齊雲巖尤其絕與武當相雄長縣東古城巖石門天險庶幾仇池而縣南紋溪之水澄碧如帶浯溪上下石人峯落石臺玉几山諸可以登涉釣游處至不可名狀予別墅在南山學

舍在楓林原相去甚邇汝彝與予每每來與騎馬或
坐籃輿駕小艑觴詠終日又得靜夫克成存中三人
相與忘情寄傲于水雲山月間漁夫樵子往往見侮
然予輩心樂之不自知其身之在放籍而受罰于塵
鞅也予既被　召入朝幸汝彝之將至而念靜夫輩
在故山所以序其詩者乃遠屬予不以予之心善汝
彝故邪夫人之生世率苦于無友非無友也相喫者
衆則情有所不敢伸相與者嚴則意有所不能洽故
雖交游遍天下而號相知者恒寡也若吾汝彝蓋可
友矣一時遊從若靜夫克成存中又皆雅志林壑可
與分社而不厭宜其賦此以寫臨岐繾綣之懷不忍

其去也汝彛為故侍郎世顯之從子受知大司成謝方石先生在休寧以善教聞出館下者多中首選今玆之來吏部將按籍而升之或知而薦之其詩將有所遇于世然則歌頌

聖德被之管絃與能言者角立以鳴一代之盛非予與諸君子所望于汝彛者歟

水晶宫客詩引

吾邑汪君廷器自號水晶宫客客多遺之詩者間持視予予觀諸詩人之意大率以為吳興苕霅二水之勝聞天下宋楊次公登明月樓賦詩有溪上玉樓樓上月清光合作水晶宫之句吳興以此得名至元趙

魏公居吳興又自號水晶宫道人鍥之印章廷器以
嘗客於斯也亦因以自名焉然予考之水晶宫無所
見獨唐逸史謂盧丞相未第時遇異人引入藥爐中
若夢然第覺其身在碧霄之上見宫闕樓臺晃朗照
耀有女子曰此水晶宫也其説出乎怪誕然唐人習
言之疑宋元人所謂水晶宫當本於此則因以詰廷
器曰世之人以幻爲眞而或啓妄者之慕倡隘者之
爭子知之乎盧相之事如此魏公之號如彼安知不
有僧孺之紀安石之墩啓而倡之或慕焉或爭焉眞
幻相尋于無窮而子之所謂水晶宫將得爲已有乎
將不得爲已有乎廷器曰不然盧相所見者碧霄之

上吾所遊者圖畫之間吾豈若僧孺之所謂慕者剡
魏公於吳興為世家吾於吳興為旅寓亦非若安石
之所謂爭者且人之生也蘧廬天地瞬息古今亦孰
非客哉古之人固有居異鄉而自號曰蜀山友先正
而自題曰陶菴者矣吾客吳興而曰水晶宮客獨不
可乎予為之撫掌曰達哉子之志可以語矣因讀其
詩而序之廷器名鑑喜書史雖間出遊江湖有鴟夷
子皮之風遇文人韻士鑒別古法書名畫觴詠竟日
惟恐失之蓋其情致清洒足稱其名非盡出于好事
之舉也

歙棠樾鮑以潛氏奉一帙來予所居之南山堂以相視曰此光庭之所輯録也自宋抵今凡以爲鮑氏而作者咸萃焉蓋前此多已失之金華燬于回祿有不勝其追悼者矣光庭是懇爰發所藏及蒐之羣從欲以備一家之言顧未有訂之者敢拜以請時予將北上辭之而請益堅寓宿僧舍以必得爲期因諾之而卒業則爲之嘉歎曰懿哉鮑氏之所積遠矣慈孝之事著于宋史而見于我

文皇之聖製昆弟子孫宦學相承閨壼相師名一鄉而聞四方久矣然非有紀述以備考索則名不相通而人無以睹其全固一家之闕典也廼爲之彙次爲卷

十四為詩文若干篇題曰傳家錄以授之而以潛復以序請屬予治行戒徒御矣不能執筆則又使人尾舟竢焉若以潛亦可謂知所重而篤于顯祖者哉棠樾在歙西予嘗過之山谷回環林樾清邃堂皇櫛比綽楔相望皆鮑氏一家無異姓焉所居不下數千百指老者淳樸少者馴謹誠盛德之後而文獻不可以無徵也彼世之巨家所計以傳者率以田宅貨財花石玩好相夸詡而能保其一再傳者斯已幸矣求如鮑氏以慈孝開先碩儒遺老義夫貞媛繼繼不絕至于數百年之久昭乎簡牒播于賢人君子之詠歌贊頌若是其盛者豈多見哉是可傳矣雖然高山之仰

維桑之敬古之人於同鄉異姓之賢者尚知所景慕
效法况先世哉誦其言師其人撫其事覆其迹在鮑
氏後可不勉爲以增輝斯録求無負于編輯者之
意哉

篁墩程先生文粹卷之十三

篁墩程先生文粹卷之十四

序

端友齋録序

端友齋録一篇出令錫山盛虞舜臣舜臣常得端石之佳者爲研而取象于鐘鼎斛觳凡四葉既以名之又潔一室以貯之號端友齋矣復摹其形裒其所得傳記銘詩之類鋟梓以傳請予爲之序蓋凡諸君子所爲發端友之義者畧盡而予往歲亦嘗爲舜臣銘其一焉將何説之可益哉昔米南宫出見奇石具袍笏拜之呼石友而舜臣方以詞翰與事禮曹印局其惓惓于斯者殆有慕焉爾矣然録之所載言人人殊

非諸君子所以私舜臣而廣其志識哉或曰鐘鼎以食言黼黻以服言非盛德莫敢當也當之以物而加之友則幾于僭且鑿矣可乎是不然舜臣之意以其有端之名有堅貞之德故取象焉求自盖而因以風世之若逢豢者謂其僭且鑿焉過也彼命之曰陶泓侯之于即墨偃然人之而又假命德之權則將奚責焉或曰飽仁義者不願人之膏粱美聞譽者不願人之文繡恐循名責實過而憮之以為端友之不屑于是也夫端友之屑不屑人惡得知之而舜臣之意則可知已或又曰舜臣如欲風世則為室貯之為銘相之斯已矣必鍥棗以張之而壽其形癖哉名之取義

又何暇論乎是亦不然古君子玉不去身士無故不去琴瑟恩其心之逸而性失養也夫端産柢玉而研之後在簡册有恒焉引之自近則玉與琴瑟之倫也豈若南宫氏之呼友夫塊然而已哉噫觴政奕譜之屬紛紛然競出以售人士人間亦或樂誦之者舜臣之為癖也不猶愈乎吾以是序其録而使之傳雖比之説郛書聽藝語固風世之一端也非成其癖而為之辭

辭金詩序

弘治庚戌秋占城國王古來言往者安南國王不道納臣叛將而助之虐奪臣國稷之以冒

天朝之封臣稷命無地賴
先皇帝大恩以事付都憲屠公〻不鄙夷我陋邦踰嶺
海察事機合衆議以　用印畀之臣文告安南數其
不能恤隣之義析其姦萌道之逆順安南自是不敢
肆其宄狡而臣獲返國以有今日皆
聖天子盛德與屠公之功臣表　謝外有白金若干錠
黃金器飾若干事異香番物若干奩附使者以謝屠
公敢昧死上　請
上嘉其誠命公受之公固辭曰綏遠之仁繼絕之義在
聖天子臣何功之有
上不允公又懇辭曰臣不佞臺憲之長也而受外國金

其何以率下聞四方雖
天語再臨臣不敢奉　詔
上知公志堅許之令貯禮部備公使之需由是縉紳流
聞嘖嘖稱羡播之聲詩積成巨編而推予為之序予
嘗閱屠公辭金之疏見
聖諭丁寧始命之受而終聽其辭者未始不欽祗嘆曰
休哉非前代君臣之可及也昔漢陸生使南粵受趙
陀饋在橐中者千金他物稱是歸不以言高帝亦不
之詰宋趙中令受吳越瓜子金雖不及知藝祖命受
之亦不聞其力辭也然則謀國之功偉而正己之道
缺豈所以貴名檢而示儀刑于天下哉公為侍御歷

都憲屢當劇任受重託其識足以察微其才足以制變若陸生之學術趙令之勳猷公殆有焉而辭金一事則過之矣遠近士夫仰公之清風而樂

聖天子成大臣之嘉讓詠歌之使廉貪之化可期伐檀之詩不作誠有涉于風教爲美談于後來不可以無傳也予與公同舉進士相知深故不以鄙樸辭而序其事如此公名潚字朝宗世家四明今官爲

太子少保兼左都御史魁幹偉髯負氣節望而知爲重臣碩輔云

送行人王君使朝鮮序

弘治乙卯春三月禮部言朝鮮之有事也宜遣一行

人往致禮于其國　詔可惟時行人王君獻臣實受
命以行凡與君同年舉進士尤厚善者檢討鄒君璣
而下若干人醵餞之且相議曰敬止少年偉丰儀詞
翰選于衆而使遠外名一旦聞
九重臨遣之日賜一品服視他使為榮然求所以副
茲　命者宜請教于君子一言乃託吾宗人杲及楊
君志學以來謝不獲則為之言曰朝鮮古箕子之封
履視諸蕃獨恭順爵有請　賜有謝元會
聖節諸大禮歲必四三至其境去遼水不三百里而近
館相望無瘴癘險阻之虞其人業詩書比內郡肇踞
如禮無頑獷犯順之習使其國者盡兩月可還則敬

止之行固不必有所咨討而使事可成也然天下之
事或數于易而成于難彼使而涉瘴癘險阻之虞當
頑獷犯順之習勢若難爲者顧一切以蠻貊處之摘
其皐昌其詞宣
上德威而奪之氣使其知讋而感焉斯無不得其懷服
者矣若朝鮮則何如其處之哉純以蠻貊待之則彼
固我之近藩業詩書比内郡不可也純以中國待之
則彼終以譯而通其嘶或至于狎肆亦豈法之得哉
必吾之所以自處者介可畏敬可慕上以見
中國之尊下不失綏遠之義使朝鮮之人知
天朝使者秉禮達節而善於其職若此名不愧皇華

之選行足稱品服之華此敬止所有事也予又見徃
時使朝鮮與安南者多喜以詩賦相倡和為長雄心
恒疑之夫周爰咨諏而陳詩以觀民風古使臣之職
殆不謂此如以其詞華墨妙自矜詡而與蠻貊爭勝
負縱過于彼千倍藝焉爾其何繫于使事之得失也
哉此亦敬止所當知也
今上嗣統初諮用儒臣一人告即位于朝鮮禮部以予
名上值開　經筵予不佞承乏講讀官首不果行然
恒以不得一覽東方山川之勝為快於敬止之行竊
有羨焉故既序其事以贈而申之以規將見使事之
眞無難也此諸君子之意也

送太常少卿沈公拜美考績還南京序

拜美年十九以上海諸生領鄉薦即有名與學自治經外兼通諸家作為歌詩得意處不減唐人風格書法兩晉尤清勁豐腴為識者所鑒賞然數奇弗偶竟入吏部銓授中書舍人遷　尚寶丞幾九載僅一轉少卿而已拜美性和易有守不以仕途通塞為計念公暇與客觴詠終日當其興到開口論事後成敗古今人賢否得失如指掌聞者嘖嘖曰此有用之才邪而滯于此弘治辛亥始用薦太常少卿滋任南京一考矣上其績于京師　詔仍舊任錫之誥命

陛辭南還大理卿王公景明於拜美同鄉同學號知

己太常少卿李公士欽於廷美同官尚寶交莫逆喜其來而惜其去之亟也請予言為贈昔予獲交廷美時廷美方往玉河東城下每好天良日有所集予多在坐歌呼嘯樂終夕不自休蓋於今三十年握手話舊恍不自知其髮之種種也雖然三十年來事紛紛若蝟毛何可縷數獨以廷美視之則當時固有較力以相高而謂其弱者矣有陰捷以取上官擴左席而謂其迂者矣然不旋踵間事去名隳徒為人所指議而廷美顏如渥丹語如霏屑一飲累觴猶昔也為歌詩奇健可喜猶昔也與人論事侃侃不少屈猶昔也奏績而來予誥而歸亦何歉于得意一時徒自矜詡而

旋已失之者哉南京舊都百司事簡太常所職者禮樂無簿書之勞東南山水佳勝處可日相尋眺以自適蓋以己觀之謂之吏隱可也以人觀之謂之仙曹亦可也人固有終其身行憂患之途求一日之樂而不可有者拜美所得不既多乎然予於拜美非一日之雅愛莫助之而竊有告焉通塞相乘者數之常也屈伸不失乎己者君子之守也拜美何患哉亦獨盡其在己者而已

南舒秦氏家譜序

吏部侍郎秦公崇化手續其家譜而刻之有年矣間奉以相示曰我先世居廬州舒城之友鹿冲自宋以

上譜逸莫可考五世祖漢卿勝國時始以儒起家爲提舉生六安守天祐六安生奉化丞均玉奉化生洪武庚戌進士行在刑部郎中子儀先祖也郎中當永樂初屢上疏論事謫同知衛輝府始剏秦氏譜一編學士胡文穆公爲之序至我家君梅山先生恒有志續焉未就而不佞實成之爲三卷首譜圖以詳世系次譜傳以著履歷次譜記以備文獻凡可知者謹書之不遺不知者闕之不敢妄有所損益明兹譜之可傳也敢請一言于編首用詔我嗣人子與公同出南畿雅相好受而讀之終卷爲序曰宗法之不可復也尚矣自魏晉以及隋唐有中正之設譜牒之上用以

公選舉定婚媾少寓宗法其間五季以來一切報罷
至宋中葉而歐蘇之譜出例嚴法精談者宗之下逮
元季之亂譜學益廢况廬爲左君弼所竊據而受禍
尤甚者我
高廟龍興一海内修復先王之禮律明嫡庶正良賤同
姓不相偶異姓不相繼武弁之承文科之預必上圖
狀論其世而後定一宗法之所推也百餘年來寓中
乂安而廬之爲樂土也久矣故老遺黎之子孫休養
生息日益以昌誦詩讀書出爲世用若秦公祖孫獲
保其先緒而衍其文獻之傳伊誰之力歟考秦之得
姓云始郤蘇或始伯翳子孫於秦因氏焉蓋盛德之

後世中間起仕凡幾代幾人而獲舉公以一人之身
有子十一有孫十五曾孫二十有六玄孫五十有奇
五世孫六十有五來者未艾上下相去二百年爾
其所積之深且懿焉有是哉況嗣世者有保境安民
有惠民之政有匡時之策蔚乎炳然可以裕後而公
趾美甲科歷官少宰其所典風教選舉恭
廟謨而領使命于四方才望表表為時名流是以振其
世風而弗替又誰之力歟夫念其族之所以完則非
忠莫與報上感其身之所從出則報孝莫與繩武以
是相勗而又以勗其後之人于無窮則宗法庶其有
聞而斯譜之為可傳也審矣夫豈徒以紀名諱敘親

羅別昭穆而已哉

旌功録序

皇明有社稷之臣曰少保兵部尚書贈太傅于肅愍公當正統己巳之秋翊輔中興坐攘強虜以身佩安危于天下天下頌之而不幸爲權奸之所搆死死未幾權奸以次敗戮哉

憲宗皇帝奉

英廟之志復官賜塋加禄其子焉

今上皇帝又廣

先帝之德意贈官易名立祠墓下予額曰旌功俾有司歲時祀焉而公之忠勳益暴白于天下衆晃以應天

尹致政家居感
列聖之大恩而悼先烈之不泯也手集褒典及狀碑墓
誄之作爲五卷題曰旌功録刻梓傳焉而以序爲屬
敏政待罪史官蓋嘗得公之首末因卒業而歎曰當
景帝之不豫也公與廷臣上疏請復
憲廟于東宮期必得請乃已疏再上至闕門而石亨等
以是夕奉迎
英廟于南宮復位改元用大學士徐有貞策即誣公等
以大逆下之獄給事中王鎮等爲之 廷劾至言臣
等與于某誓不同朝左都御史蕭維禎等爲之
廷鞫則謂于某等意欲迎立外藩以危宗社奏上

英廟持之而有貞進曰非此則今日之事爲無名由是議決蓋國史所書炳如日星而天下之所共聞者也嗚呼自昔權奸將有所不利于忠勳之臣則必内置腹心外張羽翼蛇盤鬼附相與無間而後得以逞焉若漢太尉李固之死梁冀宋丞相趙汝愚之死韓侂胄與肅愍公之死石亨一也夫以胡廣京鏜執政而馬融爲之草奏李沐爲之疏詆司刑之臣又相與文致之而后衣冠之禍成故竊以爲肅愍公之死雖出于亨而主于柄臣之心和于言官之口裁于法吏之手不誣也首禍之罪則通于天矣春秋討賊必先黨與亦烏可末減而自異于孔氏之家法哉噫廣鏜融

沐之流其始特出于阿鄙或鍾于忌嫉或卒于迎合以乘時徼利而已詎知一念之酷至于蔽主聰變國是而空善類如烈火之燎原洚水之滔天不可拯救也哉然敏政歷考載籍凡權奸阿黨忌嫉迎合之徒敗戮相踵縱偷生一時亦媿死不暇得失相乘不見其利也而忠勳之報每有天定焉冀誅而求固之後侂斃而雪汝愚之冤亨族而旌肅愍公之功善惡之應凜然而流芳遺臭所以繫萬世臣子之勸懲者可鑒也敏政不佞輒論次其大者于首簡爲觀者先焉然則是編也豈直一家之私書而已公諱謙字廷益錢塘人勳德之詳具載狀碑冕字景瞻詞學政典不

媿世胄而乏嗣近擇同宗子元忠爲繼以奉肅愍公之祀君子以爲得禮意云

聖賢像序

聖賢像一卷故盱江程氏家藏石刻本也予所見蘇浙三刻本與此互有得失名亦小異皆宋畫院所臨舊本散行于世者最後于京師見宋眞蹟于陸詹事家於休寧又見之於汪時春家較之三本大有不同如刻本以東平王爲宋武帝以曹參爲曹操以羊祜爲宋仁宗以裴度爲李勣以趙清獻陸丞相爲蔡西山父子又於凌煙勳臣中摘程盧公爲李臨淮飲中八仙中摘汝陽王爲唐太宗之類甚多以今考之東

漢諸王常御遠遊冠又謂之側注冠若南北朝安得有此曹參喜黃老師盖公故爲道裝與橫槊賦詩氣象何預傳稱玄帝神像即仁宗御容亦非輕裘緩帶者可相擬也晉公貌不踰中人而以之爲英公西山九華處士終建陽家廟本皆作深衣幅巾而乃爲袍笏之像是皆後亂其標目傳者各以所見爲定本也畢竟書院臨本爲近之故輙參考重定一番且檢名以古今贊辭繫之于右而記其不同之故如此焚香啓冊斂衽肅觀仰企聖賢寤寐千古而凡一時勳猷節行文學材藝之士皆得我師焉豈直寓目而已弘治九年丙辰秋八月四日後學新安程敏政謹識

李忠文公家乘序

故國子祭酒贈禮部左侍郎安成李忠文公家乘十卷其第一為　誥命勑諭賜祭文其第二至第五為倡詠及贈送文若詩其第六為行狀墓表傳其第七為請謚諸奏及祠記其第八為像贊祭文哀輓其第九為附録録其後之所致也其第十為世譜譜其先之所從出也蓋公之孫攸縣教諭昴司訓祁門時所編集嘗奉以見示求訂因為之彙次如左而序之曰公賢人也道德有于身而正學昌言足以利人之家國非中古以來功名材藝之士可得而差次也昔在

文皇初抜公等于進士中俾績學翰林親督教之所以

為燕翼之計甚至而公亦上感知遇自刑曹改侍讀
即慨然疏論天下之事被繫兩歲不死洪熙初復抗
言極諫被捶撲不死改交阯道御史又三上章下
詔獄不死
宣廟初稍進侍讀學士蓋有意嚮用之不果正統中自
翰長為祭酒又忤權貴人被着木不死於是年七十
有四矣累請得謝去去兩歲而有己巳之變猶手疏
選將練兵奬忠節正名分三事蓋天下之人無賢不
肖皆知公名想見風裁思執鞭而不可得非道德有
于身如古之人孰與于斯乎公沒之六年巡撫都憲
韓公為請謚于　朝　詔特謚文毅成化中始復有

贈官録後之　命改謚忠文久之又用守官奏並享忠節祠盖公之大凡如此噫賢人之生在造物者未始無意然生〻困阨危辱其身俾才弗究用而生民不被獲其澤自昔然已豈獨後世哉公與泰和王文端公臨川王文安公吉水錢文肅公三五君子在館閣四十年所職不踰簡用詞翰間垂老始出而典吏事教生徒而公之名尤盛嗚呼公名之盛豈公之幸哉萬年之舉賓董之薦雖賢者猶不免此而又奚責乎抑通塞否泰天實為之而人力固不至此也考公議之建請誦　制語之褒嘉與一時元老之贈貽賛頌非不知公者而公之完名全節壽考令終亦不可

謂之不遇獨有志之士畏天命而悲人窮者追論其世有遺憾焉公則何歉于定武走生晚承乏史官及聞之前輩竊嘗評公直道而行如漢汲黯立朝屢被譴不屈如唐顔眞卿爲師儒獨身率下如宋石介自以爲百世之下有賢者論興或不易此遂僭書之編首公自號古廉學者稱古廉先生詩文另行若干卷兩朝奏議則當時已焚其藁不可復得矣

平盈文會録序

文之用也大可以華國次可以飭吏又次可以貢身而揚先烈要之爲不可闕者然孔子謂文莫猶人而嘆躬行之難得則又必有本之足貴乎吾觀于方氏

之平盈文會録有感焉平盈距婺源西二舍許方氏聚居之世有文人且所與多文士卷帙相傳自宋而上率散失由元以來尚有存者儒學生世良裒其詩若干卷為內集名人碩夫之贈貽賦詠若干卷為外集謁奉以求序五年矣未有以復也既予以服闋將入
朝世良为申其請乃閲之終日曰富矣哉考其小序知方之先鑑泉逸老者在元不仕所題三閭廟有耻隨三姓拜秦宮之句和人九日有黄菊未開孤令節之句志尚如此其後若士毅以身教而有節婦之旌文爍孝其親而有百感之集文晥睦其宗而有積善世譜之續月同之善言春秋性顯之垂意雅樂

他所論著亦恒出于懷古感時惜陰憫雨而於箴規友愛畊桑漁釣之作尤多蓋其出處之嚴家庭之懿詩禮之承節義之守有足稱者然後致此豈必詞之妙意之工而後為得哉嗚呼三曹諸謝詩則美矣君子不能無議焉若石建之憂謹于書馬王休徵不在能言之流而篤行純孝亘古鮮儷文之為用誠有不可相無者矧方氏之賢萃一門出一時其富若彼而加之有本若此將必有賞識之者亦何患于無傳哉後之人因斯集而益求之以進于古作者之域賁其身而揚先烈小之以飭吏大之以華國使人稱之曰是不獨平盈一鄉之文而已此非世良之志乎

五箴解序

聖門之教莫先求仁而求仁之要又非遠人以爲道也禁止其視聽言動之非禮而敬以主之則日用之間表裏交正而德可全矣顧其爲說莫詳于顔冉氏之所聞又莫切于程朱氏之所箴者惜乎後學不能體而行之則其羣居之間徒有講習誦說而已江浦教諭關化吳景端氏嘗取四箴及敬齋箴爲之箋釋號五箴解以示學者其學者雙溪李諛間從予游因奉以請序曰景端之志也嗚呼洙泗遠矣心學晦而功利之說瀾倒于後世伊洛勃興考亭繼之由是墜緒可尋而謂夫子之所以告顔子者乾道也告冉子

坤道也夫乾言誠坤言敬聖賢之學於是焉分而敬實後學之法守一不敬則私意萬端起而害仁不可勝道誠何自而致乎敬而安焉則無已可克而仁矣仁則一于天理而誠矣此希聖之功也五箴之所由作也景端生百世之下而知所用力又思以及人非能篤于為己之學有是哉聖訓在目遺矩凜然孤陋無聞豈勝竊嘆輙述所見以付謨俾致之景端以求益焉

遊黃山卷引

予往來家山二十年恒思為黃山之遊不果弘治丁巳予月之三日至郡城决策往焉府公衛侯及士友

期同行甚衆值冬霖不止有輿至潛口而返者有進至楊干寺一宿而返者惟清流時習鏡山三人佐子甚勇冒雨行兩日抵湯口陰曀四合微雪交下子亦索然以為不可登矣至山麓雲氣忽晴循兩崖而入惟石參聳飛横虹亘三十六峯出没天表湯泉沸石屋之下而嶺外石潭古木陰翳有龍宅焉其境幽夐其狀偉絶四人者相顧愕然疑不類人世乃小憇祥符寺留四詩出山又明日清流作長卷請弁道中所賦者各書一通或疑黄山之為景也非太白之句不能當其勝非摩詰之圖不能盡其變顧此半日之遊僅見其一二且短章寂寥若此惡足以自侈乎是大

不然譬諸嘗鼎食者得其一臠餘品可知所得益新則所飫益夥若盡得之終身之須無餘味矣然則茲遊特啓其端耳他日謝事還山裹糧而來分榻而卧希塵外之高蹤續古賢之逸響必有其人以挈予而名後世者若今所得則亦出于一時良會不可以無紀也清流為于明文遠時習為鄭鵬萬里皆予友鏡山為李汎彥夫從子學既遊之七日篁墩居士程某克勤父識

奉送少師兼　太子太師吏部尚書　華蓋殿大學士徐公謝政南歸序

三代而下號平世君臣之相與者多出于體貌而或

全或否繫其逢焉其出于心相孚而進退兩得者其
盛也若今大學士宜興先生徐公之歸固昔人之所
願而不可得者歟公以進士及第事
英宗
憲考
今上皇帝四十有五年位三孤總百揆贊密命輔
青宮官階之峻付託之專　寵命之優渥前是未有
也計公之體國圖報殫力不足豈肯求暇逸于一日
之為快哉然壽踰七十自今歲來美疢日侵視聽孔
艱誠有不可出者遂三上章求去得請乃已此古大
臣之心審已保節非面騰巽牘而陰覬留者也

上以公四朝元老勳茂望隆
睿學之所資　儲德之所養民生之所筭皆藉公弼
成有不可一日釋者故於其在告也　遣國醫
賜尚食存問周悉異其遠愈而公疾未可瘳乃體其
去志之決至三請而後　從之賜勑加贐遣拜臣一
人乘傳衛行命有司供月廩給夫從仍官其一子于
朝此古聖王之心貪賢貴老非姑以備禮文塞故實
豈非進退兩得哉　命下之日蓋有悵然謂一時良
輔而不獲終其太平之功為　朝拜惜者亦有懽然
謂一代盛事而以得謝為公榮者於是
太子太保刑部尚書武進白公合同郡之仕者餞公于

郊授簡不佞請所以爲贈辭不獲則爲之言曰公之行所繫大矣

天子之璽書士夫之公議襃錫而嘉予之備矣亦何俟不腆之詞而爲是嘵嘵哉惟公以青年歌鹿鳴而上京師致通顯髮種種矣功成名遂還政而歸焉鄉人子弟遲公之來瞻丰采而聽緒論曰吾鄉之先達若是

聖朝之耆舊若是名臣之進退以道若是企慕興起以力于學是公之出處雖繫重輕于天下而一鄉之觀感先焉宜不可無述也雖然昔人之爵禄榮名與公相似者不少也或弗謹于官常而以事去或中露其所不韙爲上所厭斁而後去求全夫體貌且不可得

況心之相孚　恩禮始終無纖芥之隙如公者蓋盛矣不佞在詞林從公後餘三十年荷教益為厚今
元良出閣復被薦與宮僚之選抵京師五月而公去之故於白公之請有慨于中不可已爰述公之所以事
上與
上之所以待公者復之而因以為天下後世道焉

送潘君玉汝同知金華府序

玉汝舉成化甲辰進士第授知湖廣之蘄水縣事凡入覲及初考者三被行臺獎勞者再旌異者一其處已之公涖事之勤聽訟之明審鄉叢濟涉百度之修舉周悉求不負所學上副

聖天子為民擇令之盛心亦可謂良有司矣弘治戊午夏進同知金華府事　廷謝曰吾鄉之人有言者曰玉汝性伉直不能逢迎上官於事可否以義爭雖臨之利害不恤也故恒懼其為人所陰中今獲陞大夫佐上郡宜賀又有言者曰近著令有司之九載考績者進二階得旌異者乃以次　召入備臺察之選子部之擢焉今玉汝旌異在考績之後雖以推擇進四階而不獲備官守于　闕下宜惜是二端者皆非也夫士君子之仕在行所學而已豈崇卑中外便已與不便已之足計哉利不以喜鈍不以戚古之人所以自律而考人以為定本者也潘氏世居婺源至玉汝

尤好修謹禮以尚書舉于鄉而策于
天子之廷其不爲便私計也可知矣發源于朱子之闕
里流風漸被既久且深而尚書者治天下之大經大
法在焉推所得者而見之行其何有于郡邑然則其
施益博其成也益遠且大又可知矣夫金華之爲郡
也與新安接壤文獻之盛甲東南若東萊呂公實與
子朱子相望而起倡斯道以覺後進流風漸被亦尚
有見于今日者乎玉汝勉之不以人之所惜與所賀
者爲重輕使學道愛人之政出于先賢過化之邦斯
鄉人所望于君子者餘不足道也玉汝嘗從予講習
故贈言者以是見委然予固將有言以致愛助之意

者故書之不辭

東海遺愛録序

南安人以其故守張公之有遺愛也其去則相與留像于城北金蓮山之高明所最其德政而爲文勒之石其歿則以瞻奉非便徙祀于郡治又集其祠記與文民謠士詠之類爲遺愛録以傳其言曰公治南安六年養有資教有慕死者有所瘞而生餓者有所恃而飽居無困役行無病涉而士不惑于異教凡尚賢興學邵農澤物之政蓋不可縷數公以詞翰名一時郡佳山水及古蹟必約寓公臨觀嘯詠竟日道郡下者往往欲得其草書與字而去羅誅求焉此録之所

縣作而序不可闕也敢因所善以請噫予與公同年進士知其人方其出守南安士多惜之以爲用枉其才者孰知其政之若此哉夫文與政在孔門亦不可得兼也故歷代史循吏文苑别立傳其所書文人而有治行惟謝宣城李北海尤著當時思之後世頌之以姓配郡弗敢忘而謝公之亭名宦之祠至今名實所在不可誣也張公守南安遺愛若此而詞翰之妙亦莫能掩高情逸韻固將與二公者相望于百代之上乎公六子皆賢曰弘宜舉進士爲監察御史曰弘至舉進士爲兵科給事中詞翰並有父風可擬諸謝是固遺愛及民而裕其後之一驗歟諸而序之匪獨

以答郡人之思亦將以慰吾亡友于地下公諱弼字
汝弼世居松之華亭東海其別號云

贈叅政龐君之任福建序

凡今臺省及方岳大臣有闕員者吏部請于
上而以名聞且疏其下曰某也賢某也勞事宜進補疏
上即報可雖間有再擬者不常也刑科都給事中天台
龐君元化以成化甲辰進士筮仕工科陞都諫久之
進擬大理丞于南京不果又進擬叅政于福建不果
至再上而後　從之　廷謝日有言者曰龐君嘗奉
命督造于盧溝迄工而民不擾戢邊餉于兩川嚴禁
法而兵食足丙辰會試請分考而所取士號得人其

在刑科狀疏旁午時加論駁重輕惟所當以賢以勞其孰尚之然進擬恒不果用豈嘗刻中侍斥異端指言貴戚扶植士類義之所激盡言不諱而致然哉君之疏誠懇切每一出衆即危君而未始以利害自沮其學之正識之卓操履之慎求之一時若君可數也而進擬再三豈終不果于用哉惟

聖天子嗣位以來勤政畏天求賢恤民日不暇給其於寵君有聽納無既損則其緩于用君者殆留之諫垣藉其忠言廣治道以自輔矣夫知之審而後用者古哲王官人之要也疑者遂以爲置君弗之思也然子有告焉福建古閩粤地負嶺海之險去京師七千里

其所轄郡邑數十戶口數百萬士卒之屯戍番船之
所遝集承平既久弊端日滋然自宋南渡而眞儒出
其間文獻所徵比隆鄒魯大藩也參政居使之次秩
三品食上大夫之禄征科考閱理斷輸作養兵惠下
之務無不當預其所屬羣吏環視內向而受約束動
數十百人重任也龎君在
上左右勤事而納忠久矣久而後升其名益盛矣其名
益盛則君子之爲責也益備不有以副之可乎君徃
哉蒞此大藩而當重任持之不矜行之弗懈職思其
憂而無忘于諫垣以考亭爲吏師而無牽于流俗其
吏與民將畏而愛之曰是嘗以直道聞于時者也賢

益彰勞益宣濟益弘而為

上之所知益深士夫之有所責備于君者蓋不出此也於是六科諸公以君有遠別求所以為贈而予忝重君輙一言之如此或又疑為不足以盡君之才也是誠然矣顧君子之所以力學體諸身而見之行者豈爵祿高下內外之足計乎才猷茂而爵位崇在異時將有不可辭者不預道之以瀆君也

贈邊昌訓導陳文元序

弘治戊午春天下儒學生以貢上京師願就教職者七百人吏部汰其半以請 詔試于翰林又汰其半而吾郡陳鰲文元與焉亦可謂難矣吾郡六邑之來

貢者皆願就教職與者獨文元一人獲
拜授遂昌訓導不尤難乎文元吾休寧世家其先弗
齋先生為宋宿儒定宇先生號朱子世適其子孫皆
業儒而文元質龐厚性潁敏治春秋得胡氏肯綮作
為文章詞色而氣充然屢上秋試弗偶值予家居來
從學南山書院在衆中力學甚勤而於民情世故及
古今人所行得失能究知情狀舉措之宜蓋其才可
用世特困于場屋不克自見也今茲之來將賈其餘
勇以畢志京闈又阨于例謂南士不可占北選乃始
就教職褎然出羣衆之中若此文元將治裝而南請
于予曰願加惠一言予與文元相處幾年其相講習

相告語每更僕不盡豈待今日而後有所益於其行哉雖然不可以終嘿也嘗觀弗齋之說謂弗字一弓二矢象射者之未發而期其至已發而決其中也其警學如此定宇之於六經四書悉有著述我
朝取之以行世學者習焉况出於其流裔將有所持循以爲人之模範者乎遂昌在浙東山川秀明號文獻之邑而文元往據其師席將何如以副其選哉亦惟思其難闡其所得于先者迪其人俾立志則求如弗齋之不盡知言則求如定宇之不盭謹自修中程式而效用于　盛時使人稱曰是先正之後之所教育者雖以予之迂樸將與有榮焉文元勗哉

送張公之任徽州府序

天下事之治否謂非有數存其間不可[illegible]始以十干相循而第之則吾徽郡之治將昉于今乎吾郡自聖天子嗣統十年間更守七八其來或間歲或不終歲其人或尚嚴或以寬或喜事或不事而吾吏民之疲于奔命則甚矣乃今戊午之夏銓部按籍計徽州守將以滿考去而難其選也屬平度張公國輿以起復至即奏補其任非天有意于惠吾人而公亢丁其會哉夫徽南畿一郡也環山為治程朱之故宅在焉吏簡于送迎民重于轉徙長吏有方伯之尊恒以為易治而民性樸而好義其弊也性樸則近愚好義則近

争敓訟起于杪忽而至于不可遏究其極又非有奸宄武斷若昔人之云者其争不過産與墓繼之類耳夫産者世業之所守墓者先體之所藏繼者宗法之所倚也馭之失其道株連累歲至傾家不䘏其難治亦不可掩使蒞之者通而弗拘守而弗徇烏見其難哉張公起進士甲科通經學古筮仕行人遷御史其立 朝論事侃侃自將不苟為趨舍其治鹽兩淮按兩浙明足以燭奸敏足以濟務本之一公而利害弗能奪守而弗徇者也擢知鳳陽其學益邃政益理知憲體之與牧守異也不徐以弛不亟以威蓋未幾而困者甦廢者興通而弗拘者也玆之往也以不羣之

選當數易之後出其所夙負而弘其施俾吾吏民之疲于奔命者一旦措之衽席愚者一諭之而悟爭者一決之而解政成譽興上荷　褒寵則陞藩臬以進
廟堂皆昉于此〻吾黨相祝之意也雖然豈待祝哉所謂十干相循而一周天有意于惠吾人者殆其時乎若以徽為安富之區其長吏簡逸而得便私為易治此流俗之見非所以告公也

滿道清風圖卷詩引

憲副談公時英之赴官于蜀也凡同年友在京師者醵餞于學士李公世賢之第酒半出墨竹一卷副以二律曰滿道清風蓋少司空吏公天瑞所作以贈行

者自　宮傳太宰屠公朝宗而下和者七人退予為之引予竊觀古君子於友朋離合之際必有飲食相酬酢焉以重相違之難也又必有圖史賦詠相倡和焉以致責善之不但已也吾榜三百五十有三人自丙戌抵戊午四十有二年其間離合有不可數計者矣夫其群居而會數則視離合猶輕散處而會稀則視離合為重〻則其情益親其言益傾吐而不可遏況歲月攸邁各加老焉而加有萬里之行者哉雖然離合老壯之不可常者情也不以離合老壯而為前却者道也時英起留臺御史僉憲于閩陝副憲于江右所至清謹以廉貪立懦為已責髮少變而節逾厲

其比德于竹宜哉夫竹之清風足以掃塵煩消酷暑其節操然于晏歲氷霜之餘又非繁花之競艷一時者比肆天瑞圖而歌之諸君子從而和之相尚以道而不詘于情也所以重時英之别而覩之亦至矣豈直備祖筵故事而已哉時英公暇取而閲之如與吾輩笑談于一堂之上而忘其身之歷三峽行劔閣則斯卷也責善之道存焉其必有以副斯名酬斯言而為後會之張本者矣

西堂雅集詩序

弘治戊午秋衍聖孔公以賀

聖節來京師禮成將東歸大學士長沙李公於公有姻

婭之好以七月九日燕于西第之新堂與席者九人是早炎暑孔熾赴者以為難既午而雨纖塵不驚清風徐來主賓之情大洽司徒太原周公即席賦詩一章太宰四明屠公倚而和焉明日二公再疊一章而成國朱公司寇武進白公少宰鄆城侶公少司徒華容劉公少宗伯新喻傅公學士泌陽焦公及不佞亦次第和焉書以成卷將致之公而屠公題曰西堂雅集屬予為之引惟周之時名卿才士大夫於會合間必賦詩一二以相遺連類吟諷不必已出其見于春秋可考也若羣起而為之則自鄭卿始晉韓宣子之聘于鄭也六卿送之宣子請皆賦以見志於是子齹

而下各賦一章或道其德業或堅其交誼或喜于一見或愛樂其為人宣于拜謝以篤燕好文獻蔚然可誦而傳亦叔季之一盛㦤今

主上膺眷命嗣大歷服十有一年矣而公聖人之後也抱美質謹禮嗜學每届節期奉表入

覲非宣于聘于侯國者比李公以清德正學參宥密掌制命亦非予孽可倫而屠白周侶諸公並以才傑位六卿居法從篤斯文之雅更相倡和于一堂將以鳴國家大一統之盛豈直規々乎一國之風者而已

天子萬壽公歳必一來諸公靄然一時耆德所以輔太平而樂休沐者未艾然則西堂之集固張本于斯乎

不佞庸猥不足以齒諸公之後然於公凡爲友壻義
不可辭也序而歸之
贈 太子洗馬翰林侍講梁公使安南詩序
弘治戊午冬十二月朔禮部言安南國王死其陪臣
表上請封其嗣王按故實宜得侍從舊臣一人亢正
使事 聞
上以命 太子洗馬梁公叔厚特詔兼翰林侍講賜一
品服 命下日傾朝謂之得人有嘖嘖其傍者曰
聖天子方崇膺學御講筵簡宮僚夾輔 儲極而梁公在
上及 青宮之左右其職親且
上注意稽古禮文之事詔修 國之會典與

宗府之玉牒而梁公坐兩館日從事筆削其任隆乃今輟之而命使海外萬里國也何居予曰不然綏遠馭夷帝王之要畧不可忽者安南境越裳古南交地也頗有文釆飾其遠陋而其人實狡焉弗共每視中國之政為向背當周之盛也重譯而獻白雉暨宋中葉則大入邊作露布以聲新法之罪其善偵若此矧其嗣王受初命繫國體綏之馭之實其志而懾服其有衆非職親任隆若梁公孰當其選哉公舉禮闈第一人

先帝時擢上第入翰林其名之聞四方久矣世家南海去安南境僅踰月山川險易道里遠近其知之稔矣

四牡載馳遥至其國宣布
聖天子之德威而授之王使其畏仰永堅臣節不敢萌
善偵之戎心以莫我南服且知
中朝侍從之賢有梁公焉固無事乎自晦以沮其快
覩碩識之誠如李擬也亦無事乎過慮以折其迂途
見給之詐如劉敞也〻節往來期歲間爾　膺學之
資　國本之佐秘省著作之成孰不有待於公乎然
則重其行而有所嘖嘖于公者弗思也公前此受命
主秋試于南畿號得士其第一人曰姑蘇唐寅合同
榜賦詩以贈公屬予序予與公同事相得其文學之
昌才識之卓操履之懿蓋畏友也於其行固將有言

以致臣〻而况重之唐請哉

會試録後序

弘治十有二年二月禮部當會試之期以試官上
請時方春丁
上臨遣輔臣祀先師孔子即日　命臣東陽主其事而
以臣敏政佐之又明日　陛辭入院如故事試之三
得中式士三百人文之純者二十篇與諸與事者之
職名例為録刋布以入　見之日上　進臣奉讀而
嘆曰懿哉士之教法與所以取而用之之方至我
朝純且備矣隆古盛時道行化成非正不以教而在
所取以見用者多吉人也周末治衰孔孟繼往政教

離而士失職千餘年至宋程朱氏作道乃復明顧出于其師弟子之所講授以爲世用者見黜于時君而置禁焉號其言曰曲説目其人曰僞學然大賢君子方切憂世而有憾于取士之乖也爰列其品式條貫可舉而行者藏之曰私議夫道明矣乃不獲少施于當世豈天之更化固有待乎哉我

高皇帝受命殪戎爲中夏主獨秉上智任隆君師

列聖相承衛道惟謹凡向所謂曲説者今定而爲士業無異論有敢于訾程朱者燔其書而斥之責舉則中酌私議爲之制而書之令甲示永守焉由是士之進也悉出正途其大者佐

主上宅道撥餘則隨其學之所至加甄録焉明先王之
道見之行莫盛今日宜士不失職而政敎之在天下
若是其純且備哉惟玆試上距洪武開科三十有九
矣自
陛下嗣大歷服則一紀矣士之被道化而興者視前加
盛蓋其見録者蔚乎炳然無詭道之言故國家察其
無倍道之行乎異特者加多乎可知已然試之嗣月
陛下將親策之士以其所誦法者而登對焉
賜之甲第以次入官其尚無負所教與所取而用之
者庶可以保正學倫古人希蹤往哲而俾斯文之足
徵也哉臣無似獲侍講筵二十年來仰窺

睿學惓惓于尊孔子服程朱、之說簡賢圖治比隆先王而升斯世于大猷也輒倦、有所述置錄尾以告成而為天下誦焉

篁墩程先生文粹卷之十四

◎

題跋

書諸葛忠武侯傳後

右漢丞相諸葛忠武侯傳一卷宋南軒先生張宣公之所訂者板刻在南京國子監有甲乙兩本皆殘缺不完文亦小異予嘗勞入史館請閣本參校之手自鈔補如上而乙本殘缺為甚不復成編矣然乙本有附録一卷得可屬讀者南軒先生記贊詩四篇論辯復出而不可變也輒校以附甲本之後予嘗見朱子有與何叔京書及武侯贊跋卧龍菴詩多與南軒此傳相發輒録以附宋季有清江胡洵直者訂出師表

中脱誤數處及補亡七字見蘆浦筆記而人多未之知也又録以附將寄南監補刻以傳惟南軒先生以丞相忠獻公之長子當宋社之南力排和議倡復讐之舉其心事實與武侯同故惓惓訂此傳以見志且力非武侯之子瞻身兼將相不能力諫以去黄皓又不能奉身而退冀主之一悟兵敗身死僅勝於賣國者耳故止書子瞻嗣爵以微見善善之長而餘固不足書也為法嚴立義精如此是豈陳壽輩所能窺其萬一至求其旨意所在直將以拯天綱紓國難而不墜其世烈不撓于一毫功利之私則去今雖數百載而讀之猶有生氣也非有得于聖門正義明道之説

慝足以與此哉朱子以韓侂胄柄國殺趙忠定公斥注楚詞傷宗國之亡以蔡西山之竄决道之不行乃注參同契致長往不反之意皆大賢君子之心事非得已者而世猶疑其長詞華之習倡導引之端所謂淺之為丈夫者類如此因併及之以見斯傳之非徒作云爾

題明良慶會卷後

明良慶會一卷績溪程氏之所藏也卷之為石刻者七為眞蹟者一其石刻之第一紙宋理宗御製詩一首蓋和其先世祖少傅右丞相兼樞密使吉國文清公元鳳者也楮尾識以御書之寶第二紙即公之詩

蓋寶祐丁巳禋禮告成公上此稱賀故理宗用韻以答公也詩後有公自序第三紙以後皆御劄其一當在景定庚申蓋公罷相後起拜觀文殿大學士判平江故中有吳門爲股肱郡非股肱臣不足以居之語其二則答公辭免平江召命故中有不必辭吳門之行以孤朕意之語二紙皆在是年之八月其三則答公第三疏辭免者故中有朕欲煩卿以政而非以是寵卿之語又引向敏中之事以況公當在辛酉之七月考之庚申五月方召賈似道還朝拜右丞兼樞使故公三辭而後受命蓋忠邪不能並進從古然也其四則自平江召公爲特進醴泉觀使兼侍讀者當在

是年之十一月故中有報政輔藩趣還經帷之語其五則答公辭免侍讀召命依所請提舉臨安府洞霄宮者考之家傳至此蓋三疏矣故中有累詔趣發辭則如初勉遂雅志俾奉外祠之語當在壬戌之四月蓋去年七月似道方進位太子太師爲經筵首故公力辭召命奉祠而去觀諸御劄可見而史傳於侍讀之召若曾供職然者誤也紙尾皆有付程元鳳四字加以御押而旁復有四字與押皆同者外封也宋制凡羣臣有所陳乞就章後批之則謂之內批而不用寶别降手詔或有御製詩文賜予臣下則謂之御筆其字內璫代書者則用詔書之寶或自書或代書者

則雜用御書之寶或親筆則用押而不用寶此卷前三詩用御書之寶後五劄有押而無寶在當時必親書而更代以來亡矣其眞蹟一紙則公在講筵時所上備邊劄子以朝請大夫行右補闕兼侍講繫銜當是寶祐癸丑之五月考之是時元兵方由寇漢蜀荊淮之地故公拳拳以方田遊擊二事為言議論不回而區畫有道蓋鑿鑿乎可行者終篇復引孝宗謂輔臣之語曰士大夫於家事人人理會得至於國事則諱言之蓋不特當時然也劄之後有墨書依字一並即所謂內批考其時與事亦莫之能用也宋制凡臣僚奏疏由都進奏院而上聞者謂之奏狀面陳及徑

至御所者謂之劄子宰執兩省及內外官登對與夫
帥漕郡守武臣有事涉兵機者許用劄子餘則皆用
奏狀公之此劄蓋所謂登對者也其結銜之上帶行
守者蓋階高而官卑者謂之行階卑而官高者謂之
守官階相等則無之蓋階所以序品而官所以寄祿
也劄之前有二十八日未時七刻降九字者蓋自御
所下之中書省〻吏誌其時日且著之籍以憑稽對
然後下其事於所司今此劄乃藏之於家蓋有不可
曉者豈公入相時自以為已物因取而藏之乎公之
七世孫孟嘗集公家傳之類為一帙而好事者題曰
明良慶會錄此卷蓋蒙其文者錄所載視此增御製

詩凡四御劄凡三十有一奏議凡八蓋雜得諸別集
中而此卷則當時石刻故本與其蹟尤可寶也明良
慶會予不知所以名之意豈以理宗詩尾有賡歌之
後可無詩之句故好事者摘此四字以弁其前乎夫
以理宗御翰及公之奏議君臣詞章萃諸一卷之中
固亦有若明良相遇者然以予觀之則不然公之相
理宗也僅十月而罷既罷而起也嚮用之意雖勤勤
焉見諸詞翰之間然前則爲丁大全之所睨睨後則
爲賈似道之所軋故公終不能安於其位以盡其所
學遂翩然爲長往之舉考公之平生豈不願爲良臣
者哉古之明君任賢勿貳理宗其有合乎甚哉明良

相遇之不偶也公子孫皆居歙之槐塘而從子浙西發運司主管機宜文字贈新安郡伯宏祖始分處績溪生元浙東宣慰副使相相生同知梅州燧燧生淳安簿景高雖更興代皆用公蔭入仕而同知五世孫太學生傅藏此卷來京師館于予出以相示予與公皆梁忠壯公霆洗後而傳於昭穆當字予爲叔因題其後而歸之嗚呼傳也尚無忝於所生者哉

題續文章正宗後

浦陽鄭栢續文章正宗四十卷其去取精審雖不逮前人亦不甚猥雜自滕國以迨洪武初凡名家世臣其文之可見者盖不能無賴乎此也其後義烏王褘

盱江張光啓校而刻之因各入其私集遂爲此帙之
累觀者病之暇日輙命侍史伐去二氏所增詩凡二
十三首文凡八篇其中若王國博紳王贊善汝玉王
學士英鄒庶子緝陳侍郎璉固皆一時文章巨家但
不宜先置於此當與方正學楊文貞諸公别爲續集
以附庶乎得之永樂二物原無代言者名氏今亦不
敢登載云

題文公梅花賦後

文公舊有前後續别四集行世而後集亡矣此賦見
事文類聚中固後集之一也公九世孫永年丞楙出
梅花圖相示因語及之遂請録置其上用補家乘之

閲云

跋宋嘉定十三年直學士院莊夏誥後

宋制凡公移則官高者居左制誥則官高者居右蓋公移乃官府往來之文具署名及觀者皆南面故列銜得以左右爲尊卑制誥乃臣下受之君上署名及觀者當北面命詞在前故列銜者悉從其後也惟中書省牒署與誥身相似而實不同在宋時已有誤認之者矣而張篤部汝弼復以是斷疑予恐觀是誥者因篤部而以爲贋故一訂之

題宋李龍眠白猫淵明圖後

右歙人朱克紹所藏宋龍眠白猫淵明圖二凡十有

二此其一也淵明之事有程朱二夫子定論後學宜
無所復置喙者吾友翟少卿拜光忽大書一跋并和
歸去來辭欲自學孔子而以不仕無義責備淵明予
讀之為之大駭夫淵明自以晉朝世輔耻復屈身劉
宋微始終託詩酒以自晦而人莫之知也朱子綱目
大書晉徵士陶潛卒於南宋之朝可謂得淵明本心
於千載之上者矣淵明平日詩最冲澹至於詠荊軻
則激烈之氣奮然如不可遏以秦論宋也平日與物
無競至於檀道濟饋粱肉則峻却之以道濟事宋為
心膂也此其心當何如哉而以孔子不仕無義譏之
大失言矣朱子楚辭深罪楊雄而右淵明雄之罪正

坐以孔子自任而誤認不仕無義之語遂失身於莽耳惜吾友生程朱之後而爲此言故不得不一訂之

跋婺源環溪宗家思家録後

右思家録一帙婺源環溪程氏之所藏也環溪程氏本朱韋齋先生母家其後允夫先生復以中表從文公先生游允夫弟冲夫六世孫本中當元季之亂以陳友定方爲元守八閩乃避地依朱氏于建陽不能復返桑梓手書家事三十四條授其子文仁俾歸婺源凡祀先睦族持身保家之說既詳且密盖非力學精到者不能有此然考其時當在

國朝已定江南之後方是時鄧愈王克恭前後以勲

戚開府新安居民按堵流亡復業本中盖可歸矣而
不歸卒以客死觀者不無憾焉然吾於此則深悲夫
仁人志士之見各有所在盖至死而不悔也初元季
紅巾盜起婺源人汪同建義保鄉閭一時賢豪多起
應之本中之兄敏中實與共事又有子女姻戚之好
未幾 天兵下新安愈執同送金陵
高廟壯而釋之俾還守婺源以克恭監其軍事久之同
北走燕復受元命至兩淮經畧南事為張士誠所紿
死姑蘇趙東山先生為同立傳以比漢關羽盖確論
也然則本中之不歸殆以是歟不然何其當歸而不
歸也考之本中素與篁嶺宗老禮部以文先生及歙

鄭師山先生友善其避地于閩又與尚書貢公師泰秘書揭公汯友善本中先嘗捐田五百畝建遺安義學師山記之後燬于兵而貢公為之跋其言曰治平有日尚當拭目盛事本中祖母死貢公銘之而揭公為之跋其言曰俟四方之寧歸而刻石嗚呼觀諸君子之言則夫海桑之感黍離麥秀之悲在當時必有不病而呻吟者矣此本中之所以不歸也載考史及傳記師山死于歙貢公死于閩以文死于浙揭公死于燕皆凜如秋霜皎如烈日至今讀其書想其人竦然髮豎肅然心警而本中皆獲與之相游處聽其論議矧又出於大賢君子之姻黨薰陶漸漬之有素則

其所養之深所得之粹從可知已惟我
高廟之興應天順人汛掃胡孽其功雖武王誅紂漢高滅秦蓋不是過然有爲元盡節而死者必嘉予之所以勵臣節爲世勸而夷齊之餓兩生四皓之隱亦不能無焉則夫天理民彝之在人心固有不依形而立不隨死而亡者此吾於本中之録爲之三復不能已也成化十八年壬寅秋九月三日敏政因會譜于南山堂書

書蘇氏古史朱子漫記所載程公孫立孤事後

按程公孫立孤之事見司馬遷史記劉向新序而蘇轍古史以左氏不載辭而闢之朱子亦疑子華子爲

贋書而立孤之事頗見其中是二公危忠苦節幾不白于後世甚可惜也夫左氏失之誣而蘇氏專用之以駁史遷固已不能無偏聽之蔽矣敏政近讀邵子皇極經世書而後知蘇氏之果於不審也經世書謂趙朔以屠岸賈之亂而死于前趙同趙括以莊姬之譖而死于後本兩事也而史遷誤書為一若分而書之其事自明經世乃朱子所信重者惜當時偶未之深考耳觀其載此一事以漫記為名則固出于一時偶爾之說豈若蘇氏之可憾者不特此焉象謀舜益避啓皆出孟子之口而一切辨之以為無有則其他尚何責哉金仁山通鑑前編專主邵子決擿愈明而

仁山則朱子之正傳也觀者自是可以釋然無遺憾矣嗚呼是豈獨以慰同姓之親凡讀其事想其人慨然有感于斯而興其愛君死友之念其於倫理世教豈不大有所益哉

書李北海所撰先長史府君碑後

按李邕此碑作於開元十六年而林寶所著姓纂在憲宗元和之際相距百有餘年耳不見此碑碑稱重安侯嚮即忠壯之孫嚮生育育生皆皆生弘弘生大辨而姓纂乃謂大辨居中山雖言五世祖忠壯而不知其所從出其疏脫如此鄭夾際謂寶不自知其姓之所從來其不深考無足怪者宋太宗厭館閣所貯

六朝暨唐人文集浩瀚無統命學士宋白等選為一千卷賜名文苑英華其間所取李邕之文甚多而此碑在焉下至仁宗至和初上距太宗之朝不過七八十年而歐陽公作先文簡公父冀國公碑止據姓纂不見此碑又下至哲宗紹聖間上距太宗之朝亦僅餘百年而宗人都官郗撰程氏世譜三十卷其定著中山譜亦止據姓纂不見此碑雖曰文苑英華在當時卷帙太多人所難致編選未精人所厭觀然歐陽公辨博考索之功亦容有如劉原甫之所少者彼其定著歐陽氏譜與唐世系表本出一手而自相矛盾則亦何有於他人哉至於郗之世譜上下千有餘年

凡程氏之見于載籍者錯綜而附麗之事靡或遺而文足以發其辨傳考索之功要以爲難顧乃妄爲忠壯公五世孫名以著于譜而忠壯五世孫名載于邕碑而未亡者反不之見則其餘所定著又可知矣獨以此碑沉理閟伏數百年當其本朝如林寶者號通姓氏之學而不及見當宋之時如歐陽公者以譜牒名家而不及見如都官祁者定著一宗信譜果於必傳而不及見沿至于今上距此碑世愈遠而言愈湮如璣政孤陋本無所知而乃於館閣之下獲見於繙閲之頃是豈獨文章之顯晦固自有時而家世之眞贋遂由此决謂非一宗之大幸不可也謹拜手而識

之其餘曲折已辨譜圖下者茲不贅

書舊唐書橫海藩鎮列傳後一

按宋都官宗人祁據元和姓纂及唐書爲兩譜謂大辨爲中山房謂元皓爲滄州房敏政少讀之則已疑大辨之孫皓與此元皓者當爲一人蓋定州則古中山郡而元皓之子日華特仕于滄耳其實家定州安喜未可全舉其族以歸之滄也其後考唐代宗德宗實録於日華小傳曰父皓爲定州刺史始居定州於史朝義小傳曰朝義既死其僞署定州刺史程元勝等悉舉其地以降乃知皓與元皓果一人而修史者不審徒見定州有兩程刺史遂誤以元勝之事移屬

于皓而又更其名爲元皓也跡是觀之舉八州之鐵不足以鑄其錯矣所最幸者新舊史於日華本傳俱曰元皓於朝義本傳俱曰元勝有若天誘其衷而不泯其迹以爲後人尋疑勘誤之地使其改而從一則豈可以復正𢦏左傳田恒與闞止争政田恒殺之而闞止實字子我太史公作孔子弟子列傳遂言子與田恒作亂夷其族孔子恥之使非後賢因事考言以訂太史公之失則宰予蒙惡名於千載之上不可雪矣元皓之事何以異此敏政因定著家譜而爲之説非獨以幸一宗亦使當著作者因之而有警也

二

按執恭一也舊傳以為懷直之子新傳以為懷信之子通鑑考異從新傳而今譜定著從舊傳者蓋嘗聞之舊唐書之例凡將相大臣書其出入年月壽歲短長與其子孫承傳典禮褒䘏者皆據當時所上碑誌而修入之者也故其法詳其不書者則止據所存案牘與得諸傳聞而修入之者也故其法畧考懷直之傳謂其貞元九年因畋獵為懷信所拒遂入朝既而懷信死懷直子執恭知留後事乃遣懷直歸滄州十六年卒年四十九廢朝一日贈揚州大督執恭代襲父位苟非據懷直碑誌則固不能致詳如此以別傳証之可見矣此舊傳所為可從者也至於實録但見

當時藩鎮父死子繼習爲故常因以執恭爲懷信之
子實未足爲據考異謂懷信既逐其父安肯復援其
子則亦以事勢度之而未究其所以然者夫横海二
州地狹軍寡非若三鎮之强相傳四世皆籍朝命以
爲之重若懷直被逐而德宗始終優禮之者實念懷
直之父日華當三鎮拒命之際獨挈一軍以歸朝廷
而懷直既領父衆又願析兩縣置景州請除吏時河
朔刺史不拜授三十年德宗深嘉其忠以徐申爲景
州刺史特陞横海爲節度首以懷直爲之而懷直自
請入朝德宗寵遇踰等且有大第宫女之賜其後懷
信以疏屬而逐之德宗於此蓋未始不爲之畜憾焉

第恐啓釁納戎結寇之耳觀其以虔王為節度使而以懷信佐之意可知矣然則懷信既死遺懷直歸鎮而擢用其子必甘德宗之意考興疑之殆不審之過矣或者又疑令所定著之譜於元皓之事方以實録為可據於執恭之事又以實録為可疑是大不然凡論事惟視理之所在何如耳一書之中固有此得而彼失亦安知無此失而彼得者若膠於一而盡廢之非善於讀史者矣

書韓義賓所撰先别駕府君墓誌後

按此誌出趙明誠金石續録考明誠與都官都實同時而明誠集此録數千卷在當時最名博雅都不相

聞乃用他書雜定宗譜而無取於是録失之矣予得此誌而據以訂祁譜之大失者有三誌云君諱士庸定州安喜人高祖皓定州刺史曾祖日華横海軍使祖懐直歸誠王皇考權邢國公而末云子巖孫秀〻即文簡公太中兩房之所自出者也是足以證秀雖出於皓而非荊杞之子等而上之又足以證皓即元皓而非元勝以禦唐録又足以證權父懐直而非懐信以佐舊史然此誌在明誠録中考其跋語實不以文為足傳亦不以其事爲可采特以其間字與今異者三十有四姑存之耳然有關於吾宗則甚大故歐陽公集古録跋尾恒曰集此非以備玩好其間往〻

足以訂史之闕殆謂是歟考新舊史程氏兄弟子姪
在朝列宿衛者三十餘人而士庸乃仕于鄉祿秩微
甚竊考邢國公開府滄州賜第關中子孫必多官爵
必顯而士庸者豈支子或庶孽受命北歸以奉塋墓
而守桑梓者歟又文簡太中兩房並起中山遷河南
舉首署其籍曰博野而此誌云家定州安喜而葬博
野先塋考歷代志博野或屬定州或屬深州程氏大
族在當時必有贍塋之田祈居之子故安喜之後無
聞而博野之後反盛也歟載考唐季定州屬義武軍
節度王處存之所治也深州屬成德軍節度王鎔之
所治也是時兩軍輯睦隣境無虞其下之人各得以

保丘壟結姻嫌故誌後書士庸之婿梁公孺乃成德軍内中門樞密使而子巖則義武軍都知兵馬使也公孺之名間見于史而歐陽公集古録載其碑凡云樞密使本唐内侍之職其後藩鎮僭置於此見之巖之名亦一見于史後梁乾化元年云晋王李存勗使大將周德威會成德將王德明義武將程巖合兵攻劉守光如此而已誌稱韓義賓撰并書篆者義賓乃丞相魏公五世祖實事成德軍為判官魏公家集有脩復塋域記考其時與事亦正與此合誌尾稱某年月日重立石者蓋此誌銘士庸殁時已瘗之壙中其後子婿並顯乃復樹之墓上也考巖之爵位應得贈

典而此不書或另有石刻或附載碑陰蓋未可知而今則不可考矣

書唐人所撰先都知府君碑後

按此碑見唐朝類苑考其事與金石録所載别駕府君誌尾其銜相合且中有懿尓巖哉之語尤足為證謹録以附别駕誌後而考其詳以諗觀者云都知兵馬使在唐與押衙先鋒為節度使將校之職皆其所自置其序進官位如銀青之階柱國之勳縣伯之爵尚書大夫之貼職則皆請於朝而後命之大約如今之總戎自選其坐營把司之類而指揮千百户之官則非有朝命不得擅進也持節諸軍亦謂之建節自

藩鎮專制之後多以其將校分典之蓋義武所領易
定兩州此時爲節度使王處直即碑所稱太原王也
趙王乃王鎔爲成德節度使領鎮冀深趙四州賊温
即梁王朱温起宣武節度使篡唐稱帝燕賊乃燕王
劉守光爲幽州節度使領幽薊諸州晉乃晉王李存
勗爲河東節度使領澤潞諸州天祐唐哀帝年號此
時梁已篡唐改元乾化矣惟河東及成德義武三鎮
猶奉唐正朔朱子綱目予之可考也史乾寧三年朱
温遣兵攻定州節度使王郜奔河東兵馬使王處直
力戰拒之温不能克反表爲處直求節鉞詔以處直
爲節度留後故碑稱賊温搆亂朋毒中夏王二越在東

土受制宇下而碑稱公敷聞帝庭奉若元命帝曰休
哉正侯良哉厥使則處直爲留後實遣公入奏于朝
而得之初不繫温之請也自天復元年以後温取河
中殺王珂又取河東沁澤等州遂舉兵大梁逼帝如
鳳翔取華州還攻晉陽未幾進圍鳳翔取鄜坊挾帝
還長安殺宰相崔胤遷洛陽竟殺帝太子即位是爲
哀帝故碑稱越玆元惡明肆虐孽大侮王度擅殺無
人薄三川戚五長縉紳營營不自即乃亞者也碑稱
王勢在厲階罔弗祇命〻我亞旅咨義適藩歸于本
朝殊嘉茂功者意必處直嘗訪於公因遣公入覲故
有尚書大夫之命所謂亞旅近藩皆指公而言蓋兵

馬使乃節度將校故謂之亞旅義武節度治定州分守易州故謂之近藩也天祐四年温簒唐改元開平而碑不著者意方鎮隔越不得其詳且惡温故削之而特以天祐紀元與晉趙合兵則其志可知也庚午乃天祐七年即梁開平四年是年温遣兵攻成德軍處直與鎔共推存勗為盟主以拒之明年梁將王景仁進軍柏鄉存勗自將東下處直遣將々兵五千以從至趙州與晉將周德威合屯于高邑相拒踰月遂薄柏鄉破梁軍河朔大震故碑稱温盍逞兇自汴襲趙殄軼殫寶虔劉暴骨公乃贊王輯睦爾隣推功于晉也高邑之鏖柏鄉之戰忠奮威罔敢加害者也史稱處

直遣將而不著其名以碑證之即公也史稱是歲劉守光僭稱燕帝出兵寇易定存勗及鎔合兵救之晉將周德威與趙將王德明義武將程巖會于易水攻燕祁溝關下之圍涿州守將劉知溫降梁主救之大敗走還晉遂克幽州執守光誅之鎔乃與處直共推晉王為尚書令置行臺故碑稱賊臣守光與溫濟惡伺閒來寇公請于王合從晉趙會王師于易水之上破祁關下涿鹿二監皆遒執其大醜馘于軍門請偕六州允奉于晉證之於史無不合者公在此時與周德威王德明共事以拒梁燕其功名蓋已不小而獨一見其名于史餘無聞焉則史之闕畧可知也嗚呼

唐之季世方鎮擅兵蓋偃然不復知有君臣之義上下之分而義武一軍地狹人微獨依晉以自立而公適當其時贊輔其主帥以尊王復讐為志觀碑之所載首以君臣為言而溫與守光則聲之為賊凜然天經地義之不可僭而公又於朘剥殺戮之餘養民救荒不遺餘力論一時之純臣良將公蓋有焉此易之人所為感之而有勲德之頌歟然則斯碑也實足以備史之闕而不當以諛詞例視之矣敏政於公實同所出故不敢以一家之私文為嫌而論著其大者如此

書明道先生墓誌後

按朱子編伊洛淵源録云明道誌文韓維持國撰永曼叔書韓氏家集經亂而亡然程氏家譜實載此篇今秘閣所藏亦有此集豈朱子一時訪求之未盡歟

書伊川先生年譜後

按朱子云伊川年譜取証他書不能保無謬誤而宋李秀嵒李公心傳嘗輯道命録一書中有考異數段深有裨于年譜謹附著之

書朱子所與先世二書

按傳之諱先休寧陪郭人宋開州團練使全之子痛父死節于金誓守先墓不仕力學好古隱居邑之東山號東隱嘗以書問道于朱子朱子嘉之以老病不

能卒業遺子永奇從學于閩數載學成乃還永奇字次卿號格齋兩世著述悉燬于兵燹惟格齋雜藁一帙與朱子二書獨存惜哉考程氏譜友朱子者二人休寧會里大昌字泰之樂平石城房起宗嘗知建陽縣師朱子者五人婺源環溪房洵字允夫德興新建房端蒙字正思與其從曾孫珙字仲璧其二則傳之與次卿也當時所得朱子文字書簡之類間載大全集中今撮為一卷以見家學淵源之所自使後來者有所觀法知自力于聖賢之道而不墮于俗學之陋云

篁墩程先生文粹卷之十五

（明）程敏政 著

明正德元年刊

篁墩程先生文粹

3

鳳凰出版社

第三册

篁墩程先生文粹卷之十六

題跋

書婺源龍陂宗家前村先生傳後

敏政平生於鄉先達最重前村先生直方之為人求其世次遺書累年不獲成化壬寅大會諸譜亦無所見竊意婺源之程遠近畢會惟龍陂之程未有至者先生必出于龍陂乃發書以問婺源教諭陳君簡陳君得其譜于文公裔孫儒學生貞轉以寄示則知先生遺書不幸盡燬于元季兵火且續譜者又以前村之號及其平生履歷誤歸先生從祖崇禮而於先生之名反無所述其不幸又如此夫先生之名見于

國朝須賜易經大全書昭如日星何可泯也敏政因
錄此傳附其譜而歸之嗚呼為子孫者於上世之名
尚有舛誤則亦何恠夫他人之不以闕止守我為宰
子子我也哉

書洪武欽定康郎山功臣廟位次後

按康郎山功臣廟正殿所祀者十二人先祖位第七
考甲辰年詔褒贈諸死事者先祖得贈明威將軍上
騎都尉追封安定伯當時亦詔南昌守臣上諸死事
者賜廟食先祖位第六得贈定遠大將軍輕車都尉
追封安定侯蓋兩不相知也後有言祀典重復者詔
除去南昌位次止存其祀于康郎山至洪武十一年

祀功臣于鷄鳴山以梁國公趙德勝等百九十三人祔食先祖與焉時有建議諸在外廟食者宜加褒卹於是丁普郎等俱進爵賜謚先祖亦贈開國輔運推誠宣力武臣榮祿大夫柱國仍封安定侯謚忠愍誥命祝文皆已進　御會執政之臣連獲重辟詔革中書省并六部省中文書皆報罷褒功之典未及須行蓋有司不能决白上　請故也朱學士一齋第三集備書其事近始見之因記往時在京師於武靖侯趙公家見其先祖梁國公碑文尚書陶凱所撰其題銜用洪武十一年者後於皇明文纂中見梁國碑文乃司業宋濂所撰其題銜則用甲辰年者當時頗以為

疑以今先祖碑文觀之盖當時襃典雖下而未及頒
於廟中也故今南昌及康郎山功臣廟自趙德勝丁
普郎以下皆仍用甲辰年官爵竊恐後人致疑於異
同之故謹詳著之

書文丞相真蹟後

予嘗與編宋元綱目考元勑脩宋史稱陸公秀夫為
左丞相文公天祥為右丞相然黃文獻公陸君實傳
後序謂宋亡之事典籍無稽遣使搜訪未至而史成
久之鄧先薦諸家各以填海錄指南錄諸書來上乃
知陸公官止僉書樞密院事文公官止樞密使同都
督諸軍二公雖嘗拜相力辭不受而指南錄又文公

所自著也予因反覆參訂悉改舊史之誤時同事者
見世習稱二公為相已久憚于驟更惟彭文憲公與
丁意合遂奏　御而梓行之予又考洪武三年正祀
詔謂忠臣烈士豈可復臣異代凡異代所加贈謚
宜悉罷去止稱當時官爵唯孔子為帝王師封謚如
舊此
高皇帝萬世之獨見也景泰間忽有為文公請謚者禮
官弗察上請謚以忠烈既非文公本心又悖
高帝詔旨知尊之而不知所以尊之蓋嘗置憾焉近過
武林得會亞參安成張君實獲觀文公真蹟景仰之
餘輒附此說或可備後來脩史議禮者不審之一戒

云若文公忠義大節及翰墨之妙方伯延平劉君南安守華亭張君言之已詳茲不復贅

題雪樓遺墨後

右元翰林承旨雪樓先生程文憲公遺墨一卷蓋送其故人笠峰陳教諭赴舒州詩也詩在集中稍有點竄然非大義所繫公五世孫故太常少卿景伊購而藏之景伊之子措來京師間出示走請識一言走觀元之君其賢者蓋莫如世祖然猶狥其國俗内戎而外華抑儒而尚吏重北而輕南雖得魯齋先生許文正公之言然後漢人獲齒蒙古儒者獲與吏偕進既又得文憲公而用之然後南人獲齒漢人典章文物

煥然一新而元之俗不絶于戎狄治不專于吏胥蓋
文正文憲兩公之力見于史者可考也若文憲公詞
翰之妙則與功行論建之緒餘爾然在當時片紙寸
墨人已知愛重之而況後世哉況于其子孫者哉是
可寶已公之先居新安篁墩出梁將軍忠壯公靈洗
之後忠壯十世生唐歙州都知兵馬使澐別居休寧
汊口都使長子仲繁九世生巽其一子自成傳三世
生宋端明殿學士琢其一子緒再遷閔口傳五世生
司徒孝肅公翔卿始居建昌是生文憲公文憲四世
生珉則景伊之考也都使幼子南節居休寧陪郭十
二世生元江淛儒學提舉榮秀實伊川先生七世孫

之來繼者蓋伊川之後從渡江而南居池州與陪郭之程有宗好焉提舉三世生萬户安定忠愍侯國勝忠愍三世是為尚書少保襄毅公走之考也景伊距忠壯三十五世走距忠壯三十五世然文憲實以弟嗣兄則走於景伊相先僅一世爾其昭穆蓋爍然也汊口宗人與景伊世父翰林侍書南雲公嘗通書合譜手跡具存走又嘗至閔口尋文憲公之故宅往來喬林翠阜之間但聞溪流有聲而百年遺老多已澌盡不可復識矣乃今獲覩公之真跡恍然如奉顏色聆謦欬于數百載上亦何所幸快于斯因竊論公之大凡而詳著其世如此俾觀者有考焉

書儀禮逸經後

元吴文正公儀禮逸經一卷有板刻在太學事見
國朝楊文貞公集中而文貞别有三禮考注跋語稱
文正公之書為其鄉人晏壁所竊又私加删改走當
時即求其書而太學刻本已亡文貞之子尚實公叔
簡亦稱其家藏本多散軼今少司寇何公廷秀博洽
好古間嘗語之因各加搜訪凡十數年竟無所得會
友人羅太史應魁重校三禮考注梓行而篇目注疏
悉用晏本舛駁之跡居然可見而恨無文正原本可
訂也成化癸卯春自新安起復北上始得于吴貢士
楊君謙之家間以語司業費君廷言廷言謂理故書

◎

板嘗得零星者數種於瓦礫土苴之間盖所謂逸經者在焉而亡其半矣因以君謙原本相付將刋足之嗚呼葩藻之書板刻徧天下先王典禮往〻無徵幸大儒君子者出每拳〻于斯而書之行世顯晦不常者如此〻古道之不復而俗之所以不淳也廷言方職教化首葺此編以不廢先正復古垂教之心其嘉惠後學豈淺〻也哉

書朱子鄉約後

鄉約一卷出于程門高第藍田呂氏成于文公朱子盖酌古今之宜而加損益使人易行且可久也古君子之志未嘗一日不在天下然推行之必自近始一

鄉者一國之準也崇禮讓黜澆薄以漸復隆古之治寔此乎昉之顧後世言政者忽焉而有志于正學者所深慨也吾宗姪節之以明經第進士擢工部主事分司濟寧公暇取鄉約手校而刻之擴先正立教之功以為 朝家興道善俗之助其志遠矣彼謹簿書以為政集詞章以為學而猶偃然以儒吏自名亦盍反其本哉

題吳庶子原博所藏放翁帖後

放翁此詩甚流麗字亦活動可愛觀詩後所自題蓋亦自負矣原博同寅實藏此卷每齋居必携至相與把玩久之而未暇考翁之出處也一日檢宋史得翁

兩事云高宗時有中貴人市珍玩以進者翁奏陛下以損名齋自經籍翰墨外悉屏而不御小臣乃不體聖意私買珍玩以虧損聖德乞嚴禁絶又應詔言頃者有以師傅而領三衙有以太尉而領閤門瀆亂名器乞加訂正翁所建如此而宋史浩以善詞章薦之豈知翁者哉

題仇司訓東之所藏雪菴帖後

廣陽趙參議伯顒天順中嘗見此帖于何懐中書家後有雪菴題名印識然東之故藏此帖非新購者意當時所書非獨一本也觀者疑為山谷筆則不類遠甚蓋山谷勁而熟風骨峻整雪菴勁而生廉稜太露

然皆名筆也予素不學書但以跡推之如此能書者賞鑒當别有妙處予不足知之

瘦竹卷跋

吴郡陸君宗仁官居京師玉河之東種竹于庭以瘦竹自名士夫間多賦詠其事者君亦有請于予〻觀古人若沈約之病賈島之詩鍾繇之字皆以瘦名世而物之瘦者莫踰於竹長身而堅貞虚心而勁清論者盖以比君子然則瘦固君子歟君之身瘦而長時出其詩瘦而清凡其字于篆籀圖史瘦而勁宜士夫之有取于斯而賦詠以畀之也然則飽氷霜飫清风有與可之饑有贇寧之癖異日殆將有不肥之肥而

世之肉食者求分其半席將不可得矣惜予放歸江南不及叩琅玕之節掃新籜之紛操管城子為君賦之

書瓊臺吟稿後

禮部尚書瓊山丘公以學識才氣聞天下天下之人當公意者揩不多屈然獨心進予為可語予蓋茫然不知何以得此於公也公每謂作文必主于經為學必見于用考古必證于今鄙意適然遂為知己故公有制作必示予〻得縱觀焉如所謂大學衍義補者已經 進御他如世史正綱朱子學的之類率皆有關于世教人心不可少者至于詩文總若干萬言雖

間出于應酧之作然一不求合于時好直趨秦漢上薄騷雅故竊評其文如大江長河一瀉千里雖析而為三播而為九顧其原必自岷山星海扼底柱東瞿唐以為奇而後沛然東向莫之禦也其詩如仙翁劍客隨口所出皆足驚人雖或兼雅俗備正變體裁不一然諦視而微諷之氣機流觸天籟自鳴格律精嚴亦不失人間矩度蓋予僭評如此惜予孤陋方以妄庸見斥于有道之世去公益遠將不復聞公之教而尤獲覩公制作之富得我師焉顧其病散淪落之餘才力不足自振然以其所得於公者或綴以為文或聲之為詩亦足以誇野僧壽田畯而與牧唱樵歌爭

長于寥闃無人之境獨非幸哉因書公所謂瓊臺吟稿者以識別亦以見予之負公所知云爾

書釣臺集後

予家新安往來釣臺下必登眺裴徊瞻禮或時誦壁間詩版廡下文刻追慕先生之高風而談者猶以紀載弗完爲憾然先生豈以是爲加損哉近過嚴州始得觀同守鄭君時用所刻釣臺集十卷則誠完矣然猶若有遺闕者提學憲副鄭君廷綱太守李君叔恢託予訂之因增入新舊記文銘贊詩辭六十餘篇而識其後曰凡頌先生者言人人殊竊意其有未究先生之心者夫士生百世下尚論古人亦徒據史冢所

記云爾先生少與光武同學莽之亡漢之興孰不願
出以自見而先生方且變姓名走匿不暇是豈無意
於帝思之至於物色乃出而就見之頃謂帝差增於
往則先生之平日其不足帝者深矣考其時先生至
洛陽年六十有八帝三十有四以師友事之而不可
以臣之亦明矣撫先生之腹而共偃卧道故舊曰我
固不能下汝邪此何為者雖不忘于同舍燕昵之樂
而無屈己下賢之誠宜先生卧不起語不應而曰士
固有志也且帝方委政侯霸霸之家世素以宦者進
又顯仕于莽先生將唾惡不暇而霸反以手書坐致
先生先生責之而帝笑曰狂奴故態夫不坐霸以侮

賢傲物之罪乃共爲戲謔指目之詞光武君臣之間相與如此而謂先生仕乎雖愚者亦知其不可矣蓋自是而殺韓歆廢郭后易太子又未幾而封泰山奏祥瑞班圖讖于天下然則先生與帝所同學者何學哉見幾而作不俟終日先生殆計之審矣使先生爲諫議大夫於此可以無言哉言之不聽而去亦陋矣史謂光武通尚書且有謹厚之譽其所爲若是何也蓋人常謹于微時驕于既貴況貴爲天子而加以功成志得者哉其輕士固宜然士固有不能爲其所輕者先生是也秉彝好德人心所同立懦廉頑蓋有不期然者先生則豈有意曰吾將以是起天下節義之

風哉雖然先生以布衣不屈于萬乘光武始終優容之至於寤寐不忘則帝之賢又於是乎不可及已惜予舊學荒落闇見弗廣無足副三君子之心審舟匆匆亦不敢濯纓灘下以溷先生釣遊之處謹什襲歸之而獲附姓名集中既以自幸亦以自慙有不知其所云者矣

書古穰續集後

先師文達公古穰集三十卷走所編者梓行已久公子尚寶卿士欽及其弟錦衣千户士敬蒐其家之所藏與得之四方者復畀走請次爲續集以傳敬諾之而未暇也適者蒙恩納禄屏居山中始克定著爲二

十卷如右嗚呼公之沒今二十餘年矣天下之人猶頌其盛烈思起之乎九京而不可得則公所爲不朽者豈直文而已哉士欽昆弟名位日升知先訓之爲重相與謹之不遺餘力盖君子之澤益衍益長如此爲善者可以勸矣獨以走之不肖行毁業荒不能副公之教而謬當編次校讐之責恒懼議者不足尚累師門每作復止然士欽之託甚堅不可以弗盡也謹什襲歸之而竊識其後

書朱陸二先生鵝湖倡和詩後

按此三詩二陸與朱子會講于鵝湖所作考其時所論皆不合而罷盖二陸早年於尊德性爲重故其詩

有支離之説疑朱子爲訓詁朱子早年於道問學功重故其詩有無言之説疑二陸爲禪會兩家門人遂以成隙至造言以相訾分朋以求勝而宗考亭者尤不能平恚其以支離見斥也然朱子晚年深自悔其支離之失凡七見于書劄之間蓋不獨以咎已又以之警人而陸子亦有追惟曩昔粗心浮氣徒致參辰之語見于奠東萊之文以是知道無終窮學無止法雖大賢近聖之資亦必盈科而後進者如此或乃謂朱陸終身不能相一豈惟不知象山有克已之勇亦不知考亭有服善之誠篤志于爲已者不可不深考也

書虞道園所跋朱陸帖

按朱子此書與陸子有病中絶學捐書覺得身心頗相收管向來泛濫真不濟事之語然不見于大全集中殆門人去之也明道嘗為新法條例司官而伊川作行狀畧之歐陽公記呂范解仇事而忠宣公於碑文刪之况學識之下先正者宜其不能釋然於此也

書劉教諭所注武夷棹歌後

晦菴先生武夷棹歌注一卷今休寧教諭南海劉君孟純述其所自得者也晦菴先生身斯道以啓來學蓋凡有言莫非道之所寓况是詩乎劉君可謂篤學而異於世之言詩者矣當時御史沈繼祖劾先生十

罪此詩亦在論列中蓋指其末章尾句以為不臣也噫詩之不幸若此而劉君乃惓惓百世之下味其詞思以發先生之心則人之所存其相去何啻霄壤哉吾於是為之三嘆不能已書其後而歸之

元萬户吳公與富溪程北山處士詩跋

元建德路判官燕義兵萬户吳公訥五言律詩一章與富溪北山程處士安道者今百餘年矣蓋元之季所在盜起民不勝荼毒而起山谷團義兵晝保境全民之衆者惟吾鄉獨盛若吳公與安道其一焉味此詩則厭亂思治與夫遠害全身之意隱然溢於言表讀之可以想見一時友朋相與周旋世故之狀使人

慨然不能已考國史傳記盖婺源大坂汪公同最先
倡義而休寧黄源吴公觀國溪西俞公士英及其子
榮萬川任公本立及其弟本初星洲葉公宗茂與先
高祖安定忠愍侯皆起應之而黟之汪公成德祁門
之馬公國寶汪公均信程公德堅婺源之許公次誠
遥相應援者尤多汊口程公兼善最先死義而瑠溪
金公賔賜泰塘程公均佐與吴公皆以知兵受薦分
道捍禦而吴公於安道實引以共事十餘年間勝負
相尋或内附　本朝或乃心元室各盡其力之所及
而後生小子能道其事者則寡矣予獨念安道當多
難之時口不言功值維新之　朝身不求仕智名勇

◎

功居而弗有其畜之深發之弘者要亦不在諸公後蓋安道兩子勇望皆賢而勇之子永昌永旹子慶祥尤倜儻好義以松友自名一鄉之善歸焉慶祥與其族兄永寧彥彬力以脩復先業爲志而永寧號竹友彥彬號梅友一時嶔崎於富溪山水間白髮蒼顔見者起敬不必簪組其貴而德孚於鄉不必章縫其業而教成于家豈非北山處士食其報而未盡者將於是乎發之也哉慶祥之子宗盛老成孝友思引其先烈而弗替乃得吳公此詩於其從弟正思所相與裝演成卷請能詩者繼聲其後乞走一言走嘉其志爲詳著其事于首簡使讀者知前人起家之難必修身

慎行以廸續于方來俾北山之名遠而彌芳富溪之澤久而彌長庶幾可以增輝斯卷豈徒曰存先世之手澤見當時之契分而已

跋陳定宇先生小學字訓註

故定宇先生陳公為吾鄉大儒號朱子世適而學不為空言凡著述要必有補于道其大者多已行世矣若小學字訓註亦其一焉字訓本蒙齋程氏著蒙齋之先亦出新安從徳興盖朱門高第而此編則嘗見録于朱子以為大爾雅者故先生芟舊註之蕪穢而加精約焉以惠來學惜乎刻本久而刓先生族孫為儒學生者曰榮曰鰲鳩工人重刻之間奉以掘示走

竊聞伊川夫子論善學者以為求言必自近又曰未有不曉文義而見意者然則是編之行豈直孝夫鄉塾小子而已誠於是而有得于心學之梗槩然後進讀聖賢之書將必有所悟入而不至茫然四顧于口耳之末亦庶幾為不負于先生所以註釋之意歟

跋真西山先生心經附註

西山先生心政二經撑行已久然嘗諦觀之心經有先生所自贊其出于手訂無可疑者若政經雖首以經訓而附以漢晋隋唐守令之事凡先生所歷州郡榜示諭告之文亦雜附之乃自名之為經竊恐未然豈先生嘗手錄經史牧民之要備省覽而後人附會

以成之欲與心經相媲故邪或者以心為本政為用庶幾成一家之說此尤不然程子曰心一也有指體而言者有指用而言者朱子大學章句亦以心之全體大用為言茲乃獨指心以為體豈非舛之甚邪況聖人之政必由身而家而國而天下凡制禮作樂修内攘外用人理財皆政之大者不一及之而規規于民社之間舉措禁戒之蹟誠有不可知者故今獨取心經為附註而政經未暇及焉以為誠有得于心學則舉而措之無施不宜其體備其用周有不俟乎他求者矣

篁墩先生文粹卷之十六

篁墩程先生文粹卷之十七

題䟦

書朱子所書易繫辭後

右晦菴先生書繫詞易有大極以下百十有二字西山蔡氏刻石在常德府學宇有小失真處殆翻刻本也今先生八世孫婺源司訓貞復以鋟梓惓惓手澤不忘可謂賢矣此段乃聖人微言經世啓蒙所從出而西山皆與討論焉固宜其得之深也體用一源顯微無間學者豈可自安于凡近而不玩心于此哉

䟦西門汪氏藏名公翰墨

右名公翰墨四十八紙故西門處士汪尚古先生所

藏也宋端明殿學士眉山蘇文忠公兵部侍郎襄陽米公元暉各一紙蘇帖稱仲車先生者節孝徐公也太師徽國朱文公三紙爲吏部獻靖公行狀初本于嘗見其淨稿及此皆用烏絲欄盖先正作事雖屬草不苟如此丞相吉國程文清公一紙爲奏稿嘗在槐堂見丞相家有日記數十卷已斷裂不完此殆其一也將作監簿西城呂公流一紙爲自壽詩流右文殿修撰竹坡午之子竹坡忤史嵩之西城忤賈似道皆坐閒廢士論高之宋史並有傳建德路總管虛谷方公回一紙稱呂公内機學士即西城也元中書左丞烏古孫公幹卿二紙爲楊仲弘黎芳洲詞幹卿名良

禎號約齋字以巖在子山伯機之間仲弘字伯謙浦
城人芳洲名廷瑞江右人詩家巨擘也奎章閣侍書
學士青城虞文靖公一紙為汪用衡詩序行欵欹仄
字體模糊蓋失明時所作用衡名銓亦出西門序稱
其五世祖叔耕即柳塘先生師朱子而友西山者也
禮部尚書宣城汪文節公聘君師山鄭公玉環谷汪
公克寛禮部員外郎黟南程公文 國朝叅政金陵
端公復初歙鄭公久成提舉吳門朱公德潤太子正
字四明桂公彥良教諭會稽唐公性翰林編修金華
蘇公伯衡共十紙皆與吳季實季克者季實名國英
居歙鳳凰山從學環谷仕至長洲學諭季克其弟朝

英也師山環谷黟南皆吾郡碩儒而文節之先亦出
婺源鏞溪一時文章節義之盛可想見也德潤字澤
民以繪事名吳中復初帖稱　令旨到府有吉安之
委蓋吳元年事明年戊申改元洪武矣久成後更名
士恒字居貞既又以字行居歙長齡橋叅政河南而
伯衡彥良　國初文章巨公也駙馬和陽王公克恭
翰林侍講學士風林朱公升徽州知府江右權公緯
河南李公訥推官徐公遜及劉公昭文其公良柄共
六紙皆與唐仲實〻名桂芳號白雲故筠軒山長元
之子仕為徽州路教授父子皆以文名風林詩稱杜
君者元侍制清碧先生杜本命也克恭實繼衛國公

鄧僉鎮徽州好賢下士而李公帖稱守職粗遣惟慮民貧不能應承且問政于仲實甚切徐公字敏夫號静學詞亦豪雋可喜一時賢守貳也風林與環谷諸老相後先而際 龍飛之運為帷幄元臣斯文之窮達固有數邪昭文不知何許人嘗見江敬弘斐然集載其與會稽唐肅葦在濠梁結詩社疑即其人也樵墅韓公廉及彦良二紙皆與婺源馬氏其稱敬齋者為馬肅醫而能詩仕為江西醫學提舉樵墅亦出婺源詩画與字號三絶其稱則賢者肅之子也泉州路總管鄭公濡徽州通守何公翔卿榮澤丞余公鏞及揭公樞鄭公斌與仲實共七紙皆與呂旭者旭字德

昭西城之裔號菊籬仕為延長教諭仲實後一紙即
跋此卷者禮部侍郎朱公同代書之考其詳則知前
蘇米朱程四帖本出吕氏而樞則豫章學士文安公
之孫同則風林之子也灊本作潛寧彥昭號樗菴居
貞之父鏞字子韶號尚友居休寧鳳湖而斌之名亦
見朝野詩選中豈亦長齡之鄭乎小山張公久可翰
林修撰鮑公頻進士董公仲可共三紙小山四明人
別號醒吟居士以樂府名當時頻字尚絅居歙棠樾
師山門生也劉公翼南一紙為琴趣兩字翼南號拙
菴仕為禮部屬蓋尚古先生博學能詩而尤善琴故
翼南書此貽之左都督追封定邊伯沐武襄公昂一

紙盖武襄鎮雲南嘗專書遣使迎先生將授其指訣聞之當時以疾辭亦不能往也先生諱德字以名於先曾祖妣太夫人為從姪先尚書少保襄毅公正統中嘗拜之予生晚不及見也先生之孫時春嗣藏此帖每相與摩挲撫玩不勝手澤之感而一時老成前輩澌盡已久因少著其出處之畧附卷尾俾觀者考焉而凡名蹟之焯然在人耳目者亦不能悉贅云

題范文正公手書伯夷頌後

范文正公之學莫知其師承然每有所事知要而不泛待聖門遺法如在韓文中獨取伯夷頌書之隱然立懦廉貪之志與先憂後樂之語如出一轍其餘小

者若彈琴止記履霜一曲大者若摘中庸于經禮中
擾攘渠張于先秦漢以來未有也然則學不知要而
欲大有所立于天下後世烏見其可哉走過姑蘇晉
謁祠下緬仰風烈不勝懷思既謁之明日公嗣孫從
錫攜此頌真蹟至舟中得拜觀焉竊附鄙意

書李雲陽先生進思堂記後

右進思堂記一通元江浙儒學副提舉一初李君撰
元制寧國等路榷茶提舉置司徽之休寧至正中貫
雲石學士孫子素來領司事而君方同知婺源州此
記所為作也石刻燬于兵而　國初弛茶禁敵司為
廢棄税歸予家盖嘗得此記而誦之鑿鑿乎匡時之

策究本之論非苟焉應世之作而猶以未得睹其全集爲憾弘治初被放南還始得所謂雲陽集觀之蓋君族孫今學士賓之所輯入梓已號精詳而此記闕焉竊意是篇在集中當不可少者今歲入朝首以相語賓之請畀而附刻之因錄一過如右予鄉故寶藏君遺墨最多聞溪西俞氏有節士碑亦君所撰求之云爲有司輦致婺源學磨去舊文以刻科貢題名矣既又聞當時有不忍磨去者止刻其背但移石宮近壁使不可摹爾急令一工人往圖之僅摹一紙將俟來歲而春初火作廟學一空所謂節士碑亦煨燼無餘矣惜哉予見賓之惓惓手澤每得必記其所從來

以示不忘其繩武之業將有在此帖之外者因輟碑本相貽而幷識之

書論語或問

或問氣質之說一章尾闕四十三字或問見善之說一章首闕十五字盖當時板本弗完也不知者取語録中九思二段勦入以充或問文勢大不類今考集成及通釋中勘定如此而九思章下亦原未有或問其妄甚矣續刋者宜補正之

書尚約文集後

右尚約文集二十卷故　太子少師戶部尚書燕翰林學士泰和蕭公著而公之子昉所編也初予被放

還新安昉適爲祁門學訓導嘗携此本過南山精舍請校刻之久未有以復也會予入朝昉以書請之不置因校一過而嘆曰文固不可易言然亦有不可少者六籍之文與道爲一蓋淵乎邈哉其不可跂也至熟讀而徐繹之則誓誥論議之詞朝野賦詠之作及史官之所記胄子之所肄者雖歷數千百載道術分裂純駁正變不可以相次然帝王之敷令出治士君子之輔世酬物惡能去此數者之目而別爲一道哉譬之時世未嘗無方圓而六籍者規矩也謂物不能盡出于規矩而弃廢其力之所可及者過也我

朝自

高皇帝注意翰林之臣不勞以簿書俾專代言之任文
治勅典作者輩出
文皇帝又開内閣慎選其人以充
列聖相承得賢益盛若公則固一人焉公宣德初舉進
士高第歷 三朝爲史官奉 經幄教國子司宥密
前後三十年其文多本之六籍而力之所及者固將
以宣 大猷輔 典學成造士鳴一代之盛至於卷
册所遺金石所刻載一時之政令述前輩之師友論
四方之風俗備檢索資見聞所謂不可少者亦豈必
專于文而後爲足傳也哉公正統中與先尚書襄毅
公及待郎葉文莊公相還往甚善先公參豫山東將

公所贈言在集中可考也矧昉之賢克以經術世其家而又惓惓先德若此用書其所見以諗觀者若公之大致則尚書瓊山丘公前已序之兹不贅詩十卷亦先梓行不在集中

書大雅堂卷後

右大雅堂詩文一卷其篆古爲周伯琦其記爲宋潛溪舒于貞其傳爲蔡淵仲周易董宗文其詩爲劉彦明程邦民周于治皆元季及　國初名流凡以爲鄱陽胡氏作而今刑部員外郎韶所藏也韶六世祖振卿元至正中起鄉兵拒群盜捍州里行省承制授鄱陽路判官不幸死于義妻趙挈其孫備歷險阻卒能

續其夫之祀而以節聞見于傳者可考也夫當天造草昧之秋臣二其主婦捐其夫者盖不可縷數而烈夫貞媛見于胡氏一門宜諸君子為書其詳歌其事以補史之闕而風世之為人臣妾者乎予竊念士不幸生亂世至於舍生取義而其間有黯然重不幸者尤不可無白也傳稱至正乙未冬陳友諒冦饒城振卿挈家左次浮梁糾集鄉兵未果丙申九月罹歙人汪童叛遇害嗚呼此所謂不可無白也童本作同吾郡婺源人亦元季起兵捍州里者歷官淮南行省左丞以忠勇聞東南為張士誠所害東山趙先生汸為立傳其載丙申九月事云同率衆二萬破鳳遊山諸

砦直抵浮梁連戰皆捷將乘勝復饒城主帥忌其成功乃還以當時事勢度之蓋鄱歙兩軍倉卒之際互疑其為友諒之人而戕之不審焉甚矣其為不可贖之憾也昔段匹磾劉琨同討石勒以匡晉室琨不幸以見疑戕于匹磾匹磾亦以不屈死于勒史臣兩予之蓋亦矜其志畧其跡有不得不然者矣予故誦振卿之事而著其說如此

大明麗天海宇寧謐士女之生斯時樂豫嬉恬各職其職以自進于良臣淑女之列而追悼昔人獨為其所難者豈非我

高廟定一之功及

列聖休養涵煦之澤而然歟予於是重有感焉員外君起進士為刑曹才譽甚美殆忠節之報食之而未盡者當於是大發之以為世勸也歟

題范太史文集鈔

太史范公淳夫文集五十九卷秘閣本嘗請閱之四手摘鈔為十七卷又取伊洛淵源錄名臣言行錄宋史傳附其後為一卷如右公為蜀公之從孫申公之壻温公之門人其所嚴事為康節明道所同僚為伊川東坡於經史皆有著述而論語解唐鑑獨傳學者當時號講官第一而史臣亦謂其奏議可比賈長沙陸忠州誠確論也然予觀伊川在講筵自謂少温潤

之氣得淳夫來尤好則疑公為易親之人及觀東坡每對人戲謔屬其勿令范十三知則又疑公為難犯之士豈其稟之粹養之完而又盡一時家庭師友之盛故見於詞氣自然中節而無偏固淺陋之失也歟然則讀公之文者當識此意可也公歷官翰林學士坐元祐黨貶死南渡後追復龍圖閣學士嘗有請以正獻為謚者今亦不見于傳云

題汪文定公集鈔

玉山汪文定公集五十卷舊有刻本今亡而秘閣獨存嘗請閱之力不足盡鈔也手摘鈔為十二卷如右公諱應辰字聖錫其先自新安徙玉山舉紹興五年

進士第一官至端明殿學士於朱子為前輩而講于朱子朱子極重其為人其任敷文閣待制日嘗舉朱子自代蓋其所見之高所立之卓所得之粹誠一時碩儒惜世未有知之者然誦其詩讀其書當心得其為人殆未可以言語相曉也

書艾郎中所藏山谷眞蹟後

古之妙詞翰者不拘一律往〻隨其興之所到為之故自有佳處非具眼者莫識也韓子為樊宗師志即似樊文與孟郊倡和便作郊語豈故爾殊邪其才力兼人觀者莫能盡其捭闔檢縱之妙爾山谷眞蹟流落人間者與石本亦大小出入不能盡同也武選郎

中艾君德潤以所藏九歌眞蹟見示筆勢鄭重優裕畧無拘束跳逸之態如珊瑚木雖見者知其可寶惜予鄙樸素劣于書不足以語此計有具眼者因杜德幾而知衡氣幾幾則知山谷此本押闔檢縱之妙為不可及也

書伊川先生眞蹟後

右伊川先生親筆書一紙本出程氏而淪于師山鄭氏舊矣書稱光祿丈不知為何人考范太史集止有樞密趙公瞻神道碑一篇其贈官為銀青光祿大夫豈指瞻耶范又嘗誌銀青光祿大夫宣徽郭公逵〻予忠孝實從先生遊則所謂光祿丈者又似指逵也

但書稱碑文郭乃誌銘爲不同爾惟宋南渡以來若
度正譔善心葦惓〻訪求先生遺墨或僅得其門狀
與斷簡亦什襲謹藏之况其手筆出于海桑之後燔
蝕之餘而紙墨完好炳然如新者哉是可寶已師山
𦵏玉吾郡碩儒子孫居歙西敏政過之獲拜觀焉因
舉歸刻之家塾敬識其後

書先祖妣行狀後

敏政少從學于安成先生彭文憲公時未有所知而
先妣夫人棄背先公以侍郎薛公之狀求銘于先生
其間世系多失書者盖先曾祖洪武中謫居北方家
集散亡至先公始欲重訂本宗譜而槐塘孟公譜初

出中間不無有異同者齊以實據成化庚寅先祖襄尚書贈典法當立碑神道敏政因告于先生請易墓文爲碑銘先生許之爲更定其世系之失書者增入子孫之新貫者且命敏政書其陰以定著家乘取驗來今盖是狀之失書者有三忠壯公之後分居南北南宗出忠壯十四世孫唐御史中丞都使公湮北宗出六合令大辯大辯傳十三世至宋文簡公琳與兩夫子于孫從高宗南渡與休寧之族聯居至繼而狀止云公即文簡之裔其失一也忠壯十三世孫瑞生嶧嶧生四子粹實英秀而大辯七世孫巖仕唐爲義武軍兵馬使銀青光祿大夫檢校工部尚書兼御史

大夫封安定縣開國伯其子亦名秀今狀乃以傳野
房系于璘下之秀而又以巖之官爵歸之其失二也
文簡公子孫一房從南渡居鄱陽在元有中書左司
員外郎宣誼生江淅行樞密院都事社而休寧舊譜
溧季子南節居休寧陪郭十一世孫圖贈中書左司
員外郎子榮秀為儒學提舉實伊川七世孫之來繼
者榮秀生二子長文貴次孝榮又以繼伊川七世孫
社號儒行處士文貴子亦名社而狀本孟公譜系鄱
陽社下其失三也其失雖三其實則非有異者舉始
而未竟其終見此而不致詳于彼也嗚呼以他鄉異
姓論人之世又闇于譜學其失固宜而子孫不審之

責則有甚焉者矣敏政竊為是懼故檃其辭而不殺以告我後人亦使聞者知世系之重當慎而不可忽云

書吳氏所藏先世遺墨後

宋誥二家狀一休寧瑯斯吳氏家物也誥為吳士楚所受士楚嘉定元年進士又三年始授迪功郎歙縣主學再加修職郎在咸淳元年誥中列銜首相賈秋壑次相江古心也忠邪並進雖堯舜不能以為治況叔季乎蓋不十年而宋社屋矣家狀為吳騰所自敘騰嘉定十六年進士歷官知欽州其舉主若陳司業塤李待制性傳輩皆一時名臣凡八薦舉極其獎重

◎

殆清介不屈之士故歷州縣三十年猶為崇禧祠官
則當時賢人君子之沉鬱下僚從可知矣吳氏後人
曰孟高我從叔彥秀君之婿實藏此本間奉以相示
蓋自嘉定癸亥抵今弘治丙辰二百三十年矣雖綾
紙首尾少有脫落然兵燹之後文獻所徵求如吳氏
之能保此者鮮矣為其子孫者尚謹嗣之而又力學
趾美庶無負上世之所斂遺者哉

書胡子知言後

走少見東萊呂氏有知言勝正蒙之說渴欲觀其書
而秘閣所藏亦無之恒以為恨因徧求之四方三十
年不獲見弘治己酉春南歸過姑蘇遇楊君譙儀曹

語及之君謙云嘗見之崑山藏書家許轉録之久求得也會族姪文杰有事三吴乃委之而得諸陸氏上有篠堂圖書蓋故張節之憲副所藏者其間亦多錯誤遂手校一過别取吴文肅公真文忠公二跋寘目録後凡書之見于朱張吕三先生疑義中者皆不發出而自為一卷又取文公先生所論及宋史傳為附録一卷盖欲使此書彙次完粹以便講習非敢有所去取也新安千户于侯文遠之子應見予之惓惓于斯也為刻梓傳焉亦可謂知學向義者矣竊觀胡子之書有曰學欲博不欲雜守欲約不欲陋文公先生嘗誦之以警後學然則讀是編者要必以此言為準

而後庶幾有所得乎

書經禮補逸後

鄉先正環谷汪先生著書凡十餘種皆擴前賢所未發有益學者然惟春秋胡傳纂疏綱目凡例考異或行餘多不傳蓋聞先生既沒悉被一人詒去掩為已書矣經禮補逸一編尤號精確不可得見可見者侍郎曾公之序爾予族孫昶保每語及之恒切憤悼思盡復其書之亡者未能也其子儒學生啓從予遊知予之惓惓于是乃百計購得之其原本雖被改竄然有附麗而無刓補所改竄亦不過以焉為也以予為抶之類眞贗之跡皦然甚明使其人重錄一過毀去

此本則先生之故書不可釐正矣此天不墜道而後
學之幸也先生玄孫文彙從玄孫仁知等與恕保兼
圖刊布祁門令武昌韓君伯清實來相之予因為手
校且摹先生之真于編首別為附錄一卷俾學者得
以致高山景行之思焉乃若韓君之[illegible][illegible]善俗與恕
保之尚賢秉義文彙仁智等之守禮[illegible][illegible]皆得附書
為來者勸

書魏氏家譜後

魏氏家譜一卷附以誌銘事狀四篇鶴山先生文靖
公裔孫芳之所藏也其可見者邛之高氏魏氏皆鉅
家世姻互繼高者有忠襄公稼樞密公定子參政公

◎

斯得名著宋史忠襄之族女鳳適魏氏子華生六子而鳳之弟黄中無嗣以華幼子孝璹後之華次子上行無嗣復以璹幼子丁翁後之然則鶴山雖高氏實魏産也黄中之名不見于譜而斯諜下注云表叔丁翁然則此乃高氏譜以著鶴山之出繼當别有魏氏譜以著鶴山之本宗今不可見而名之魏氏譜者後人所加也芳既寶奉此帖又什襲其雅言板本惓惓祖德而猶以不獲盡見遺書爲憾顧予末學仰止先正嘗於秘省得視九經要義惜其卷帙太多不能盡録其所著渠陽樵鈔及大全集時莊誦以自益之他日當以録本付芳俟有司之尚賢樂義者俾與雅言

並行廣正學于天下非但此譜為一家之書而已

書大學重定本後

大學章句朱子所訂且為格致傳補亡有大惠于後學朱子既沒矩堂董氏槐始謂格致傳未亡乃襍于經傳中未及正爾玉峯車氏若水慈溪黃氏震魯齋王氏柏山陰景氏星崇仁王氏巽卿及國朝浦江鄭氏濟天台方氏希古皆有論說大同小異而於第十章亦有從程子所訂而少變之者走嘗欲合諸家著為定本而未能也非所暇日默記衆說參互考之手自錄出如右他日獲放歸田當再加紬繹弁訂其注疏而凡諸經子中有先儒成說可還其

舊者悉加釐正以俟後之君子而不敢必其能遂否也

篁墩程先生文粹卷之十七

篁墩程先生文粹卷之十八

行狀

光祿大夫柱國少保吏部尚書兼華蓋殿大學士贈特進光祿大夫左柱國太師謚文達李公

行狀

公諱賢字原德姓李氏世居河南之南陽鄧州爲鉅族其先相傳有兄弟四十八人同爨宋宣和中旌爲義門值兵燹失其譜牒至諱成者生義卿寬甫之考也寬甫生威元至正末起鄉兵捍州里歷陝西乾州總帥佩金符與主將不合棄官而歸

國朝洪武初以薦起至雲南江川縣丞有惠政是生

榮禄公〻之考也公生而氣宇凝重不妄舉止嘗得疾劇葉夫人危之有老嫗來視曰此非凡子也幸毋以為憂言已即去明日疾愈人以為神七歲知向學稍長入為州學生學業騰進一時師友皆莫敢與齒舉宣德壬子河南鄉試第一方宴鹿鳴有鶴數十旋繞廳上布政使李昌祺舉酒酹曰將必有名世之才乎癸丑舉進士奉 命察山西河津蝗災時學士薛公瑄以御史家居公往造之叩質所疑薛公亟稱之以為英悟淳確非流輩可及

英宗皇帝嗣統公上疏言帝王之道在赤子黎民禽獸夷狄雖聖人一視同仁其施也必由親及踈未有赤

子不得其利而[illegible]禽獸者今京師韃官不下萬
餘以俸言之指揮使俸三十五石而實支一石韃官
則實支十七石五斗是韃官一員當京官十七員半
矣傳曰朝無倖位則食之者寡此豈倖位之比况夷
狄人面獸心一旦有警其勢必不自安前代五胡之
亂可不鑒哉乞斷自　宸衷為萬世計　勑兵部漸
次出之於外不惟省　國家萬萬無益之費又亦可
以消未萌之患蓋公筮仕即有志當世如此雖議者
難之而已巳之變畿內韃官羣起肆亂以應虜公言
始驗正統丙辰授吏部驗封主事會有　旨文官誥
勑三年不得請必俟九年者公以職守所在復上言

此獎勵臣下之良法若俟九年則得者恒少不得者恒多廉貪不分勸懲不立乞仍舊便後卒從公言公以人才繫太學而太學因元之陋上疏言 國家建都北京以來所廢弛者莫甚于太學所創新者莫多于佛寺舉措如是可謂舛矣若重修太學雖極壯麗不過一佛寺之費請及時修舉以致養賢及民之效後數年詔新太學實自公發之乙丑陞考功郎中踰兩月丁母葉夫人憂冬之轉文選郎中俟終制赴京公官吏部更三任率公暇手不釋卷尚書王文端公以公輔期之而少師楊文貞公每以不識公為慊南陽知府陳正倫文貞友也因要公往見之公不肯曰

無一面之雅而造門是求知也士大夫兩賢之己巳
秋虜寇大同時中官王振貴用事力主　親征吏部
侍郎當扈從以疾告公代之行師潰于土木
英宗北狩扈從官多預其難公瀕死而還景泰初上正
本十策曰勤聖學顧箴警戒嗜慾絶玩好慎舉措崇
節儉畏天變勉貴近振士風結民心大畧言朝政闕
遺有司利病生民休戚中外進言已詳然有關于
上之身心者或畧臣以爲
陛下一身國家天下之本而心又一身之本也正其本
萬事理惟
陛下之心既正則國家天下之事可以次第推行乞留

中以時省覽詔付外而給事中李侃等以災異上疏謂李其忠信宜賜鑒納乃復取奏入　命翰林繕寫置左右焉辛未虜遣使求通好有詔絕之令廷臣共議長策公上言虜所以敢輕中國者恃其弓馬之强而已中國長策惟有所謂戰車若衛青之武剛車者可以禦之而又有取勝之道則火鎗是也用得其法行可以退敵驅之出境止可以衛民使得耕作然此策固善又在將士何如夫今之將士猶古將士而朝廷於將帥特彰剖封之典於士卒頻加賞勞之恩待之厚矣然不能一爲　國家復讐雪耻此忠臣義士所以扼腕而不能安寢也詔加奬諭仍飭中外將

臣言采取而行是歲冬以合拜薦陞兵部右侍郎壬
申奉　命察四川有司之不職者癸酉還京轉户部
右侍郎公以虜欲無紀不宜終徇上疏言北酋也先
近弑其主併吞諸夷包藏禍心其志非小若只聽其
講和貢馬圖金帛之利蔑敬順之誠增數冒名曾無
定約竭生民之膏血供無厭之貪求醜類日見盛強
中國日加罷弊持此悠悠實非長慮惟
陛下奮仁者之勇勵總戎之臣惕然於心不少自逸覷
釁而動以挫長驅之勢振中國之威則夷狄之心自
懾方來之患自弭　詔下兵部少保于公謂李某言
誠為正論請下其章以勵邊臣甲戌轉吏部右侍郎

詔頒君鑑録于羣臣公擇其中善可為法者二十二
君又詮其最切者數事曰鑑古録上之盖深有意效
忠于 上為孝友恭儉之事而力莫能與也
英宗復位一時輔臣多竄殛遂以人望召公兼翰林學
士入内閣典機務未幾進吏部尚書兼官如故左右
欲以汪后殉葬者
上問武功伯徐有貞及公〻言景泰初汪后即不得志
况二女皆幼可憫臣愚以為宜厚遇之
上憮然以公言為是山東秦民饑雖得内帑銀三萬而
不足
上復召有貞及公議有貞持不可曰散銀有弊無益飢

者公言天下事未嘗無弊顧奉行何如耳散銀有弊
而不貸是視民飢死而不拯也因噎廢食豈為人上
之理
上深以為然命增銀四萬兩民賴全活甚衆時太監曹
吉祥忠國公石亨以迎
上復辟為己功竊弄威福
上漸不能堪乃密語有貞及公宜協心輔朕公自念遭
遇不偶凡事一以至公處之吉祥與亨滋不悅亨率
兵西征御史楊瑄劾吉祥與亨縱家人奪民田
上嘉其敢言命吏部識其名將擢用之亨還與吉祥謀
此必有貞及公所使相與愬于

上言已有迎復功為有貞賢等所傾將俾臣等無噍類
因伏地流涕不已乃諭　旨言官劾公等并下獄其
日風雷雨雹大作損殿宇公署瓦木甚異
上知天怒在此耳等反言上天亦怒公等雖強解釋終
不自安明日言于
上釋之詔俱謫外任公得福建布政司右參政將辭而
吏部尚書鹽山王公是日得專對語有間
上曰李某與友貞雖同事未嘗阿比王公因頓首力言
公淳謹可大用
上頷之即日留為吏部左侍郎踰月　承天門災
詔復公尚書學士公上章懇辭不允戊寅春贈玉帶

以示優寵
皇太子將出閣公請擇學術端良之士備輔導乃上劉
珝等數人為春坊官
上仍命公總之日授書正字于　文華殿時崇仁處士
吳與弼以薦聘至京
上喜其來問公曰與弼當授何官公曰與弼老儒必能
成就君德授春坊諭德專輔　青宮為宜與弼固辭
恩命不受乞歸田里復請徇其志以勵士節
上思建庶人幽大内六十年欲赦之左右多以為不可
召問公〻曰
陛下此一念

太祖在天之靈實臨之堯舜存心不過如此
上意遂决遣中官衛送居之鳳陽出入自便初石亨以
文臣總軍務于邊使武臣不得逞因請罷之居無何
邊徼騷然
上悟其非命公舉可任巡撫者盖都御史李秉芮釗白
圭王宇陳翌皆公所薦一時號稱得人尋 命公總
修大明一統志公偶患足疾不能造朝
上遣御醫来視又數遣太監安寧以政務問公旬日方
愈入謝御史劉濬劾太傅安遠侯柳溥敗軍之罪
上怒曰與賊遇安能保其無損且將校聞濬言豈不解
體將遣人縶之公曰耳目之任職所當言惟明主用

其是舍其非而已不當見譴石亨等遂乘間譖公以
為向護文臣會
上知公已深譖卒不行而大悟公言為是濬得薄責已
而溥還自陝西
上曰溥為主將畏縮致敗不罪之何以警衆諭言官拜
劾之奪其太傅景泰間三年一度僧數萬是歲如期
來集公言于
上曰此輩有損無益宜俟十年一度為著令初
上於便殿屏人謂公曰吉祥好預國政聞四方奏事者
必先造其門柰何公曰自古人主權不可下移若
陛下每事自斷惟公道處之則彼漸不敢預而趨附之

人亦自少矣
上曰朕意亦然會石亨敗家居其從子定遠侯彪謀出
鎮大同諷大同人薦已
上廉其詐并逮亨置于法因問公迎復事公曰當時亦
有要臣者臣不敢從
上怪問何也公曰天位乃
陛下所固有若景泰不起羣臣表請復位名正言順何
至以奪門為功奪之一字何以示後此輩實貪富貴
非為社稷計倘景泰先覺亨等何足惜不審
陛下何以自解幸而事成得以貪天之功然天下人心
所以歸向

陛下者以正統十數年間凡事減省與民休息所致令
為此輩損太半矣
上竦然大悟詔凡以迎駕奪門冒功陞者四千人悉
褫職中外肅然蓋非公忘身徇國不避仇怨莫敢發
者前此榮祿公以封贈　恩誥　闕謝至是陞辭
上特賜寶鏹三千貫因顧謂公白先生已盡天倫之樂
乎公頓首曰臣父子所以有今日者皆
陛下之賜是冬賜甲第一區公上章懇辭
上曰聞卿舊宅去朝頗遠特賜近居以便宣召所辭不
允遷居之日
上及

皇太子皆有落成之賚公以朝覲官黜陟之典往〻應
敵事無以示懲勸言于
上罷不職者數百人旌異者十人　賜宴禮部
上命公與尚書鹽山王公主之庚辰虜酋孛來寇大同
守將失利遂深入鴈門關烽火徹于京師民驚遁不
可止公請急發兵遣兩都督將之出鴈門倒馬二關
旬日始定明年虜西寇涼州莊浪公知
上以虜入為憂陳邊事五條
上從之遣懷寧伯孫鏜率兵往禦時江南北大水而加
以師旅公言宜布寬卹之典遂罷天下所取花鳥板
符之類及暫免采柴追馬清匠刷卷諸事而采柴一

事歲省銀三十餘萬兩吉祥從子昭武伯欽殺人事
覺御史劾之
上雖見原而下詔戒諭勳舊之臣欽益懼與吉祥養死
士謀不軌欲幽
上于南宮而立　皇太子因西師行乘機入内為亂朝
臣當道或有憾者戕害之擊公傷首及耳且持公謂
曰某等迫于讒間不得已為此請入疏以申救公曰
亦既殺仇償怨能止戈反正我當言之
上得疏乃知公在甚喜既脫于難
上急召之入公手疏曰逆賊就禽此非小變宜詔天下
一切不急之務悉皆停罷且言自古治朝未有不開

言路者惟權奸欲塞之以遂其非由是陷于大惡而
不悟自石亨等排黜臺臣言路閉塞其流遂至此極
上悉報可下寬卹條而以開言路殿焉
上念公忠勤下　勅加太子少保公上章懇辭不允
公以西師未解而京師有變大軍未可輕出請復都
御史王竑俾與兵部侍郎白圭分道禦虜虜引去邊
臣請罷兵而議者懼有後警公上言兵出在外可暫
而不可久暫則為壯久則為老且虜安能保其不來
若慮其復來更無休息之期況人民供輸疲困已極
宜趂河關班師使民得屯種為便
上命廷議率從公言

聖烈慈壽皇太后崩
上見公所服斬衰與衆異取視之乃知公服制合古即
以公服者為法命宮中悉易之孟冬享
太廟適大喪禮未終
上以問公公言宜俟釋服後庶人情事理兩安
上曰微公言幾舛于禮癸未春
上以足疾不視朝召公曰大祀將至而疾未愈欲遣官
代行可乎公曰亦須至壇所雖不能行禮人心亦安
上至齋宮復召公曰朕惟俯伏艱于起身欲令一人扶
之何如公曰
陛下能力疾行禮尤見敬天之誠遂蕆事而還二月晦

夜公聞空中有聲明日密疏曰傳言無形有聲謂之鼓妖上不恤民則有此異惟陛下憫念黎元凡一切不便於民者悉皆停罷則災變可弭

上覽之即召公曰此事正須先[illegible]言先生不言誰復言者其具寬恤事條密封以來[illegible]遂疏十事一請清淹禁罪人二止銀場煎辦三停歲造紙劄四蠲被災糧稅五弛芻粟之徵六罷虧損馬疋七飭邊臣撫恤兵民八命有司存恤流移九戒御史糾察貪吏十禁外官因事科歛

上曰朕締觀之皆實惠也宜即詔天下公又請罷江南

上所造段疋及燒磁器清錦衣衛所監罪人皆各遣官
上臣進貢已下番酋遣使臣傳内外買辦采辦
上不從公執之數四共取前十條行之左右見公力爭
者寒心同列亦為公懼公曰吾章之奏臣知無不言今
雖不能盡驗其於利害繫國家安危者豈可默然
苟祿倖然[illegible]於郎公知其人[illegible]
上聖明亦不以為忤也　上以
母后胡氏因疾請閒尊號靜慈仙師非令典欲上
皇后尊謚而左右以為不便一日召問公[illegible]曰
陛下此一念天地鬼神實臨之然臣之愚必須陵寢享
殿神主皆如奉先殿之式庶幾稱

陛下之明者不然爲虚文
上即命舉行是時錦衣衛指揮門達有寵于
上專理詔獄且兼緝事于中外道路淌相視以目公
毋嘗以爲言達銜之會指揮袁彬爲其誣下獄有救之
上者
上命達訊之達欲并傾公啉其人使誣公爲草奏狀牽
連數十人勢危甚
上命廷鞫之其人遂吐實曰此達所教也公以事上白
上疏力辭且以知足不辱知止不殆爲言
上不允曰此細故無用介意甲申春正月
上不豫久之疾劇命中官以遺詔示公十七日

上賓後五日

今上嗣位有欲專致隆于　上生母者公曰

天子新即位四海顒望凡事宜悉遵遺詔庶幾順天理

服人心脫或不然則當尊

母妃為太后於

皇后為太后上加二字以別之卒如公議尊

皇后為慈懿皇太后貴妃為

皇太后進公少保吏部尚書兼華蓋殿大學士本發品

門達以附中官謫遠方又為言者劾其欺罔故殺諸

罪戍嶺表不知者以謂出公意其黨相與為匿名文

書指公姓名欲中之公不自安懇乞退休

上不允下令禁謗議者時災異屢見公請出宮人以昭
聖德又上疏言人君一身天下之主若行事合宜中外
順服不然則人皆離德而欲天下治安不可得矣然
治安之本在於君德輔養君德又在左右前後皆老
成端謹之人若輕浮頑猾喜好生事逢迎取悅供耳
目之玩信佛老之教者望即日退出毋令隨侍庶於
君德無損臣受　朝廷祿位爲宗社生民至計不敢
不竭忠盡言惟
陛下剛斷而進退之五月五日風雹大作飄瓦拔木
上及郊壇公復疏言天戒顯赫如此惟
陛下勉加修省雖在閒靜之中常如對越之際不可一

毫與左右狎亦不可聽其誘而寵用之惟日與老成
之臣商議君德何以修朝政何以舉合茲在茲頃刻
不忘仍寫勑戒諭羣臣同加修省庶回天意公以疾
在告　詔免早朝尋降勑命公知　經筵事及總修
英宗睿皇帝實録成有司請造鹵簿已得　旨公聞之
亟入言先朝所造車駕尚有貯内庫未經御者今
恩詔方頒百姓甦息未久奈何復為此
上即日寢其旨
皇后吳氏之廢小人乘機欲害公者益甚
上命錦衣衛嚴禁之且遣衛士夜宿公第護公以行有
内直將軍怨天順初因入直迎

駕而陞冒功者今一切襲職非法意
上念其久于役特復之而以迎
駕奪門陞者紛然入愬不巳公言于
上曰自石亨輩此舉之後人以得富貴之易貪利者惟
幸有事宜早治之且請復故少保于公謙等官賜祭
改葬以雪幽枉
上亟是公言命兵部核其以迎駕奪門陞者自太平侯
張瑾興濟伯楊琮以下俱奪爵蓋公欲消患於未萌
故於
上即位極言之由是洶洶者衰息有識者至今以爲難
丙戌二月聞榮禄公之喪　詔起復公賜賻甚厚復

賜素品備途中食用而令有司爲營塋事公上疏言
士見用於盛時者無分小大於父母喪皆得盡三年
之制若臣以所任之事而不得盡恐無補于名教得
旨朕賴卿輔導卿勿以私恩廢公義宜抑情遵命以
成大孝公復疏言
陛下必欲起臣以爲　國家事重不得以彼易此但今
内外大臣當任者皆忠正老成之人使臣在此不過
賛成其事無臣賛之亦不爲欠臣之去就甚輕昔富
弼累詔不起亦以朝廷有人不至甚不得已故也臣
之蹤跡似亦類此乞容臣終制假使未塡溝壑則驅
策駑鈍以報

皇上固有日矣　詔卿當深念職任之重移孝爲忠不
必固請遂遣太監林典輔行公聞故鄉歲侵加以師
旅請止官營塋不從既抵家襄事畢即日促公上道
五月至京師入見
上慰勞有加公退即疏言
陛下謂臣可以委託堅使奪情而不知臣實駑鈍不堪
有類析足之鼎且古之大臣若張九齡寇準雖起
復而人不非者良以其人之才足勝重任有益于天
下國家也如臣不過尋常之流無事之時亦招物議
今不獲命則不知者謂臣心實以此爲榮姑陳奏章
免人之議而已乞察臣至情而矜從之　詔禮有經

有權朕特從權制用卿若固違君命豈得爲孝卿當

深念大義勿恤微言勉起就任毋得再陳公復辭言

臣累辭稟情苟

陛下曲加勉諭終不矜允奉諭

恩旨涕泗交頤所以不能違

聖訓者區區之心誠有所不忍況臣自迫衰朽緩起供

職未必能副

陛下盛意徒重臣之慚增臣之罪　詔辭言之再三但

委託允重宜體至懷即日就任慎勿再言又遣中官

至公第道

上意乃供職公因上道中往來所得軍民利病八事大

約乞重守令之選毋拘常格以免墮政留河南所運
之粟以備民飢停通州諸衛薪炭之徵以蘇民困蠲
江南馬戶而復本處民戶代之以均勞役增天津諸
衛及河南滎澤新鄉諸處驛遞以便往來開衛學軍
生歲貢以振淹滯
上即命所司議行是歲秋率緒臣言今天下盜賊未息
災傷未止仰惟
祖宗創業垂統宮禁甚嚴內外不許混雜府庫充積金
銀不肯妄費遊宴有常所而不縱情賞賜有常規而
不濫及至於　祖訓一書尤為明備惟
陛下遂一省覽刻意恭儉以繩祖武以率天下

上方虛己以聽而公感疾浹旬不愈
上遣中官臨問賜尚食及命御醫日夕診視報疾狀凡
三閱月疾亟語弟監察御史謙及子瑾惟以
國恩未報史事未成爲念以是年十二月十四日辛
丁賜第之正寢享年五十有九距生永樂戊子十二
月十六日先是京城內外木稼三日太白曳入南斗
杓中訃聞
上震悼輟視朝遣中官賜鈔一萬緡爲賻贈公特進光
祿大夫左柱國太師謚曰文達明日遣禮部尚書姚
夔諭祭　詔每遇七日及下擴皆遣使祭命工部給
棺槨輿齋糧麻布兵部給驛舟還其喪仍官其長子

為尚寶司丞衰榮始終自三楊先生之後一人而已
公少即有志聖賢之學為諸生時提學者問所志對
曰為學之道當如周子言蘊之為德行〻之為事業
其久大異之在吏曹遍書箴銘于坐右與學士薛公
瑄交厚善務以性學相切劘而窮理之功益密故言
益純行益充立朝四十年不立黨與惟守一誠蓋不
知者始或疑而終大服之無異議自以受知
英宗遂身任天下之重知無不言〻無不力天下亦倚
公為重雖遭讒罹謗處之泰然登對之際氣象雍容
言辭簡當將順匡正之力甚多
英宗嘗論景泰不與大臣接言公曰自古明君未嘗一

日不與大臣商確治道所以天下常安先儒謂接賢士大夫之時多親宦官宮妾之時少於君德方有益又言朕自復位以來未嘗一日忘在南城時每以此戒左右公曰安樂不忘患難古昔聖賢之君存心正如此又以戒左右最善又言飲食隨分會不揀擇衣服亦隨宜雖着布衣人不以為非天子也公曰如此節儉尤見盛德若朝廷節儉天下自然富庶前代如漢文帝唐太宗宋仁宗皆節儉是以當時海内富庶非其餘可及又曰朕於四書尚書皆嘗遍讀如二典三謨眞是格言公曰誠如

聖諭凡帝王脩身齊家敬天勤民用人為政之事皆在

其中此時正宜玩味體而行之

英宗每為首肯愛惜人才惟恐弗力而以獎恬退厲名節為先耿公九疇及軒公輗皆以廉介聞公首舉耿為都御史軒為刑部尚書未幾耿為石亨所排斥軒以權貴侵官託疾去公屢言于

上而還之年公富亦為亨姪彪所誣陷及亨敗公力言富有執守可大用遂起為户部尚書

上嘗謂公曰左右多不悅富者公曰不悅衆愈見其賢禮部侍郎鈌負有求近習薦陞者

上問公何如公對曰不知其人臣所知者學士李紹可任此因進言𨗇者士風不立多夤緣以求進如用紹

請於　黼座召吏部面命之庶幾士類知警
上從之命下之日傾朝憮然其後任事大臣公多所薦
已薦矣其人不知之及有詣公者或以告公公曰吾
知用其才耳三選庶吉士儲養于翰林親加督教如
愛子弟與故學士呂文懿公及今學士陳公彭公相
處十餘年未嘗失辭色每語具以忠言相告而於講
學論政至終日忘倦人有善若己出不白之不已兩
廣兵興編脩丘濬實廣人具嶺南事宜告公公繳奏
言濬言可用請付軍中為平賊之助遇天變民瘼憂
形于色每以裁抑浮費蘇息民力為本謂內帑財物
非濟兵民則人主必生侈心而移之於土木禱祠聲

色之用自公柄政前後發内帑銀救荒卹邊凡數十
萬計人有急難以身救之而於植臺諫慎刑獄尤惓
惓焉有會試被黜者訴考官有弊
上不悅以章示公公曰此乃私忿考官實無弊如臣弟
讓亦不在中列可見其公
上意方解言路屢閼屢闢而不至於銷鑠皆公力主之
惟成化初言者歷詆中人之惡謂不可使與國政得
補外而或咎公不申救者公曰此事何可激也甘露
之變黨錮之禍諸君獨不知之天順中宗室臨川王
弋陽王前後爲緝事者發其陰事已而多涉虛因
召問公公曰觀此則其餘所枉多矣法司雖知其枉

而不敢辨非　明詔理官不許畏勢避嫌實傷和氣
上乃召三法司面加戒飭中外感悅凡　朝廷大政令
涉于軍情邦計者必經公議而後決虜酋孛來近邊
有言傳國璽在其處請發兵乘機奪取之
上爲之動公曰頻年災荒府庫空虛兵民困極宜與之
休且虜近邊而未嘗犯塞無故伐之必貫釁況秦璽
亡國之物亦不足寶
上瞿然罷議內府奏乏金用　詔下户部議請以蘇松
嘉湖四府歲折糧銀折金五萬兩公言　國家財賦
仰給東南而金非其所産今欲折金價必湧貴閩雲
南諸夷有歲辦金銀若以銀折金亦足以充國用衆

松潘羌叛亂已勑三司調兵剿之久不下公曰三司
頡頏牽制自不能成功若　朝廷命一大臣統之則
事定矣易曰長子帥師弟子輿尸不可不慮
上問公可將者公薦都督許貴遂用之而松潘羌始靖
凡冊后妃與諸王大喪大祀冠婚之禮及
今上之初親耕視學諸大典禮悉命公與禮官增損其
儀式而後行白金文綺上尊珍饌與夫四方貢獻內
帑圖書賜賚無虛月公每以盈滿爲戒取小旻詩中
語扁其堂曰臨深以寓安不忘危之義雖位極三孤
不治田宅不蓄女侍爲學務實踐不爲空言因自號
涗齋孝友敦睦之行有人所難能者所居圖書左右

口誦手録雖老不解毎有得即識之有體驗録一巻
雜録三巻所被顧問有天順日録三巻作文章理為
主不為艱深靡麗之詞毎教人以晦庵草廬為法有
古穰集若干巻詩冲澹温厚有和陶詩二巻和杜詩
一巻讀易記一巻南陽李氏族譜若干巻平居無疾
言遽色其容粹然見者如在春風中浮躁者為之自
失陰狡者為之中沮蓋其所禀者厚所養者深故其
所得有大過人者如此論者謂自天順以來所以正
君德恤民生進賢才廣言路抑佞幸却戎狄皆公之
力天不憖遺可為世道斯文之不幸公配黄氏武畧
將軍淇之女早卒累贈一品夫人繼周氏安慶知府

濟之女累封一品夫人所生子男二長曰璋即尚寶
司丞次曰玠女二氏長適翰林院編修程敏政次適
衍聖公孔弘緒璋玠將以明年春奉柩歸葬于故鄉
刁河之原乃以狀屬敏政敏政大人實公之友故爲
童子時不鄙而收教之且妻以子至親大義抱慟無
窮而譾才末學不足以發公勳德之萬一平生之託
又不敢辭用直書其槩以告當代立言之君子且以
備異日史氏之采擇謹狀成化二年冬十二月二十
七日門人翰林院　國史編修承事郎新安程敏政
狀

故嘉議大夫詹事府詹事兼翰林院侍讀學士

贈禮部右侍郎陸公行狀

公諱簡字廉伯一字敬行其先本唐相宣公之後自浙來居常之武進元季有曰富者以其子朝宗後表弟金彥明氏遂仍其姓金氏之族實賴以昌公曾祖也教諭公起國學授奉化訓導終于南樂爲名師儒有子四人其長郎中公起正統乙丑進士授吏部主事終于戶部敭歷兩京爲時聞人其次愷賢而有文不樂任事又其次悌天順庚辰進士刑部主事至公益大顯甲科有司爲表其里曰攀桂坊云公在娠彌月徐宜人夢吞絳桃覺而生公于奉化學舍生甫六七歲聰穎出類爲奇對語意聳聳聞者知其不凡郎

中公與故吏部尚書莆田陳公俊同僚因遣從學居
數月陳公辭曰公子異才吾不能為若師也遣歸入
郡庠為諸生而講于諸父天才駿發若不可制復從
郎中公于京師遭徐宜人之喪扶櫬南歸自郡城及
河七十里徒跣號泣足破流血不自知觀者益奇公
雖少年而操行不可及成化紀元服闋舉南畿鄉試
第一人明年上禮部大為尚書姚文敏公所鑒賞
廷試中一甲第三人
賜進士及第始奏復其姓授翰林院編修與修
英宗皇帝實録年才二十有五是歲刑部公卒於京邸
公憫其幼子弱女移疏乞 恩護其喪歸葬居家三

年不出其學益宏以粹而郎中公得謝養毋促公北
上時
憲宗皇帝垂意稽古禮文之事命館閣儒臣重勘朱子
綱目以其暇日應制賦詩無虚月公所進多稱旨亦
數被　賜賚未幾　詔取宋元兩代史續綱目遴選
史官十四人公在選中總裁少保彭文憲公一以元
史付公元史修于　國初僅七月而成事多舛複公
芟繁撮要決疑闡隱為力最多以九載考績陞侍講
丁酉春續編成陞右春坊右諭德
今上在春宮講讀官八人公與其一庚子應考順天府
鄉試癸卯丁郎中公憂襄事已即闔門謝客城南有

地龍皐公治別墅讀書其中自號龍皐子而題其常
所居曰治齋大事纂述以箴訛補闕爲已任宋季元
兵寇城時刺史姚訔等九人死其難未秩祀典公言
有司立忠義祠以祀之又以蘇文忠公卒于常亦欲
立祠不果値
憲宗皇帝上賓詔徵公入修實録至則
上已嗣登大寶以公輔導舊臣陞右春坊右庶子兼翰
林院侍讀充 經筵官又命公等四人日値
便殿侍講讀凡五閱寒暑實録成陞詹事府少詹事
兼翰林院侍講學士時
玉牒久未編纂復命公領之癸丑春主考禮部會試

甲寅
上念公等侍從之勞特陞公詹事府詹事兼翰林院侍
讀學士 眷注方隆而公壽不少逮惜哉公天才超
邁姿貌秀偉若不堪世故而事〻精敏絶人然未嘗
以是自侈倦〻于節行其輔 儲極奉 經惟長史
局必盡心力正講之餘多寓諷諫開陳治體啓導
天聽聞者為之竦動 實録垂成而十館所修不能
歸一公等四人受委總勘彪分彙次始克成編主考
兩試得人為多至于議禮論事必歸于至當有所不
合正色昌言雖賁育莫能奪其平居藴藉渾然不自
表著與人交緩急周至尤樂汲引後進觴奕笑談終

夕忘倦爲詩文力追古作縝密峻潔一字不苟求者屨滿户外而得其篇章者不啻什一得者如獲至寶不得者悵然如有所失其見重于世如此而公每致力于諸經手自校勘至疾革猶朱墨不離左右充其所得直將以畏天命悲人窮而位不足以究所施功不足以罄所蘊其所就者言論述作而已公卒以弘治乙卯正月八日年止五十有四聞者無問識與不識皆唏噓悼惜曰天之生賢不爲無意而卒止于此乎訃 聞有司據典禮上請 遣官營葬
諭祭其家久之獲贈禮部右侍郎亦出 特恩云公娶同邑池氏承事郎敬之女贈宜人先公十九年卒

繼鳳陽姚氏南京府軍衛千户福之女封宜人亦先
公兩月卒子男八人長含章郡庠生池出次奎章側
出次巽章姚出次敬章表章焕章九章有章俱側出
女四人長適國子生同邑楊增次適郡庠生宜興邵
天和次在室次早喪俱池出公所著治齋集數百卷
來及詮次予與公同舉進士入翰林公長予三歲予
兄事之蓋三十有一年于今矣而公所以玉我砭我
者備至壬子之夏予蒙　恩昭雪入朝情好益篤方
期晚境劘厲少免悔尤而公遂抱疾矣予日夕視公
見其貌雖癯而言動如常借書論文手劄盈几屬纘
前夕猶有一簡召醫問疾而豈意其遂至不起也哉

公子舍章奔喪至京慟哭向予以狀為請又致公弟
節所撰事行一通俾予次之顧予與公交承之雅誼
同骨肉每一執筆哽咽難勝而公發引有期義不容
已乃掇拾如右以授舍章俾請銘于當代立言君子
謹狀

篁墩程先生文粹卷之十九

碑誌

槐瀕先生程君墓碑銘

昔杞宋以王者之後孔子猶嘆其文獻不足徵而况其餘乎程本周之侯國休父則始封者也其後國亡而子孫散處于晉曰嬰者死趙事號忠誠君世望河北至東晉有元譚者守新安以循吏賜居郡中由是江南始有程姓者凡數傳至梁將軍忠壯公靈洗有禦盜全郡之功食其鄉州廟號世忠程以是益顯至唐定氏族而程遂居十大姓之一胤系之蕃幾有一郡之半又蔓衍于四方由宋至今其居歙之槐唐者

曰元鳳起進士相理度兩宗號吉國文淸公二六世孫曰槐瀕先生諱孟以諸程自唐以来譜牒山委莫能祖通乃遠者走書近者親會盡發我宗人之藏手自披校窮二十餘年為程氏諸譜會通五十卷外譜二卷忠誠太守忠壯三祖遺蹟及褒典經元季之亂蕩無存焉先生又捜輯而類次之為世忠事實源流録十卷文淸公手澤及理宗御書多淪于異姓先生不惜重金贖之以歸為明良慶會録一卷於是新安之程凡數百年文獻之傳頼以弗墜而先生亦不可作矣嗚呼若先生豈非孔氏之所見予者哉先生字文實槐瀕其别號也性誠樸而孝友動必以義終其

身為族黨師鄉人化之郡邑大夫歲時禮於其廬乃學好古愈老不倦其纂述別有黄山小録諸書而新安總志尚未脱稿所自著有槐瀕集若干卷其卒成化乙酉四月二十五日享年六十有七墓在本里荷塘山之原子三人景岑景山景徽孫五人珖珹琥琮琁皆能守先生之遺書而讀之敏政於先生爲族子宦居北方不及敬拜牀下而數辱手教惠顧諄複蓋寢寐之不忘也謹撰銘文一通寄其諸孫俾刻諸墓上之石以昭先生之無窮銘曰

猗乎先生其弗死兮維古程國之肖子兮篤我宗誼而弗之圮兮闡我先猷而實是紀兮相爾公孫之復

其始兮胡寧在彼而不在此兮爰卜斯藏于槐之里兮羨山之崔而水之瀰兮猗先生之名曷其已兮

孺人呂氏墓誌銘

予初識泌陽焦孟陽于婦翁太師李文達公家時孟陽已職太史挹之渟然有古儒者風度因納交焉其後得聯官每止其寓舍中闃然無譁必頃之輒出酒食以飲食我孟陽若不與知然孟陽性落落每退朝騎馬過友人家觴咏終日家事一不自撓予竊意其得內助不然何逸豫乃爾歸嘗以語室人室人曰然且為予道其故曰焦孺人呂家女初以鄉人子來吾家將其三子以見先太師其服純然無綺容又拜

起不失矩度應對甚閒先太師喜甚視先夫人曰焦氏有婦矣出文幣與之先夫人素莊嚴女賓之進謁者有少違禮多不得辭色去獨愛賢孺人嘗自解其簪珥以畀予時侍側切健羨之每佳辰令節則遲其来來則相對語竟日皆婦道所宜不雜世俗語予或取古今列女傳小學孝經諸書爲講解孺人即了其義葢賢明婦人也未幾聞得羸疾百藥弗療久之竟不起時成化戊子四月五日也孟陽哭之甚悲將以明年春歸其喪卜葬山郭之原以狀来乞銘曰孺人與焦皆邑人譜牒其世無所考可知者曰孺人曾大父諱恭當元之季嘗率鄉人據險以捍盜邑井賴之

大父整父德母曾氏孺人年十七歸芳奉舅姑孝謹
能得其懽處妯娌待姻戚御僕婢皆有道歲時奉祀
甚謹雖疾猶力起從事教諸子未嘗煦ゝ然有過即
以告故皆循ゝ有可望以成者疾革惟引手向芳曰
修短數也勿戚ゝ以吾故過傷所恨不獲終事奉子
舅姑耳春秋僅三十有四三男子曰琦瑞瑾一女子
殤孺人沒後越月乃受
敕贈嗚呼悲夫是可銘已銘曰
容之娟ゝ行之顯ゝ于歸孔賢而不永厥年有赫
恩封身後斯延緊彼永年越ゝ恩封之駢世亦多有
而獨不然抑誰之為懲也吁嗟乎天

明威將軍神策衛指揮僉事致仕黃公墓誌銘

公諱琮字進賢世居徽之休寧其先多隱德至考彥斌甫娶徐氏女生丈夫子七人家始殷里之識者策黃氏必大貴既而

仁宗昭皇帝臨御冊公女弟為貴妃特遣二中人驛召彥斌甫至京授神策衛指揮僉事 賜第一區賚予恩數甚渥七人者公最長實侍北行

上召見亦授錦衣衛百戶未幾彥斌甫捐館嗣為神策衛指揮僉事公雅不以貴戚自驕年六十即以官授諸孫惟日端居自適而已成化初

今上皇帝復冊公長孫女為 秀懷王妃公之女適王

氏者有甥曰增亦選尚　嘉善長公主為駙馬都尉公夫婦尚無恙惟時以手加額曰吾家藉先世之靈迭被　寵光飛香椒畹恨無德以將之聞者嘉歎成化癸巳九月十二日忽一疾不起享壽八十距生洪武甲戌二月七日

上聞訃遣使者　賜祭蓋特恩云公配桂氏南京錦衣衛百戶福之女以懿賢重戚里封恭人子男三人長昱以親藩恩授中兵馬指揮次晟嗣錦衣衛百戶次杲為義官女二長適錦衣衛百戶韓俊次適錦衣衛指揮僉事王珩孫男九長欽後公數日卒次鑑次鏜嗣神策衛指揮僉事次銘次鐸次鉞次鏞次鋼次鋭

女五長卽　秀懷王妃亦先公卒次適伏羌伯毛銳
餘未行曾孫男一曰彭年女四俱幼公平生孝友事
二親存養終慕如一日諸弟處江南歲時問遺不絕
貴妃從葬
景陵每時祀北望揮涕不已與人交不蓄中對賓客恂
恂執謙如弟子雖貴富而服食儉素惟好善樂施予
不厭子孫滿前佳辰令節奉觴稱壽恒諄諄以盛腆
爲戒走嘗與鄉人造公公欵之竟日其貌溫醇其言
簡而不夸有類乎古之仁人長者竊意其享福有自
也昱等將以是歲十一月十五日奉葬順天府懷柔
縣銀洞里　賜地之原以走與公生同鄉來請銘走

閩徽之鎮曰黄山〻〻之下在唐有黄芮者嘗封股以
愈母疾又廬父之墓以致連理木芝之祥見于史而
爵位不聞豈天欲錫報于數百載之後而得公乎銘
曰
黄山崇〻毓彼黄氏懿其前芳有唐孝子天錫爾類
繄天孔仁不食其報以啓後人猗神策公崛然中起
嬪我
仁廟維公之婦豈惟　皇嬪慶延斯臻妃我
懷國維公之孫亦有公甥玉立在旁
帝姬娟〻釐降于堂葩孰如公維嗇禄位越顯孫子雄
德不匱奕〻几筵

宸章奠之爾〻冠裳　賜地窆之史臣刻銘置此窀穸
中有耿光百世無斁

榮祿大夫同知中軍都督府事贈左都督張公
神道碑

國初著令武臣非歷戰功不得升中世以來乃有自別途以進者盖予嘗考諸國史知之未嘗不為之慨然太息而有取於故都督張公云公生于將家以永樂癸卯受代為留守右衛指揮僉事時年尚少比如老成人正統辛酉從征麓川夷首抵鎮康州賊黨有刀門捧刀門顛兩酋者公連陣破之進攻上江拔盖底招罕諸砦兵部尚書王忠毅公奇其功承

制進都指揮僉事時諸軍自杉木籠山進圍麓川公
率偏師潛入其中堅賊帥思任發大蹙走緬餘衆悉
降凱還得世襲指揮使癸亥命出理中都留守司事
戊辰　詔以所部從寧陽侯陳武靖公討閩寇鄧茂
七進都指揮同知景泰庚午再從入閩殲賊孽于延
平壬申進都指揮使少保于公復言張其功多遂署
僉後軍都督府事乙亥移中軍天順改元實授副彰
武伯楊信守延綏慶陽諸路抵鎮之明年虜酋孛來
入寇神木縣公出兵禦之于柴瀟斬獲甚衆捷
聞賜白金綵幣進都督同知左參將專守延綏西路
虜以前不得志復入安邊營公分道拒之連戰于野

馬潤諸處併其將鬼里赤獲驢馬兵仗及還所掠子
女生畜視紫灊倍之特受　賜敕褒諭命佩靖虜副
將軍印揔延綏慶陽諸路兵成化乙酉
朝廷念公久于邊召還復理中軍時方大閱得精兵十
二萬　命公分統楊威營迄至不起盖公出入兵間
首尾三十五年自諸位歷兩府論功與能甚可謂無
媿矣公家都城下馬社諱欽字克敬曾祖二公祖潑
盧及所後父良皆贈榮祿大夫同知後軍都督府事
所生父景山曾祖母王氏祖母馬氏所後母蘇氏皆
贈夫人所生母馬氏公年七十有一卒於成化乙未
夏五月二十有二日

上聞訃輟朝一日凡五遣禮部諭祭特贈左都督命工
部給喪葬費以其年秋七月九日窆鄴城西山之原
配郭氏封夫人子男五長振先卒次擽次掭次授一
未名女一適金吾左衛指揮使楊勝孫男三人長恂
嗣為指揮使餘尚幼初公之掮館也楊金吾以狀来
乞為銘其墓與神道之石予固辭不獲則為之次第
如右而法多互見者不能盡書也銘曰
五軍洸洸督中外兵在
帝之右開府于京孰克當之維方與虎匪勳之多孰與
為武饗鑠張公環衛之英躬屬櫜鞬自其妙齡既下
滇川硒入閩粵爾我貔貅殪彼兕獨延鋹凌迤北控

大河再却胡雒屢奏鐃歌捷書紛傳官賞是懋都司
留司或正或副高牙大印玉帶朱衣分典六師亦遄
公歸出入卅年有勞在國　命典煇煌庶無愧色西
山之麓栢松九〻中有　賜塋惟公所安螭首龜趺
豐碑載道詞臣勒文千載是考

亡弟克寬壙銘

嗚呼是為吾弟克寬之墓生二十有七年矣克寬名
敏行其第三十二美姿容性警敏凡事弗為即已為
之必精其心孝友直欲上從古人不為兒女子態說
理論事必中肎綮聽者畏之其詞翰絶類予時出以
示人〻弗能辨以尚書試京闈者三率以魁選望之

而卒躓于命悲夫程世家江南至家君尚書公毋夫人林氏起河間官處南北吾弟寳生山東稍長從入蜀其往返兩京最多而終于休寧故鄉其生景泰壬申閏九月九日其殁成化戊戌七月六日其瘞殤也其妻趙氏通政叅議昂之女生男一人舉兒五歲而殤女二人月香才三歲其一則遺腹子也噫賤兄弟三人吾既官舉遠外不克奉親以居所恃者兩弟而今亡其一矣聞訃之三日上書請覲親江南

天子惻然許之蓋抵家踰月始克抆淚為之誌付仲弟敏德俾卜日葬南山塘之原置諸壙中銘曰

親不得慈其子兄不得友其弟悠悠蒼天此恨㒺已

圻子壙志

太子左諭德新安程敏政之次子曰圻以成化丁酉十二月十七日生京師其祖父襄毅公在故鄉聞之喜甚爲告于遠祖忠壯公之廟小字之曰祖保稍長以兄弟能聯行定名圻庚子春其父奔襄毅公之喪其母李病不能俱因寄于其外舅祖李文達公家圻以母病故失節生瘍繼而泄痢已復病疹疹後嗽不止漸以成瘠辛丑春其父以 賜葬恩入謝于朝見圻瘠甚大駭急召醫謀之疾少間乃挈其母子而南既道山東秋溽暑舟人弗堪圻疾送大作山東人藥之弗愈急渡淮淮人藥之弗愈聞姑蘇多醫乘大風

渡江幾殆而圻毋疾又作一舟遑〻以八月廿五日至姑蘇圻竟以是夜死逆旅圻死惟呼其毋意欲捄之者其毋方疾革弗能應悲夫天胡使人至此極邪圻生最聰俊凡解事皆先其兄教之詩即成誦見書畫率諦視不苟至捉筆為寫摹狀亦可觀不若群兒之塗抹太甚也初其季叔歛行死無子將竢服闋告廟以斷後之不幸至是乃載櫬以歸以歲之十月二十七日祔葬其季叔墓側嗚呼使死者而有知其必曰此吾猶子也將善視之瀕葬其父悲慟為之銘〻曰

汝父汝遠汝叔汝依孰使之來而遄其歸也噫

通奉大夫河南左布政使程公墓碑銘

成化庚子秋予居先少保襄毅公之喪聞人傳吾河
南左布政使用元以七月一日終于官爲之驚怛曰
噫器宇問學行檢才識在一時負公輔之望如用元
何可多得而遽至此豈造物者之乖乎是歲冬予以
賜葬恩入謝遇其櫬邵伯河下旅次不能爲禮唁其
孤而别曁予南還則用元葬矣孤旦奉邑人前監察
御史康君永韶狀請銘其墓上之石嗚呼其尚忍銘
吾用元也哉惟程氏自東晉新安太守元譚以善政
爲民請留始家歙篁墩至梁將軍忠壯公靈洗起兵
拒侯景廟食于郡忠壯十三世生唐檢校御史中丞
澐又起兵拒黄巢凡冊世有全郡之功其居祁門善

和里者祖中丞長子檢校戸部尚書仲繁用元所自
出也居休寧陪郭者祖中丞季子歙州兵馬先鋒使
南節子所自出也故予之族於用元爲近尚書十八
世孫德堅　國初以行樞密院都事守景德鎮是爲
用元高祖曾祖汝楫祖景華俱不仕父顯起鄉貢進
士官至　韓府左長史進朝列大夫母齊氏封宜人
用元天分最高喜問學初長史公以春秋名祁門用
元受經所得最深又旁通諸經史正統中長史公教
諭河間任丘而予家先以尺籍隸河間襄毅公每往
來叙宗好雅愛用元以爲是必亢其宗者歲丁卯領
南畿鄉薦登景泰甲戌進士第觀政戸部乙亥奉命

犒師宣府總帥厚餽悉卻之都憲葉文莊公方督邊餉與語大悅天順改元授戶部江西司主事己卯犒師陝西時尚書年恭定公待部屬嚴甚獨禮用元三載以績最 聞 賜敕命督餉淮安一年代還上書乞歸省分祿養親從之癸未會試用薦充同考試官儀曹奉內帑賑門用元力辭免禮部尚書姚文敏公嘆曰超出流輩遠矣未幾進福建司員外郎督負徵于天津諸處成化改元進郎中三載復以績最 聞 賜誥命是歲用兵遼東遣用元給軍實師賴以濟庚寅遣視山東災上書言四事曰存漕運以防民飢整兵備以衛民生減養馬以安民心增接遞以紓民力

事多舉行比還擢廣西右參政安南以地界不定數近邊用元冒險往定之乃已理棼修墜政漸以成壬辰以齊宜人憂歸而長史公繼卒喪葬一以禮拓先祠以謹時祀輯先德爲世芳集以傳服闋改河南右參政奉　璽書專理國儲定轉輸遠近適均法以便民又以其暇時葺二程夫子闕里祠宇以風其士人戊戌進右布政使明年進左布政使律己守法以倡僚屬一方晏然欲自引章具未上而疾作矣所部驩然聞者愕眙以爲善人之不幸距生永樂辛丑正月一日享年六十以壬寅春二月二十日葬里之宅裏塢用元爲人恂恂謹恪口未嘗及人之過巧佞者或

竊笑之然其中涇渭極明有確然不可易者平居恬澹寡嗜好疑若不奈繁劇而所居官理不亟不徐喜功邀譽者反出其下蓋人陰被其惠澤甚多而世亦未盡知之為學不事詞藻雖時賦詩寫竹以適其適而緘其槀諱其名終不以自見也用元初娶祁西汪處士景淳女贈宜人再娶　趙府長史同邑胡公永與女封宜人三娶故吏部侍郎淳安項公文曜女俱善持家以佐夫子子男四人長昂醫學訓科汪出次旦攻舉子業次杲儒學生皆胡出次昌項出孫男三人長鏄次銓次鍠女四人俱幼銘曰

惟我程氏世顯新安有譜振々有廟桓々自歙之祁

垂休委祉犬集于公策名進士遷屬司徒幾二十年
巡瘼四方犒師三邊擢領藩宣或副或正桂管遺思
洛省胥慶祖我循吏以惠其民宗我師儒以迪其人
名與業崇宜位公輔庚霈厥施以澤下土堪乘而蹈
中棟而戕士類孔傷予懷曷望宅塢之原山水明秀
竚有遺芳式在其後

中順大夫浙江按察司副使張公墓誌銘

成化辛丑春三月浙江按察司副使張公存簡以母喪還泰州既葬未幾而病疽門人朋友親戚宗族日問疾者幾百人公知不可起悉召與決別如平時又顧其門人前進士張瓛曰吾友程太史克勤最號知

我其往乞銘語既卒時壬寅春正月五日也公從子霈奉巘狀走數千里来新安山中以請予問之驚怛流涕曰孰意吾友遽至此乎噫屬纊之託不可孤也則序而銘之序曰公諱文其字存簡張氏世爲泰州巨家然未有顯者至公曾祖德林祖仲信益以善聞父頎始舉于鄉終國子助教用公貴贈奉直大夫刑部員外郎母成氏贈宜人繼許氏封太宜人公生有至性在童丱如老成初助教公典教山陰公侍行適遭成宜人喪哀毁不食葢絶而復甦助教公難之遣從學一時名士之門公亦自奮力學久之還爲州學生屢試弗第有識者曰是不當小成者天順己卯舉

南畿鄉試第一人尋遭助教公喪悉用朱氏禮一鄉
化之成化丙戌遂與予同登進士第秦州入
國朝預甲科自公始筮仕刑部江西司主事壬辰進
員外郎癸巳吏部奏擬公山西提學按察僉事甲午
復擬山東皆不果是歲進郎中公在刑曹最久有所
讞必本於公恕他司獄有未具者多移鞫于公既讞
無後言丙申以日食星變　詔選使十三人錄繫囚
于天下公分地畿內平反誅死者百十有六人雪徒
流以下千有四百人其辨馬平兒事尤愜人意平兒
報父仇殺人抵罪公上言君父之仇臣子所必報反
覆數百言讀者感動畿內人有繪其像而祀之者丁

酉大水歲優復有　詔選使五人賑恤之公分地兖州規措勸分不遺餘力又上䟽請分府庫餘資以慰倒懸渴望語益痛切盖活飢民五十二萬人復流移一萬七千口婚嫁男女之貧者五千三百人釋大辟囚二十餘人他如通貨財修祀典申掩骼埋胔之令皆自公發之己亥陞浙江按察司副使有醝商李成誣販鹽者爲盜轉引至十九人初訊者以爲實多瘐死獄中存者僅六人公覆訊疑之審詰得其情六人者幸不死一省稱快餘平反者尚多在浙踰年大率以洗冤澤物爲己任盖未竟其所施而以家艱歸矣公生宣德丙午五月十五日得年五十有七配劉氏

先卒繼李氏俱封宜人子男二長霶劉出次泰孫李出女五長早世次適州學生唐相次適徐蓄餘未行霶奉治命以卒之年三月四日葬城西唐家庄之原公平生孝友恒以禄不逮親爲恨事許宜人甚謹與弟孜等雖相愛而策勵之惓〻以故諸子弟入秋試者恒不脫人自奉儉約如寒士周人之急則罄所有弗恡歷官内外使四方言若不出諸口而中有定見巧佞不能奪與人交雖厚善不茍隨案牘填委日不暇給而嗜學弗惓爲詩文惡浮靡率有關於世教自號遜齋有雜稿若干卷審濟録世訓各一卷嗚呼天之生才亦難矣富詞藻以燁然一時辦事功以赫然

一方者豈無人哉求能外達其所學而不雜內深於所養而不渝如張公者可數也顧官于臺佐年歉于下壽則吾之所惜又豈獨朋友之私而已銘曰

泰有張氏其蓄甚久一顯師儒弗竟其有公也再顯自其遺經發解于鄉擢第于　拜內曹外臺屢見敭歷敬刑恤民有言有勣所養既深所發益弘羕不可御孰尼其行用世以忠畀世以孝維天錫之將後有耀唐莊之原窆如其墳有永無虞太史刻文

孝義處士閔君墓誌銘

休寧處士閔君既卒之十四年其子巖童始得吉兆于邑之董川原啓殯而葬焉又三年乃以麻陽知縣范

傾之狀走書京師請為之銘予發書嘆曰子於先体慎重若彼於先德慎重可知是未可以諾銘使者固請乃不敢辭啓狀閱述則處士君誠有過人者初正統辛酉冬隣弗戒于火母孺人抱病不可起君於貲産一弗顧急呼妻舁母出中庭號泣露禱頃之風反火滅所燔隣屋七十餘家觀者嘖嘖驚異曰孝哉閔氏子為題其堂曰善存成化丙戌有　詔以盐莢易備荒之粟君實在行而粟非一旦可集受直走旁縣為君往貿者十餘人及期獨章姓者不至或傳其家有奇疾老嫗及長兒繼殞者往廉之聞哭聲入見二棺惻然曰甚哉予之不幸也請不責其償盖處士君

前一事類蔡慎後一事類范純仁惜其處下邑而名弗彰無以勵世之強悖者乃以孝義題其端而序之曰君諱兆勝字彥益又字萬億世居休寧安樂鄉相傳其先出費公之後有為歙教授者始家休寧有仕宋至湖南提刑諱福者下逮君七世矣君曾大考叔度大考德同考士善俱隱不仕妣吳孺人即君所露禱而脫于災者君年十八即喪父能踵二兄以襄事歲遠時祭悲泣如初聞者感動奉母滫瀡之養備至尤思以養志說之構萬川書舍為藏修之所業漸有成一日語其妻曰局促一鄉非所以為孝我將出廣聞見以為母榮于善事吾母每間歲一歸以所得者

白母〻孟訦壽八十餘乃終君性最端慤不苟隨而克己為善卒以起家鄉射禮行縣大夫嘗請與賓位而君樂錢唐山水之勝晩復往遊焉以歲庚寅四月五日卒年六十有二娶王氏西山逸士綱之女與君聯德子一人即巖童受父師之訓唯謹凡其父所交游者文章字畫能珍藏之又繕書以視予〻觀其中若徐武功張士謙學士及臨川聶大年武昌陳謙輩率一時名流然君所自立者則本其德性為多因竊嘆士出三代之後使得夫君子為之歸而加以德性之美則其所就又可量乎哉此處士閔君之所為可銘者也銘曰

孰顧天而戢其焚兮惟孝之臻兮孰捐粟而拯其人
兮惟義之循兮將厲俗之泯泯兮知錫類之振振兮
董川之原刻貞珉兮閟父之名永弗湮兮
太保兼　太子太傅掌左軍都督府事定西侯
追封涼國公謚敏毅蔣公墓誌銘
成化丙午夏六月　太子太保掌左軍都督府事定
西侯蔣公以疾在告
上聞之屢遣中貴人存問　賜生餼酒米御醫六人分
番診療未瘳有　詔加恩文武大臣即卧內進公太
保兼太子太傅越明年六月疾益甚入疏請罷所典
兵　詔不允七月十四日以卒聞

上嗟悼輟視朝遣中貴人賻寶楮二萬緡追封京國公謚敏毅命有司治棺槨營葬域 詔初喪及禫皆諭祭爲祭凡十有五

皇太子諸王亦各遣祭於是公子驥等將奉公以是歲九月六日葬都城西泥井里先塋以訓導仇潼之狀請走序而銘之序曰公諱琓字重器故奉天翊衛推誠宣力武臣特進榮祿大夫柱國定西侯追封涇國公謚武勇之孫也其先世具見武勇公神道之碑公之考諱義以疾不任仕故公年十六嗣爵定西侯值正統己巳之變表 謝凡五日即受 命掌左軍都督府事公雖年少而悉心戎務譽望日興

英廟復辟命總府軍前衛官兵之隸大營者出金裝佩
刀及倭刀以賜天順壬午冬　命典直宿將軍侍衛
凡冊賜金鎧寶刀久之
英廟察公忠勤將柄用之不果
今上嗣位初立十二營命公統其一而甘肅以關守將
闕用廷議　詔公佩平羌將軍印總其兵公至鎮堅
堡壁嚴斥堠修明武勇公之遺法番戎畏服無敢扇
以變者乃陳和糴積邊儲佐戰守西人賴之壬辰春
以河外無事　詔還公副守南京兼總操江公上六
事曰足舟師利器械詰姦慝備戰舡嚴禁令恤病軍
凡千餘言大略謂南京　國家根本長江為南京藩

羈控制之道宜重諸鎮甲午　召還仍掌左府兼督
十二營時災異屢見公復上六事曰預防虜釁曰保
障京師曰避任穰災曰暫息操軍曰屯田富國曰修
飭戎器且乞避位　詔不許而令有司議行其所建
白者是歲冬尊謚
恭仁康定景皇帝遣公告　太社太稷丙申命兼總神
機營戊戌進太子太保分賜通鑑綱目及貞觀政要
兩書蓋
上有望于臣隣者甚至己亥春以遼東守臣匿不以賊
聞　命公與太監汪直刑部尚書林聪往勘之并處
置邊方事宜還奏稱　旨是歲大閱以圖册進

御及修築將臺成　龍眷日隆
聖製宸奎良弓寶劍蒼頭名馬蟒衣玉帶白金彩幣上
尊珍味之賜不可殫紀禱民瘼于山川及為
皇太后祝釐于宮觀公必在行番使來　朝及
廷策進士多命公主宴六軍以為榮甲辰秋虜大入
邊〻將失利　詔公佩平胡將軍印總京營兵往禦
之仍節制宣府大同山西諸路及分寧夏延綏兵以
從
上親臨遣賜金帛宴餞甚厚公至大同自野口門出考
按形勢為授方任能之宜且四遣諜覘虜〻徙帳北
走而右衛忽馳報有入自黑石崖者公曰必虜諜也

檄諸路嚴警遣兵援威遠平虜偏頭關已而還報果
虜之哨騎援兵邀斬十餘幷獲其戰馬以聞公復出
臨大邊耀兵而還上言虜益遠邊輸益困請班師許
之　陛見賜勞有加乙巳　詔修靈濟宮命公監護
未成而得疾遂至不起疾革無一語及家事第曰
聖恩未報貽戚老母珫罪也得年五十有五配楊氏
謹身殿大學士贈太師建安文敏公之女封夫人早
卒繼王氏封夫人子男二長驥勲衛次駿側室姚氏
韓氏出也女四皆楊出其婿靖遠伯王添錦衣衛指
揮子馮鐸崇信伯費淮龍驤衛指揮使魏震孫女一
尚幼公性聰敏喜問學早從雲間金鉉先生游博覽

強記遇有所疑輙用朱註細書動百餘卷尤篤于孝友公之考推封定西侯居恚癱百藥弗効公吮之而愈事太夫人王氏執子道甚謹先意承順務得其懽二弟琰瑜皆不禄育其孤子女與驥等先世雖居揚之江都遠祖實自徽歙公言于朝力還其先墓田所在仲父雄從武勇公南征死于戰以功得世襲指揮使而兵部不審罷其嗣子公極論之復其官顧才知而沇雄必有以自見在甘肅有廵按御史横公劾之上遣官訊實謫戍邊或疑其過者公曰臺官固人耳非盡桓典也賢者下之而不肖者斥之乃爲朝廷討豈私已哉識者是其言在宣府邊將欲徙鵰

鶚堡于滴水崖公以為獨石八堡聲勢聯絡若從之相去益遠卒難救援且板築勞人非便議遂寢總京營十三年無過舉而軍士亦相與安之襟度夷曠自號筠清公暇即臨帖賦詩以自適賓客過從觴酌竟日盡歡乃已而公之詩本盛唐書法魏晉可與文人韻士相長雄所著筠清軒集十卷奏議二卷雜文一卷竊嘗觀之

列聖念疆場之臣所以恩煦而玉成其子孫蓋無所不盡然能体德意而嗣其祖烈嶸然有聲一時庶幾古儒將之風若公者豈多見哉惜其典六師位三公

上之倚注方切而公遽捐館味屬纊之言則其心之所

以許國者殆未艾也悲夫走家徽郡於公為同鄉先
尚書少保襄毅公嘗與同守南京相好而不比號通
家且友善而宜銘者蓋莫如走也銘曰
桓桓涇公國之虎臣巍巍盟府載其大勲有美凉公
寔顯孫子孔武且文如鶴之峙初奉
英考忠勤自將
帝曰懿哉侍衛之良
嗣聖臨朝篤彼世烈曰遂事予庶時之傑出秉將鉞入
參
廟謨所覲尊安協
帝之圖懋賞崇階益赫以烜報稱之恩與日俱遠一朝

哀訃上悼　宸衷爰錫嘉名胙之上公尚方來陳兼
賻與奠司空往營不遠京甸平原膴膴有寢有堂劒
履攸藏濟美之光最行勒銘寘此玄室何千百年維
卜之吉

明威將軍瀋陽中屯指揮僉事程公墓誌銘

公諱佲字彥彰故贈兵部尚書兼大理寺卿諱晟府
君之中子太子少保襄毅公之弟敏政之叔父程氏
世居徽之休寧出梁將軍忠壯公之後族大以蕃具
程氏統宗世譜及先塋之碑其居陪郭者在國初
有安定忠愍侯以勳烈聞事載實錄其兄之子徽君
諱杜壽尚書之考也以詿誤隸尺籍于河間再世矣

至襄毅公與公始奮跡文武以爲其先人之光今不幸皆下世公則無憾而爲其子姓者何所恃以爲歸乎於是敏政聞訃爲位以哭又序而刻其墓中曰公少爲父母所鍾愛襄毅公親督敎之然公志武讀書之暇輒私出與少年習騎射及諸戎事業已精而襄毅公始知之曰是亦足以顯矣正統己巳之變守臣以將才舉于 朝少保錢唐于公方督諸軍事立公閱武場親試之能奏予官未上會虜入大同公上書乞自效從大將往遇賊于雷公山先登陷陣軍中以爲勇分援代州與賊戰城下連日夜解其圍又以選兵刼虜營于西戎口奪還其所掠援瀋陽中屯衛百

戶天順戊寅襄毅公視師遼東公從至金復海蓋諸
州而還虜寇陝西公復從尚書白恭敏公出固原時
大雪不知虜所在公率探騎自間道覘之于紅崖川
還報幕府乃發兵擣其營于打剌赤公亦生致虜酋
一人入奏捷　賜宴賚升武畧將軍副千戶四川貴
州山都掌之蠻屢叛殺邊吏襄城侯李公奉
詔往討而以公從時襄毅公以尚書督諸軍事公不
以自驕願分隸偏裨下其豹尾青及海納諸寨而五
村峒號天險公復與敢死士連破之俘賊甚衆并獲
銅鼓十數成化初凱旋升明威將軍指揮僉事加
賜賚初公率練所部士于京營十年至是乃用薦還

治衛事又十餘年而疾作矣公性剛毅直有懷即吐不
喜齷齪士人有不可面折之不怨喜飲樂遊遇文人
韻士雅歌投壺必傾倒乃已然事兩尚書府君及祖
母汪夫人母張夫人極孝謹受責不敢措一詞居喪
泣血比于孺子襄毅公以剛聞天下公事之如父不
命之坐不敢坐其待内外親婣雖甚所不足者稽約
間隨釋無宿怨其居官未嘗以朘削為事故不以田
宅服用不及人為慼此皆敏政之所親侍而知者不
敢溢美以蹈不敬之罪也公生宣德己酉五月十二
日得壽六十以弘治戊申二月十八日卒配劉氏封
恭人子男五長敏聰當世公官次敏芳次敏哲次敏

兗次敏堅女五長適大同中屯衛指揮錢鐸次適滄
州守禦千戶趙瑛次適瀋陽中屯衛指揮尊登次適
千戶舍人何玄次尚幼憶丁未之冬敏政奉
詔考士于南京還取道河間候起居時公已篤疾執
手戲欷哽不能語久之崛然起呼酒相慰勞令盡觴
曰恐後不復見汝矣嗚呼言猶在耳孰謂此別而眞
成永訣也哉公墓在祖塋西南葬以卒之歲四月二
十七日銘曰
程顯江南孰嗣其逢明威奮揚爲北之宗北伐南征
克世其武孰浚其祥忠壯維祖紆金戴紫[illegible]乳之榮
胡命之淑而不永齡奕奕崇丘瀛東之里公安于斯

我悼曷已

程用光墓誌銘

用光諱充與予同出梁將軍忠壯公忠壯子孫散處不一其居休寧汊口則用光之族也見予與用光所編程氏統宗世譜用光八世祖洙以方逢辰榜進士為上元簿宋亡以節死洙生徹徹為國學諭徹生齊〻生臚〻生闡〻生天相天相生玩號悟易老人用光之父也累葉以經教授鄉里悟易娶瓚原吴氏早世繼歙西鄭氏生用光用光天性極開爽少學于家庭即知厭口耳之習思以古人為師業春秋將出與士角以親老棄去兼業醫及星筮堪輿數學悉得肯綮

然所論必主理從學者日衆故義烏王忠文公孫稚貳令休寧慎許可獨聘用光為塾賓建昌宗人太常侍書南雲聞之欲舉賢良用光亦以親力辭久之親終遂無復用世之志所居岐山下林壑幽勝築修藏之所曰岐陽書室自號復春居士結族人之賢者為詩社以自適於一切世故漠如也其用於家及有所慶弔必本朱氏禮以族蕃恐歲時或紊其昭穆作廣宗之圖復與族兄處士逸民會修本宗譜增飾忠壯行祠升侑忠壯之子威悼公歲率族人為昌亂永和之會文考祖墓之遠者自十世以下伐石識之由是议口宗風為之一振郡縣大夫數禮而問政及請校

縣志刻以傳比歲將新其族祖宋端明學士洛水先生之祠而疾作矣用光資禀介直言行不苟事父母極孝奉兄用高用思以禮二兄亦資以自輔與人交不媕婀有過即規事可否決於義不以利害自阻故君子樂親之雖不相知亦嚴憚之而獨以叔行事予予在京師用光忽以書来謂宜早歸保晚節書未達三日而予果絀于吏議其識高見定如此孰意其乃去予而先逝也哉用光生宣德癸丑閏八月二十八日卒弘治己酉十月八日得年五十有七治命不亂神氣清明手書告訣于所還往如平時所著詩文有管天稿若干卷所編次有雲溪程氏族譜十二卷程

氏文翰七卷重訂冊溪心法一百篇正誤芟繁拾遺
舉要尤有益于學者娶方山吳氏克相君子〻男四
長祖興次祖淳次祖明次祖衞率孝謹能世其業女
三長瓊適古林黄氏次珪適貲口朱氏次璽許適五
城黄氏孫男二長曦次旦孫女三俱在室葬以是歲
十二月十九日墓在汊口山突頭噫予始歸耕即抱
殤女之戚且亡弟在淺土日諏地以葬遂不及視用
光之疾撫其棺一慟以泄予哀則最群行為銘授其
子納之幽亦庶幾用吾情以慰死者于下地云爾銘
曰
岐山幽〻昔藏子之書兮汊水溶〻亦供子之漁

于今往矣悵孰之為娱兮石泐川湮子名之不渝兮

豐城徐孝子墓誌銘

監察御史徐君疇受

命出按南畿諸郡以行部至休寧特過予奉其兄孝子行實一通請銘其墓言與涕俱予不獲辭受狀而序之曰孝子諱壽字永年世居豐城為碩宗代有名士至孝子尤頴出不凡負志節偘偘喜問學治詩而旁通諸子史見古節孝事即慨然曰此人道當爾時父母無恙在堂孝子日具滫瀡忠養之恒恐失其歡且揣親意欲子仕以為榮則請曰疇也儁宜勗之成而壽佐之不數載侍御果以其學名父母胥說父嘗

遘疾湯藥非親調劑不以進左右服事益虔且顓有人所難者父卒治喪葬一用古禮廬墓下三年手植松數千株構墓祠以便展謁歲時伏拜哀慕不已見者嗟異之以為誠孝人也孝子又嘗欲刲股入藥以救母之危疾侍御覺而止之乃齋沐焚香籲天願減已年益母壽疾果瘳孝子更進善藥及滋味求所以佚其老者侍御之出按廣右也得便道省母孝子觴之曰榮哉吾弟宜更法古人公好惡大其所樹立以為先人光侍御奉教唯謹母益樂成化丙午有司以其孝聞事下覈實得旌表曰孝子徐某之門久之母疾復作醫禱不即功孝子竟以憂瘁致疾卒〻不二

時毋亦不起蓋驚慟之也嗚呼慈孝之更相為命若此悲哉孝子性行高於處己應事一不苟待妻子斬〻有禮篤友誼睦宗戚樂施予嘗以耆宿主一鄉之訟率能使忿者平弱者伸邑大夫或有所諮決即犁然以解然遇之不以道即揮手去不顧晚歲以恩例受冠服之榮益端居自養或逍遥林谷間賦詩鳴琴以適其所趣杖屨所至人莫不高其風焉孝子生宣德己酉二月十四日卒弘治辛亥九月十七日壽六十有三孝子之先曰雲章先生與其子彬仲皆儒者以元季之亂而隱彬仲子仁壽孝子之曾大父也大父至斌父顯贈文林郎監察御史母吴氏封孺

人孝子之配曰城東夏氏處士子華女次室曰徐氏子男三曰亮亭豪女一適甘州甘昴孫男二侍御以毋喪將奔赴豐城率亮等葬孝子于某處某山之原噫孝者百行之冠冕也而世之克盡者恒尠況無間于鄉黨州閭之言則為人上者惡得不表異之以為世勸哉若徐孝子可無愧矣予故擇群行而銘之首著其孝事特加詳焉亦將使夫來者知所重云爾銘

曰

徐望豫章不他徙積善開先委厥祉有顯一孫今孝

子

皇錫褒嘉勸州里群行焯焯良有以高丘翼然劍江涘

若人雖亡名不死光射星垣自茲始于章有徵考斯紀

沙溪處士汪君墓誌銘

郡學生汪祚奉其大父處士君之命來從予學于休寧南山中踰年予往報君歙西沙溪上時君已抱疾不能興命祚禮予于堂因留宿焉明日祚道予徧視其所居曰此爲稼同以歛穀此爲辭槃以佚老此爲三益則家塾在焉皆我大父之所身營而貽後人者也又出履其所居之東曰此爲忠烈行祠以奉先世祖越國公此爲宗德祠以奉本支祖司農府君以下皆我大父合族人而爲之垂成者也還坐堂中則文

手一帙以前曰此爲崇孝編以紀先世之文獻亦皆我大父之所裒輯而將刻梓以傳者也予因憮然曰賢哉汪君惜不獲識其顔面何爲人顧其所立有如此者嘉歎久之乃去去未幾而君果以不起聞時弘治壬子冬十一月十有四日也予既遣奠君而祚来以銘見託會予有　召命不及爲乃使人尾舟相候始克序而銘之君諱慶宗字宗裕曾祖後德祖子原父貴漸母棠樾鮑家女生君性孝友不羣策者以爲是真能裕其宗邪居父喪一用朱氏禮比葬或上其僭于官巡撫侍郎周文襄公曰此禮也烏得謂之僭哉抵告者罪一庶妹失愛于父君厚其裝遣之與二

姊同其御家最嚴對妻子未嘗見齒至與鄉族則甚和而亦不苟徇也社壇税爲鄭氏專必均之乃已又嘗言縣官新安地多山而瘠請五穀之外藝桑棗以自給縣官是其言爲下令民獲利至今君自處最儉而好施于代人官征而不責人之私負以急告者必周之於士尤篤寓秀水日有胡英林鳳二生才而貧君數資之遂相繼舉進士先墓上下二十世悉植木伐石爲表墳菴田紛于異姓者倡弟愬于朝而復之歲與族人四會食序昭穆于孫族姓多聚教館中從子濬灝相繼領鄉薦而祚亦負志力學有可冀以成者君不及見也紗溪之汪出越國公第四

子之後君歙之唐模十一世祖叔詹宋崇寧丙戌進士歷官司農少卿以忤秦檜不大顯司農生若海直秘閣別居古城山史有傳若海生常州倅擇善擇善生建寧察判時中察判生貢元起莘起莘生人鑑始居沙溪後德之祖也貢元當宋季嘗傾家貲與上磨城之師而後德受業鄭師山先生師山死國時以孤託之蓋累世以節行聞宜君之所立如此也君卒年八十有一配溪南吴氏持家有法族黨稱其賢年六十有九先君卒子男二長隆孫亦先君卒次祐孫女四長勝貞適潭渡黄齡次松貞適溪南吴歡次栢貞適攸縣知縣江昌次堅貞適竦塘黄迦孫男五長道

祚汶道彰汶道充汶道芳汶道齊道祚易名也道彰
孫曾並爲郡學生孫女三曾孫女六墓在古城山
祖塋之右初越國故廟在歙雲嵐山婺源裔孫元帥
同富勝國時捐田奉祀甚盛廟祝沈氏冒姓而有其
田君合族人言之官不報則移書婺源諸汪若令成
郡太守奎山東憲副進大理寺副堅江西僉憲舜民
言激切動人諸汪義之乃以委六師嗣孫宗紹主其
事經二十年不决而君佐之益堅事卒勻入以是啇
君而婺源諸汪皆予姻家也故知君寔詳而銘不可
辭銘曰
沙隄之汪出宋司農神廟淵源越國之宗數百年來

有於有續追處士之志彼前躅蹈義秉禮卓乎不群
貴弗在爵學弗在文其貴以入維德與齒其學以身
有儆孫子古城　麓蔚之附塋圍君復何憾式全其歸
有道之碑克副有少鄉評既公嗣有襃表

碑誌表碣

故唐孝子黄府君祠堂碑銘

歙潭渡黄氏以成化乙酉歲建其遠祖唐孝子府君祠于里第之東每月正元日子孫遝謁禮成長幼以次拜起序飲而退二仲之望族長率子孫之勝冠者舉祀禮焉飲福受胙具有規約而所費則出于先世贍塋之田行之餘三十年矣府君裔孫今兵部職方主事華始具首末請書其繫牲之石走觀唐書孝友傳總序以孝獲旌與者二十九人府君與名而莫詳其事蓋州邑未嘗以其平生一行上史官也走乃

考郡秉參家牒旁蒐傳記而書之曰府君諱芮本江
夏之族自祁門左田來居歙西九里之屯村後值盜
起黃之族人集衆屯此以禦鄉井乃更號黃屯府君
曾祖諱璋祖諱亮父諱光母程氏生府君而卒繼母
洪氏實長幼之府君天性純至奉親以孝聞建中初
洪氏抱疾危甚醫不奏功府君刲股肉作羹以進疾
隨愈父卒號泣晝夜不絕聲遂廬墓終身芝產十四
本木連理者四遠近嗟異以爲孝感刺史盧公上其
事得旌表門閭蓋貞元十九年也府君生以上元庚
子三月七日卒以太和辛亥十月十三日享年七十
有二葬歙之向杲寺西配程氏子三人田炎瓚炎炳

文德巢賊之亂自黄屯徙溪北君之賊重其孝行遣
人慰諭下令毋犯其家號渾渡黄氏迨今幾八百年
子孫不下數百人勤生力學衣冠褒偉見之者曰此
孝子之後也府君葬處更代既遠池荒草寒而往来
者率相指曰此孝子之墓也噫府君何修而得此于
當時後世哉一好德之心同爾[illegible]后王降德之典廢
孔曾授受僅[illegible]之於書誠以爲世無悖德悖禮之人
斯化行而治[illegible]成也使唐之季在位者知孝則事君
必忠涖官必敬極文無所[illegible]其豪牛李無所成其比
宦寺方鎮無所騁其惡順德畢而犯上作亂之事泯
矣惜乎其以孝稱若府君者多出于遠外農畝之日

其盛至于感鬼神格草木化強暴之人亦未始不
作興之而終無補于治也昔朱子守南康下車即詢
唐孝子熊仁贍之墓宅爲式奠之禁其樵采又言之
朝請復旌門知舊大賢君子之急先務盖如此府君
之名實與仁贍並列安知他日無良有司者取法朱
子追表其門與祠相高感動其民人以興于行而副
我
列聖孝理天下之意哉走既序其事補舊史之闕且爲
銘以系之銘曰
允顯新安環山帶川自昔炳靈篤生材賢唐三百年
名著國史有歙一人曰黄孝子惟是孝子至性天成

善事其親顒顒厥誠早哀失恃鞠于繼母母疾莫捄樂刲其股作羹以進母疾獲痊兹匪人力實監于天父没悲號夜以繼日廬此墓左終身不釋有樹連理有芝競芳乎彼草木匪孝何祥里人驚慙孰克致養流聞刺史頻首言狀當宁曰嘻孝哉若人往旌其門式降恩綸綽楔巍巍見者傾竦褒顯一人列邑風動閱世既久居然墓林樵蘇自戢盜弗敢侵矧是錫類有蕃孫子潭濵来居亦數千指故宅之東爰作新堂合其宗人以奉烝嘗鐘鼓有嚴豈遵夙戒孝子来享生氣如在孰非人子孰無是心觀感擴充匪古斯今

惟

皇撫運克篤孝理虞周化成圻内伊始有羨嗣人或奮于朝或成于家孝澤孔昭我作銘詩勒之貞石勗哉孝孫永保無極

李處士景瞻及其配方孺人墓誌銘

義與孝皆人之大節法宜書而不可湮者若祁門李處士景瞻夫婦殆庶乎無媿斯名者與顧今皆不可作矣處士子彥夫從予遊因獲聞其詳據其狀為題其墓曰義孝阡而銘之處士諱燦字景瞻也上世出唐諸王孫居饒之睦親院以廣明之亂徙歙定居祁門孚溪之新田族日大傳十世曰昭三又析居溪東五里姓其地曰李源習栅至今曾大父昌生元季不

樂仕大父宗榮名克家以逸奉其兄宗厚俾殫于學永樂中仕爲刑部主事而已亦長區賦恭愛聞其鄉父友政賢而老者嘗以務本自署見其志娶邑之葉氏生處士無他子酷愛之然處士亦惇確夙成能自約于禮從師授書即涉大義而以其餘力習琴奕與法書繪事諸玩好弗御也奉務本翁夫婦存盡養歿盡哀事一姊尤篤撫其甥孫怡于孤惸而成之至於取甲科官刑曹處士未始有德色壯歲嘗一遊湖淛而歸自號壺天居士足跡鮮及城市惟急于利濟視其力恒恐弗逮邑儒學大成殿圮捐金賛其成屋廬燬而族人力不勝復者中任之自景泰抵今餘四十

年凡一鄉之貧貸物佃負租者多不責其償甚之請
贇以其居者燔其券分勸詔下即大發粟賑饑以倡
諸巨室雖受冠服之榮號義民非其志也鄉射禮行
必以賓致之然亦視其令何如而後出晚歲率其族
新其始遷祖之祠下橋勞費半其衆以負糴者之苦
于險阻也鑿嶺路以達江西開水道以通江淛人感
其惠利尤博又將創先祠舉先正之禮以詔其後人
以疾革不能卒事矣處士平居恂恂性不喜酒然燕
客必盡歡御家無疾言厲色僮僕之有犯者矜其闇
而釋之然家務秩秩所當為者毅然行弗顧有古義
士之風焉方孺人出休寧舊家佐處士以道事舅姑

極孝謹飲食必親羞以進葉氏姑性簡重弗可意或
終日不懌孺人曲承之務俟其復常乃退有壼政雖
疾亦強起竣事舅姑之亡也攀號踰節時物非以薦
不入口奉祀事誠慤如其生室廬之被燬也急升樓
奉二遺像時火勢熾甫下樓即爇其門人或驚咨之
者孺人曰噫餘物可得此像一失可復圖耶舉族咸
稱之曰孝婦孺人母家中落有從子壯未娶孺人為
置室遂有後孺人性樸實不解世俗機事數見欺女
奴雖覺未始譴絕之戒其過而已家人感勵多馴謹
蓋處士之所以勤其躬淑其家行無閒于內外者實
其伉儷相胥以成其大則義與孝而已矣處士與孺

人並刻意教子其長季授家政其仲遣業儒厚其師友之資而勗之成蓋異時恢其業而為其親之光者可企也處士卒於弘治辛亥八月十七日享年六十有八孺人卒于壬子正月二十五日享年六十有九子男三長濟次汎彥夫也次溥女二長適僊溪許大用次適本里吳詔孫男二長桐次棣孫女四尚㓜諸子以壬子二月一日奉處士孺人合葬于孚溪之原送者千餘人銘曰

有義維夫有孝維婦孰善在躬弗舛于度爰葬二美李源碩宗善始令終孚溪載封弗齒厥鄉弗順于壼視此刻文無斁其本粤義與孝後人必昌駿發爾祥

用昭其藏

亡弟詹事府主簿判蘄州事程君墓誌銘

君爲先尚書少保襄毅公中子予長弟沒京師返厝于休寧南山佛舍三年邇者予見繼吏議得放歸始克葬君而誌之曰君諱敏德字克儉其第二十五少與予同學家庭既冠用蔭入太學君素負大志議論偘偘必有以自見然數奇不利場屋益務學以說親其説經數師忽有所悟入題其讀書室曰在菴爲詩文亦漸入繩榘畫學高房山錢吳興篆隸學余青陽進進不已予蓋愧君君先予有子慧八歲而夭君過哀既又失兩子女一從子又喪少弟克寬而先公不

幸棄諸孤予時官京師君獨更數喪積歳殷憂迨予
南歸稍寛其菀而君心胃間得竒痛日再作百療弗
愈成化乙巳夏既免喪稍愈入吏部試優等授詹事
府主簿予時承乏左諭德兄弟同事
今上春宫人榮之而予恒以為恩丁未春君疾再作病
中上書言先臣數勞于邉又與中貴人同下西南夷
今中貴人子弟禄秩太侈賞典太縣遂忤
憲廟詔出君判蘄州未行而不起君禀素厚魁幹豐碩
先公竒愛之以為類己然君實多材藝事先公及母
夫人林氏得其懽凡理家殖産應事接人率有規措
井：不亂先公守南康罷政還君皆侍行使久于

朝少遂焉其所立當何如而年與命鑿質志以殞顧予之素羸多疾無所肖似乃不得友君以自輔而使形影相弔於斯世如畸人其爲悲慟亦何樂乎有生而又忍書君之壙哉君生正統戊辰六月十七日卒以丁未四月九日得年四十娶牟氏同知泰州鴻之女子男二長坦蚤世次塏聘北街朱氏女一許適新安衛千戶子于恩葬以弘治庚戌十二月九日墓在水橋平先塋東二十五步銘曰

繄君負才百不一試踣而後興或在其嗣有矗者丘山迴水旋君妥其中我悲曷宣

程君用堅墓碣銘

率口程氏之彦曰用堅君諱僊其先出梁將軍忠壯公自歙篁墩遷休寧新屯再遷充山至諱敦臨者始定居率口傳六世曰相卿於君為高祖曾祖思德永樂中以才舉垂仕謝歸作緑繞堂以佚老祖文成益自植嘗新其先世環山樓父嘉和亦剏率溪書院以處學子蓋其三世有堂構之功里人嗟異嘉和娶雲源王氏女生君無他子實奇愛之而君性醇謹出就鄉先生日進于善不自侈以煩父母既授室即受父命綜家事凡禮賓客接姻鄰御佃傭討泉穀應公家率有規緒而不愆于恒度見者不虞其為少年子也率口之程大以蕃君贊其父葺忠壯行祠續程氏譜

裒輯先世遺文爲聞見録以藏又葺其子修復宋元以来祖域之被侵者倡復栢山寺先祠而財力居衆之一母亡哀致疾幾弗可救藥之而後起父側室劉得男以託君君與婦育之成雖後伯父清和仍均產以益之君事一姊遺二妹皆盡禮中失其偶遺孤槩然雖繼室恒怛怛焉弗寧躬事撫鞠至服食之微亦周悉備至既長多使之業儒每勗其勤學厲行爲先榮君平素簡重惡浮靡見競者必正言折之人有急濟之隨其力遇事難集或身任之不避盖一鄉方以爲可恃而一疾不起弘治庚戌十一月二十七日也君卒無他言惟以不及終養爲憾屬纊前數日家人

以後事請徐曰事在文傑文傑蓋君長子云君生正統戊午十一月二日得年五十有三娶坑口孫氏處士義全女性敦淑事舅姑能得其懽相君極勤儉底于成家卒以成化已丑八月十二日得年三十有三子男六人曰文傑武傑德傑曾傑林傑復傑曾傑易名曾為儒學生林傑君繼室高橋孫出早世復傑側室安出孫男七人曰從起從大從道從亨從遠從先從進孫女三人曰璿瓊瑞俱幼文傑等將以弘治癸丑正月七日奉君合葬里之下唐原負申向寅前期以狀來乞銘予與君同出篁墩為族凡弟嘗過率口訪君獲拜嘉和處士于堂退與族人講道率溪書院

而君又特遣曾從子學不謂其遽至此也嗚呼悲夫
銘奚可辭銘曰
猗嗟碩人率溪之秀胡弗永年以弘所受有養未終
有子克成執遺憾兮維嗣之興

石丘處士吳君墓碑銘

弘治甲寅春予被　命教庶吉士于翰林時山陰吳
蕣年最少最執禮嗜學恒竊意其家訓有素也明年
春郊享齋于公而蕣不至云有父喪焉又浹旬乃奉
大理丞王君鑑之狀來泣請銘曰將載燕石歸刻之
其容戚其詞悲且諗其父之賢不忍辭也諾而書之
曰君諱琢字文器世居山陰湖桑里為碩宗曾祖慎

國初徙居邑西州山祖淵考暉皆不仕而淵嘗入粟濟邊受旌為義民暉故儒者號裕菴妣夏氏生子七人君行六有資質未總角已涉獵諸經史賦詩叢文如成人又以餘力作屬對啓蒙一編人爭賞之其事父母極孝母遘疾危湯藥非親嘗不以進送其終無遺禮有司屢欲以儒學生進君君固辭曰父老矣願終養也既又奉父隱細山之陽自號石丘子示終不出獨力備養父稍不樂即長跪曰大人得無以兒不孝故耶或終日不去左右務得其歡乃已吳族千指君事上撫下悉有恩義尤以才識服人族有疑事或待之必待君而决諸兄璇璧早世育其孤若已子貨

泉粟帛聽取而自收其敗尠者仲兄玢生女不舉為
仇家所誣多畏避君毅然出白其枉父苦下疾數年
醫以為非吮不可達君屢達之其卒也悉用朱氏禮
又注意郭璞書久而棄去曰墳地好孰若心地好人
以為名言君篤于教子且曰士必以用世為志經律
相資不可少也故諸子率謹禮奉法而族人亦以之
相戒實君啓之君嘗病風而愈愈五年復作遂不起
時弘治甲寅九月十七日得年僅四十有六娶司馬
氏温國文正公之裔子男四人其長舜也次皐次夔
次龍舜初名舜舉進士被選入翰林為庶吉士以避
古諱請于

上更今名孫男一人夢聖孫女一人夢政葬將以其年某月某日奉君葬某鄉某山之原予觀處士群行皆可書而孝父事類庾黔婁友兄事類薛包至於究堪輿之本合經律之宜所見尤過人而迄不一施又弗逮其子之養誠有可悲者然脩短之數人豈能責之乎冥冥不可致詰之地哉守官厲行求為君之光而俟天定于異日恩及漏泉以昭無窮則君雖不壽猶壽矣予不及識君然於葬有一日之長故書君之事以副其哀思亦將慰君于九原也銘曰

木榮而摧驥迅而踣豈伊人為而實氣之忒乎爰亦引其澤將不在厥嗣而孰昭其德乎貞珉爰

然我銘載勒後千百年過而太息曰懿哉是惟石立之宅乎

孺人馮氏墓誌銘

孺人馮姓世為吳人而籍京師故廣東按察副使定之女今通政叅議趙公昂之婦光禄少卿珫之妻年三十有九而卒〻之日予往吊之叅議公泣謂予曰吾與憲副同學交莫逆通家還往新婦生七歲即聰頴如成人憲副及張夫人亦見珫子不凡恒語我夫婦曰必以是女妻若子夫婦大喜既入門事我及其姑潘夫人極孝敬吾喜賓客新婦率家人治具必精腆慊吾意歲時奉祀及有所慶吊于親故里巷相其

姑以行舉不失節吾老矣而喪賢婦天乎柰何少卿亦泣謂予曰孺人之来歸也吾尚家食恒日夜勸予曰二父皆以經術顯名予必刻意問學用光吾舅我先公亦瞑目地下矣予感其言以有今日且予自舉進士為刑科給事中歷左右都給事中皆以言為職恒懼以論事獲罪孺人必勉之曰吾見吾父為御史亦每每論事曰國爾忘家予宜識之予年壯未有子孺人亟為納陳氏曰繼續事重烏少緩邪既而陳氏果生男孺人亦繼有男相保愛為一不幸得羸疾踰歲不起而其所得男先以病夭嗚呼天胡使人至此極而予以中歲失此良配也惟先生不鄙而賜之銘

乎幸矣既而少卿諸弟亦皆哽咽相語曰自有吾嫂我兄弟益相友敬蓋飲食衣服器用一無所偏嗜而辭氣温淳恒恐怫人故爲娣姒者一相讓如兄弟無後言若吾嫂之賢何可得也先少保襄毅公亦與叅議公相友善故叅議公以女妻子季弟敏行子弟亦不幸早世而於孺人之賢則得之稔矣茲重以少卿之請而可以辭銘哉孺人生天順丁丑九月廿四日卒弘治乙卯三月廿七日生男女各一人今所存者女爾以少卿貴受

勑命封孺人有柔儀淑行著範閨閫之言考行陳詞誠有如

聖製之所褒焉者矣少卿擇歲之四月十七日以孺人
祔葬長慶壩祖塋之次銘曰
不妬而有嘉出於巳子不壽而獲
顯封為不死嗚呼孺人尚妥于此

汪承之墓誌銘

承之佐予編刻新安文獻誌于南山堂役鉅而弗克就緒也上書郡侯言是不宜獨勞郡侯韙其言即日下屬縣叶力竣事而承之躬校讎訪遺闕雖抱疾或往反冒雨雪不自惜一日請歸言動安好不知其有疾也又數日以疾革告予大駭亟令壎子往視而承之說後事亹亹不亂已乃泣下曰吾不能副先生之

教矣竟不起時弘治丙辰十二月廿七日年甫四十
爾嗚呼悲夫承之諱祚歙沙溪汪也新安諸汪皆祖
唐越公而沙溪有宋司農少卿叔詹及其子秘閣若
海族益顯承之距若海十二世詳見予所銘其祖墓
云承之少失母吳氏壯失父隆孫君雖孱多疾而英
豪材敏負大志必有以自見入郡庠治小戴記從學
方太守進又之越從學毛僉事憲為經義豐蔚可觀
而旁治諸經史子傳參究博極至廢寢食積書萬卷
猶不以自足前後經四提學御史每試必進之歲乙
卯試郡庠第一上南畿有媢之者中以飛語竟不獲
薦承之從子濟將十年其為人動必慕古居親喪過

哀至嘔血成痼疾奉繼母如生己者撫繼出弟妹極
友愛事叔父崇禮君甚謹事必咨而行長子冠用朱
氏禮以倡俗又刻予所編心經附註以傳曰此聖學
之基也承之娶方氏生二子恂恪三女巖音兆音鬼
音治命以其季歸予族姪曾之子從進曰吾與曾友
善毋食吾言承之所著詩文有寶經堂稿若干卷又
輯其先世遺文為崇孝編若干卷恂以其從叔儒學
生魯之狀來乞銘噫承之已矣予尚忍為之銘墓也
哉銘曰
天相降材弗成而戕士立孔卓迺毀于瓚繫命則然
孰夭孰年全歸若子亦曰不死

中奉大夫江西等處承宣布政使司右布政使
致事秦公神道碑銘
弘治乙卯冬十二月十有二日江西布政使致仕秦
公卒于家敏政方抱病倚廬不及聞也公子鋭函書
遣使来新安請書其墓上之碑始克聞之既啓書進
使問狀知公居其先中憲之喪哀毁踰節杖莫能興
期歲而不起爲之悼嘆曰孝哉秦公諾銘焉而未成
也敏政入　朝道錫山諏公尚在殯艤舟入弔又知
其卜地在惠山聽松菴之南復往視其兆域鋭使人
尾舟言葬期迫矣敢速銘乃克敘之曰公諱夔字廷
韶其先自淮海遷錫山曾祖彥和祖季昇父旭封承

德郎兵部主事進中憲大夫武昌知府里人私謚貞靖先生凡世德之詳具見其碑公生而俊穎不凡中憲奇愛之俾從鄉先達游力學不倦以天順己卯舉于鄉庚辰舉進士壬午授南京兵部武庫主事職思其憂上疏請革冗隸以律貪饕識者策其通大進遷職方員外郎再遷武庫郎中一以公勤自勵先尚書襄毅公器之每有推薦輒留以自輔成化壬辰始擢武昌府知府武昌　楚封國而中外重臣及三司治所咸在焉地大事殷守多以懊罷公上承下御動中肯綮郡政犂然而均徭法畫一尤善巡撫都御史為下之列郡嘗夜出祀神遇繁婦于江滸訊知為商妾

柳氏被刼不汚者力捕追盜而歸之以公務過長沙出良家陸氏于娼籍人稱爲神明部使者交章上其治行爲湖南第一　詔予誥晉階將有除命而公丁毋恭人殷氏憂先是郡百需取辦于市緩其償人多怨咨公出官帑銀給之而籍封其餘乃歸廉聲流聞民扱送不忍釋有役均訟平之謠服除改南昌江右民故譁於訟公鋤奸植良人大懾服廣昌令疑何甲將訐已唆其乙誣首之坐辟公察其冤詰之乙吐實甲得不死吉安彭伍二大姓訟累歲株連百餘人公承勘俾離立以次陳不得相耳語事不旬日而决由是他郡獄難讞者亦多委公乙巳遷福建右叅政忽

遘疾視事僅十有八日丁未還公江西進右布政使遂以致事聞者無不惜其用之弗究云公里居疾少間與二弟旦奭友于奉中憲備至凡佳辰勝地必致老人所好者操几杖侍行中憲樂之曰是善事我公疾革無他言惟呼筆作書以弗克襄事為恨公風采秀出襟宇清灑若不可以塵事涴之者然曹務叢委剖決無滞遇公事侃侃直言無婾婀之態宦轍所至必表章先哲風厲其士人在武昌新張乖厓祠建昌復李泰伯曾南豐二祠其志向可考而見也中憲以淮海後人力紹其詩公自幼齡即工賦詠清麗豐蔚由二秦以趨盛唐不名一家至其博覽群書籍發為

文章亦條鬯雅澹可誦而傳也所著中齋集若干卷
公壽六十有三配沈氏封恭人子男一曰銳儒學生
女五適錢稷陸含章過轅在室者許聘楊泰華天恩
孫男一始中憲之没也公不遠千里請予銘不二年
銘公〻婿陸含章詹事簡之子也詹事與公交莫逆
而父子亦相繼不禄噫何冥〻者於善類摧折若此
歲華逝邁老淚交傾誠不忍執筆而通家契分非一
日也銘可得辭乎矧公以孝終而可以無書乎銘曰
謂公弗顯公位方伯謂公顯矣疾疢中厄繄顯弗顯
公亦何心遷属司馬奉我官箴三牧所臨民孔懷矣
嘅彼兩藩弗抒予志政典則有詩宗亦昌音與政通

厥聲肆揚不毀在經乃伏苫塊孰識公心不亡者在
惠山之陽有石有泉公營其間式歸其全大史勒銘
一語非簡孝哉秦公孰與其顯

賓山劉君墓誌銘

嗚呼此杭詩人賓山劉君之墓君諱英字邦彥汴宋海昌侯之裔也有諱藹者從母為劉氏以材武顯于元三傳入我　朝始居錢塘北郭之夾城里曾大父君美大父善父宗世居欒有名母傅氏君生極秀穎少從學大理夏季爵先世自經史而下曁諸子集錄罔不涉獵含英咀華一於詩發之其詩精妥流鬯兼備衆体三吳兩淛之言詩者必曰邦彥曰是邦彥之

名聞四方四方士道杭者有所臨覲非君與俱無以
饜客意聶大年者江右詩人也教授于杭奇君以爲
忘年友吳興張太守靖之自以詞學高東南亦雅重
君作曰邦彥非今人也君性孝友無故不敢去親側
有美服食親未御不敢先景泰天順中藩臬郡邑欲
以明經起君〻以母老固辭親没喪祭盡禮二弟曰
華莊不禄贍其孀撫嫁其孤與人交不獨以文字切
劘而周卹箴警甚至别業在甘泉里多竹榜其室曰
竹東晩更號賓山皆終隱之意也雖不善酒樂與人
羣畤放適於絲竹顧其中確有意見是〻非〻不苟
爲偃仰有古吳豪風致弘治戊申感一疾猶不廢詩

閲九載乃不起丁巳五月十有二日也壽七十有一
歳所著賔山集蕉雪稿竹東小稿湖山詠録及手編
兩浙歌風讀書纂要若干卷配仁和鄭氏南京刑部
郎中厚之女太常少卿環之女弟克相君先十七年
卒子男二演淮皆學詩世其業女一早世孫男二彭
彩演等將以戊午三月六日葬君南山慈雲嶺之原
以鄭祔予辱友君二十年嘗評君孝友似黄山谷高
蹈似魏清逸曠達似楊鐵崖庶幾為實録者今兹被
召至杭君已前逝不及見也旣哭予君而演以治命
奉應天府尹于公景瞻之狀來乞銘景瞻於君尤厚
善銘曰

繫詩法唐中凋而蹶𩛝濬既培俾茂而發居杭氏劉
爰奮以揭咄彼哇淫秀出靡竭其氣崞屹其韻醶醇
茂發者存孰謂其没

醫顧翁墓表

成化已亥秋走奔先少保襄毅公之訃也室人病不能俱明年以　賜葬成入謝于朝時病少間乃挈家而南既渡江又與其幼子皆病聞吴故多醫日夜趨吴蓋至之日而幼子死室人病危進諸吴醫弗效大以爲憂郡守劉侯汝器亟稱顧珍氏之良致之而效既月病愈乃去吴珍泣拜以請曰先翁亦終于已亥之秋葬而無表惟執事者矜畀之走亦爲之泣曰嗚

呼悲夫子之用情猶我也忍不有以副子之志哉按狀顧之先世居汴高祖榮以醫鳴于元仕爲江浙醫學提舉曾祖銘始徙吳郡占籍長洲祖天祥父勝宗咸世其業母劉氏以永樂壬午四月六日生翁諱俊字時雍早以孝友聞其爲醫不專祖上世一以丹溪爲主凡丹溪書悉賾之口誦心惟務得其旨要出而應人之求効嘗什九吳人喜用温補法群起非之翁弗少徇或有疾召翁并召諸醫翁曰法後當如何諸醫曰否已悉如翁言由是翁之名益興妒者益甚翁又以其餘力讀儒書及星數堪輿長生久視之説亦皆窺其肯綮人不及知有知之者過從即欵語竟日

曉營別墅于蒻溪之北自號泰然有司鄉飲輒禮之為賓蓋翁之大可書者如此至其愈人之疾而不以射利夫人能之不足以重翁也翁享年七十有八卒于己亥八月十九日配李氏子男一即珍盡得翁之學女二長適沈御醫從子壽次適都憲陳僖敏公從子鼎孫男二長春次易女一以卒之年十二月庚申葬吳邑太平鄉薦福山之原從先兆云走聞醫自素難以來名家數十至于集大成者必推之丹溪其所著溫熱相火諸論雖聖醫復起亦當不易其言而世之學醫者往往忽之不惟忽之而又非之可慨也已

初先公得末疾

上遣御醫來視率以為寒溫弗效最後得四明祝翁以為痿也藥之效乃今復得顧翁焉則何學丹溪者之寥寥若此乎先公捐館以嘔吐本胃熱所致醫誤進補藥疾遂以革時走方遠仕京師不及侍此終天之恨也噫走不及識顧翁而識翁之子翁之子能起走之家人而不及見先公則表翁之墓非獨以著走之不幸也將以告夫世之為孝子慈孫者焉

故奉政大夫常德府同知致仕李公墓表

知徽州府事李君聞其父常德公之喪即日解官為位持服不俟往弔之號慟以請曰吾父明年壽八十矣計將以入覲禮成取道東還吾兄弟六人者上

堂稱慶少遂愛日之私不幸而遭兹大故將歸卜新
阡以圖襄事惟是墓上之石所以貢終昭遠者敢以
累執事不佞固辭不獲命退而考其事狀次第書之
曰公諱泰字景和濟南新城人其上世以産雄邑中
丁亂而圮至公曾大父善始克以孤犖有立復其家
大父彦實父從亮皆淳謹嗣拓其先業益盛彦實以
公貴贈文林郎龍陽知縣加贈奉政大夫常德府同
知妣郭氏累贈宜人公兄弟凡四然父母獨奇愛公
曰興吾家者必季子也稍長遣補縣學生敏悟過人
職學者恒以魁選期之而公數奇不偶上太學行益
勵不欲為佔畢之學自號敬軒以見志景泰丙子遂

入吏部銓　廷授保定之慶都知縣居未期而政即
緒丁内艱民詣上官請留不果天順庚辰服闋徙湖
廣常德之龍陽值連歲曠荒民大疫公盡却自奉禱
而雨又勸分遠邇得泉穀則驗口以給市藥以療所
全活者數萬更與置耕具種子還其所售子女田宅
壯與室瘞與櫬撫摩招徠境内晏然為之謡曰李父
毋來何遲早來不使吾民飢其得民如此邑大堤民
半居其下值江漲公督民修守勢將决仰天祝曰寧
燬令不可燬吾赤子語畢漲落邑當徵巨杉三百株
以不忍坐民親歷山中遇中材者貿得之數足而阻
于險復禱得雨浮澗以出辰貴夷兵從王師征廣西

悍不可制上司檄路旁民移避四十里公嘆曰昬至

此邪止勿避第豐其餼廩而分督人巡視諭之法夷

兵過迄不敢逞巡按御史數才公以 聞賜敕旌異

進常德府同知民數千遮道悲慟衣履為之分裂公

一一撫之曰我將加惠若乃去常德學久弊公心語

曰是非所以本政化也公措一新丁祭日并忽告涸

禜而得泉郡人志之靳黃清軍者弗克事巡撫都御

史委公公於衆中察數人者詞色異拘之別所少頃

果有發其奸者人驚以為神由是爭自首得久不從

役者三千餘尋署知長沙府事事治民爭一如常德

湖南軍興公督民兵數千入辰沅助官軍文部公繁

數萬赴武崗羅軍餉皆有成勳而還歲造幣惡兩司官率坐累左遷議屬公公減常價三之一幣成無不中度者巡按御史復上之　朝賜誥旌異將有守郡之擢而公浩然有去志矣公孝友恭儉出天性律已嚴筮仕日即召諸子曰汝曹勿以吾得官可自肆命誓其志于庭長者請業醫次者請業儒幼者請如次兄志公始釋然請業儒者即今太守君也家居八十年起居服食不異常布鄉閭相戒以不義為耻邑大夫就而問政如禮大師焉卒以弘治壬子四月二十有五日享年七十有九疾革命書遺言戒仲子曰廉慎終始為　國為民戒諸子曰勤儉苦學毋墜先業

語不及私配黃氏贈宜人繼羅氏封宜人皆以賢明佐公嫺鄉稱之子男六人長延年義官以醫鳴次延壽成化己丑進士歷監察御史以直道外補起知徽州府事次延齡太學生皆黃出次延福次延祺並為儒學生次延禄延祺羅出延福延禄皆側室田出女三人長早世次適士人賀春次適儒學生陳讓孫男八人長璋次琇次瑁次琮次璜次珩次璇次瓛孫女六人噫不佞嘗承乏史氏矣觀公之所樹立若龍陽常德之政視古循良之臣豈多讓哉矧象賢之子紹其學名益顯法其政惠益弘所以敬承公後歸然為一時之望者蓋方進未已也然則涌泉之澤汗竹之

紀大筆特書當不日見之公文何憾于九京也哉是

表

宋尚書職方郎中兼權中書舍人查公墓表

中世以來號鉅家者保其丘壠至四五傳者鮮矣況十有三世之遠哉近祖之履歷行業或不能詳矣況欲表之于異代五百年之久哉奉其遺體而弗失顯其遺烈而弗忘此修士行而尚古道者所難也若吾邑查君富與求表其上世職方公之墓非曠世而僅見者哉按其譜查氏世居休寧瑞芝坊自歙徙出唐長史昌之後公諱拱之失其字曾祖文徽南唐工部尚書謚曰宣伯祖元方宋殿中侍御史祖元規贈國

子博士父陶秘書少監知審刑院叔父之道咸平四年舉制科第一仕至龍圖閣待制子孫遷海陵而秘書居故鄉有子二人公其長也舉淳化三年進士歷官尚書職方郎中兼權中書舍人卒年四十弟慶之自崑山尉授太常太祝而宋史謂公為都官郎中謂慶之為太子中舍各隨所見書之也公墓在休寧北街朱紫巷口距今五百年逮富興則有十三世矣公于一人曰翼將作監主簿孫三人曰起寧海觀察支使曰沔郊社齋郎曰樽太廟齋郎其祖之受封與其嗣之蔭序譜多失書者而一坯之土託委巷塵坌間亦未之有表焉富興以布衣七十之老崛然衆中禮

以義起既續譜以昭世德又建石墓下請文史氏以
嚴冠舄之藏是可不為執筆而使其無傳哉公之履
歷行業不能悉獨縣志及家乘稱其廉行清節不愧
世風為錢宣靖寇忠愍所獎重其大致可推見而胤
系承傳蕃衍碩大仕者有守處者有聞則其餘慶所
鍾亦豈一時淺夫自殖而弗計其後者之可及哉昔
忠獻韓公僅得奉五世祖墓至發壙考銘而後具老
泉蘇氏譜其所自出高祖以上不可得詳而吾鄉鉅
家往往能守其丘壠譜牒遠者數十世近亦十數世
松楸鬱然昭穆不紊合族之禮掃墓之節著為定法
比于官府有先正巨公之所不可致者豈吾鄉僻居

東南山中無兵燹之虞而其人得以申敬宗收族之
義鄉然則生其地者安可不自幸而敦本力善以爲
其上世之光歟

恬退老人畢君墓表

予北上道淮故人畢君舜修過舟中袖一紙以請曰
此學士西涯李公爲王誌墓者也敢丐一言表之于
驚閱之則君年七十預作塚壙于城西鉢池山之原
自西涯誌後五年矣而加健亮哉君之爲達也王君
名舜修其字出宋司農卿世長之後有諱公叔者與
東坡善其所遺帖尚在云子孫由河東遷當塗其由
當塗遷淮自君高大父諱震始鄉人號友義處士諱

文德者君父也浩少開爽踰冠補山陽儒學生學易
不自慊之吳從給事祝顥先生游爲提學御史孫鼎
先生所賞識景泰癸酉中應天府鄉試上禮部中乙
科不就志益勇遂舉天順丁丑進士觀政工部一秊
使淛東能自律迄後事不擾還　朝授山西曲陽知
縣到官首黜宿隸之骫法者勸出粟賑飢招流亡俾
復業會有國需賦民車甚衆而專下曲陽公持曰役
不可不均也言上官不獲即徑達之　朝乃均諸縣
民以不困學宮弊一新之見訓導馬軒與語曰才也
可用薦試之果然擢知縣雩都父之念親老無他昆
弟乞終養不得請適以例入　覲見辭疾歸時年四

十三爾禁室東湖上奉親樂甚親安之數歲乃終凡
所為卜兆銘遠之討甚備君性尚樸無所好〻聚古
法書名畫評玩以自適士夫過淮者必延致觴詠終
日或目之為恬退老人因習稱焉其所詠積久成帙
曰侗菴藁恬退藁吳詩人徐庸編湖海耆英集亦有
取于君作君產素豐喜施予坐此稍損亦不屑意也
題其堂曰思補以志不忘君之意手校王氏脉經梓
行惠人蓋古之志于用者非相即醫君豈為是邪君
生洪熙乙巳閏七月二十四日居林下三十年今壽
七十四矣配陸氏繼沃氏張氏皆賢而先卒子男三
曰永曰享曰廣女一適國子生王鑑子觀世之人於

死生之際或遺其君父而幸生或求神仙之說以覬不死其生可愧其死反速者非悖即惑也君之委順若此其賢于人遠矣且其先司農睢陽五老之一也君殆壽種未可量而况其所立亦有可以不亡者哉是爲表

傳

湯胤勣傳

湯胤勣字公讓濠梁人其曾祖佐高廟取天下是爲東甌襄武王胤勣少負才好使氣貌類河朔人兩眸瞬然髭奮起如戟年十五六入學爲生徒日記數萬言學有舊版文千餘字胤勣騎馬過一目成誦應天尹下學傳籌召諸生胤勣獨後至當答大呼折尹聲撼庭本尹愧憤卒答之胤勣攘袂走出學門題詩府署合扉上有從今袖却經綸手且向江頭理釣絲之句遂去學出遊江湖上凡吳越間豪

家富室爭延致之周文襄公轉運江南聞其名召之
至曰王孫能作啓事否胤勳請紙筆即席具狀幾萬
言類宿搆者又切當世務文襄奇之上書薦其才有
文武具驛召赴京時于少保方督諸軍請試之立胤
勳將臺下萬卒環視于公摘古今將略及諸史中事
舉以問胤勳應對如洪鍾眾能屈左右嘖嘖歎賞于
公亦撫掌曰吾子誠有才入對以為錦衣衛百户正
統末
英廟北狩朝廷遣使通問已命中書舍人趙榮擇可副
者眾舉胤勳詔以千户如虜虜大酋脫脫不花問中
國事云何榮未及對胤勳前語之又騎于坐上箕踞

岸幘朗誦其所著平胡論虜酋也變既出謂中國譯
者曰彼髯何為㦸恨不殺之爾景泰中詔舉將才胡
忠安公言瀜勳才可用進署指揮僉事時典兵者多
忌瀜勳不令治事瀜勳亦時〻嘆息其功名不偶放
浪詩酒間京師人率以為狂所與游最善者侍講徐
有貞教授馮益太醫劉溥
英廟復位有貞入用事然亦陰嫉其才不推薦之瀜勳
亦不登其門天順中校事者甚橫李文達公多裁之
而文達嘗召瀜勳與語瀜勳張口論天下事及古今
成敗一〻坐盡傾文達愛其才將薦之校事者遂摭拾
瀜勳往年在江南受賕事下之獄怒而辱之瀜勳詬

罵不絶語至詆之為奴然淯勣寔出息于人而不立券無以自白遂謫為民荷校出郡城故人有唁之者淯勣仰天笑曰吾子以指揮為足榮一湯淯勣邪韓首行弗顧成化初遇霈恩復官再用言者言詔以裨帥出守孤山堡孤山在延安西虜歲入之守者多以軍敗黜淯勣得　詔曰噫吾死矣夫孤山無城郭有他郡之來戍者七百人戰則為僨軍守則為怯敵如此雖諸葛武侯復生亦難乎免矣抵鎮草封事數千言大率謂　朝廷宜先城孤山聚糧糗募死士又移書當路言狀遂噴〻吐殷血數升卧不能起丁亥虜入寇主將閉城門不出兵虜大掠子女而東

胤勳怒髮上指曰死國分也力疾起戎服跨馬率麾下百餘人邀虜于境上力戰數十衆寡不敵遂死山下是年八月也胤勳為人軒豁倜儻直欲起古豪傑與之友視世之瑣瑣者以為齷齪不足與語好以氣雄人不問名位卑顯有不可意奮然去不顧或遂罵之至其人面赤不少貸甚有捶之者江陰知縣弗利于民將受代胤勳率少年數人直入縣廳反縛之狀其罪送上官上官大駭并收下獄凡數歲會赦乃得釋夏郎中時正嘗於宴上與之藏鈎不勝而怒語侵胤勳胤勳就坐上捽之下拳之蹴之衆客為之股栗又嘗過友人家見道士在坐與語不合而罵之道士

不知其亂動也稍〻有慽色亂動擂之幾死與人言出入經史子籍中縱橫闢闔隨意所如有問古名將者亂動以張巡岳飛為第一其人曰岳將軍則聞命矣張睢陽何如人亂動瞋目曰子不觀其對令狐潮之語乎卿未識人倫焉知天道自唐以下誰有為此語者其所見如此詩豪邁奇倔如風雨晦冥中電光翕欻使人不敢正視又如雷斧斷崖石下墜不測之淵觀者褫魄每就人席上操觚立成數十章有名能詩者多為其所懾或〻不能措一語以適平生著述有五雲清唱風雅遺音東谷集千餘卷無子

史官曰予少與亂動游知其人使不死為大將〻數

萬兵出陰山其功名寔不在古豪傑下顧獨膏血草莽中天也或者謂譏勳類太史公所謂遊俠乃大不然譏勳行事雖若任俠然扣其所得朱家郭解直奴才爾烏足以比譏勳哉

橘泉翁傳

橘泉翁祝仲寧者四明人世為醫家至翁當永樂初被召來京師及見故太醫院使戴原禮原禮蓋丹溪朱氏高第弟子翁未及卒業而原禮去乃自肆力于丹溪諸遺書及太素脉訣又上泝于張劉李三氏以逵素難大有所悟入遂專主濕熱相火之說而內外傷辯尤精確守不變嘗曰世不推病于脉而索病于

方此大誤也然世醫信局方已久故凡致翁者始聽
其言心非之至終驗乃大信惟一二勳舊及武官市
人有疾一遇翁輒效而稍名讀書者謂其用三黃之
劑反惡見翁家君尚書南征還病腳膝痺痛
上命醫來視且合四方之醫皆以為寒濕率用烏附蛇
酒之藥盛暑猶請服綿蓋如是者三歲一日家君夢
有神人書祝字以示者時孫太傅亦卧病走徃候之
太傅矍然謂走曰予非祝翁殆矣走聞翁姓惕于夢
為之愕紿急與俱來翁診視良久又撿諸醫樓憮然
曰幸哉公之免于患也此濕熱相搏而成經所謂諸
痿生于肺熱者也即日褫其綿盡謝諸醫者取清燥

湯飲之曰此疾已深又為熱藥所誤非百貼不驗蓋
服三月餘病良已自是家人有疾非翁藥不敢嘗而
士夫間亦始有延致之者然翁愈人之疾已即置之
不復挂口或扣之亦嗒然不應曰吾厭世之呶呶者
故走所目擊翁事多不讓古人而不得其診視之詳
獨志其槩云孫太傅病頭面項喉俱腫大惡寒醫疑
有異瘡翁曰非也此所謂時毒似傷寒者丹溪曰五
日不治殺人急和敗毒散加連翹牛傍子大黃下之
三日愈又嘗右脇大痛腫起如覆盃手不可近醫以
為滯冷投香桂姜黃推氣之劑小腹急脹痛益甚翁
曰此内有伏熱瘀血在脾中爾經所謂有形之腫也

然痛從利消與承氣湯加當歸芍藥柴胡黃連黃蘗
下之得黑痰血二升立愈又嘗有瘍發左耳後寒熱
間作晝夜呼不可忍瘍醫欲與十宣散補托之翁曰
此有餘之火無事于補與防風通聖散加柴胡白芷
下之腫消痛止時大傅年八十餘翁凡三下之皆奇
英國公病左癱不語氣上壅醫以為中風用順氣袪
風之劑弗效翁曰此痰火濕熱所致與之清燥化痰
前後飲竹瀝數升愈國子監丞彭英義勇衛鎮撫王
隆亦病此翁皆以是起之新寧伯毋夫人病痰喘逾
身腫痛進諸流氣之劑弗止魏國公子八年八歲病哮
喘夜不得寢喉中作拽鋸聲醫日用抱龍丸轉加失

音公皆與瀉火清氣之劑愈或者疑請其說翁曰人雖有老稚而諸氣賁鬱肺火之發則同第脉候有衰脆藥味因之有小增損爾忻城伯素有痰疾嘗出墜馬舁歸不復省事醫用理傷斷續之藥翁笑曰此雖墜馬寔痰發之故與之降火消痰已而愈武靖侯夫人病周身百節痛又胷腹脹目閉逆冷手指甲青黑色醫以傷寒主之七日而昏沉皆以為弗救翁曰此得之大怒火起於肝肝主筋氣盛則為火矣又有痰相搏故指甲青黑色與柴胡枳殼芍藥芩連瀉三焦火明日而省久之愈故太平侯病膻中痛喘嘔吞酸自云臍上一點氣上至咽喉如氷每子後申時輒發

醫以為大寒翁曰此得之大醉及厚味過多子後申時此際相火自下騰上故作痛與二陳湯加芩連山梔蒼术數服愈户部主事吳潤病頭眩兩耳鳴如屯萬蜂中甚痛心撓亂不自持醫以為虛寒下天雄矣翁曰此相火也而脉帶結是必服峻劑以刼之急與降火升陽補陰之劑脉復病愈姚光禄女年十七病潮熱醫以為癰治之加寒戰血崩又以為虛將補之翁曰此熱入血室所致先與小柴胡湯再與承氣湯微下之去紫黑瘀血數塊愈吳檢討于年十八病眩暈狂亂醫以為中寒已而四肢厥冷欲自投火中醫曰是必用烏附庶足以回陽翁曰此心脾火盛陽明

内實用熱藥則不治強以瀉火解毒之劑三服愈耿祭酒病頭暈翕翕發熱淅淅惡寒醫以為感冒用甘辛發汗之劑汗出不止腹滿作渴譫語發癍醫又以為中暑翁曰此非一時寒暑所致乃積濕熱在足陽明太陰經中故疹見與除濕熱補脾胃瀉陰火之劑愈南昌知府王詔病筋疾給事中徐恪病氣瘻皆為醫所誤翁一以清燥湯起之至於飲食勞倦之疾世醫率以為外感而得翁起之者尤衆不能悉記也翁年下孫太傅一歲精健亦略相等活人之心日甚一日每秉欵段從一童子走東西應都人之請雖雨雪早暮不自恤都人日輦金與幣以謝門下而翁亦未

始以此介意焉初楊文貞公家有孫病豆寒戰嘔泄蔣院使用文以為不治或薦翁〻時尚少診視之曰無傷也與藥一粒而效文貞素重蔣者終閟其事不以告人御史錢昕夫人病惡寒日夜以重裘覆其首起躍入沸湯中不覺醫以為寒甚翁持之曰此痰火上騰所謂陽極似陰者非下之火不殺下經宿而撤裘呼水飲之旬日氣平乃愈給事中毛弘病傷寒汗已不解醫與之補劑補旬日病大作譫汗昏裂將邀他醫而誤召翁〻曰傷寒無補法此餘熱不解與芩連山梔石膏之劑一服即愈此三事非目擊然人有誦之者故附載之

論曰近世有儒名者者立說斥東垣丹溪之書為不足觀曰二家動引遠難猶儒者動引唐虞三代何益于事噫為此言者亦悖之甚矣唐虞三代之治術豈誤人家國者邪惠人不能為爾然人雖莫能為而猶幸其在口也若禁之不言則豈復人理也哉宜乎橋泉翁之不獲遇也蹟此觀之世之抱古道而不獲遇者豈特翁邪

○石鍾傳石鍾山在湖口縣詳見東坡記文縣人武庫郎中王君勉嘗讀書山上體合因裒古今題詠為集請予傳之以備一體

石鍾字以聲九江人其先莫知所從起或曰唐處士洪家處士介皆與同祖然失其譜牒不可考矣鍾為

人其中空洞人莫測其涯涘然與人不亙崖岸望之有巖〻氣象少有聲彭蠡間每時立湖口噓然長嘯風起水湧可以起棲鶻而驚蟄龍有謂之者曰予不聞典午氏之言乎夫鐘和之鳴鏑刳闖罅人不以為異也若不和而自鳴者乎鐘嗒然不應人或號為無言公鐘所居在蒼崖絕壁下其前怒江瀧然人跡罕至元豐中東坡蘇子自齊安將適臨汝以連山筮之得艮之渙其繇曰山之下風起于洹水漾于渚有聲洸〻在修暨阻蘇子投策曰今之夕其將有異聞乎夜乘小舟入湖口聞有聲自西南來上拂寥廓下滿林樾或噌吰然或竅坎鏜鞳然心異之因擊楫大呼

曰吾聞之凡物不得其平則鳴水之無聲風蕩之鳴其躍也或激之其趨也或梗之其沸也或炙之斯人也其殆善鳴者乎時月明如晝鐘方側立江漢間四顧若無人蘇子揖而進之曰子非石以聲乎子慕子久矣鐘笑曰聲聞過情君子恥之走不肖範形于天地之洪鑪而浪迹于此吾子不鄙而辱臨之喜過望矣願爲金石交議論風生各詫相見之晚明年蘇子還朝言于神宗曰九江人石鐘者山澤之臞也自顧壁立萬仞使人望之巍然而下視培塿丘垤眞無足當其意者然其靜也淵渟其動也風行其自守介然而不與易其處人確乎其不可拔也陛下誠能封之

以鎮一州則柱石巖廊可以屹中流之砥柱矧陛下功德兼隆方將求鈎匌闛鞈之聲以鳴國家之盛顧乃使之鳴不平於荒江斷岸之濆非臣所知也神宗然之即日下詔拜侍中昇州節度使封聞喜郡公使御史巫士仁持節以往士仁道淮入泗泗濆人有符磬者浮沉洲渚間人號為無賴子然其先世嘗有貢於舜廷及從孔子于衛者磬失其業至是來見士仁士仁羅致之舟中與語大說因叩鐘之為人磬曰鐘體重厚塊然一武夫爾是烏足辱召命磬不佞先世佐虞夏有功不幸而流落于此君如不弃登磬于庭磬能波流風靡而不失身上見磬必喜磬誓與君同

升頵勿外也士仁良是之抗疏以磬語聞詔載磬與俱歸至汴入對上果說以為協律郎日與伶人侍上讌樂遂罷鐘不復召鐘聞之嘆曰天賦吾以風流之資乃終老于叢穴而不克致身東序刻勳景鐘命也遂學長生吐納之術以終

史官曰古語云秋霜肅而豐山之鐘自應盖言君臣相遇之不偶也豈不誠然乎哉夫以鐘之才可謂實厚而聲洪者矣顧乃抱遺響以長終而硜硜然隨波逐流如磬者進用宋之為宋如此嗚呼士仁尚何責哉

長史程公傳

公諱通字彥亨其先自歙篁墩遷績溪程里再遷坊市祖平素業儒洪武初以鹽法坐繫御史廉其非辜喻其旁引衆人則可免平起對曰某不忍為人所誣而又誣人欺天矣寧以身待罪御史嗟異竟謫戍延安有同謫而旅死者平遣子負遺骨歸其家其家以貧故不納又買地葬之伯父以忠洪武庚申用人材舉知潮之程鄉縣有治迹父以誠尤以孝友聞初以忠子泰將省父程鄉以誠與俱中道聞以忠得罪被逮且瘴作偕行者詠泰反走以誠大罵曰汝父坐事正當捐生赴救舍之而歸獨何心乎遂徒步直前既至而冒瘴死聞者悲之公少有至性又得家庭之教

動必遵禮嗜學不倦鄉先生奇之年十四補縣學生
二十二以貢入太學時洪武乙丑也丙寅聞以誠喪
免歸徒步過嶺迎柩還葬〻已廬墓下三年哀慟毀
形妻子至不相識戊辰復上太學時平已老公上書
言臣壯而無父祖猶父也臣祖老而無子孫猶子也
更相為命今邊徼戍卒如林顧豈少臣祖者辭極懇
切書奏
高皇帝憐之而持其章不下私命兵部驛召其祖既至
乃并召公東西立玉階下顧公曰汝識此人否祖孫
相持哽咽不能仰視
高皇帝嘆曰孝哉若人命兵部除其籍驛送平還鄉庚

午秋公以尚書舉應天府鄉試時遣
諸王將兵行邊以封建策諸貢士於廷公所對稱
旨親擢第一授　遼王府紀善辛未從　王闓武臨
清壬申從之國遼西時　王府未建以祖喪免歸復
廬墓三年服闋復任未幾
高皇帝上賓庚辰從　王渡海南還辛巳進左長史明
年始從之國荆州公悉心輔導　王敬禮之凡一國
之事咨焉府中有衛士紀綱者用詗事得幸公每召
而箴戒之會
文皇帝舉兵靖難遣人至荆州公草上封事數千言
文皇帝既正大統紀綱者以入　賀留侍歷官錦衣指

揮使被顧問因乘間及封事遂有　詔械公詣京師
簿錄其家公既死家人發戍邊又下績溪簿錄其家
得擔田數十畝遺書數十百卷牯皮數張黄希范洪
武末先出知徽州府雅與公善至是亦爲衞卒所捕
并籍其家同赴京師而績溪程姓最衆幸使者仁恕
罪止一房餘獲免焉初　遼王雅重公命圖其像又
錄其世譜親爲贊之後十年公異母弟彥迪以事至
荆州　王召見之語及舊事曰汝欲見汝兄否彥迪
頓首不知所對　王出遺像示之彥迪哭失聲并請
其世譜以歸永樂中有仇家欲訟之者適彥迪他出
家人懼而焚其像獨餘其世譜云公初讀書即厲志

聖賢之學居常恂恂如有弗逮至臨事則毅然莫能奪故所立如此為詩文不求異而主于理然辭氣超越專工者反不能及有稿百餘卷悉毀于官

公沒世既久其遺事絶無知者敏政嘗從故老問之得其槩又見公從孫上林苑監署丞京于京師因掇拾為傳如右噫公與方希直周是修二公同時友善今希直之文梓行于世是修又得楊文貞公為之表章獨公事湮沒而無聞此遠宗後學所不能自已者歟

程貞婦傳

貞婦名淑端兗山汪伯高之仲女嫁率溪程永得為

士真甫之介婦兖山汪率溪程皆休寧名族貞婦生有至性異凡女早喪其母程氏獨與繼母　居極孝謹恐失其歡一飲食一衣服率身任之不以勞也伯高恒嘆曰吾有女若是宜得佳子弟乃許其委禽焉久之得永得乃嫁永得故業儒而貧貞婦安之日夜事紡績織紝濟其乏時士真甫已捐館畢力以事其姑吴氏處娣姒御僮僕奉先禮賓悉有條緒坐是永得始出為里塾師居無何而永得暴卒于所館汪氏時正統丁卯四月十日也貞婦聞之而哭幾死已乃復甦奉其姑奔赴手殮之舁歸安厝如禮僅一男生未週月人無不憐之以為是不能自存宜有他而後

可全活也時貞婦年二十五嫁僅五年一志不二郤容飾服勞茹苦以養姑姑病益市善藥以進如夫未亡時甚得姑心姑年七十六而終盡賣簪珥以葬無違禮男曰祖瑗親撫教之俾不墜世業恒技談語之故祖瑗奉訓唯謹益孀居幾五十年壽七十見八孫益康強無恙鄉隣無少長共稱之曰貞婦貞婦相與上有司有司以
聞事下覈實衆復讙然列狀乞旌其門如令云

前史官程敏政曰祖瑗予族孫也且從予遊而士真之女適兗山汪令君允慎許可獨道貞婦事甚核嗚呼未嫁而事繼母已嫁而失壯夫養衰姑撫教其孤

子以至於成人是雖奇男智士有所不堪而恥焉一女子為之無難焉斯固天理民彝不以利害存滅無亦出於鉅家碩宗有所漸漬其訓之懿而然邪彼分符治理以弼成教化為責而於此乎無所表異風厲其民人為政本焉亦何心哉亦何心哉

楊文懿公傳

公諱守陳字維新姓楊氏浙江鄞縣人曾祖浩鄉而上世以仁富聞其鄉祖範益好修為名儒學者號栖芸先生別有傳父自懲傳其學官止泉州倉副使公之在妊也母張宜人夢星落懷中及生天庭有黑子七如北斗見者奇之五歲即端恪如成人而才識穎

異栖芸親教之日記數百言稍長學舉業及爲古文
辭變出流輩四方多傳其程試之文以爲式栖芸恐
其溺此恒誨之曰聖賢之學以精思力踐爲要博文
強記輔此而已公大有所悟入作致知力行持敬三
銘以見志景泰庚午舉浙江鄉試第一人辛未舉進
士被選改翰林庶吉士未幾丁父憂而祖父母相繼
卒居喪七年學益邃識益遠天順戊寅服闋授翰林
編修預修大明一統志尋被 旨擢徒內侍監辟不許
憲宗即位以選爲 經筵官預修
英宗實錄成化丁亥以考績升侍講踰月實錄成升司
經局洗馬公每進講必積誠意傳經訓兾納忠以感

悟
上心一日講武成篇曰魯論稱舜無為而治周書稱武
王垂拱而天下治然後世人主有深拱禁中委政内
侍者召閻樂之禍有高居無為惟寵嬖豔者啓禄山
之變何也蓋舜武之所以無為者由其舉相去凶惇
信明義無一不盡其道皆常憂勞而有為乃始佚樂
而無為也後世人主則孟子所謂安其危而利其菑
樂其所以亡者爾左右聽者竦然至於應
制詩文亦舉筆不忘勸戒壬辰選侍講學士校刊通
鑑綱目遂預修續通鑑綱目以母喪去公官五品十
六年所教中人已多貴幸凡預教者率因之以進獨

公泊然無少藉有欲出力援之則謝曰我婆婦也抱
節三十年矣乃垂老而改志邪薦紳往々傳誦其言
今上出閣公等六七人被選日侍講讀　文華大訓成
升詹事府少詹事兼翰林侍講學士大訓篇目多本
大學衍義獨事涉中人者悉不以書公曰是何以為
訓撮其賢否得失之故分註一條議者不能奪公雖
晚未遇而名重一時吏部嘗擬公國子祭酒在廷大
臣合詞舉公堪吏部侍郎宜入内閣皆不果用
今上登極加恩官僚始擢公吏部右侍郎初當道猶擬
公南京
上覽跡取筆塗南京二字其被眷知如此

詔集議祧廟禮官請祧
懿祖而以
德祖比宋僖祖百世不遷公抗言禮天子七廟祖有功
宗有德乃孔子之言故凡號太祖者即始祖必事之
以配天若商周之契稷皆以功而非論其本統也宋
僖祖及我
德祖可比商報乙周亞圉非契稷比議者徒謂大儒嘗
有取于王安石之説而不從孔子遂使七廟之間既
有始祖又有太祖太祖既以配天而不正南向之位
名與實乖豈先王之禮哉若謂降而合食爲非禮則
王者既立始祖之廟又推始祖所自出之帝而祀之

固無嫌也
憲宗升祔請并祧
德懿熈三祖自
仁祖以下爲七廟異時祧盡則以
太祖擬商周契稷而祧主藏于後寢祫禮于前廟時享
則尊
太祖祫祭則尊
德祖各不失尊庶無悖禮議者不能從而公執甚堅盖
有遺恨焉弘治戊申上疏論講學聽政累數百言大
畧謂
陛下御極以來屏棄珍玩放遠奇衺登用正人聽納忠

諫躬親題奏日勤政務若此不懈可幾堯舜獨臣之
愚猶有過慮蓋華故正始猶易持久保終實難若內
得弗深外資弗博銳志少懈欲心漸滋豈能保其始
終如一乞開 經筵御午朝聽講之際凡所未明輒
賜清問必待
聖心洞然明悟而後已一日之間居文華殿之時多處
乾清宮之時少使欲寡而心清惑少而理明則得於
內者深而出治之本立矣午朝有事者皆先用畧節
口奏而裁决之大政則召大臣面議未當則許諫官
駁正而審行之俾賢才常集于目前視聽不偏于左
右則資於外者博而致治之綱舉矣若但如近日之

聽日講御午朝以應故事凡百題奏皆付內監諸臣
調旨批答臣恐積年之弊未革而將來之患難測不
但如前所過慮而已　優詔嘉納諭禮部以三月御
經筵禮部得請并午朝如楊某奏修
憲宗實錄以公兼副總裁公念更化初凡吏部有所升
黜人必視其忠邪易險愿奸為趨舍故偘偘持議雖
取嫌忌于同列弗苟徇也己酉再請解部事專史職
不許章三上乞致仕始命以本官兼詹事府丞供職
史館如故公嘗言古人謂國滅史不可滅我
太祖既混一即命儒臣修元史
太宗靖難後史官不紀建文君事遂使當時朝政與忠

於所事者皆闕畧無傳及今猶可補輯
景皇帝已復位號而
英宗實録標目猶書郕戾王是宜改正章疏留中者雖
有可傳例不得書乞宣付史館奏未及上而公以十
月十八日不起初太白犯進賢占者以為賢人厄盖
其應云公疾革語其弟守阯男茂仁曰吾學至為君
子仕登三品年邁六十斯亦何憾惟
上恩厚未能報先栖芸先生未及封汝曹勉圖報稱以
繼吾志諸弟暨男茂元不及訣其以是語之語訖不
亂明日端坐而逝訃聞
上悼惜賜謚曰文懿命官諭祭葬事後二年實録成詔

贈公禮部尚書又三年以　春宫舊恩許錄公孫美璜為國子生公天性孝友筮仕即遭三喪竭力襄事不一舛于禮奉母極孝養與丁夫人起家偕老肅雍相成未嘗畜女侍奉巾櫛待諸弟怡怡自相師友公暇子姪環侍循循雅飭無毫髮豢養之習在京師所居高坡巷四方來者皆知為楊先生家敬愛之風薰然被于宦族有恒農之遺範與人交必以義相規而見善如己出體若不勝衣言若不出諸口至說理論事則毅然不可屈自號晋菴晚更號鏡川同考禮部會試及主考兩京鄉試得人最盛所著述有三禮周易尚書詩孝經大學中庸論孟私抄凡數百卷皆正

其錯簡更定其章句詮擇諸家之傳註而傳以己見
雖大儒之說不苟同蓋晚年屢加刪定未始輕出也
於書謂舜典象以典刑章乃舜命官語非史臣記事
之詞古者罪人不孥而漢書引湯誓孥作奴蓋或奴
或戮隨其罪人之輕重施之也酒誥明大命于妹邦疑
明字本封字之誤不然則下文乃穆考文王終不可
通大誥今蠢今翼日蔡傳謂今之明日也疑以今蠢
今翼爲句言武庚今無知如虫之蠢動今有輔如鳥
之羽翼而以日字屬下句猶左傳日衛不睦也於詩
以卷耳爲大夫行役者之作謂陟岡陟砠馬瘏僕痡
非后妃思慮所及以栢舟爲非婦人之作謂其心不

可轉威儀不可選正孔子所謂吾於栢舟見匹夫執志之不可易者也至以鄭衛之詩非孔子所謂鄭聲其辯尤詳大約謂春秋主事當無不載詩主辭當有所擇朱子修通鑑綱目於莽操呂武之事靡不備載其續楚辭則神女季姬皆斷為禮法之罪人高唐賦亦視為倡家之瀆禮若鄭衛諸篇非刺淫而果為淫者所自作聖人必不録之矣其超然獨見多先儒所未及者又有五經考證大易私徵春秋私比等書皆未脫稿雜著詩文有晉齋稿鏡川稿東觀稿桂坊稿金坡稿銓部稿又數百卷閎博精醇兼備衆體成一家之言讀其文可知其人公弟舉進士者三曰守隨

廣西按察使曰守阯左春坊左諭德曰守隅工部員外郎子亦皆舉進士曰茂元山東按察副使曰茂仁刑部主事公墓在鄞之玉堂洞山

論曰儒者心學之失傳久矣其上工訓詁以為高其次競辭章以為奇又或以天資用事而能隨世以就功名斯已矣四明自慈湖楊氏師象山東發黃氏師考亭皆卓然知躲立用宏顯微不二之義學者尊之若頹波砥柱而栖芸實嗣其傳至公益充大之盖其始則抱遺經以求聖人於言表而不以訓詁辭章為能故其持巳律家居官接物視老壯如一日而不少肆其子弟皆謹禮守法不屈於不義而以古人為可

期也夫學術有得于一心則尊之而不為泰棄之而
不為損擇之精守之確終吾身而不變此所以為儒
而世往往以迂左目之皆孟子之所謂失其本心者
也公晚遇
明天子將有柄用之漸而阨于老不能究其經綸遠大
之業使儒效暴于天下豈非斯人之不幸哉

汪節婦傳

汪節婦陳氏名鼎徽之祁門人其父曰偉人與同邑
汪仕政皆名士故節婦在室已能受姆教為賢女年
十九聘為仕政子軫妻汪舊族而仕政又振之節婦
能事之盡禮嚴奉其條約舅姑安之曰得婦如此老

復何憂哉其佐軫養父母尤力至於處嫺鄮供祭燕
御佃傭斬斬有緒人率慶軫軫亦以自慶踰年生男
奉以見舅舅大喜小字之益孫定名鏻曰吾將望其
多似續以振吾家也再踰年而軫遘疾不起疾革時
畧無一語及節婦節婦號慟幾殞者數四有老媼勉
之節哀則泣告曰吾夫屬纊之所以不及我者知妾
無他也吾何用生為聞者亦為之灑涕既服闋節婦
姑年二十三舅姑少之譏使人相風則大哭曰我何
人家女為何人家婦而敢以此相侮哉不當即死以
從吾夫于地下爾風者乃不敢復言節婦奉舅姑視
夫存時益謹謝膏沐勤女紅日抱其孤兒茹泣曰天

乎能鑒此血誠俾苟存視息養吾夫不絶如綫之氣以不墜汪氏吾願畢矣鐸既長勉之力學爲之擇配而得方氏女亦善事節婦天順癸未有司以其節聞褒實如令旌其門迨今弘治癸丑節婦年八十四有孫五人曰（相曰樞曰櫨曰柎曰楷而樞沈潛穎愨進補儒學）生部使者試士嘗占首選然數奇諧寡每不利于場屋云

史官曰先正有言天報施于人之子孫莫大于賢不肖而不知者以富貴貧賤寘論殊矣吾觀汪節婦陳之履行殆有烈丈夫之所難者雖已躋壽年沐恩典疑有未盡則將於其孫樞乎驗之人亦頗見樞之力學績文當有以爲節婦榮也然予與樞善賢其

人有志于道知以程邵為師疑所以榮節婦者將有
大焉豈獨富貴哉

蘭州同知封翰林修撰錢君傳

君諱中字用之松江華亭人曾祖實祖復父昌皆不
仕而復故儒者尤好子思子之書鄉人目為錢中庸
君逮事焉年十六為儒學生以俊警聞嘗假同舍生
文字不獲就目一再過即背錄不失一言由是學益
博文必務出人上然三試南畿輒不利遂罷去客荊
襄江淮間久之聞陳御史選提學江南躍然歸就試
果甄錄之成化戊子中南畿秋試七上禮部又輒不
利乃詣選曹請改隸南京便養母得歷事工部未滿

五日聞訃或請足期而後發喪君大慟斥之服闋以
祿不及養乞遠郡自劾廷授蘭州同知蘭屬麗江府
雲南絕徼也酋羅姓者世知州木姓者世知府恃姻
為奸虐君動以法持之羅故使督五井鹽課君正色
曰我奉命監州豈專為鹽吏而已羅志欲挾木中傷
之君以詩抵木木反禮君不敢肆而夷僰悉恃君以
安分巡兩司若林副使俊葦皆賢君檄使稽鄧州軍
餉再攝雲南縣又攝黑鹽井提舉司往來無虛月縣
邏卒得賂縱盜以良民充格數歲不決君辨釋數十
人黑井鹽坐潦虧課君至以足告上官驚嘆曰得非
連州鍾乳乎歲庚戌委君入賀長至節值子福舉進

士第一君慨然曰是足以成吾志矣遂引疾致仕君所居後即晋陸機放鶴灘地作樓其上合林下結社號榮壽會口不及官政與郡士大夫飲輙盡醉浩歌自適或規其放者君曰吾將藉是以全吾真使涉世故者不吾撓也豈真放哉錢之先居嘉興桐鄉相傳忠懿王後元季君高祖德名避地華亭城西贅薄氏家焉君既得謝將徙桐鄉合族定宗法未行而卒五月望後四日也得年五十有六君負氣偘偘必思以自見而數奇諧寡終不詘以求合然居家篤行早喪父祖母陳命傳食仲子及君時仲殷而君困君不可曰是畜養者之所為爾極力與其妻陸奉陳及母范

咸得其歡陳之喪悉力營塋不以動仲父君之子孟
企君之孝福為翰林修撰三載得推　恩封君如其
官忽思君心動例不得歸省則移疾冒暑行至東昌
得君訃福弟祚亦舉于鄉君治命曰塋地毋遠我祖
父福等遂遷故壟襄事其地曰華陽橋蟠龍塘
論曰士之有所立于世者豈獨以其顯有後之為俊
哉觀君於仕曆未滿五日發喪事大母雖居貧無違
禮佐遠州不鄙夷其人而寘禍患于度外非燭理明
而遠義勇者能之乎人率謂君徒有其子故顯名而
不知君之所自立亦誠有足書者敬予為君傳不示
後焉明古之君子有所立者非全恃乎此亦將以慰

夫人于下地云爾

參政陸公傳

公諱容字文量姓陸氏蘇州崑山人元盛時號周涇陸家曰士明者販遼東值兵興客死于福育姻鄁徐氏因冐其姓福生繼宗繼宗生裕贈兵部武庫員外郎娶陳氏生公〻妊時母夢紫衣人以笏擊其首曰當生貴子覺而公生龎厚白皙見者以為英物九歲賦詩有奇語十六為縣學生大肆力于經史百家至廢寢食而凡樗蒲博奕之戲一不挂目葉文莊公亟器之曰范文正公事業不可不勉也舉成化丙戌進士第除南京吏部驗封主事始請于

朝復姓陸氏丁父憂服闋改兵部職方會虜入邊遣
將北征勑公紀功軍中虜退而還進武庫員外郎大
臣患京城多盜請遣給事中御史部屬官五十人大
索以公總其事公極陳不可事果中格尋進職方郎
中時邊報旁午封事日或四三上凡虜情虛實地里
險易兵力分合皆犁然中其肯綮事下三邊邊人驚
服大抵皆出公手而於沮征安南及罷勦瑤賊劉通
兩事尤偉昌佐者京營都指揮故降虜也求叅將雲
南一巨璫傳
上意令兵部上其名甚急公持不可則
召至左順門諭之公曰既出

上意命下即是焉用舉為且金齒騰衝外控諸夷要地
也佐材力庸下且夷種不可用若今日阿旨異日壞
事雖禍及身家何益巨璫語塞事乃已他如韋瑛之
誅定捕妖言功不得世襲皆自公發之未幾丁母憂
服闋上疏言大倉兵衛不便者八事從之所司復采
其尤切要者行天下為著令除武選郎中值
今上初即位斥䙝倖進庶政一新而太監李良典御廄
為都指揮王欽梁宏乞陞都督得 旨矣公上疏極
論都督武官極品躰勢甚重不宜授無功及非人而
良等招權恃恩當正典刑仍乞立法以禁將來疏再
上奪其新命士論壯之復上疏論八事曰儲養台輔

曰教導勳戚曰愛惜人才曰久任巡撫曰經理京衛曰選練禁兵曰均平鈔法曰慎重會議而儲養台輔愛惜人才二事尤剴切時柄臣疑公侵官且臺諫方為之排逐異己者懼公言動

上將陰中之尚書余公為言吏部得出為浙江右叅政距上疏一月爾公至任復條列兩浙不便者八事多見采納於潛民陳乙夫婦乞食夜投宿桐廬山中漁家被殺瘞之而婦不死覺有人蹴其脇曰明星至矣何不走訴婦自墓隙出遇公長號稱寃盡得其狀漁者論死蘭溪章憲僉懋作頌美公辛亥以

聖節入賀復上疏論漕渠利病不報癸丑大朝罷官者

若干人而公亦與焉聞者大駭公處之怡然且賦詩
道別既歸於所居作成趣菴獨笑亭日緇冠野服著
書其間又改作先祠落成已屬疾猶強起獻拜如禮
以甲寅七月戊申卒得年五十有九公少即有志經
濟如典禮兵刑漕運水利之類罔不究極其本末利
害手書之冊為施用之具識者以為百不一試也居
家孝友父為人所誣坐謫戍連者二十四人公陳書
上官雪之葬母之日塚上廬次及城中屋宇烏鳥飛
集萬數鄉人嗟異公于未蕃夫人張氏數勸買妾公
曰吾祖宗以來無畜妾者不可所著詩文曰式齋稿
浙藩稿歸田稿乙戊稿奏議在朝曰式齋筆記在浙

曰封事錄記事之書曰菽園襍記式齋遁稾太倉志別有兵署錄水利集問官錄總若干卷子一人曰伸舉于鄉嗜問學有行檢克紹其業

論曰公當弘治初伏闕上疏時予方以言者去國道中得其稿讀而嘆曰偉哉賈陸之緒論乎然亦未始必其終獲遇也蹤乃聞其以論薦而出有幾意焉盖出未久而罷且死矣道喪風靡士自晦則笑以為無所取材而擯之稍露一二則又恐其得譽望有進用之漸必誣之使去則以為快足豈獨後世哉若擯于一時而顯于既沒誣于小人而白于君子固天定也士獨求其無愧而已公雖用不究所學然有建白在

朝廷有惠澤在民有著述在學者足以考見矣遇不遇奚病焉

仝景明先生傳

仝先生寅字景明山西安邑人少聰警失明無所事事乃受易師學悉究義經畫外之旨而以京房斷占多奇中正統間父清遊雲中挾景明與俱三邊吏士有問身休戚及軍利鈍成敗必就景明決之由是仝先生之名聞四方已巳秋虜酋也先大入邊

英廟北狩陰遣使命鎮守中貴人裴當問景明景明筮得乾之初九附奏曰庚午歲中秋 車駕當還〻後七八年必復辟

英廟心識之時忠國石亨以叅將守雲中賢景明引為
上賓動必資之暨
景帝嗣位虜益熾召亨還捴營亨以清有幹畧薦以自
輔景明因侍行至京時也先復入冦京師戒嚴亨召
景明問計景明筮之曰無能為也且彼氣已驕戰之
必克虜果敗去庚午也先欲奉
英廟北還將卒以為詐獨撫寧伯朱謙上書懇請
朝廷持不敢發景明力言于亨曰虜人順天舉義我
中國反失迎奉之禮獨不為夷狄笑乎亨遂與少保
于公協議遣使虜果奉
乘輿來歸實庚午秋也

英廟以太上皇居南宮三年錦衣指揮盧忠上變外議洶洶忠一日屏人請筮景明以大義叱之曰是兆大凶死不足贖忠憤而佯狂為風狀兩宮乃安忠後伏誅如景明言

景帝之弗豫也中外以儲嗣未定為憂景明至言于曰公國柱石當委身致命以安宗社今危疑之際不早定大計禍且不測耳意遂決

英廟復辟將官景明景明固辭乃命工范金鑄陰陽杯靈四字為筮錢十八文製象牙盒貯之以賜又賜象牙金酒盃一白金彩幣若干會清以指揮僉事謫戍涖徐州上曰今寅得無借徃乎其授錦衣衛百户在

京景明復固辭不允景明昇享寵位已極每畏盈以
持滿之道反覆戒之弗納卒及于禍景明嘗景泰天
順間名公卿大夫無不延接者然一語不及私事惟
折邪與正濟顛扶危可致力則諄諄不少回避遇古
今圖史及異書必令人傍誦聽之至老不倦又緣名
家之義自號啓陽今八十有六歲尚康強無恙三子
長鑾以材武自見官錦衣衛百戶次鏊治易為進士
業次銳以善書隸中書舍人
論曰昔嚴君平卜筮與人子言依于孝與人弟言依
于順與人臣言依于忠各因勢導之以善蓋賢而隱
于卜者也若仝景明先生固聞君平之風而有慕焉

者歟其禮于名流不浼于權貴壽而有子老于
聖世非倖也彼司馬季主不見知于宋忠賈誼郭景純
不免于王敦之難其術精矣而其所得又景明之所
不滿者歟

汪義士傳

汪義士中和字貴民唐越國公華之後休寧西門人
曾祖養晦自西門遷汊口祖明德父仲剛義士爲人
頎然廣顙性介特寡言笑每讀書至古忠孝節義事
即掩卷太息曰爲男子而淟涊以度世亦惡用生爲
鄉先生聞而異之曰汪氏有子矣義士家有尺籍在
貴州適當仲剛仲剛還自軍道其艱苦義士未冠也

恒戚〻不樂宣德丙午詔簡汰諸路兵仲剛弟兄皆以老謝行義士蘝然躡蹻往代鄉人壯之貴州帥聞其故儒者率遣子從學義士因以其暇日為講說前史名將所為如何及近世養兵禦侮之要邊臣聽之無不慰愜戒戍務弛張夷情虛實山川道里險易通塞有所咨訪因而舉錯甚多義士一再以公務還汉口者其父群從兄弟悉長縱衆議當番代以均勞者群從又相持不前義士恐傷之復抵戍則髮漸種〻矣貴州古夜郎越雋地山水荒寒中土人非謫配罕至義士獨往遊其間歙嘯懷古人莫識也都匀苗寇作貴州軍禦之失利義士所居堡僅百人欲散走義

士伏劍叱之曰當此際不叶力堅守即國家養我輩何用況分地不可擅去有大僇乎衆志始定入夜備稍懈寇突入有牽義士急去者義士慨然曰士死義爾堅立不動且詈寇曰朝廷何負于爾敢猖獗若此遂被害正統十四年七月二十四日也得年五十有九少子南雲被虜月餘哀慕動寇寇不忍殺釋而歸之義士二子長義方次南雲也孫男三觀成昕觀早卒昕篤志力學為里塾師

史官曰郎之戰公叔禺人遇負杖入保者息而謂之曰使之雖病也任之雖重也君子不能為謀士弗能死不可也與其鄰童汪踦往皆死焉孔子稱其能執

干戈以衛社稷嗚呼若義士之死固可與蹻相望于百世之上矣而封疆之臣乃無畫策捐軀若公叔者亦可重嘆哉

篁墩程先生文粹卷之二十一

祭告文

擬漢昭烈皇帝伐孫權告廟文

嗣皇帝臣備敢昭告于太祖高皇帝世祖光武皇帝孝愍皇帝七廟神靈臣備聞葛伯劭桀爲虐成湯先征之而後放桀黎君黨紂爲惡武王先戡之而後伐紂勢有緩急動不可以後時理有經拳事宜從乎中制伏以逆臣孫權乘時多難竊據江東尚以世受國恩同奬王室道遣使者作爲盟書繼進家人求通戚晥軺車來往屢修信睦之儀疆界分明薄無彼此之際日者將軍關羽進討國賊既下襄樊爲權者不思

犄角之圖乃作反噬之計遣賊將呂蒙等掩襲我荆土殺戮我戍士臣羽則委身國事伏節虜廷而逆權甘作叛臣不復尊周是念顯受僞命方以吠堯爲功穹壤不容人神共憤臣聞祖宗之法不道者必誅春秋之書無將者罔赦敢附湯武之義先興黎葛之師尚賴宗祐之靈天地之祐庶成大業克濟中興臣備將以章武元年九月二日親率六軍恭行天罰以丞相諸葛亮輔皇太子留守成都以車騎將軍張飛出閬中虎牙將軍趙雲出江州建威將軍黃權出江北侍中馬良出武陵五溪諸蠻罔不率俾將軍向寵等各率所部擐甲以從誓梟叛賊之頭少示僭王之警

即圖大舉掃定中原祗奉寢園告謝天下臣備臨師

不勝戰懼之至

祭林舅文

成化十七年歲次辛丑秋七月甲戌朔二十八日辛丑寓新橋驛孤子左春坊左諭德程敏政謹致牲醴之儀馳奠于故安東縣簿致仕林公先生尊舅之靈曰嗚呼舅氏何遽去予而長逝乎疇昔之歲舅方輔予于新安訖卑終其襄事今玆之春予復拜舅于淮陰則已覩乎藥餌冀漸愈于疢痾將益膺乎壽祉嗟離合之無常慨歲月之幾許期問安於瀛城之南詎得訃于新橋之涘嗚呼舅氏果遂去予而不起也惟

毋夫人最鮮兄弟其在尊舅一人而已早弁榮于仕途晩歸樂于田里剛介之性雖不足于庸人明敏之才每見稱于先子柰何官僅止乎一命壽方登于六紀豈天定之未然而福善之難恃乎然全歸無愧于宗祧宦業屢延于胤嗣則天之報施善人固在彼而不在此嗚呼老人之容無復覩之于目長者之言無復接之于耳身遥縶乎他鄉淚徒揮于逝水望故郡之山川感新秋之風雨謹緘詞以告哀惟尊靈兮鑒只嗚呼尚饗

祭告顯考襄毅公文

成化十七年歲次辛丑春正月庚午朔越三十日己

亥孤子左春坊左諭德程敏政敢昭告于
顯考尚書少保襄毅公府君曰嗚呼不肖孤子服盡
今日矣慟惟顯考將使旨于四方孤不能效奔走候
起居顯考賜養疾于故鄉孤不能操几杖侍湯藥不
幸而大故時方竊祿京師不能舉棺衾以盡襲殮之
禮既幸而襄大事又特拘于文法不能守塋域以供
灑掃之役惟顯考鍾愛于孤最深孤之不孝于顯考
最重追悔莫逮負罪難逃繼是以還惟當竭心力以
養百歲之母隆友敬以保百口之家謹身以求歸全
教子以圖繼述昊天罔極言止於斯伏冀尊靈俯垂
昭鑒不肖孤無任哀慕之至謹告

太師徽國文公闕里告文

成化十八年歲次壬寅二月庚子朔越十日己酉鄉後學左春坊左諭德程敏政敢昭告于

先師宋太師徽國文公先生祠下曰伊川道脉先生之所由傳環溪女宗先生之所自出表復亭之墓而詳其世德嘗有取於程氏之先荅成甫之書而勉之進修復有望于程氏之後惟敏政程氏小子新安一生在家庭獲誦于遺書登仕籍乃塵于

講幄曾無肖似徒切戰兢今兹幸進于門墻始得致恭于桒梓瓣香在御旨酒一陳伏惟明靈佑此愚昧嗚呼泰山喬嶽之容固常自念之如在正心誠意之學

願終身誦之弗忘謹告

祭都憲東安李公文

嗚呼公乎人方祝松喬之齡仰蓍蔡之德庶一代之老成爲後進之矜式忽聞捐館罔不太息而況有通家之素供弟子之職失所瞻依可勝痛惻雖然正大之學高明之識位列卿則世誦其賢勞居諫垣則史載其遺直己貴而守儒之常未老而求去之亟矧一經之承傳嘉四子之軒特諭奠有儀賜葬有勅褒榮始終天固無忒彼容悅以圖功名或奔走而矜智力以彼較此孰豐孰嗇嗚呼公乎其何可得某幸聆欬言獲奉顏色操几杖以無從驚發引之在即敬酹一

觴有涕沾臆

祭武昌尹汪親家文

惟靈望出忠賢學優庠序擢秀桂宮焯有文譽禮闈弗偶銓部登榮出宰花縣聿騰政聲豐碩之姿邃大之器駿發有期久顯先系維兹之歲屢接手書吳楚睽隔每嘆離居夏秋之交忽聞訃告眞贋是疑曷任悲悼嗚呼禍福相倚天意難諶吉人淪謝何善何淫矧在通家情好維密子女聯姻雅非一日昔登公堂酌酒賦詩今拜公像白日寒飈清酤一陳旅殽載設英爽何之幽明永訣

祭先師宮保尚書殿學劉公文

弘治五年歲次壬子夏四月辛丑朔二十四日甲子
門生詹事府少詹事兼翰林院侍講學士程敏政謹
東向頓首告奠于
先師宮保尚書殿學古直先生劉公尊靈而言曰惟
公鍾海岳之英抱經濟之學才氣振千古之豪文章
擅一代之作輔
聖德于青宮賛　廟謨于黄閣有力扶正論之節莫大
于鈞衡有隂翊
宗社之功卒困于栖鑿六旬初届即返丘園百年為期
遽翔寥廓何君子企公之深而造物者遇公之薄也
惟先君號金石之交故賤子有門墻之託雖學徤而

行迂無志強而不弱寧以道爲屈伸敢因時而前却
嘆我生之不辰而教言之如昨也訃音欻聞驚涕雨
落日月推遷林野蕭索謝傳不起于東山司馬竟終
于西洛此心皦日亦何損于衆咻世態浮雲曾直公
之一噱顧生何知負恩懷怍身幸免于竄投病未離
于砭藥遥瞻几筵一酹清酌公神如生鑒此衷悃嗚
呼哀哉尚享

祭宫保尚書大學士丘公文

嗚呼嶺海儲英異材間生公出其間適遭文明翰苑
紬書經帷進讀
聖烈宣昭

帝心啓沃典教國子迨長宮詹迪士敬簡行已安恬身歷四朝年開七袠乃受簡知入賛宥密代言輔政寒暑五更國咨耆舊人徯治平累疏乞休宸眷彌篤一卧弗興天奪奚速帝念元老䘏典優崇護喪歸窆孰與令終經世之才希古之學有偉曲江相望何怍其等誼曾僚屬敬奠一觴靈車將啓生容在堂追思話言感悼疇昔公神不亡歆此來格

祭少保于公文 代于文遠千兵作

嗚呼禮莫大于報功義莫先于繼絶況天定之勝人宜恩典之昭晰猗我伯父一代人傑歷官孤卿上輔

睿哲有巍巍定難之功有侃侃立朝之節有孜孜及民
之惠有皦皦律貪之潔惟許 國以忘身致權奸之
汙衊中以深文濟之讒舌白日晝冥愁雲暮結慨
重瞳之屢回驚天柱之摧折雖丹書之橫罹曾白玉之
可涅
列聖嗣統當食而輟追悼勳庸特加昭雪旌功有祠述
行有碣嘉繼世之象賢悵主祀而猶缺以我小子同
源一轍擇男元忠系于孫列迺具疏請
宸聰上徹偉公議之翕然果
天顏之開悅錫世祿以奉祠士聞風而氣泄頑竊柄之
權奸已伏辜而煙滅仰忠勳之流芳炳日星之長揭

涓以歲首自徽到浙俯伏祠庭一筵敬設感
殊寵之下臨與有榮于衰拙冀衍慶於曾玄誓孝忠之
殫竭鳳山巃嵸湖水幽咽尊靈如生鑒此惓切

聞士欽李公訃位哭告文

太常少卿李公士欽之訃設位于南山堂薄致一奠
哭而言曰嗚呼士欽止於斯邪致遠之器凝重之資
明達之見通核之才竟已矣而不獲大施邪春末得
書知有暴疾甚懼後連得書知已漸平甚喜孰知其
果不起而使我失聲以悲也平生健壯偉幹豐頎恒
切嘆羨百歲為期乃未及半百而一旦去世邪嗚呼
有善相勉有過相規言議之合酬酢之資在至戚中

惟士欽一人爾而今而後其孰輔予以道而乃使予悵悵于既老之時耶念自童穉受學太師托姻門下三十年于茲升沉離合不能稠一然此心耿耿千里可照髴少置于懷思也嗚呼士欽其眞止于斯耶山居歲晚江寒木萎臨風三酹有涕漣洏嗚呼痛哉尚享

篁墩程先生文粹卷之二十三

書

擬酈食其上漢王書

臣聞天下有大義之所在而舉世莫能知者請得與大王言之夫今海內諸侯所以並起而亡秦者凡以絶六國之祀戕虐生民而已然其大罪有天地所不容者大王固能知之不乎臣竊料大王不知也夫秦之大罪在於滅周周者天下之共主歷年八百文武之澤未泯也嗣君無大失德聞天下而秦以強不義取之是以臣滅君也以臣滅君自開闢以來惟浞羿與秦三耳天下之罪顧豈甚於此哉項籍手裂土以

賞亡秦之役六國之後皆有分地乃不求立周後而尊楚懷王孫心為義帝此臣之所未解也夫所以亡秦者公天下也今楚人徒以懷王之忿自帝其主則是復私怨矣名之為義安所施乎楚之先王嘗欲滅周東周公諭止之曰裂周之地不足以取國得周之地不足以勁兵然則楚之無君罪與秦等心其可帝乎傳曰見義不為無勇也臣願大王明告諸侯復立周後相與北面而事之楚之遺孽反其故位則君臣之義一日暴於天下而強不義者懼矣且臣非不知大王楚人然楚亦周之臣耳況已析圭而王王者動必視義之所在豈肯顧小嫌誤大計哉持此而言大

王固將終聽之矣周後既立大王尚與諸侯會盟洛水之上同奬王室有弗率者仗大義而誅之退守西藩世為周輔臣知大王之名將與九鼎同重於後世豈不盛哉捨此不為無復可為者矣酈食其請立六國後而不及周予故補此書

擬朱子答王晦叔書

承來諭以熹承乏講筵當天子宅憂之時擇日開講為未合於禮經足見君子教愛之厚然於鄙意亦自不能無可疑者夫人君諒陰三年不言古之道也而周之盛時已不然矣大抵王侯以國為家雖先君之喪猶以為已之私服其禮與庶人絕異故孟子以為

未學如來喻所引記曰斬衰唯而不對齊衰對而不言是故有難言者矣天子喪禮雖不得詳而顧命康王之誥實後世之所當法顧命太史道揚末命曰命汝嗣訓臨君周邦王再拜興答曰眇眇予末小子其能而亂四方以敬忌天威則固非唯而不對者矣來喻又引記曰大功言而不議曰大功廢業且云大功尚不可議況於衰麻之至戚此尤說之不可通者中庸曰期之喪達乎大夫蓋期以下諸侯絶大夫降矣其可以為天子不言之証乎至於本朝典故來喻以為未審何似此則熹之所熟諳者也當神考升遐哲宗嗣位伊川先生首為侍講其言行昭昭見於遺書

史傳而其大者則冬至百官表賀先生上言節敘變遷時思方切請改賀爲慰此其明驗也夫先生承絶學後言動皆禮之所在顧熹何人乃獲嗣守職業惟勉循其道而已蒙君子惠然有意於僕不敢不敬布所悃惟執事者亮之騰叔名炎婺源人學者稱雙溪先生嘗通書朱子問學宗完開講之禮朱子集答人書幾二千篇獨不答此書故僭擬答之

簡羅修譔明仲論歐公九射格義

明仲先生足下昨於史館談及歐公九射格義足下以區區之說爲新意而謂已說得歐之心當時亦有以應也歸而思之於鄙意有未詳者區區之說以謂置侯於此覆籌於彼探籌而射於侯上啓而視之中

者飲不中者無所罰足下之說以謂人各當侯之一物而後揆其籌值所當者飲不值者無所罰蓋鄙意以侯與籌必相須而不相離足下之意判侯籌於兩途而置侯於無用之地由此意推之則人當一物而侯可廢此足下之說區區未詳者一也歐公此圖題其名曰九射格格者局也而今之為格與局者有樗蒲有彩選有手談有象戲此之所謂格者猶彩選之格樗蒲手談象戲之局也此之所謂籌者猶樗蒲彩選之骰手談象戲之子也擲骰於格之中行子於局之間蓋必然之理使如足下之說則是舍格而擲骰外局而行子也矧投壺與此格皆祖射之義以立法

探籌以射侯亦猶引鏃以貫革操矢以注壺豈可置
侯於無用之地哉此足下之說區區未詳者二也足
下以歐所謂九侯虎居上熊居中鹿居下鴈兎魚居
左鵰雉猿居右者正射賓相當之次序此尤不可通
者蓋物必有則所謂上下左右者乃造物創始之制
云爾豈射賓相當之次序哉夫長筵廣席之上則令
從者奉格而前以就賓之探射小飲團坐之際則安
此格於席心而奉之之時不可傾倒安置之處必有
定向則上下左右者實立法之當爾此足下之說區
區未詳者三也歐所謂皆置其熊籌者蓋懼賓之易
酬也故曰中則在席皆飲苟或用之則亦有射中與

否之時審如足下之説盡探其籌而總較其飲則二十七十在坐必有三人得熊籌而在坐者既有射中之飲又有三中熊之飲一探之間飲三爵者皆是而飲四爵者過半吾恐古人不如是之酗也此足下之説區區未詳者四也凡足下以區區之説爲新意者考之於歐爲頗合故以書告於執事者夫格物致知學者之首務惟足下舍己從人以求歸一之論則他日尚有大於此者就正於有道也

與何憲使廷秀書

僕與閣下相別爲日既久中間嘗一致問起居閣下亦蒙以五代史見貺自是音問觖然每用耿耿同年

友林亨大来言閣下在閩手編古文選粹告成因竊
自念處繁劇之地而能不廢鉛槧之功如僕之不肖
承乏詞臣乃終歲碌碌奔走黃塵赤日之下將自墮
于暴棄之域及思故人驚汗浹背矧今之號書生者
每乏經世之畧據要津者或取無術之譏有如閣下
仕優而學者幾何人哉此僕所為茫然自失者也僕
自去歲抱疾雖愈而間作平昔著述之志已灰但規
為侍親之舉向相約為通鑑續編蓋先師呂文懿公
因景泰間史局修者重加筆削布勝國時天台徐詵
亦有續通鑑要言一書合而觀之亦多不能了了事
躰重大又無友朋相與下上其議用是姑置之耳病

後無以遺曰嘗著史論數篇又編蘇氏檮杌皇明文衡宋遺民録三書有便容寄上以求是正僕徽人也而寓于瀛兩邦之先哲遺文多至散失故嘗蒐輯為新安文獻録瀛賢奏對録兩本亦俟脱藁別呈也家君自號晴洲釣者曾求諸公文字詩章欲得閣下一頌以為溪山之輝想賜不拒其詳載于別紙維時盛暑尚謹重眠食以副朋舊之望

簡太守武邑王公而勉論　諭祭禮書

諭祭乃　朝廷大禮當時降有儀注其迎接贊唱使者及喪主客有位次易服止哭亦有節奏孤前者出京時曽於禮部録得一紙偶爾檢尋不獲蓋文上有

皇帝字與詔勅等詔勅常下於郡邑故儀注常存諭祭惟二三大臣得之而亦有不得者以其不常下於郡邑故儀注少見伏惟閣下念此大禮檢閱典故俾執事者少加講習庶行事之際不愆於度成此盛典以幸先人且使窮鄉下邑得見　朝廷優禮舊臣及賢郡侯秉禮將命之美孤嘗備員儒臣不敢不以奉告萬萬加察

與提學婁侍御克讓請立二程夫子祠堂書

側聞閣下垂意斯文許於弊府儒學脩復文公祠堂甚盛心也僕常見文公每歷州縣諸所未遑即首訪先代名賢祠墓汲汲表章惟恐弗及誠以風教所繫

不可視為故常而近歲以来巡行使者知有簿書期
會而已能如閣下究心正學知所先務者幾何人哉
寒族在徽郡最蕃僕之一派號陪郭東程氏於河南
最親盖河南之程實忠壯公之裔陳末北徙而伊川
先生諸孫又從南渡居池州再遷休寧陪郭之程互
相繼絶譜牒所載有胡雲峯鄉賢祠記跋與南宋録
用伊川諸孫公移誥牒之類具可覆考也僕每欲倡
鄉人重立一祠而事力弗逮數用悵然况兩夫子遊
宦謫居之所尚多奉祀徽之休寧乃其宗祖開先子
孫復業之處顧無棲神之居誠為闕典倘行部至日
命府公縣宰申明脩復如文公祠例豈獨一宗之幸

哉邇者府官於弊縣學中起企德堂一所尚未結束若稍加大之中以奉兩夫子而左右廡以祀本縣名宦及一鄉先達上廣閣下敷教之地下啓後學向道之心所費不多而所益則大矣僕託同年之誼事閣下爲兄偶有所見輒以上告若夫行之已之在閣下矣二程夫子遺迹一冊隨此奉上乞徹尊覽不宣

與太守河汾王公文明論世忠廟産書

休寧諸生程敏政齊沐栽書頓首再拜侍御太守王公執事僕自府下奉別之後即與諸族人會譜以七月一日鋟梓起工參訂校勘無一日之暇迨今已四踰月次第將完而譜後文字尚未刋也弊族之會者

近則一郡六邑遠則德興樂平浮梁貴溪開化共四十四支子孫之見在可以叙昭穆者踰數千人皆出晉新安太守元譚公梁將軍忠壯公後蓋宋元以來家自為譜莫能相通今藉先世之靈幸而告成擬率斯譜躬率諸族人拜太守公墓奠忠壯公祠然後給譜而散立石祠下以告後來俾知我太守忠壯二公之遺烈不泯胤嗣蕃昌有如此者間因編刻之暇考及上世之事乃知太守公墓在向杲嘗一見侵于元季得裔孫休寧汉口自得者以金幣復之又一見侵于 國初得裔孫婺源髙安達道那寧者以寳鏹復之具有總管虚谷方公修復之碑及樂平歙東族人

程通之書[illegible]寺得裔孫
休寧汊口總明公[illegible]齋公卓六架公雷[illegible]
塘知鎮公[illegible]及[illegible]先祖陪郭[illegible]書公瑋將仕公瑜六
人買地建廟舍田供祀召僧慶如住奉香火當元之
時廟田爲醫學錄鎮汪天錫所侵得裔孫歙長翰山
副使公思敬告[illegible]追復禁約侵犯嘗請道士程處訊
奉香火具有宋端平二年申狀及元泰定四年榜文
可証反覆考之自宋以來太守之墓忠壯之祠凡脩
復者今方氏無尺寸之功凡捐舍者今方氏無尺寸
之地蓋今方氏自洪武初始爲廟祝依神之居食神
之食衣神之衣將近百年而不思所以報神之德乃

敢冒我程姓鬻我祭田又謂太守公之墓是其祖墓
意欲泯故郡之循良蔑
聖朝之祀典亂常瀆禮莫甚於斯所猶幸者得執事下
車之始即以祀事為重以表章忠賢為心清明在躬
致神明有感夢之異抉擿無隱使小人服如律之辜
遠近傳之無不稱快而况前日舍田復墓之人皆今
次統宗會譜之族一聞其事莫不驩然思拜謝于執
事之前者適日以来復聞方氏再有言于行臺事或
惧于中變諸族人又莫不慼然思追訴于執事之前
者夫以太守公徽郡循吏第一事載郡志其子孫原
復墓税舊隸世忠廟中今若使一抔之土属之異姓

而不爲之申理則與世之傭人佃屋者何異爲子孫者何以堪之百世之下繼綰郡紱者又何以堪之忠壯公有功于徽郡尤多其大者如殲蜃妖以奠民居禦侯景以全民生名著史冊沒受王封其子孫原捨祭田舊立世忠廟户令若使巫祝妻孥入其户內而不爲之屛除則與世之餒鬼無嗣者何異爲子孫者何以堪之百世之下有功桑梓者又何以堪之夫太守公墓税不歸于廟則後日樵採孰能禁樵採不禁則其勢不至於盪平不已蓋税既屬之他人則興廢即繫其手故也忠壯公廟户不正其籍則後日私鬻孰能沮私鬻莫沮則其勢不至於盡絶不已蓋人既

入于廟中則事產即其已物故也噫以程氏先世躰
鬼之所藏蒸嘗之所奉廟祝一夫侵之有餘子孫千
人復之不足仁人扼腕行道傷嗟然僕逆知其決不
至此極者以執事在上既正其始必成其終念甘棠
而罪其剪伐覬喬木而矜其雲仍舉錯一行人神胥
慶而執事陰騭之厚祿位之隆子孫之盛有不可以
言贊者矣弊族人雖所居有別州異縣之不同然雅
聞執事以慈祥愷悌之心布忠厚寬大之政皆欲一
趍府下望顏色候起居祝千百歲壽以福吾民以謝
盛德以徼惠于上世僕不佞輒敢以書先之若太守
公墓祢當入于廟忠壯公廟田當正其戶此本執事

所具知何待僕之贅言而中不能不有言者尊祖敬宗之念人心所同天理民彝所繫非敢有私請計亦長風化者之所樂聞而不拒者也干冒威嚴不勝悚仄之至

簡黟縣江尹

恃愛輒有少瀆僕近欲編刻二書其一曰新安文獻録將萃六縣先賢遺文以傳四方其二曰新安程氏統宗世譜將合六縣程氏宗派以傳子孫凡先賢及先世之出於五縣者多已搜訪惟黟尚多遺闕考之黟誌先賢有樞密汪公勃與程之先世有顯謨閣學士邁及其從孫少師莊節公叔達兩家必有譜牒家

集之類其子孫亦必有庠生儒士之流惟政事之暇不惜一問録其行實碑誌家傳遺文之屬見寄使此二書者得無遺珠之嘆用以成區區敬鄉睦族之志皆盛賜也程氏統宗世譜擬在七月一日先行鋟梓早得一人可與言者一来尤感〻也

簡婺源陳簡教諭

玉汝建器遠来承華翰多感第行李匆迫莫由會晤為歉耳闕里暨明經書院二記不敢以尋常應酬之作例視容舟中為之寄上兩處文槩不敢辭 闕里別有銀伍兩託二生納上乞轉付朱貞兄聊為脩葺祠堂之助士奇討棣蕚聯輝樓記正欲舉筆不意朱

去請文帖子竟不能措一詞望另具一紙來亦容異日寄上所借諸書今一一付還乞照數給與原主庶有下落餘不及

答大坂汪仲温秀才書

春秋大義在於攘夷近歲試官多欲右楚其失不止文字間而已僕深病此每與知者言之忽得寄來長書正合鄙意間以示館閣諸公率多嘉嘆可見天下理一如此說經之精持論之正若足下在吾鄉可多得邪更加勉之毋趍時好他日大成未可量也因玉汝進士行附此冗中不盡所欲言幸加愛

答富溪宗人景宗書

家門不幸有詹簿弟之喪坐此悲慟抱疾經時髮日以白亮一宗厚葬必同此感寄來書多不及裁答然每觀吾子書輒喜以為最得我心如所稱刪史記十一字增姓纂六字皆他人所不及知者縱知之亦未必以為良苦也不意宗族中晚得吾子好學精進如此續譜序及諸製作皆可觀但吾鄉詩文自為一家多不肯宗韓歐及唐音故文體小詩格下此可與知者道耳先達如汪浮溪羅鄂州方可師除此二公外近世惟宗老黟南趙東山兩人耳以吾子向進不已故傾倒言之聞得洺水全集若中有内外制乞錄出見寄令尊先生訃梅友詩及富溪八景詩情思於悒

中多未及作尚俟後來惟心照不一

與河間太守謝公道顯書

昨在府中談及鄉賢祠事閣下欣然欲為之此誠一郡之幸舟中不揣盡解書裝繙閱考訂得河間鄉賢五人以功忠著稱于河間者十三人合於祭法所謂有功于民以死勤事及鄉先生歿而祭于社者因撮其大畧親書附上事畢有成使先正得表章之美後學有觀感之益吏民長忠厚之風其為關繫甚大至於屬州屬縣鄉賢名宦在景州若董相仲舒在滄若張文節公及本朝王忠肅公之類尚多自當依例舉行各為其鄉之重郡固不能無祀也祀立之後仍得

宗伯丘公少宰楊公一記庶幾百世之下知此邦盛舉自閣下始後來者宜謹嗣之閣下雖不以此為名然所以繫其崇之思者豈有能窮已哉草次匆匆恐未能上副雅志更加詳訂可也

答姑蘇劉振之簡

鄉人自吳中回得手書佳作披誦之際如見故人接談笑是日并得石田詩及書畫山房寂寥忽爾增重入夜秋聲滿竹樹間疑助予之喜躍吟諷何其快哉聞欲至山鄉攬紫陽之秀艤練溪之清尋盟樵漁以發豪思但弊鄉所產不過班筍紫菱石雞沙鱉之流不能與吳品角萬一恐無以供觴為愧耳吟餘果來

當拏小舟下桐江泊釣臺以俟

答林諭德亨大書

自抵山鄉去國不啻五千里之遠半歲之間三辱手教不審職務匆劇之時情意諄複乃至於此披誦再三愧感交集況山間日久漁租田課之外耳無聞目無見屢獲新聞知聖政日新此身熈然如在虞周之野恨不能為康衢之謡豳風之詩以仰答漸被之化惟北向加額而已鏡川少宰及鼎儀奉常汝賢院長相繼淪謝何吾黨不幸若此然伯常亞卿及廷言司成廷綱副憲以次柄用又不能不為吾道私慶第孤露之餘一向不敢通

書京師三先生之前欲致遠恍悔作復止意平生故人必不以此相責廷祥先生有書見及聞欲取道新安日候山中未得眞耗久之乃知抵家一日即旋旆北上矣不獲請益無任惘然賓之曰川尚矩三先生亦蒙記憶總乞便中藉聲致謝感感僕今秋築室南山蔽水之餘溫習舊業甚樂第不幸抱殤女之戚豈天亦以僕之惡致罰未厭而然邪大器年兄在弊府未期治才惠政近世所未有不意取去大失一郡之望嘗以四詩奉餞計必上徹尊覽矣新歲倥偬草草上覆惟為道自愛以慰斯文不宣

復李宗仁太守書

承手教見示欲於迎春之日罷無益之戲別作二十四孝詩詞伴民歌之足見高明過人遠甚因伏念我
太宗皇帝御製孝順事實一書正要四方家傳人誦柰何世遠教弛絕無掛心者若賢侯有意迪民必當以此為首況茲歲杪多病謭才縱使竭力宥作豈能出此但二十四孝人習知之名載事實僅十六人今於事實中別採八人足之其兩絕句凡平入者為詩反入者可准南曲天下樂音調天下樂之名尤美趁此三五日內令民相肄變鄙陋之俗為正大之歸則賢侯奉宣
聖訓惠迪我山鄉之人厥功大矣新增八人者江革薛

包小學之所取者查道鮑壽孫出于休歙尤易感人二十四孝中婦女見録者二人事實中亦只存一人今增者三叔先李氏張氏庶民間子女均被觀感之化理不可偏廢也絶句内有二處詩皆平入茲略加移易庶可叶調其詳已語族姪孫材俾一一申覆惟尊照不宣

與致政汪世行縣尹書

走獲講鄉戚之好于左右者有年矣雖力學勤勤思有所立以求無媿于先人顧其才質庸猥遂用顛躓加以疾疢相仍懲尤繼作宜若退聽少徇可以遠戾然秉禮守道慕古尚賢之任蓋猶前日不敢以艱虞

而廢也用是輙有請于左右小兒壎年及成人將以是月十八日加冠于首禮必有長者主其事庶幾可以徼惠而成禮然一鄉長者孰有踰于左右哉倘蒙惠然俯臨為之重豈惟愚父子叨感無有窮已且使觀者有所取法因以廣禮教于一鄉豈非君子之嘉賜哉專人布達仰乞尊照不宣

與鄭萬里上舍

汪承之来承惠壎子冠禮詩教愛甚厚所諭太守公欲刻新安文獻誌云已一再言之似有必成之舉此乃一郡盛事僕當别為一序以明賢太守表章先哲興文善俗之功但此書僕用工二三十年别無他本

又未得親會以决其事用是不敢盡發發去目録并
事畧二冊可送則送須不使吾書有求售不獲之嘆
乃爲佳耳又聞欲整徽州府誌此亦一大事僕往年
嘗有志於此蓋朱大同先生所修者出於 國初倉
卒之際不惟山川古跡事多遺缺至於名臣賢士有
勲業文章節義者令讀其傳反若庸常之流至於不
當書者却又繁冗每不欲觀之厭其失倫也若太守
公有意於此必須盡收六縣新舊誌仍令各縣各里
擇耆儒一二人廣收博采盡數寫出然後精擇而去
取庶可傳遠若止據舊本恐勞工費可惜又吾鄉人
多稱羅鄂州新安誌謂無一字可動僕初意亦然後

諦觀鄂州文字誠不可及至於叙事則其間大有可憾者蓋鄂州父尚書公本出秦檜門下故於吾郡名人如王愈為王黼所嫉黄葆光為蔡京所害胡舜陟爲秦檜所殺皆諱而不書後来方虚谷洪潜夫稍稍辨之僕問已收入文獻誌中然大司先生總誌悉仍其舊則總誌豈可不一整之而遽刻哉僕大病後凡此等事皆已東之高閣因論及之又不覺忉〻至此殊可笑也承之暫歸草〻布復惟情照不具

復司馬通伯憲副書

向承手教示及展轉數處乃到山齋坐是不得以時裁上今兹所得尊翰則李太守專人送至且云来使

歸速始欲一布所懷而病後血氣衰殘筆研都廢將
書復止者再三然惠教諄複義不得不少申一二僕
自歸田連歲抱病至庚戌夏秋間幾不抹矣門生子
弟取僕平日猥說若道一編之屬彙次鋟梓僕蓋不
知也秒冬疾少間乃始知之蓋深懼出之太早必致
人言可見執事之愛僕至深切矣僕生朱子之鄉服
其遺教克少有立者實有罔極之恩而恨報之無所
也故誦其遺書玩索紬繹頗自以為勤苦竊意近世
學者類未探朱子之心及其所學肯綮何在口誦手
錄鑽研訓釋只徒曰我學朱子云爾僕所以深憂大
懼思有以拯之豈敢藉此為二陸之地于百世之後

如執事以是編為抑朱扶陸又以為辱朱榮陸使誠有之則僕乃名教中罪不可逭之人而況其學之陋力之薄亦安能為之抑扶為之榮辱徒見其不知量耳然理之所在則不可誣者但恐執事以高明之資疾讀而未能終卷又未始平心觀理止欲尊朱斥陸占上風耳此正朱門高第知尊吾師而不知所以尊者觀朱子與諸葛誠之書殊使人悵然不能自已執事誠取僕此編稍締觀之曾有一字不出于朱子之自言者乎僕於中間不過提掇數語使人知朱子之為學泛觀約取知行並進故能集大成而憲來世如此使後之褊心自用者愧汗交下以求入德之門隨

聲附影者不敢專一于口耳以求放心爲之本則朱子此學庶幾不墜而考之當時未有互相發者惟二陸生同時且其所言悉經朱子論斷或異或同具有成説類聚而觀之求自得師云爾豈敢必人之同已哉不謂門生輩便爾公誦于人以致塵編上徹尊覽過蒙鐫諭敢不敬承但以朱子手書考之其於二陸始本異而終則同是編所載有目者可共見也今欲縷析于明者之前固更僕莫盡如答項平甫一書亦不審執事曾一掛目否邪然竊意執事未必不疑非朱子之筆思欲刪之而後快于心耳又不知此心視朱子之心果何如也若於此處見得則必有劃然無

俟乎多言者矣然僕則豈敢以區〻左見而不求天下之公是哉亦徒主於朱子之手書凛〻然若耳提面命云爾執事又以朱子之於二陸平生本末細考其遺餘甚是顯白此必更有所聞得之家傳或值以獨見判其同異雖朱子復生亦不容自主其説者切望一〻示教使此身幸而不死猶得以窺見大賢君子所學之淵懿誠有非淺見薄識所與知者豈非平生之一快歟若恐為仇家之地重後世之譏此尤見所以愛僕者無已也心感心感和定山年兄佳章惓惓此道警發益多況妙於語言可以追逐遺響無由奉答欽羨而已引領南望不勝馳情千萬為道自愛

不宣

復汪進之貢魁

承問欲作祠堂以奉時祀而以未能復古爲憾反覆來喻則其所以致疑者蓋有三說其一謂古者祭皆自高祖以下而或者以爲庶人止可祭考妣是蓋不然古者廟自天子以下皆有之謂自七廟以至一廟隨其世奉其主以爲降殺而皆有夾室以藏祧主故高祖之祭自庶人以上可通而廟數則不可僭後世大儒既準之以立祠堂四龕之制則此亦不必泥矣其一謂祠堂之制尚右似與古人昭穆之分不合此最得之蓋古者有堂事之祭有室事之祭堂事之祭

太祖位南向左昭右穆以次而南室事之祭太祖位
東向左昭右穆以次而東隨其屋宇寢門之制而爲
尊卑非眞尚右也後世尚右之説疑因古人室事之
祭而爲之故朱子亦因温公之舊而承之易若朱子
禘祫議則又不爲昭穆左右而發尚俟他日而悉其
一謂小宗法當祭自高祖以下今令祖在堂宜以當
之而於家爲次適不得爲後爲禰此誠有難言者予
舊亦嘗備考諸説蓋禮廢既久後世不能卒行幸而
欲行又無所考故亦不能不從宜爲之如伊川先生
[illegible]祭法明道子爭之以爲置明道於何地和
[illegible]言伊川始且引春秋奪嫡之説應之

朱子[illegible]及答潘立之書則又謂法制不立
家乃[illegible]遽變古禮則且從俗可也支子之
祭亦[illegible]於宗子之家立主而祭矣支子只
用牌子神[illegible]而不必前後不為陷中及粉面不
為櫝以從[illegible]然則朱子此言實足下今日之
所當師者譾淺之[illegible]不能別有所聞以副下問之
盛心也人還匆匆布答欠莊悚悚情恕不具

與鄭萬里書

向承特書見示心然以僕之復官當有所辭避庶幾
古人進退從容之義捧誦再三知君子愛人以德其
忠厚惻怛乃至於此莫知為報然竊有所陳以就正

于有道者幸終聽之雖可否之決緩不及事或當有所示于後人亦君子不屑之教也僕每以為士之出處繫君臣之大義其擇義不可以不精其處已不可以不審豈待臨時而後有决志哉自古聖賢固不以不仕為高亦不以苟就為得若程朱之所為固後學之所法也辭受之間亦惟其當而已被責不辨復官不辭者豈以一官之得失為榮辱哉正以君上操予奪之公臣子有勸懲之典係四方之傳聞乃帝王之盛德故雖伊川之嚴重剛毅至於復官之際無所辭焉誠以義之所在擇之宜精而非顧一己之私者也古人所以厲難進易退之節者豈謂是哉夫所謂難

進易退者或禮貌之衰而不可留則去之或言不聽計不用而不可留則去之或被特召而惧其難合或受超擢而慮其非分則或再辭或終辭必得其志乃已豈姑欲從事于辭例如宋制而苟以異于人哉可辭則辭可無辭則無辭一出于誠心直道是乃聖賢為己之學豈以流俗之譏為前却也君實遠臣不得不辭晦叔世臣不得不起豈非當時亦有輕重于兩公者而伊川以義斷之若此乎至於文公被召必遜南軒被召即行者皆遠臣與世臣之義不同也僕雖不敢上擬申公南軒然世受 國恩則宜無不同者僕之無似自知甚明向以妄庸大與世忤果若人言

則竄投不足以盡荷

聖上大恩但俾去歸其鄉令一旦復其舊官昭雪其幽枉天地之德日月之明豈特一人之私幸而已如此而控辭於義安所擇哉若稍有偃蹇則疑若出於怨懟不平之餘恐於大義有所不可歷選先正出處之際亦未有見其可者入 謝之後或驅策之不前或職業之難稱則如伊川所謂受一月之俸然後隨吾所欲者是誠在我豈敢勤公議而自取再辱哉鄉兄平素愛僕最深故以此言上告惟明者亮之

答汪僉憲從仁書

近得寄示書謂僕所葺心經附註大意與道一編同

且謂尊德性道問學修德凝道之大端乃朱先生定論其攺道問學齋爲尊德性所以警學者支離耳奉誦再三知行部之暇不廢簡冊所養益深所得益粹欽羨無已僕性迂癖而獨喜誦朱子之書至行坐與俱寢食幾廢竊幸稍窺其一二以自得師云爾非敢必人之同己也至於道一編所葺則皆據朱子成說書之觀者不審殆以僕爲陸氏之學每自訟何苦而必犯此不韙之譏盖亦尹子謂其有所疑於心而不敢強焉者也夫尊德性道問學二者初學小子便能知之然皆能不過吟諷于口其能體諸身而驗諸心者蓋鮮也僕不佞請試言之而左右聽焉夫所謂尊

德性者知吾身之所得皆出于天則無毫髮食息之
不當謹若中庸之戒慎玉藻之九容是也所謂道問
學者知天下無一事而非分內則無一事而非學如
大學之格致論語之博約是也古之人自八歲以下
悉入小學其所學者大抵多尊德性之事故至十有
五歲則志氣堅定德性之尊十且八九然後入大學
而以格物為首事今之人未嘗有小學工夫一日乃
遽務然從事于大學故其弊至于躐等陵節而無成
惟朱子深見古人立教之意故以之注大學第五章
曰始教見格致之非小學首事也知而謂之已知窮
而謂之益窮皆因小學工夫已十八九而後可施格

致工夫求至其極也又以之注中庸第二十七章曰非存心無以致知玩非無二字則有以見尊德性者其本也存心者又不可以不致知玩又之一字則有以見道問學者其輔也大抵尊德性道問學只是一事如尊德性者制外養中而道問學則求其制外養中之詳尊德性者由中應外而道問學則求其由中應外之節即大學所謂求至其極者實非兩種也日用之間每有所學即體之于身驗之于心而無性外之學事外之理是乃朱子繼往開來之業而後學有罔極之恩者也其為門人設道問學齋為尊德性而左右以為警學者支離豈不亦有見于是乎孟子曰

學問之道無他焉求其放心而已矣從古聖賢立言
垂教無非欲學者於身心用功而學朱子之學者漸
失其本意乃謂朱子得之道問學為多蓋非惟不知
所謂尊德性亦并不知為何云道問學而道問學者
何用也其在宋末元盛之時學者於六經四書纂訂
編綴曰集義曰附錄曰纂疏曰集成曰講義曰通考
曰發明曰紀聞曰管窺曰輯釋曰章圖曰音攷曰口
義曰通旨棼起蝟興不可數計六經註脚抑又倍之
東山趙氏謂近來前輩著述殆類夫借僕鋪面張君
錦繡者如欲以是而為朱子之的傳卻陸氏于既往
不亦過乎說者謂朱子之學有傳陸氏之學無傳以

其學之似禪也夫此道自孟子而後幾千五百年曷嘗有傳之者顧以此為優劣既非所以服人而宋元諸儒如前所云者謂其能得朱子道問學之的傳可不可乎陸氏之學固未暇論也左右謂朱陸二先生同主性善同是堯舜同非桀紂同知善之當好惡之當惡未始不一而進為之方則不同矣夫其主性善而是堯舜非桀紂知善之當好惡之當惡是皆道問學之極功不知此外更有何等進為之方誠有非淺陋可及者矣今去朱子三百年人誦其書家傳其業顧未有小學追補之功而亦以記誦詞章之工拙為學問之淺深視晚宋盛元諸儒更出其下此僕所以

大懼而不敢苟爲異同者也陸氏之學已備道一編中而朱子晚年以尊德性爲重見于書者可考也今畧舉數條爲左右誦之其一語門人曰某向來說得尊德性一邉輕了今覺得來是上面一截便是坯子有這坯子學問之功方有指處其一葉賀孫問往前承誨只就窮理說此來如尊德性一節數蒙提警此意是如何曰覺諸公近日去理會窮理工夫多又自漸漸不着身已此載之語録者也其一答項平父曰子思以來教人之法惟尊德性道問學兩事今子静所說專是尊德性事而某平日所論却是道問學上多了今當反身用力去短集長庶幾不墮一偏爾其

答黄直卿曰爲學直是在要立本考較異同研究纖悉此是向来定本之誤今幸見得却煩勇革不可苟避譏笑誤人此載之文集者也朱子之言痛切懇到一至于是則其所望于及門之士與後學者可謂極矣左右試取而諦觀之勿横一已之見而廢聾瞽之説則將犁然以解渙然以釋亦何俟于譊譊而後有得于心哉遠惟左右博學美才高出鄉里正言直道增重士林嘉績茂恩不日可俟翔在姻末注望尤深更乞於先正朱子之書沉潛玩索務得其旨趣所在勿作一讀便了而於諸子之言亦須悉其首尾然後判其得失考求歸宿彼我無嫌示家學之成規踵先

賢之大業區區誠不能不有企于賢者僕自牽復到
京百無寸補濫塵講席皇恐奚勝以左右相愛之深
不覺傾倒因風鐫諭俾得冉盡所聞幸惠大矣維時
盛暑良覿末由千萬為道自重不宣

簡楊維立諭德

宋尚書汪莊靖公大猷其先新安人遷居四明為南
渡名臣而友朱子平日詩文奏議之類皆不曾見其
碑文是樓攻媿撰亦尋錄未之獲也昨聞其宗後人
與先生聯姻敢乞備作一書為達此意得據家藏者
書錄豈惟可以資寡陋而已蓋僕近編新安文獻誌
凡出新安者皆欲登載以為山川之光若公者誠不

可遺也千萬幸甚

答仇東之

承問胡氏繻葛倒懸之說此在春秋周桓王奪鄭莊公之政莊公不朝王率諸侯伐之戰于繻葛王師大敗鄭人射中王肩蓋自是而後王命不行于天下左氏所謂周鄭交惡如敵國然故胡氏以為戰國之漸倒懸者倒置之義也暑熾目昏未暇詳檢彷彿記是如此雨後稍凉不惜見過閒叙為佳

篁墩程先生文粹卷之二十四

箴銘贊

慎言箴

宣諸口者非先王之格言著之手者非太上之立言然則尒之言也亦烏足以顧己之行而擇道之原乎必不得已而宣諸口則不爲行之斜必不得已而著之手則不爲道之疚慎之慎之尒毋喪厥守乎

退思齋箴

鄧守南昌鍾君玄仲以退思名其齋舊寅友張君廷祥記之悉矣爰撮其語爲之箴

維人有心胡寧不思一念之起匪公即私矧伊在公

或絆于禮思盡乃忠以遠其耻爰及燕處此心易馳
百慮營營遂弗可持相古哲人退食靡隋思厥攸為
求補其過於乎退修實進之基弗慎其獨餘奚以為
守居是顔有美鍾子箴以相之保終維始

如在軒箴

走尊禮制作祠于正寢之東以奉四代神主又作堂
于祠之東以奉五祀堂之東別為齋居一間榜曰如
在取先聖祭如在祭神如神在之義也走身為宗子
而官大夫弗敢僭也弗敢黷也爰作箴儆常目在之
以求不負承家之道云爾

高曾祖禰祔位相仍惟玆四代小宗是承竈霤厲門

司命首事惟兹五神大夫攸禩祇奉有所虔告以時冀饗冀假念兹在兹其在伊何焄蒿悽愴如聆其聲如覿其狀致慤而著致愛而存福我後嗣孰尸其根敬而不諂遠而不射奠我有家孰宰其職祝號既定牲幣有常奕奕齋居作之在傍内外一誠幽明一理聖訓昭然敢不修已

敬養齋箴

古者人生必先之小學而後進于大學故其功有漸而性可成後世小學書亡人喜躐等任天資以行已而性學寖微其弊久矣程朱二大儒悲學之後時者無所致力爲發敬之一言爲追補養蒙之方由是人

有所持循而性學可漸復也子朱子又嘗爲之箴學者亦誦法乎此而已汶川汪永莊氏以敬養名其齋予懼斯名之不易副也箴以勗之

惟人之生性本天賦蒙以養之庶全所付世降俗下孰正于蒙大學之基終焉莫崇補過有方曰在乎敬匪一其心曷端其行如水畜源流而彌長如木滋根久而彌芳惟人所同克全者鮮敬養不息大學可勉繹敬之義莫詳考亭勗哉君子靈臺是銘

蹇齋箴

山上有水其卦爲蹇君子像之于以自反修我之德俟彼之時處蹇之道庶其在茲有蘇一生乾名張氏

其學鈎深有得於此斯剖其數而寡其諸妄摘是蹇以名吾齋蹇極而紓理勢所有王臣匪躬勗子於後困心衡慮無忘斯居既以箴尔亦以儆予

濟菴箴

表弟白貢士名質字尚文性介直而刻意于問學不爲勢絀非其人弗友遇不直者面責之不婞婞以徇人真有以稱其名者矣少保尚書襄毅公於諸甥中獨愛之故名以質而字之曰尚文非欲其尚文藻也欲其文質相濟矯其偏而成其器者也尚文雖無忘于公之訓蒞蒞焉猶懼其不克終變負公所以教之之心復有請于予予觀于古訓質類剛文類柔剛柔

之相濟猶文質之相成也尚文負氣節挺然不群將
進對于　大廷服有官序其所濟益純則所成益大
故請名其藏修之室曰濟菴爲箴以相之
一歳之成寒暑代更一日之行有晦有明苟失之偏
民物滋沴不沴而祥曰有攸濟矧伊人矣或剛或柔
一墮于偏匪德之休柔過非仁剛過非義必相濟焉
德乃云備有儔一士其性孔剛剛本君子秉德于陽
非濟以柔剛其可貴矜行訒言如彼經緯非謂柔惡
陋劣猥靡柔善斯從有忍有容君子念之省察深造
曰剛曰柔卑尔中道大以濟世小以濟身剛孰非義
柔孰非仁爾爾齋居常目毋替質哉文哉聖徒可跂

臼石硯銘

知白守黑者聃所以反朴以玄上白者雄所以解嘲胡爲乎反朴者務爲我之學解嘲者立他人之朝不曰白乎涅而不緇此吾陶泓之可交也然則其人如玉豈陳玄可得而終渝哉

止齋銘

僉憲汪君希顔顧名思義自號止齋然論語未見其止有二說朱傳以止爲吾止也之止古注以止爲止至善之止兩說相須其義乃足因爲之銘

孰不當止畫于半途其遂止也伊誰之辜孰所當止歸于有極乃弗止焉伊誰之失前止宜戒後止宜勉

驥希顔兮請誕斯篇

敬德堂銘

續溪儒學生許欽廷恭勤學力行而以孝聞太守李公與進之為書敬德二字廷恭因以名其堂間請一言予觀古經傳自周誥之外敬德二字未有並言者惟左氏書臼季之言曰敬者德之聚也能敬必有德先儒謂此真格言且出洙泗之前殆古聖之緒論乎蓋人非敬則雖有百行于身而不能久也故能敬以事親則孝敬以事君則忠敬以交友則誠敬以處家則睦敬以涖政則為良吏敬以居學則為君子之儒人之有一德者無往而非敬也李公因廷恭之孝摘

是以貽之豈擴充其所未至而以遠大勗之者邪公
守新安日不暇給顧乃不遺下士至於如此其思以
一物不獲爲已責可知也予故雜取聖賢之論及敬
者爲銘以相之然予銘豈獨以告廷恭而已哉
相古先民其訓孔著緊敬之存厥德乃聚惟德之知
非敬害明惟德之行非敬害成周禮大端惟敬勝怠
德以怠隳孰吉之會洛學首事惟敬勝邪德以邪斁
孰捄其差敬哉弗偏体用一理詘彼異端槁木而已
敬哉弗貳存乎一心是爲聖學㴻流可尋勉哉吾人
五常百行中此兩間奈何弗敬
羅太史明仲像贊

予與明仲在史舘十年於天下古今事成敗得失盖無所不論而傾倒上下出于世人耳目之所駭者未嘗不主于理以求其是盖放之愈多而推之愈密予自知其弗如也予嘗觀其像惜其才足以勝重而致遠顧日與予輩僕僕然從事乎鉛槧之間又懼夫觀者得其外而不悉其中之所有也賛其上以張之

詞鋒足以雄人而不為非聖之論才力足以尊主而不為致伯之圖競葩藻者吾悲其逐末酣富貴者吾罵其合汙然望之無魁人介士之勇即之如貴游公子之都予固疑瞰晉公者不知其蘊匡時之長策相留侯者孰訊其為命世之丈夫也歟

張駕部汝弼小像贊

長不滿六尺而標榜一時視不及尋丈而傲睨千古四十而策名甲科五十而為郎駕部雅懷形乎善謔任從流俗之譏直道類乎徑情不懼長官之忤觀其外亦自見其有為要其中不可謂之無主至其豪吟格調足以號召詩壇顛筆風神足以縱横書圃是固將希蹤昔賢而後足以盡吾汝弼甫邪

婺源韶軒戴善義處士像贊

生雖後而業光于前貌雖今而心存乎古林泉之樂無羨乎膏粱子孫之賢有加于簪組是蓋生于朱子之鄉而為戴氏之父者歟

故元鈞軒三峯二唐先生遺像贊

以天倫則父子之親以道學則師生之義蒼顔高古類橋梓之凌雲和氣雍容如鳳凰之瑞世惜乎穀成於國而不獲棟乎明堂私淑諸人而不獲鳴乎盛治然遺書所載一皆仁義之言流慶所鍾迭産芝蘭之裔生雖隔乎古今圖幸瞻于光霽嗚呼此殆謝賓客而燕處于家庭之時抑將進諸生而講道于書堂之際乎

宣聖杏壇圖贊

有壇斯杏有操猗蘭知德者鮮行道之難繼体舜文不在高位大雅遺音被于萬世

吳郡李員外應禎像贊

體幹雖弱而内則腴官轍雖滯而氣則舒所存者經濟之志所讀者聖賢之書昌言　九重而獲譴也不見其不足崇階五品而寖顯也不見其有餘故其才益充而慕先憂之范學益進而希寡過之蘧惜乎天性好惡之公或以之致毁平生詞翰之末大以之得譽也

諭德三山林先生像贊

紆于外有無陂之容主于中有不易之見文雅馴而不浮學精勤而不倦使典邦教可不肅而成使當吏任可不勞而辦上弼丞于

一人下領袖于群彦惜乎其齡過壯其髮已變猶散地
之為樂巧宦之為賤也

小像自贊

生洛黨之宗居僞學之里髮早變不知其何憂神内
腴不知其何喜宜物論遂至於難容幸
天恩不加於罪徒然學以迂士為安畊以隨農為恥猶
將終身不能自已

通政趙先生小像贊

此通政叅議廣陽趙先生登科時小像也其子右給
事君竑請為之贊

有和其中如煦斯春有棱其外如飲斯醇經術致身

於 盛代詞翰希蹤于古人洛社之英已洽樂久唐
服之雅如荷恩新況世科之有續知壽域之方臻也

環谷先生汪公像贊

先生諱克寬字德輔一字仲裕姓汪氏世居祁門桃墅自我文公朱子一傳爲勉齋黄氏再傳爲雙峯饒氏三傳爲東山汪氏即先生仲父而先生實嗣其傳
元泰定中舉于鄉已而棄去畢志聖賢之學當
高廟初召至京師與修元史爲儒生首書成不願仕賜
金幣遣歸而終學者號環谷先生此其大致也平生著述有易傳義音攷詩傳音義會通春秋傳纂疏提要左傳分紀經禮補逸周禮類要四書音證考異諸

書惟春秋纂跡傳學者鮮多散軼不存走竊悼之而
力不足以復之也先生五世孫文林文棨奉先生遺
像及殘編數種見示且請一言求學淺陋豈足以與
知先生之萬一哉維桑之敬高山之仰尉有不能已
者謹爲之贊贊曰
此考亭世嫡門生第四人也此
龍興史局布衣第一人也六經皆有說而春秋獨盛平
生皆可師而出處尤正其道足以覺人其功足以衛
聖遺像凜然觀者起敬

故宋汪古逸先生像贊

魏魏風度肅肅衣巾身元心宋維古逸民清絕之詞

高潔之行丹青炳然敢不起敬

大畈汪希文隱君像贊

蒼松矯矯維貌之癯白玉溫溫乃神之腴其言行不忒可備三老其耕樂有道足稱一儒年雖高而心恒惻惻世方競而已獨徐徐雲路翱翔迪于孫以春秋之業杏林容與拯夭瘥于仁壽之區適情者孰陪其杖屨問政者宜候其門廬是故希蹤于初筵之武而景行乎閭里之朱者歟

工部吴文盛主事瓊林醉歸圖贊

其氣飄逸如雲鵠之既翔其容粹溫如天球之未琢花香和宮醞之醲草色藉恩袍之濯敷言

王陛應千載之昌期通籍 金閨荷一時之優渥撫繪事以如新覺風流之未邈惟上不負昭代之君斯下不負平生之學也

憲長汪公文燦為侍御時小像贊

婺源汪公文燦為御史時作待漏小像豸冠端笏對之肅然蓋職思其憂之意也未幾果以直言被廷撲斥官夔府困阨遠外公不自屈遠今天子嗣位清議大伸進擢郡守 賜誥有直言之褒既而甫進藩佐三進憲長金緋在躬公不自侈君子以是知正人之求福不回有如此者敏政與公家同郡同舉進士且有姻好知公深故為之贊贊曰

松之為貌蕪尚訾笑公之自處不妄取予公之事
君以道屈伸公之誓已以敬終始昔也豸冠内臺之端
今也冠豸行臺于外
帝旌諫臣鑾誥孔輝左右執法俟公之歸

武昌令汪君賛

此故武昌令婺源汪君諱璽之像其子儒學生玄錫
奉以請賛玄錫予從子壻也賛曰
盛年壯志廣額豐頤鳴琴宰治壽禄是宜棟戕于用
驥踣于馳餘慶有在惟後之期

鵬源汪鳳英小像賛

此吾邑鵬源汪君鳳英竹山隱君小像也其子鄉魁

循請予贊〻曰

琅玕挺〻其節之貞頭角嶄〻其嗣之興靜若有師

手不釋卷熟聞其人今識其面相昔武公壽與德無

君子之象吉人之占

篁墩程先生文粹卷之二十四

◎

篁墩程先生文粹卷之二十五

致語　障詞

癸卯中秋節宴奉

皇太后致語

臣聞萬壽稱觴宜中秋之令節一人備養得天下之懽心金風開長樂之筵寶月煥清虛之府慶逢千載喜動　六宫伏惟

皇太后陛下至德洪仁尊爲

聖母隆名厚福高與天齊垂懿訓于四方受蕃禧于

九廟龍孫濟濟膝前繞玉蘂金枝　鳳舄蹌蹌女中稱唐堯虞舜西王母申瑤池之宴勝集群仙南極星

報壽域之祥福延萬姓臣等獲瞻
天表無任下情五穀豐登幸才逢于今歲八音齊奏樂
共享于太平少奉　宸懽敬陳口號
令節初開萬歲筵歡聲遥動九重天雲浮仙杖呈新
瑞月轉慈闈勝舊圓
聖壽遠同川嶽久　母儀高出漢唐前六宮記取今
秋事四海齊歌大有年
十一月二日慶
萬壽聖節致語
臣聞虹流電繞開萬年聖壽之祥雨順風調正四海
太平之候曆數元符于三代皇天眷佑于一人申命

用休瑞氣遥騰黼座于月初建和聲漸轉黄鍾華戎
修土貢之儀臣妾効山呼之頌弘張御宴盛集蕃禧
恭惟
皇帝陛下好生之仁上通於天勤民之政必稽諸古講
聖經賢傳之旨以道爲心思祖功宗德之傳惟皇建
極粤鴻恩之廣被宜景福之駢臻中外交懽列宿拱
北辰之正神人胥應層霄現南極之光幸兹有道之
朝益衍無疆之筭膳羞百味窮水陸之珍奇籥韶九
成備虞周之美盛後三光而不老與萬物以皆春臣
等猥以微生叨觀大慶願同百獸之舞上進九霞之
觴仰瀆

天聰敬陳口號

壽星光彩徹　楓宸

聖誕稱觴萬國賓天降福祥如舜孝化行蠻貊見堯仁

蟠桃擬結三千歲　御曆將開二十春願祝長生同

海岳普施恩露及烝民

冬至節宴奏

皇上致語

雷復地中初報一陽之動慶稱天上遥連萬歲之聲

嶰筒候轉于黃鍾周正才頒于寶曆仰

聖主体乾之德順月令以端居適天公建子之辰望斗

杓而直指迎長伊始納祐維新恭惟

皇帝陛下龍飛在天恩施率土雞鳴問寢孝奉慈宮不邇聲色不殖貨利企商后之高明丕承武烈丕顯文謨兼鎬京之盛美崇儒有作煥成昭代之書恭已無爲恪守先王之戒雖大彰天討屢奏膚功而功過必允雖重惜遺材無吝爵賞而賞罰恒均凡此皆君子道幾之長正可驗斯世運亨之兆履長之貺樂與人同必世之仁宜膺天眷立表以窺舜日漸及舒長登臺以望堯雲盡成佳瑞臣等叨居樂部獲奉宸遊伐鼓而來廣莫之風幸際清朝全盛鳴絃而歌觱發之句願陳王業多艱敢貢微言上塵

天聽

五色祥雲擁上林履長佳節慶初臨黃鍾乍轉宮商正玉曆新頒雨露深四海昇平蒙
帝力一陽來復見天心願乘生氣行時令寶祚延長冠古今

甲辰元夕節宴奉

皇太后致語

伏以時當泰運重三五之佳辰孝奉慈闈祝萬千之
聖壽瑞騰鶴禁喜溢　龍顏恭惟
皇太后陛下受性弘仁詒謀高遠慶覃孫子比周室之邑姜福備天人類瑤池之王母制不稱于宮闈化已浹于家邦矧四方書大有之年式光寶訓宜九重慶

上元之節先進霞觴朱絃繚亮協應韶鈞御燭熒煌
昭回星斗山形葱蒨駕海上之六鼇烟影迴環走人
間之八駿清歌妙舞以次而迭奏境隔仙凡玉饌珍
羞雜然而前陳味窮水陸極天下一人之養奉內前
一日之懽臣等粗以賤工叨居法部窺月中之火樹
疑新開不夜之天分霜後之黄柑知樂共長春之宴
欲宣勝事敢貢芻言
長樂宮中啓　御筵六鼇山下擁祥烟三春景重元
宵節四海人歌大有年彩仗近移風力軟珠簾初捲
月華圓霞盃滿獻歡燈酒樂奏昇平第一篇

元夕節宴奏

皇上致語

伏以時分四季惟春季當和樂之時節有三元顧上
元乃繁華之節宜張御宴上奉宸歡況一歲之豐登
有先朝之故事恭惟
皇帝陛下秉寬仁恭儉之德受高明睿哲之資天縱多
能上師孔子日新舊學遠慕湯王詳刑不及于非辜
卹典屢施于無告南郊禮備特牲才胙于尚方北塞
塵清虎旅文歸于宿衛調春臺之玉燭實在此時放
夜禁之金吾豈妨政務銀花火樹徹映鰲山鼉鼓龍
笙少延　鳳駕侍臣立紅雲之殿尚食進紫霞之觴
聖齡願保于萬年俾隨天運節假已開于十日樂與人

同眄明月之光輝喜良宵之未艾臣等猥以末品叨
預伶官禮太乙貴神於六宫之中想周旋于達旦獻
昇平妙曲於兩陛之下媿聲調之入雲欲罄下情敬
陳俚語
寶曆初開二十巡上元風景一回新千株火樹連西
苑萬點星毬擁北辰金剖黃柑傳令節調翻白雪應
陽春　聖心願比光明燭滿賜餘輝及庶民
端午節宴奉
皇上致語
四時順序慶佳節于端陽萬壽稱觴奉　宸遊于一
日恩覃海宇喜浹宫庭伏惟

皇帝陛下廣運如帝堯之仁丕承似武王之烈沃心講學將遍于六經育物對時正臨于五位嚴禱祀以作民間之福懸賞格以收天下之才

聖子神孫吉兆又開今歲恬文熙武泰平何羨先朝當此燕閒少修故事龍舟蕩漾競蘭楫于中流騎士騰驤奪錦標于馳道紅旗畫鼓有祖先逆浪之奇王勒雕鞍有獨出滚塵之勇威生艾虎香動蒲人長楊苑樹逗春風太液池花明瑞日一張一弛遠鑒周文一豫一遊曾聞夏諺况久罷邊陲之警宜上承

慈極之歡臣等猥以賤工叨居樂部伏願

聖德新於日日戴浴蘭湯天鑑赫其明明不需菱鏡因

角黍而思徃哲服去讒遠佞之言作梟羹以賜百官
示嫉惡除凶之義敬陳俚句俯罄微忱
五色雲中化日長御筵開處慶端陽雷奔馳道歡聲
動風拂仙家笑語香驃騎捷乘孤隼過畫船輕裊六
龍翔願將九屈菖蒲節添入薰風萬壽觴
己酉歲迎經魁汪循亞魁方瑩障語并詞
伏諗秋風捷報來自南都午夜文光徹于東壁經魁
與亞魁而並出文運合治運以相高駢首棲遲越大
比五科之久一朝騰踏占隣封諸士之先此誠令尹
作興遂致生徒奮起蘿山出色固有諗于前言
楓陛傳臚更相期于嗣歲喜倍于衆情見乎詞

雙鳴鳳曉日天飛雲縱一舉歸來如伯仲萬選青錢
中畫鼓紅旗懽動酒瀉緑醅銀甕得意杏園還與共
聽上賢臣頌　右調謁金門

篁墩程先生文粹卷之二十五

右先師禮部侍郎兼翰林院學士贈禮部尚書篁墩程先生文二十五卷乃先生族子庠生曾師魯之所摘鈔而銑更爲詮次者也始先生嘗自輯其著作爲篁墩稿篁墩續稿篁墩三稿行素稿既成編矣先生沒其子錦衣户侯壎本和婭庠生塏本一復與師魯合諸稿而一之門附盱增爲卷百有四十總名之曰篁墩先生文集什藏于家顧學者思欲

閲之而不可得且卷帙繁多艱於傳録
也弘治癸亥大庾張君天衢以先生禮
闈所取士来尹休寧期年政通即慨然
爲斯文傳久計然亦以全集之多力不
易辦欲拔其粹先刻之於是師魯摘鈔
以進張君韙焉復以銑嘗辱教先生且
爲鄉後學録寄全集及師魯所鈔俾効
其愚銑何人敢與聞此顧其心則所深
願亦嘗賛斯舉于一二者乃不揆闇陋

受讀數過僭加詮次而定其目録如此
惟我新安自晦庵朱夫子闡明道學以
上接洙泗濂洛之傳考其平生凡訓經
删史一切著述之功囙卓冠古今矣至
於酬應詩文體裁不一亦皆妙道精義
之發而各極其趣後有作者何以加焉
故宋元以來四方學者皆宗朱學而新
安之士嚮慕尤篤碩師宿儒踵接以興
蓋有非朱之學弗講非朱之文弗習者

其書往往具存可考也先生天分既已絶人問學之功曾弗少間至論其學則又本之諸經參之史子百家而折衷程朱氏之言蓋孔子之道至程朱益發明之而後始無餘蘊尊程朱即所以尊孔子而於朱子之書肆力尤多嘗曰僕性獨喜誦朱子之書行坐與俱寢食幾廢竊幸稍窺其一二以自得師由此觀之則新安之士生乎朱子之後而窮理之

功升堂望奥如先生豈多得哉惟其得朱之深故形諸論議發為詞章不惟理無所悖而文亦似之又濟之以雄渾之氣敏贍之才博綜之學此其著作所以超然獨詣追古大家而駢之

國朝百餘年間文章宗匠不為不富求如先生又豈多得哉夫以如是之才使天假之年進而考禮定樂退而著書立言必皆可觀惜乎其弗大就也先生風神

明秀喜談論不立町畦樂誘人爲善推誠任物不虞見欺其遭物議率以此至其胷次光明軒豁以古豪傑自任後世必有信之者矣其所編著有新安文獻志程氏統宗譜貽範集道一編心經附註宋紀受終考諸書皆已梓行

皇明文衡尚未脫稿瀛賢奏對録蘇氏檮杌諸書藏于家是編詮次既就張君名之曰文粹先生之文之粹果止是邪

其平生所交皆當世偉人太宰三山林
公號最知已故公銘其墓序其文甚詳
且核而張君屬意斯文　就厥緒師魯
與其族之群彥及貢魁汪君天啓又惓
惓焉表章是圖皆可謂篤于師友死生
不貳者然曰丐文以求之先生之心庶
幾少白則其為幸豈獨師友間而已哉
弘治乙丑秋八月望門人徵事郎南京
户科給事中前翰林庶吉士婺源戴銑

謹書

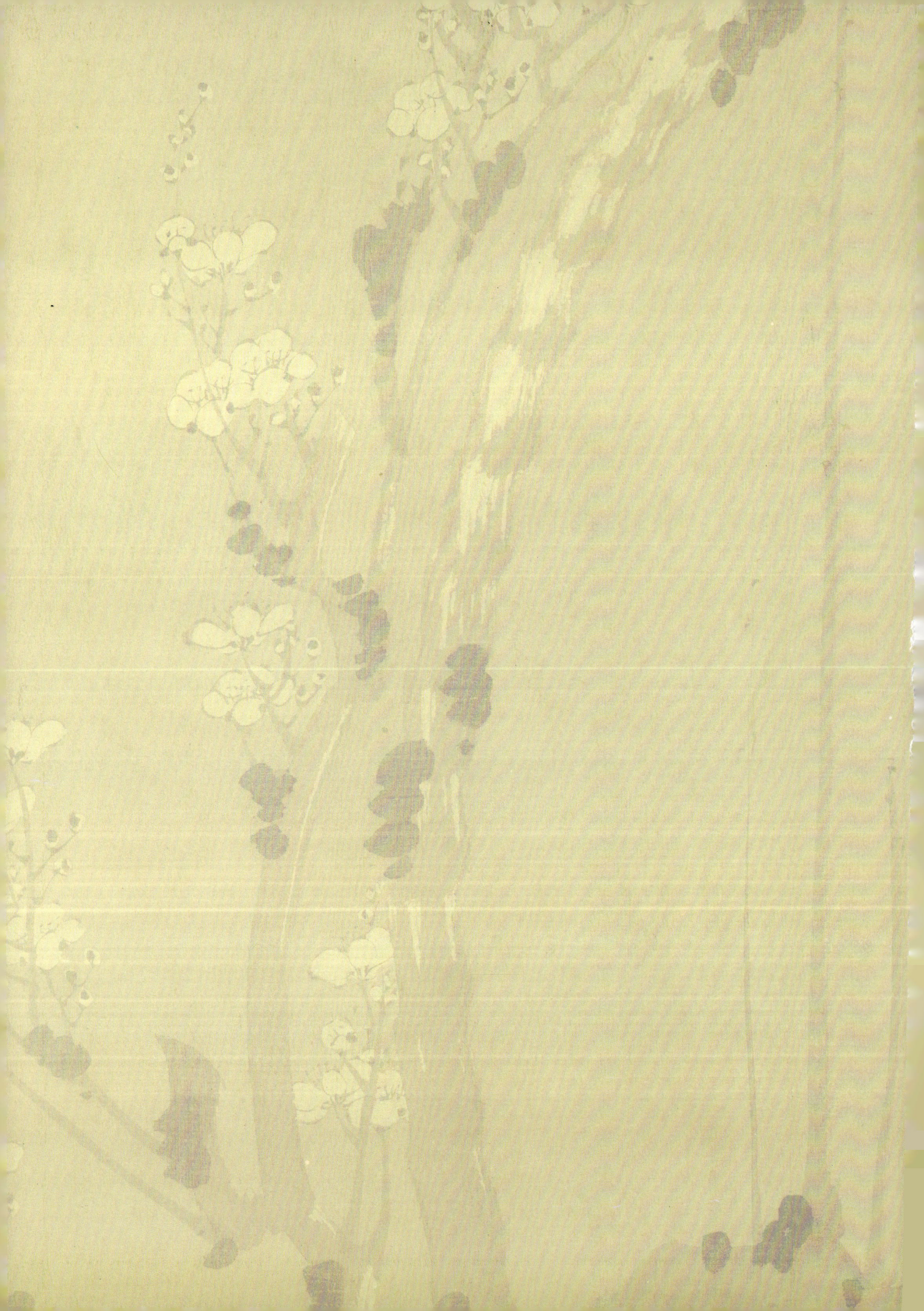